LA ROUTE
DE SAVANNAH WINDS

DE LA MÊME AUTEURE
CHEZ LE MÊME ÉDITEUR

ROMANS AUSTRALIENS

Une pluie d'étincelles, 2019.
Les Fleurs du repentir, 2018.
Les Orages de l'été, 2017.
L'Île aux mille couleurs, 2016.
L'Or du bout du monde, 2015.
Les Pionniers du bout du monde, 2014.
La Terre du bout du monde, 2013.
L'Héritière de Jacaranda, 2012.
Le Chant des secrets, 2011.
Éclair d'été, 2010.
La Dernière Valse de Mathilda, 2007.

SAGA « LA PENSION DU BORD DE MER »

Où le cœur se pose, 2019.
L'espoir ne meurt jamais, 2018.
Si loin des siens, 2017.
Et le ciel sera bleu, 2016.

TAMARA McKINLEY

LA ROUTE DE SAVANNAH WINDS

traduit de l'anglais (Australie)
par Danièle Momont

ARCHIPOCHE

Ce livre a été publié sous le titre
Savannah Winds
par Quercus, Londres, 2014.

Notre catalogue est consultable à l'adresse suivante :
www.archipoche.com

Archipoche
34, rue des Bourdonnais
75001 Paris

ISBN 978-2-37735-446-7

Prologue

1951

Annie Somerville ayant pris dans ses bras Lily, sa petite fille de deux ans, elle la cala contre sa hanche. Plus rien ou presque n'effrayait Annie désormais, car la vie dans le Gulf Country[1] exigeait à la fois courage et ténacité. Mais ce matin, les choses étaient différentes – elle ne parvenait pas à se débarrasser de la terreur sourde qui la tenaillait depuis son réveil.

Le rugissement du Spitfire déchira le silence de l'aube, tandis qu'il s'élançait sur la piste de terre battue, avant de prendre son essor vers le ciel. La main en visière au-dessus des yeux pour se protéger de la poussière soulevée par l'avion, Annie en suivit la trajectoire jusqu'à ce qu'il se fût volatilisé dans le vaste cœur ténébreux du gigantesque nuage paru avec l'aurore. Ce nuage n'était autre que le légendaire Morning Glory, qui s'étirait, du nord au sud, d'un bout à l'autre de l'horizon, projetant son ombre

1. Gulf Country: territoire situé dans le nord de l'Australie, à proximité du golfe de Carpentarie, et appartenant à l'État du Queensland. *(Toutes les notes sont de la traductrice.)*

sur la savane. Et ce nuage s'enroulait sur lui-même, pareil à une vague éternelle, qui jamais ne se brisait, et dont la crête étincelait des innombrables gouttelettes glacées que la masse avait capturées en traversant le golfe de Carpentarie.

Le Morning Glory était d'une terrifiante beauté. Annie, qui cherchait du regard l'avion dans les entrailles du monstre turbulent, serra plus fort l'enfant contre elle, formulant des prières en silence ; son pouls s'accélérait à mesure qu'augmentait son effroi.

Enfin, elle le vit paraître, point infime en train de surfer sur la vague, d'y plonger ensuite, de virevolter, de tourbillonner à la façon d'un jouet, filant sur la crête de la vague, se riant des dangers.

Annie s'imagina soudain dans le cockpit où son époux riait de cette joie simple d'avoir réalisé un rêve qu'il caressait depuis longtemps. Comment pouvait-il seulement deviner l'épouvante que sa femme éprouvait ? Deviner à quel point elle se sentait impuissante ?… Le vieux Spitfire et son pilote intrépide, qui en cet instant s'éloignaient d'elle, ne représentaient, pour le nuage, guère plus qu'un fétu de paille.

L'appareil vira brusquement sur l'aile, pour descendre en piqué vers le cœur du Morning Glory. Annie retint son souffle, attendant de le voir ressurgir. Hélas… Le nuage à présent s'estompait, n'abandonnant dans son sillage qu'un miroitement sur l'horizon, ainsi qu'un ciel désert et silencieux.

1

Brisbane, 2000

Fleur avait mis tout son cœur dans la préparation du dîner, car elle savait que Greg rentrerait fourbu de l'hôpital, affamé au terme d'une interminable journée, une de plus, passée en salle d'opération. L'amour qu'elle avait placé dans sa cuisine n'y faisait rien : trop tendue, elle avait perdu tout appétit. Elle abandonna son assiette, avala une gorgée de chardonnay, puis le regarda manger avec plaisir.

Âgé de trente-neuf ans, Greg Mackenzie possédait une carrure d'athlète, un physique plus proche de celui d'une rock star que de celui d'un éminent chirurgien pédiatrique. Épaules larges, ventre plat, cheveux blonds dont les boucles retombaient sur ses oreilles, traits séduisants. Mais c'était ses yeux qui avaient complètement captivé Fleur trois ans plus tôt. Verts comme l'océan en été, bordés de longs cils épais, et dans lesquels se lisait une sensualité pleine de périls et d'attraits ; elle n'avait pas tardé à succomber à leur charme.

Le jour où il lui avait proposé d'habiter ensemble, elle n'en avait pas cru ses oreilles. Ils se fréquentaient depuis près d'un an, de sorte que la jeune femme avait presque renoncé à l'espoir d'un avenir commun avec lui. Greg, en effet, tenait plus que tout à son indépendance, mû par l'ambition de se faire un nom au sein de l'univers si stressant, parfois douloureux, de la chirurgie pédiatrique – il lui restait peu de place pour autre chose. Aujourd'hui, ils vivaient sous le même toit, et bien que la vie avec Greg ne fût pas toujours une partie de plaisir, du fait de la nature de son travail et de son refus d'accéder au désir de Fleur, qui souhaitait un enfant, celle-ci ne l'avait jamais aimé aussi fort.

Greg, l'ayant surprise en train de l'observer, constata du même coup qu'elle n'avait pas touché à son repas :

— Oh, Fleur…, soupira-t-il. Tu t'inquiètes encore pour ton boulot ?

Elle hocha la tête – ses longs cheveux noirs, balayant son visage, dissimulèrent à Greg les larmes qui avaient jailli si précipitamment qu'elle n'avait pas eu le temps de les retenir.

Il lui prit la main :

— Je suis sûr que tout va bien se passer, dit-il avec fermeté. Oz Architecture est un cabinet important, qui jouit d'une excellente réputation. Ils ne couleront pas, tu verras.

Fleur aurait aimé partager son bel optimisme, hélas, l'atmosphère au bureau devenait lugubre. Des rumeurs circulaient depuis plusieurs mois, se multipliaient à mesure que des projets se trouvaient brusquement interrompus et que de fidèles clients désertaient le navire pour faire affaire avec des concurrents. Elle adressa un pâle sourire à Greg, but une autre gorgée de vin, tandis que l'homme réattaquait son steak.

— Je pourrais postuler ailleurs, murmura-t-elle en tirant sur sa serviette de table, mais ils m'ont prise sous leur aile à ma sortie de l'université, j'ai beaucoup appris auprès d'eux. Si je filais au moment où les rumeurs se font de plus en plus alarmistes, j'aurais l'impression de les trahir. D'autant plus que je n'arrive toujours pas à croire qu'ils soient au bord de la faillite.

Greg repoussa son assiette vide, posa une main chaude sur les doigts sans repos de la jeune femme.

— Tu as tort de te mettre dans un état pareil, dit-il doucement. De toute façon, ce n'est pas toi qui décides de leur sort. Et quand bien même le cabinet finirait dans le mur, tu es une architecte brillante. Je suis prêt à parier qu'il ne te faudrait pas longtemps pour décrocher un autre emploi.

Elle ne put s'empêcher de sourire – il croyait si fort en elle…

— À trente-quatre ans, je commence à être un peu trop vieille pour le chômage, observa-t-elle sur un ton désabusé.

— Arrête de te lamenter sur ton sort, lui souffla Greg, qui s'était levé de table pour la rejoindre.

Il n'avait pas tort. Comme il faisait bon se blottir contre lui. Greg était son roc, son âme sœur, et quelle que fût la puissance de la houle qu'ils auraient à affronter au cours de leur existence, il se tiendrait toujours là pour l'empêcher de sombrer.

Baissant les yeux vers elle, il lui décocha un large sourire :

— Tout ira bien, je te le promets. Et puis, qui sait ? Peut-être s'agit-il d'un tournant dans ta vie qui va te permettre d'aller encore plus loin et de viser encore plus haut.

Il commença à débarrasser la table :

— Je ne suis pas certaine de vouloir aller plus loin ni plus haut. J'adore ce que je fais, mais depuis le début de ma carrière, mes priorités ont changé. La compétition acharnée ne m'attire plus autant qu'avant.

Greg déposa les assiettes sur l'égouttoir, avant de se tourner vers Fleur en fronçant les sourcils :

— Tu as pourtant travaillé avec acharnement pour arriver là où tu es aujourd'hui. Tu ne songes quand même pas à tout laisser tomber ?

Comme la jeune femme plongeait son regard dans celui de Greg, son cœur se mit à battre la chamade – il s'agissait d'un sujet délicat, qu'ils avaient déjà évoqué. Si elle n'y prenait garde, la conversation virerait à la dispute :

— Je me disais juste, répondit-elle doucement, que si les choses tournent au vinaigre, je m'accorderai peut-être quelques mois pour réfléchir.

L'homme croisa les bras sur sa poitrine, l'œil rivé à celui de sa compagne :

— Pour réfléchir à quoi ? s'enquit-il avec méfiance.

Fleur prit une profonde inspiration.

— J'ai trente-quatre ans, Greg. Tu sais parfaitement de quoi je suis en train de parler.

Il baissa la tête ; ses épaules s'affaissèrent.

— Tu ne vas pas recommencer, soupira-t-il. Nous avons déjà abordé trop souvent cette histoire de bébé. Je n'ai pas envie de me quereller avec toi.

— Moi non plus.

Elle fit un pas dans sa direction, posa timidement une main sur son avant-bras.

— Mais le temps passe à toute vitesse. Il sera bientôt trop tard pour fonder une famille.

— Nous sommes trop occupés pour avoir des enfants. D'autant plus que je viens d'être nommé à la tête du service de chirurgie pédiatrique. Quant à toi, dans les mois qui viennent, soit tu vas passer tout ton temps à chercher un nouveau travail, soit tu vas te plonger jusqu'au cou dans un nouveau projet.

— Je n'ai pas forcément besoin de chercher un emploi, du moins pas dans l'immédiat. Et quand bien même, je peux occuper un poste à temps partiel et dénicher une crèche à proximité.

— Devenir parent représente un emploi à plein temps, Fleur. Tu ne peux pas te contenter de refiler tes gosses à des étrangers quand ça t'arrange.

Il repoussa la main de la jeune femme, alla ouvrir les portes-fenêtres donnant sur la terrasse.

— Dans ce cas, s'entêta-t-elle, j'arrêterai de travailler. Si nous déménageons dans un appartement plus petit, nous pourrons fort bien vivre avec ton seul salaire.

— J'aime cet endroit, maugréa Greg, qui contemplait les lumières de la ville, douze étages plus bas.

Il s'avança dans la douce chaleur de la soirée, l'une des premières de l'été.

Fleur le suivit :

— Je l'aime aussi, mais si on me licencie, nous n'aurons plus les moyens d'y rester. Et puis… Cet appartement ne constitue pas à proprement parler un foyer familial.

— Il n'a jamais été prévu pour ça.

Lorsqu'il se tourna vers elle, ses traits s'adoucirent. Passant un bras autour de ses épaules, il l’attira contre lui, avant de poser tendrement le menton sur sa tête :

— Nous vivons dans cet immeuble parce qu’il se situe en plein cœur de Brisbane, où nous fréquentons beaucoup de monde. Qui plus est, je suis à deux pas de l’hôpital. Je peux tout à fait continuer de subvenir à nos besoins jusqu’à ce que tu aies décroché un nouveau poste.

Elle leva les yeux, effleura du bout des doigts le menton de Greg.

— Je n’en doute pas une seconde. Et bien sûr que, comme toi, j’apprécie la vie merveilleuse que nous menons ici. Mais il est temps pour nous d’envisager l’avenir, mon chéri et, pour toi, de faire sauter les verrous qui t’ont empêché jusqu’ici de seulement imaginer avoir des enfants.

De nouveau, l’expression de Greg se durcit. Il recula.

— Je suis navré. Je croyais avoir été clair à l’instant même où nous avons emménagé ensemble : je ne veux pas devenir père.

— C’est en effet ce que tu m’as décrété au début. Mais j’avais cru que tu changerais d’avis une fois que tu aurais placé toute ta confiance dans notre couple. Si nous avions un bébé, il nagerait dans le bonheur.

Il inspira profondément, exhala un soupir en se passant une main dans les cheveux :

— Je t’aime, Fleur. J’adore être avec toi, me réveiller à tes côtés chaque matin. Mais je te répète que je ne veux pas d’enfant. Ça gâcherait tout.

— Mais voyons… Un enfant est un cadeau, la preuve vivante de l’amour et de l’attachement qu’éprouvent ses parents l’un envers l’autre. Un enfant resserrerait encore nos liens. Il nous offrirait bien plus que tout ce que nous possédons.

Elle eut un ample geste du bras, afin d'englober l'appartement, la terrasse, ainsi que la vue au-delà.

Greg se rembrunit et enfonça les mains dans les poches de son pantalon.

— C'est facile pour toi de dire ça, toi qui n'as toujours connu que ce luxe autour de toi. Un enfant a besoin que ses deux parents veillent sur lui, qu'ils le guident et le protègent. Élever un enfant t'épuiserait, et ce qu'il exigerait de toi nous éloignerait l'un de l'autre, cela creuserait un fossé entre nous. Cet enfant t'enchaînerait à lui. Il changerait celle que tu es aujourd'hui.

Les larmes de Fleur l'aveuglaient à présent, mais du diable si, cette fois-ci, elle baissait les bras :

— Bien sûr que non, articula-t-elle avec difficulté. Ce n'est pas parce que tu n'as pas de famille et que la mienne ne ressemble pas à celle de *La Petite Maison dans la prairie* que nous sommes incapables d'être de bons parents. Un bébé nous rapprochera encore.

— Oh, que non, martela-t-il. Crois-moi.

Son œil étincelait, son ton se faisait coupant :

— Inutile d'essayer de me faire changer d'avis. Nous n'aurons pas d'enfants.

L'univers entier lui parut tressaillir sous ses pieds :

— Pas d'enfants ? murmura-t-elle. Jamais ?

Il secoua la tête.

— Je sais que cela te déçoit. Mais durant les années à venir, tu me remercieras quand ta carrière décollera pour de bon et que les bâtiments que tu conçois décrocheront de prestigieuses récompenses.

— Tu me refuses la seule chose que je t'aie jamais demandée, souffla-t-elle. Je t'interdis de m'annoncer qu'un jour, je t'en serai reconnaissante.

— Je suis désolé. Je me suis sans doute mal exprimé. Mais… Tu te rends tout de même compte du handicap que représenterait pour nous le fait d'avoir un enfant ?

De nouveau, il ébouriffa ses cheveux – il cherchait les mots susceptibles de la convaincre une bonne fois pour toutes.

— Je passe le plus clair de mon temps à l'hôpital. Bientôt, tu crouleras de ton côté sous les projets professionnels. Tu ne peux pas tout avoir, Fleur.

— Ce n'est pas non plus ce que je veux, répondit-elle à travers ses larmes qui, maintenant, ruisselaient sur ses joues.

Il la prit dans ses bras – elle sanglotait.

— Oh, Fleur… Je suis terriblement navré. Je déteste te faire du mal, mais j'étais persuadé que tu avais fini par accepter la situation.

Elle s'écarta, lut dans les yeux de Greg une angoisse qui, à n'en pas douter, reflétait son propre désespoir.

— Ce n'est pas la première fois que nous abordons le sujet. Tu connaissais mon désir d'enfant…

— Et toi, tu savais que je ne souhaitais pas en avoir. Avoue, Fleur : tu as choisi sciemment d'ignorer ce que je te disais, et tu as continué d'espérer contre toute raison. Résultat… Je suis réellement navré, mais je ne changerai pas d'avis.

— Je ne comprends pas. Tu me répètes que tu m'aimes, que tu es désolé de me faire du mal, mais chacune de tes paroles me meurtrit davantage.

— J'ignore comment arranger les choses entre nous.

— Et si tu commençais par m'avouer la raison qui se cache derrière ta détermination à ne jamais devenir père ? Et ne me réponds pas que c'est parce que nous sommes débordés tous les deux, ou que cet appartement n'est pas fait pour y fonder une famille, ni que nous risquons d'être des parents lamentables. Ces arguments-là, selon moi, ne sont que des écrans de fumée. Il y a autre chose. Quelque chose de plus profond.

— Nous sommes trop bouleversés pour discuter sereinement ce soir.

Il lui tendit une main :

— Laissons cela pour le moment, et allons nous coucher.

Ignorant sa main tendue, elle s'éloigna. À l'idée de s'allonger près de lui, de mêler son corps au sien, de sentir ses bras autour d'elle, elle se cabrait.

— J'ai besoin de temps pour réfléchir. Je vais passer la nuit dans la chambre d'amis.

Il referma une main sur celle de la jeune femme, avant qu'elle eût atteint la porte de la chambre :

— Ne fais pas ça, Fleur. Je t'en supplie, ma chérie.

— Ne rends pas les choses plus difficiles.

Elle referma la porte derrière elle.

La table était débarrassée et les assiettes sales garnissaient le lave-vaisselle, mais Greg demeurait introuvable – sans doute avait-il quitté l'appartement aux premières heures du jour pour se rendre à l'hôpital. Manière d'éviter un nouveau face-à-face. Fleur en éprouva un certain soulagement, car au terme d'une nuit sans sommeil, elle se sentait rompue. Elle n'avait aucune envie de reprendre une conversation qui, à l'évidence, ne mènerait à rien.

Elle se doucha, se vêtit, se maquilla avec un soin tout particulier, dans l'espoir de masquer les ravages de sa nuit blanche, avant de retourner à la cuisine, où elle prépara du café fort. Greg avait laissé un billet contre la machine :

Ma Fleur chérie,

Mille pardons pour les souffrances que je t'ai infligées. Nous parlerons ce soir, et alors peut-être parviendras-tu à comprendre mon point de vue. J'espère aussi que tu me pardonneras.

Je t'aime,

Greg

PS : bonne chance pour le boulot

Elle se hâta de tamponner les larmes qui, comme la veille, risquaient de se mettre à couler. Elle tenta de se concentrer sur la réunion à venir et qui, soudain, ne revêtait plus à ses yeux la moindre importance. Ils pourraient engager de nouveau la discussion, certes, mais il devenait clair, à présent, que l'un des deux serait contraint de se ranger à l'avis de l'autre. À moins qu'ils ne missent un terme à leur relation. Il exigeait d'elle un terrible sacrifice, et s'il refusait de céder, elle serait dans l'obligation de prendre des décisions irrévocables.

Elle but son café en contemplant, par la fenêtre, le mont Coot-tha, qui miroitait dans la lumière du matin.

Le spectacle était impressionnant, mais le grand appartement silencieux lui semblait se refermer peu à peu sur elle. Elle descendit prestement dans le parking souterrain, grimpa à bord de sa Mazda et partit à vive allure.

Elle se gara sur la place qu'on lui avait attribuée, derrière les bureaux d'Oz Architecture, s'empara de son sac à main, de sa mallette et de son ordinateur portable. Elle inspira longuement. Descendit de sa voiture à contrecœur.

— Salut, Fleur, ça roule ?

Jason Delaney, vêtu d'un pantalon de jogging, d'un débardeur, de chaussures de sport et d'un bandana noir, haletait.

Elle sourit à son collègue :

— Pas trop, non – ses bracelets dorés tintèrent à son poignet délicat lorsqu'elle rejeta ses cheveux vers l'arrière, avant de rajuster le col de son tailleur. Je me tracasse pour la réunion.

Jason cessa aussitôt de trottiner sur place, et de la tristesse se peignit sur ses traits.

— On en est tous là. Tu crois qu'on est fichus ?

— J'espère que non, murmura-t-elle en se dirigeant vers l'entrée du bâtiment – ses hauts talons claquaient sur le trottoir. Greg et moi avons un gros emprunt à rembourser, et il ne fait pas bon se retrouver au chômage à trente-quatre ans.

— J'avais cru comprendre que Greg venait d'obtenir une promotion ? Il doit gagner suffisamment pour que vous ayez le temps de vous retourner.

Fleur n'avait aucune envie d'évoquer sa situation financière avec Jason. Elle le tenait certes pour son meilleur ami au sein du cabinet, mais il s'agissait d'une pipelette invétérée. Elle composa le code, franchit la porte, puis se dirigea vers les locaux situés au rez-de-chaussée. Vaste espace blanc. Bureaux, tables à dessin, armoires de rangement… Elle alluma les néons, posa sur sa table de travail sa lourde mallette et son ordinateur portable.

— Inutile de se mettre la rate au court-bouillon avant de connaître les faits, fit-elle calmement. Oz Architecture est un cabinet important. Nous nous devons d'espérer qu'il saura survivre à cette tempête.

Jason ôta son bandana, le fourra dans sa poche, puis croisa ses bras musclés sur sa poitrine.

— J'ai déjà postulé dans deux cabinets, juste au cas où. Il n'est pas question que je compte sur Enrique pour m'entretenir, même si j'adorerais nager dans le luxe sans même avoir à lever le petit doigt.

Il consulta sa montre tape-à-l'œil.

— Je ferais bien de me remuer le popotin pour me faire beau avant l'arrivée des grands chefs.

Fleur ôta sa veste et s'affala dans son fauteuil de cuir, où elle laissa le lourd silence régnant dans les bureaux déserts l'engloutir. Elle se sentit soulagée d'entendre, peu après, ses collègues arriver à leur tour, et fit de son mieux pour les accueillir avec entrain. On ne parlait que de la réunion imminente. À mesure que l'heure tournait, les bavardages s'éteignaient, et la tension allait croissant.

— Accompagne-nous au bar, Fleur. Nous allons y noyer notre chagrin tous ensemble.

Elle fit non de la tête.

— Il faut que je rentre, Jason, répondit-elle en déposant ses derniers effets personnels dans un carton.

Elle enfila sa veste.

— Greg est encore à l'hôpital, lui fit observer son collègue. Ce n'est pas le moment de rester toute seule. Allons, viens avec nous.

En dépit de son insistance, elle tint bon, car elle avait besoin d'un moment pour digérer les nouvelles.

— Je travaille dans cette boîte depuis dix ans, murmura-t-elle en prenant place à son bureau pour la dernière fois. C'est ici que j'ai reçu mon agrément, ici qu'on m'a promue… il y a seulement quelques mois. Comment ont-ils pu faire une chose pareille ?

— L'appât du gain, répondit Jason. On les a pris la main dans le sac, en train de distribuer des pots-de-vin à des promoteurs immobiliers et des hommes politiques. Par-dessus le marché, ils ont falsifié les comptes. Pas étonnant qu'on se retrouve tous à la porte.

— C'était pourtant un cabinet de tout premier plan. Pourquoi avaient-ils besoin d'agir de cette façon ?

Il s'empara du carton de la jeune femme, qu'il plaça sur le sien.

— Ça… En attendant, nous voilà tous au chômage, et sans le moindre espoir de toucher des indemnités. Je leur flanquerais bien une balle dans la tête, à ces salauds.

Fleur rangea son carton à l'intérieur du coffre de sa voiture, après quoi Jason l'étreignit.

— Tu es bien sûre de ne pas vouloir prendre un verre avec nous ? C'est moi qui régale.

— Greg et moi avons des projets pour la soirée. Mais je te remercie pour ta proposition.

— Oh…, lâcha-t-il d'un air entendu.

Fleur, qui le connaissait comme sa poche, s'abstint de lui donner davantage de grain à moudre. Jason se révélait la meilleure amie dont une femme pût rêver, et nul doute que sa fréquentation quotidienne allait lui manquer, mais il y avait des sujets trop intimes pour les partager avec quiconque. Se hissant sur la pointe des pieds, elle l'embrassa sur la joue.

— On reste en contact, Jason, souffla-t-elle. Et préviens-moi si tu entends parler d'opportunités intéressantes.

Elle roula en direction du fleuve Brisbane et de l'appartement au dernier étage, qui le dominait. Perdre son emploi aussitôt après cette affreuse dispute avec Greg lui faisait l'effet d'une autre petite mort. Elle se sentait transie, seule, et elle se prenait à douter de tout ce que, jusqu'alors, elle avait tenu pour acquis.

Sous la douche, les aiguilles brûlantes des petits jets commencèrent à la ragaillardir. Après s'être remaquillée, puis avoir passé une robe légère, elle se sentit plus optimiste. Son talent, elle l'avait prouvé au cours des dix années qui venaient de s'écouler – elle n'aurait aucun mal à retrouver un emploi. Peut-être au sein d'une structure plus modeste, à la réputation intacte, dont les dirigeants l'apprécieraient à sa juste valeur.

Elle se brossa les cheveux en songeant à l'entretien d'embauche, à la période d'adaptation, à ses collègues, qu'il lui faudrait découvrir un à un. La perspective d'un nouveau départ ne l'enthousiasmait plus comme ç'aurait été le cas encore quelques jours plus tôt : aucune carrière au monde ne comblerait le vide qu'elle sentait au plus profond de son être.

Elle soupira, posa la brosse, pénétra dans la troisième chambre de l'appartement, dont elle avait fait son bureau. Elle se gronda en silence. Elle aurait mieux fait de préparer un CV, ainsi que son portfolio d'architecture...

Jugeant le silence trop lourd, elle alluma la radio, sélectionna une station diffusant de la musique classique. Un superbe nocturne s'éleva dans la pièce, tandis qu'assise à sa table de travail, Fleur contemplait au loin, par la fenêtre, la silhouette brumeuse du mont Coot-tha, ainsi que le ruban du fleuve Brisbane, qui traversait le cœur de la ville en glissant sous des ponts élégants. Greg se sentait-il, en cet instant, aussi meurtri, aussi déboussolé qu'elle ? Ou campait-il sur ses positions sans plus s'interroger ?

Fatiguée par ces pensées qui dansaient la sarabande à l'intérieur de son crâne, la jeune femme s'assura que son portfolio était à jour, avant d'éplucher un site professionnel, en quête de postes à pourvoir. Elle enregistra dans la liste de ses favoris ceux qui lui paraissaient plus alléchants que les autres, puis tria la paperasse dont elle aurait besoin en cas d'entretien d'embauche. Il lui manquait certains documents, mais elle ne doutait pas que Greg les eût conservés dans son propre bureau.

Ce dernier, au contraire de celui de Fleur, était parfaitement rangé : les dossiers y ressemblaient à des soldats au garde-à-vous. Pas un feuillet n'encombrait la table de travail. Pas de photographies ni de tableaux aux murs. Pas de bibelots. Pas de plantes. Aucun objet personnel, à l'exception des chères guitares du chirurgien, soigneusement alignées sur leurs supports.

Fleur s'y rendit, chercha les clés des armoires de rangement qui, pour la plupart, contenaient des copies de dossiers médicaux, des ouvrages consacrés à tous les aspects de la pédiatrie, ainsi qu'un nombre incalculable de numéros du magazine *The Lancet*. Elle se dirigea immédiatement vers le meuble contenant leurs documents personnels.

Elle y découvrit son acte de naissance, ainsi que ses diplômes, dans une chemise à son nom. En revanche, nulle trace de son diplôme d'architecte agréé – et le tiroir, à présent, était coincé. La jeune femme le secoua, mais il refusa de bouger. Elle y plongea la main jusqu'à toucher, du bout des doigts, la chemise qui, ayant glissé, bloquait le mécanisme.

Elle libéra les feuillets, qu'elle lissa tant bien que mal, avant de tenter de les remettre en ordre. Cela ne ressemblait guère à son compagnon de négliger ainsi ses papiers… Les coins de certains documents, y compris son diplôme, étaient déchirés – Greg devait être pressé, le jour où il avait fourré là ce dossier.

Comme son attention était attirée par une page manuscrite, ses doigts se figèrent, et avant qu'elle eût le temps de comprendre ce qu'elle était en train de faire, elle déchiffrait la lettre qu'elle avait sous les yeux, précise et concise.

— Qu'est-ce que c'est que cette histoire ? souffla-t-elle, avant de la relire. Mais voyons… Ça n'a pas le moindre sens. Surtout pas après ce qui s'est passé hier soir… Pourquoi, Greg ?…

Elle fixa le feuillet pendant encore quelques minutes en tâchant de comprendre le raisonnement de son compagnon. À bout de patience, elle finit par le ranger dans sa chemise, la chemise dans le tiroir.

Qu'elle claqua. Elle aurait souhaité plus que tout n'avoir pas lu cette lettre. Car maintenant, elle n'avait plus d'autre choix que d'interroger Greg à son sujet.

Ce dernier regagna l'appartement pour le déjeuner, les traits tirés et malheureux, un énorme bouquet de roses à la main.

– J'ai réussi à décaler plusieurs interventions, lui annonça-t-il. Je suis libre jusqu'à demain. Je sais que les roses représentent un lamentable cliché, mais je tenais à te montrer combien je pense à toi.

Fleur fut tentée de se jeter dans ses bras, de l'étreindre, de baiser ces rides pour les faire disparaître, de lui assurer qu'ils sortiraient tous deux vainqueurs de cette épreuve. Mais cela lui était impossible. Pas après le mal qu'il lui avait infligé. Elle s'empara du bouquet, qu'elle huma.

– Elles sont superbes, répondit-elle avant de déposer un baiser léger sur sa joue.

– Si tu es déjà rentrée, c'est que la réunion ne s'est pas bien passée, fit-il en se débarrassant de son blouson et de ses chaussures.

– Je suis au chômage. Sans indemnités.

Elle disposa les roses dans un vase, puis le vase sur la table en verre de la salle à manger.

– Mais des offres d'emploi, il y en a un peu partout.

Greg se servit un verre de jus de fruits, avant de se jucher sur l'un des accoudoirs du canapé de cuir crème :

– Je suis navré. Pour ton travail. Et pour ce que je t'ai fait endurer. Ces vingt-quatre dernières heures ont été épouvantables pour tous les deux.

Fleur s'assit sur un tabouret de bar, devant le comptoir de la cuisine.

— Tu m'as promis, dans le petit mot que tu m'as laissé ce matin, de tout m'expliquer. Je t'écoute, Greg.

Il fit tourner son verre entre ses mains, ses tourments se reflétant sur son visage expressif :

— Je t'aime, Fleur, et je veux que tu deviennes ma femme, et que nous passions ensemble le reste de notre vie.

— Mais le mariage ne constitue pas une réponse. Pas si tu continues à refuser d'avoir des enfants.

— Nous pouvons mener une existence parfaite… Rien que toi et moi… Et…

— Je ne marche pas, l'interrompit-elle. À mes yeux, le mariage, cela signifie aussi fonder une famille. Pas continuer à vivre comme nous le faisons actuellement.

— Je croyais pourtant que tu étais heureuse…

— Je l'étais. Jusqu'à ce que tu m'assènes que, pour toi, il n'était pas question d'enfants.

Greg se frotta le visage de ses mains.

— Je suis désolé, Fleur, mais je ne reviendrai pas sur mes positions.

— C'est ce que j'avais déjà cru comprendre hier soir. Mais tu n'as pas l'air de te rendre compte du mal que tu nous fais. Que tu me fais. Je devrais quand même avoir mon mot à dire, non ?

Il se leva, se mit à faire les cent pas :

— Cette décision, je ne l'ai pas prise à la légère, Fleur, je te prie de me croire.

— Mais pourquoi l'avoir prise ? Je ne comprends pas.

— Nous vivons une belle vie et, sans enfants, nous pourrons la vivre à son maximum. Nous travaillons comme des bêtes. Avec des enfants, ce serait bien pire.

Il prit une profonde inspiration – il luttait contre ses émotions :

— J'ai vu l'effet de la paternité sur mes confrères, et je t'assure qu'à l'hôpital, le taux de divorce crève tous les plafonds.

Il tendit une main vers la jeune femme, hésita, la laissa retomber.

— Je t'aime, Fleur, mais je ne désire pas voir notre existence se retrouver cul par-dessus tête sous prétexte que tes hormones te titillent.

— Mes hormones ? glapit sa compagne. Mes hormones n'ont rien à voir là-dedans. Cela ne concerne que toi, Greg. Toi, et ce que tu veux vraiment. Au plus profond de toi.

— Non, insista-t-il en fronçant les sourcils. J'ai toujours veillé sur tes intérêts. Je pense réellement que tu devrais…

Elle respirait fort pour tenter de juguler la colère qui montait en elle.

— Je sais déjà ce que tu penses.

Elle tremblait :

— Et ne va surtout pas rejeter la faute sur moi en m'affirmant que tu m'aimes, parce que je ne te crois pas.

Elle ignora la main qu'il lui tendait.

— Si tu m'aimais pour de bon, comme tu me le serines depuis hier soir, tu envisagerais d'avoir un enfant avec moi.

L'œil de Greg se fit de glace :

— Cela s'appelle du chantage affectif, Fleur. Ce n'est pas digne de toi.

— Je le sais, et je n'en suis pas fière. Mais je n'ai pas d'autre arme à ma disposition.

Il se détourna, s'approcha de la machine à café.

— Tu m'as dit que tu me fournirais des explications, Greg…

— J'estime en avoir fourni suffisamment. Mais il faut reconnaître que tes emportements n'arrangent rien.

Il mit un terme provisoire à la conversation en actionnant le moulin à café.

Quand enfin, l'infernal crissement cessa, un silence chargé d'électricité tomba sur la cuisine.

— Parle-moi, Greg, s'il te plaît. J'en ai assez de nos bagarres.

— Très bien, fit-il, les bras croisés sur la poitrine. Commençons par le commencement, veux-tu ? Comment sais-tu que tu es en mesure d'avoir des enfants ?

— J'ai passé tous les examens nécessaires il y a deux mois. Je suis en parfait état de fonctionnement.

Il haussa un sourcil :

— Et si moi, je tire des balles à blanc ?

— Nous savons tous les deux que ce n'est pas le cas, répondit-elle, rivant son regard à celui de son compagnon.

Il se raidit lentement :

— Comment peux-tu en être aussi certaine ?

Sa voix était douce, et pourtant chargée de fureur.

— J'ai vu ton dernier examen médical, répondit-elle sans ciller, mais le cœur battant à rompre.

— Dans quelles circonstances ?

La bouche sèche, elle lui rapporta l'incident survenu le matin même dans son bureau.

— Comment oses-tu fourrer ton nez dans des choses qui ne te regardent en rien ? siffla-t-il, l'œil étréci – jamais encore Fleur ne l'avait vu dans un tel état de rage contenue.

— Nous partageons le même appartement et le même lit, se rebiffa-t-elle. Ces choses me regardent ! D'ailleurs, je me réjouis d'être tombée sur ce document. Parce que, de toute évidence, tu n'avais pas l'intention de m'en parler, n'est-ce pas ?

— Il ne s'agissait que d'un contrôle de routine annuel.

Le regard fuyant, il remplit de café deux tasses minuscules.

— Les contrôles de routine comportent des examens de sperme, à l'époque actuelle ?

Le silence se fit, qui bientôt s'étira entre eux. La tension devenait presque palpable, et Greg continuait à détourner les yeux. Enfin, il abandonna les deux tasses, dont ni l'un ni l'autre n'avait envie, tourna le dos à sa compagne et ploya la nuque :

— C'est moi qui les ai demandés, fit-il.

— Pour quelle raison ?

— Je songeais à subir une vasectomie.

Ce fut pour Fleur comme un coup porté en plein visage. Elle tituba, se cramponna au tabouret de bar.

— Je ne l'ai pas fait, ajouta-t-il. Il s'agissait de pure curiosité. Je me suis dit que si j'étais stérile, tu pourrais arrêter de prendre la pilule. Et, dans le cas contraire, qu'une vasectomie nous simplifierait les choses à tous les deux et…

Il s'interrompit.

— Espèce d'ordure, dit-elle d'une voix rauque. Espèce de sale ordure… Comment as-tu pu penser à faire une chose pareille, fût-ce une seule seconde, sans m'en parler d'abord ?

— C'était une simple idée en l'air. Inutile d'en faire un plat.

Elle le considéra d'un œil neuf, sans plus voir devant elle l'homme qu'elle aimait, mais un inconnu distant, glacé, dénué de sentiments.

— Tu ne veux absolument pas avoir d'enfants, n'est-ce pas ? souffla-t-elle. C'est pour cette raison que tu as toujours insisté pour continuer à mettre un préservatif, alors que je prenais la pilule…

Elle laissa échapper un rire sans joie :

— Comment ai-je pu être assez bête pour ne pas m'en rendre compte ?…

— La pilule n'est pas fiable à cent pour cent, fit-il entre ses dents. Et puis… Comment être sûr que tu la prenais vraiment ? Tu agis de façon tellement bizarre, en ce moment.

Un mélange de douleur, de courroux et d'angoisse s'empara d'elle :

— Salaud ! hurla-t-elle en tentant de lui griffer le visage, puis de marteler son torse de ses poings. Égoïste ! Espèce de salopard prétentieux !

Ayant évité ses ongles, il saisit ses deux poignets.

— Calme-toi. Pour l'amour du Ciel, Fleur… Tu vas te rendre malade.

— Je m'en fiche, sanglota-t-elle en se débattant.

— Moi, non.

Il la soutint jusqu'au canapé, l'allongea sur le cuir.

— Arrête, Fleur. Nous n'arriverons à rien si tu te comportes ainsi.

Elle se recroquevilla sur son intime souffrance, peinant encore à mesurer l'ampleur de cette trahison.

— Mais…, fit-elle. Quoi qu'il en soit, nous n'arriverons à rien. Tu as déjà décidé pour nous deux.

Greg saisit ses clés de voiture, enfila ses mocassins, ramassa son portable et son bip sur le plan de travail.

— Je refuse de discuter avec toi pour le moment. Pas dans ton état.

— Où vas-tu ? s'affola-t-elle.

— Je sors.

— Mais tu n'as pas le droit. Pas maintenant. Pas comme ça…

Elle se releva tant bien que mal, chancela dans sa direction.

— Je t'en supplie, Greg. Ne me laisse pas.

— Tu as besoin d'un peu de temps pour te ressaisir, puis pour réfléchir à tête reposée. Mieux vaut que je m'éclipse avant que l'un de nous ait une parole malheureuse.

La porte se referma derrière lui.

Fleur s'effondra de nouveau dans le canapé. Il ne l'aimait pas. Et elle, en cet instant précis, le haïssait. Il venait de détruire tout ce qu'ils avaient bâti ensemble.

Une fois dans le parking souterrain, Greg s'aperçut qu'il tremblait. Il détestait les conflits et, à l'évidence, en trente-neuf ans il n'avait rien appris sur les femmes, car lors de cette confrontation avec Fleur, il avait eu tout faux. Comment faire à présent ? Comment s'y prendre pour parvenir à une réconciliation sans céder sur ce qu'il s'était juré de ne jamais faire ?…

Il brûlait de hurler sa colère et son désarroi, de frapper quelque chose afin de donner corps aux émotions troublantes qu'il s'était depuis toujours ingénié à museler de son mieux.

La maîtrise. La froideur. Telles étaient ses maigres défenses lorsqu'il perdait le contrôle d'une situation. Mais ces piètres techniques, si elles lui valaient, à l'hôpital, de se montrer plus efficace que certains de ses confrères, risquaient aujourd'hui de sonner le glas de sa relation avec Fleur.

— Tu n'es qu'un lâche, Greg Mackenzie, grommela-t-il en déverrouillant la portière de sa Porsche. Tu aurais dû te montrer parfaitement clair dès le départ.

Il se glissa sur le luxueux siège en cuir, claqua la portière. Les regrets l'étouffaient presque, mais en remontant à l'appartement, il ne ferait que meurtrir plus encore sa compagne. Peut-être même ferait-il renaître l'espoir en elle.

Cette Carrera noire, il se l'était offerte une fois sa promotion officiellement confirmée. Il en rêvait depuis toujours. Aujourd'hui, hélas, elle ne lui était d'aucun secours. Il tourna la tête vers le véhicule voisin, la Mazda de Fleur. Pas davantage que la sienne conçue pour transporter des bambins. Cadeau extravagant – un parmi tant d'autres – du père de la jeune femme, qui semblait s'imaginer que l'argent suffisait à pallier ses erreurs, ses absences, ses manquements.

Ayant repoussé loin de lui Don Franklin, il poussa un soupir chargé de regrets. Il ne voulait pas perdre Fleur – l'idée de poursuivre son existence sans elle lui était insoutenable. Voilà pourquoi, maintes fois, il avait prié pour que ce jour n'arrivât jamais. Hélas… Désormais, l'avenir lui apparaissait, comme autrefois, telle une route infiniment tortueuse…

Dans sa sottise, il avait cru qu'elle était pleinement heureuse. Que son enfance l'avait pour toujours dissuadée d'enfanter à son tour. Que ses neveux et nièces suffiraient à combler ses élans maternels. Il avait refusé de regarder la vérité en face. Il baissa la tête, ferma les paupières. Il mourait de peur.

Pour un peu, il aurait entendu la voix railleuse de son père – ces mots violents, incessants dans leur cruauté, pareils à un tir de barrage dont il avait dû supporter le poison durant toute son enfance. Il avait eu tant de mal à s'en relever, à se dresser contre ces paroles et songer enfin qu'il valait quelque chose. Qu'il possédait le pouvoir de s'élever au-dessus de la haine indéfectible du père. De redresser les épaules, sûr de son talent, à l'aise avec l'homme qu'il était devenu et l'existence qu'il s'était construite. Il avait échappé à l'enfer, sans la moindre intention d'y replonger un jour.

À Fleur, il s'était borné à dire que ses parents étaient morts, et qu'il n'avait pas envie d'en parler. Il aurait dû se confier à elle, se délester devant elle de ce fardeau de tourment, de solitude et de rage qui le hantait encore et qui, aujourd'hui, menaçait de réduire à néant ce qu'il avait de plus cher.

Le petit coup contre la vitre le fit sursauter. John Watkins. Son voisin et confrère. L'espace d'un instant, il le considéra avec hébétude, sans le reconnaître.

— Tout va bien ? l'interrogea John lorsqu'il eut baissé sa vitre. Tu ne m'as pas l'air dans ton assiette.

Greg se moucha rapidement :

— Un rhume des foins, rien de plus. J'ai oublié de prendre mes antihistaminiques.

Bien qu'il ne semblât guère convaincu, l'homme n'insista pas :

— Je songeais à proposer à l'un de mes amis une partie de squash, fit-il en exhibant son sac de sport

– à près de soixante ans, il tenait une forme étonnante. Ça te dirait ?

— Mes affaires sont au club, lui répondit Greg, songeant qu'il s'agissait là du moyen idéal de faire retomber la pression. Je te retrouve là-bas.

Il tourna la clé de contact. La Porsche rugit. Le garçon boucla sa ceinture de sécurité, avant de suivre la Subaru de John – pourvu, songeait-il, qu'il trouvât plus tard le courage d'avouer à Fleur la raison pour laquelle il ne désirait pas d'enfants, et pourquoi il était primordial, à ses yeux, qu'elle le comprît et acceptât la situation.

Après être demeurée longtemps sous la douche, Fleur traversa d'un pas lent la chambre baignée de soleil. Son monde venait de voler en éclats. Plus d'espoir. Plus de joie dans cette pièce qu'elle avait pris tant de plaisir à aménager.

Elle se laissa tomber sur le lit, contempla son reflet dans le miroir :

— Avons-nous la moindre chance de surmonter cette épreuve ? Est-ce que je l'aimerai encore assez, après cette journée, pour rester à ses côtés et renoncer à mes rêves de maternité ?

Pour l'heure, elle était incapable de répondre. Elle aurait tant voulu prendre conseil auprès de sa mère, mais celle-ci, morte depuis longtemps, ne constituait plus pour elle qu'une silhouette vague, dont on ne prononçait jamais le nom, et dont elle ne se rappelait pas le visage.

Elle avait certes une demi-sœur, Bethany, qui l'avait prise sous son aile au début, bien qu'elle ne fût alors elle-même qu'une adolescente. Mais depuis trois ans, elles s'étaient éloignées l'une de l'autre – elle se voyait mal courir tout à coup vers elle pour lui raconter ses malheurs. Quant à son père, Don Franklin, il ne chérissait personne ni ne se souciait de ses filles.

Au fond, se dit-elle encore, Greg lui demeurait une énigme – elle lui supposait une enfance malheureuse, mais il refusait de parler de ses jeunes années. Et dire qu'il souffrait mille morts lorsque ses dons de chirurgien ne lui permettaient pas de sauver un enfant trop gravement atteint... Dire qu'à l'inverse, il rayonnait lorsqu'il annonçait aux parents d'un de ces tout petits patients que celui-ci était hors de danger... Comment pouvait-il ne pas brûler de devenir père à son tour ?

Elle voulut dormir, n'y parvint pas. Elle se rendit à la cuisine, qu'elle nettoya de fond en comble pour s'occuper les mains, à défaut de l'esprit. Bientôt, la pièce brillait comme un sou neuf. Elle prit alors le temps de considérer ce vaste appartement dont ils étaient tombés amoureux deux ans plus tôt. Aujourd'hui, elle l'examinait d'un œil froid, le regardait avec détachement.

Elle prit dans le réfrigérateur une bouteille de café frappé, puis se dirigea vers la terrasse – récupérant au passage le courrier du jour. Brisbane suffoquait, les toits et les tours de verre scintillaient dans une brume de chaleur, le fleuve semblait s'écouler avec des lenteurs de sirop en direction de la campagne environnante, aux tons de vert et d'or.

Fleur ouvrit le grand parasol, qui projeta son ombre sur la table et les chaises blanches. Elle s'assit, but son café frappé en admirant la vue. Ailleurs, la vie suivait imperturbablement son cours

– qui se souciait de savoir qu'elle venait de perdre son emploi, de perdre sa dernière chance d'être mère un jour ? Qui se souciait de savoir qu'il ne restait que des miettes de sa relation avec Greg ?… Cet appartement qui, hier encore, constituait leur nid et le symbole de leur réussite commune, cet appartement, désormais, n'était plus qu'un château de cartes.

Elle chaussa ses lunettes de soleil pour entamer résolument la lecture du dernier numéro de *The Architectural Times*. Fini de s'apitoyer sur elle-même. L'heure avait sonné de chercher du travail.

Greg tentait en vain de reprendre haleine :

— Bon sang de bonsoir, mais tu es partout à la fois. D'où te vient une pareille énergie ?

John s'accroupit à ses côtés, et le large sourire qu'il décocha à son ami se résolut en un réseau de rides innombrables :

— Pas mal, pour un vieux clou, hein ? Crois-moi sur parole, Greg, la jeunesse n'arrivera jamais à la cheville de l'expérience. On en fait une autre ?

— Oh, que non. Je te dois déjà cent dollars.

John se remit debout :

— Allez, viens. C'est toi qui paieras les bières.

Au terme d'une longue douche brûlante, destinée à détendre ses muscles douloureux, Greg se dirigea vers le bar. Le club avait ouvert depuis peu et, en cette fin d'après-midi, il restait peu de places disponibles à proximité des baies vitrées donnant sur les jardins au bord de l'eau. John, cependant, qui était parvenu à accrocher un couple, fit signe à son ami de le suivre, tandis qu'il quittait le bar avec un plateau chargé d'un verre de bière, d'une bouteille de jus d'orangc et d'une assiette de sandwichs.

Greg venait d'avaler sa première gorgée de jus de fruits glacé lorsque son portable et son bip se manifestèrent en chœur.

— La poisse, maugréa-t-il, lorgnant avec envie les sandwichs – il n'avait rien avalé depuis la veille au soir.

On l'attendait aux urgences.

— J'y serai dans dix minutes.

Il considéra John en haussant les épaules :

— Mon après-midi de congé s'arrête là.

— C'est grave ?

— Plutôt, oui. Shane Philips est l'un de mes patients. J'ai alerté les autorités à plusieurs reprises, je leur ai suggéré de l'enlever à son père… Mais dans ces cas-là, ils font toujours la sourde oreille…

— Je me réjouis d'autant plus d'avoir choisi l'obstétrique, commenta son ami en mordant avec appétit dans son casse-croûte. Bonne chance.

Greg vida son verre de jus d'orange d'un trait, enveloppa son sandwich dans une serviette de table en papier, puis, avec un hochement de tête, quitta le club et rejoignit sa voiture. L'hôpital n'était pas bien loin, mais, devinant qu'il s'apprêtait à passer de longues heures en salle d'opération, il savait qu'il n'aurait plus le courage, ensuite, de revenir ici à pied pour récupérer sa Porsche.

Une fois garé, il tenta d'appeler son domicile. Le répondeur ne fonctionnait pas. Il composa le numéro du portable de Fleur, tomba aussitôt sur la messagerie. Il supposa qu'elle avait éteint son téléphone, résolue à ne pas lui adresser la parole.

Troublé et malheureux, il descendit de son véhicule, tendu à la perspective de ce qui l'attendait au bloc. Il en avait vu souffrir, des petits enfants, mais jamais il ne s'était accoutumé à leurs tourments. Et que dire de ces petits patients qu'il aurait souhaité protéger de celles et ceux qui, pourtant, étaient censés les chérir et prendre soin d'eux ? Sa colère se révélait sans fond. Mille fois, il avait ferraillé avec les services sociaux, et, souvent, il avait injustement passé son courroux sur les employés débordés qui, pourtant, à leur échelle, se démenaient aussi comme de beaux diables. Il continuerait néanmoins de se battre. D'ailleurs, il lui semblait, peu à peu, contribuer à faire bouger les choses.

Il pénétra dans l'hôpital au pas de course, tenta en vain de joindre Fleur, éteignit son portable. Ayant pris une profonde inspiration, il emboîta le pas au médecin de service jusqu'au box isolé du reste de la salle par un rideau.

Greg portait toujours sa casaque chirurgicale. Il venait de passer quatre heures dans la salle d'opération, avant de s'entretenir longuement avec la police, une assistante sociale, un psychiatre, ainsi qu'avec le directeur de l'hôpital. Il se sentait rompu. Il se laissa tomber dans un fauteuil en cuir, se tut longuement, ne bougea plus. Ne demeurait, face à lui, dans la salle du conseil d'administration, que Carla Fioretti.

Carla représentait l'exact opposé de ce à quoi l'on s'attendait lorsqu'on prononçait les mots d'« expert psychiatre ». La jeune femme, qui approchait de la quarantaine, possédait des yeux et des cheveux noirs, une peau mate et sans défaut ; d'origine italienne, elle s'habillait à la perfection – elle portait aujourd'hui un chemisier de soie crème, une jupe cigarette noire et des chaussures à hauts talons. Son arrivée à l'hôpital avait fait tourner bien des têtes, y compris chez les plus rangés de ces messieurs, qui n'avaient pas hésiter à soigner soudain tout particulièrement leur mise, dans l'espoir vain qu'elle les remarquerait.

Et Carla de se déhancher dans les couloirs de l'établissement, aveugle, semblait-il, aux regards admiratifs qui accompagnaient le moindre de ses gestes. Quant à sa vie privée, elle demeurait un mystère. À l'hôpital en tout cas, elle ne flirtait pas, et n'entretenait avec les uns et les autres que des relations strictement professionnelles.

Comme leurs regards se croisaient, Greg lui adressa un sourire un peu appuyé. Elle était superbe. Il aurait fallu être de marbre pour demeurer insensible à ses charmes mais, concernant le chirurgien, cela s'arrêtait là, car il était très amoureux de Fleur.

— Merci pour votre soutien, Carla, fit-il en bâillant à s'en décrocher la mâchoire. Je me sens beaucoup mieux, maintenant que des mesures ont été prises.

— La mère est complètement dépassée. Avec le père derrière les barreaux, elle sera incapable de faire face.

Elle passa dans ses cheveux ses doigts aux longs ongles vernis de rouge.

— Je vais faire tout mon possible pour convaincre les services sociaux de confier Shane à une famille d'accueil digne de ce nom, mais vous savez aussi bien que moi qu'il y a très peu de places disponibles en ce moment.

— Il va rester plusieurs semaines à l'hôpital, observa Greg en se levant. Accrochez-vous, Carla. Je ne veux pas qu'il atterrisse dans je ne sais quel foyer.

— À court terme, les foyers représentent parfois la meilleure solution pour les enfants de cet âge.

— Je ne suis pas d'accord, répondit Greg, la main sur la poignée de la porte. À cinq ans, Shane a besoin de découvrir ce qu'est une vraie famille, une famille qui prendra soin de lui. Je n'ai pas envie qu'il se retrouve parmi une bande de gosses pareils à lui, cabossés et morts de trouille.

Elle lui effleura l'avant-bras pour arrêter son geste :

— Vous semblez parler d'expérience, murmura-t-elle. Souhaitez-vous que nous en discutions ?

Elle portait un parfum musqué et capiteux. Son regard l'hypnotisait… Mais Greg y décela une pointe d'inquiétude – il se ferma aussitôt comme une huître :

— Discuter de quoi, voyons ?

Il s'était exprimé avec froideur.

— Gardez plutôt vos talents de conseillère pour celles et ceux qui en ont besoin, Carla.

Il s'éloigna dans le couloir à grands pas, ses émotions soigneusement bâillonnées. Bien sûr qu'il avait besoin de parler. De dire tout ce qu'il avait sur le cœur. Mais pas à Carla. Et pas ce soir. Il se sentait si fragile qu'il n'aurait pas même été en mesure d'affronter Fleur. Il poussa un lourd soupir, et rassembla ce qui lui restait d'énergie pour rendre visite à son jeune patient.

2

Fleur, qui n'avait pas fermé l'œil, venait de passer la nuit à tourner en rond dans l'appartement, incapable de se concentrer sur quoi que ce fût. Elle s'était finalement endormie sur le canapé juste avant l'aube. Lorsqu'elle s'éveilla, il était plus de 9 heures.

Abrutie de sommeil, elle se demanda d'abord ce qu'elle faisait là, puis tout lui revint en mémoire. Elle se dirigea d'un pas chancelant vers la salle de bains, se lava, passa un à un les vêtements qu'elle avait semés sur le sol la veille au soir.

Pourquoi Greg n'avait-il pas appelé ? Et où se trouvait-il ? Elle se rappela qu'elle avait débranché le téléphone fixe la veille, afin d'être bien certaine de ne devoir parler à personne. Elle se hâta de rebrancher l'appareil, découvrit que son compagnon lui avait laissé deux messages. On l'avait appelé pour une urgence, disait-il, et il avait préféré passer la nuit à l'hôpital. Si elle avait besoin de prendre contact avec lui, elle pouvait téléphoner à sa secrétaire – il avait éteint son portable, car une longue journée de travail l'attendait. D'ailleurs, il passerait sans doute une deuxième nuit à l'hôpital.

Fleur effaça les messages. Pas la moindre excuse. Pas la moindre inquiétude la concernant. Pas le moindre indice, dans ses propos, laissant supposer qu'il comptait reparaître bientôt. Il l'évitait. La jeune femme jugeait son attitude impardonnable.

Résistant à la tentation de le rappeler, elle alla chercher le courrier qu'on venait à l'instant de glisser dans la boîte aux lettres. Après s'être préparé une grande tasse de café bien fort, elle se rendit sur la terrasse, où elle s'assit à l'ombre des parasols.

Le courrier se composait des publicités habituelles pour différentes pizzerias, d'une offre d'adhésion à un club de fitness récemment ouvert dans le quartier, ainsi que du magazine mensuel édité par l'Union des architectes australiens, dont la jeune femme consulta sur-le-champ les offres d'emploi. Elle repéra quatre annonces intéressantes, qu'elle entoura au feutre rouge. Tout à l'heure, elle entamerait la rédaction de lettres de motivation.

Ayant mis de côté le magazine, elle avisa un paquet frappé du logo d'un office notarial de Sydney. Elle l'ouvrit, fronça les sourcils : il contenait deux vieux journaux intimes, ainsi qu'une enveloppe cachetée et un feuillet dactylographié :

> Chère mademoiselle Franklin,
>
> Il est hélas de mon devoir de vous informer du décès de Mme Ann (Annie) Somerville, qui compta, pendant de nombreuses années, parmi nos clients les plus respectés. Conformément au souhait qu'elle a manifesté, c'est à moi qu'incombent les tâches de veiller à l'exécution de son testament et de m'occuper des droits de succession.

À cette fin, je vous annonce que vous êtes la principale héritière de nombreux biens, ce qui implique qu'il nous faille discuter ensemble des détails du testament, de même que des conséquences de cet héritage pour vous.

Je me trouverai à Brisbane le lundi 14 janvier, où j'assisterai à une conférence au Hilton International. Je vous propose donc de nous y retrouver à 16 heures. J'ai réservé un espace professionnel dans le hall de l'établissement, afin que nous puissions nous entretenir en privé. Cependant, si cette proposition ne vous convient pas, je vous saurai gré de bien vouloir appeler ma secrétaire pour fixer un autre rendez-vous.

Les journaux intimes qui accompagnent mon billet, ainsi que la lettre, vous ont été expédiés comme Mme Somerville avait exigé qu'ils le soient.

Je vous prie, mademoiselle, de bien vouloir accepter mes plus sincères condoléances, et sachez que vous pouvez, dès à présent, compter sur notre étude pour servir au mieux vos intérêts.

Cordialement,

Mlle Jacintha Wright

Fleur n'en croyait pas ses yeux. Elle commença par fixer longuement la lettre, puis se mit à feuilleter les vieux journaux intimes, rédigés d'une écriture serrée. Qui diable pouvait bien être cette Annie Somerville ? Et pour quelle raison une inconnue s'aviserait-elle de lui léguer ses biens ? Il ne pouvait s'agir que d'un canular.

Mais à examiner la lettre de plus près, elle constata qu'aucun numéro de téléphone à appeler de toute urgence n'y était inscrit. Nulle part on ne lui demandait son adresse électronique ni son propre numéro de téléphone. On ne lui réclamait pas d'argent. Un regain d'espoir saisit la jeune femme. Cette manne providentielle pourrait lui permettre non seulement de créer un cabinet d'architectes, mais encore d'atteindre à la pleine indépendance financière. Peut-être même Greg se laisserait-il, dès lors, tenter par la paternité… S'il s'agissait d'un héritage copieux…

Elle cessa soudain de rêver à cette maison au bord de l'eau qu'elle venait d'inventer de toutes pièces, pourvue d'un immense jardin, découpée en grandes pièces baignées de soleil, à l'intérieur desquelles on entendait tinter le rire cristallin d'un enfant. Elle avait sottement lâché la bride à son imagination.

L'enveloppe cachetée portait son nom, en lettres manuscrites. Elle l'ouvrit, en fit surgir une unique feuille de papier.

> Ma très chère Fleur,
>
> Je me rends compte que cette lettre, ainsi que les biens que j'ai choisi de te léguer, ne pourront que te surprendre. Quoi qu'il en soit, je n'ai pas agi de la sorte pour que tu me pleures, car j'espère au contraire que ce présent que je t'offre t'apportera le bonheur et la sécurité matérielle que tu mérites.
>
> J'écris cette lettre assise à ma fenêtre, d'où je regarde le soleil se lever sur une belle journée, encore une, dans la baie du Martin-Chasseur. Ma maison, que j'ai baptisée Birdsong, constitue mon refuge, le petit paradis que j'ai découvert alors que tout ce qui faisait le sel de mon existence m'avait été ravi ; je croyais à l'époque ne jamais survivre à

mon chagrin. Ce havre de paix, je te le donne, Fleur, avec l'assurance qu'à ton tour, tu sauras le chérir.

Des journaux intimes, j'en ai rédigé beaucoup, mais je tenais à ce que tu lises ces deux-là avant de visiter Birdsong et Savannah Winds, car ils t'aideront à me connaître un peu avant d'entreprendre le voyage dans lequel je m'apprête à t'embarquer. Ce voyage ne sera pas sans embûches, Fleur, mais tu as le droit d'apprendre la vérité, aussi douloureuse pourra-t-elle peut-être se révéler. Car avec la vérité vient la force, et je sais qu'au terme de ton périple, tu considèreras l'avenir d'un œil neuf, avec sérénité.

Rappelle-toi toujours que tu es aimée, et que, tandis que tu suivras ton destin, il se trouvera toujours quelqu'un pour veiller sur toi et te guider le long du chemin.

Je t'adresse de tendres adieux,
Annie

Il s'agissait d'une belle lettre, écrite avec amour. Néanmoins, non seulement elle n'apprenait rien à Fleur des liens censés l'unir à Annie, mais elle soulevait plus de questions que la jeune femme ne s'en posait déjà avant sa lecture. Qui prendrait soin d'elle ? Quelles vérités allait-elle découvrir ? Et pour quelle raison ce voyage risquait-il de lui faire du mal ?

Elle replia le feuillet, qu'elle rangea avec soin dans son enveloppe. Elle contempla les collines au loin, noyées de brume. Birdsong et Savannah Winds. Ils se situaient là-bas, quelque part, au-delà des limites de la ville, peut-être bien dans les profondeurs de l'outback – ils attendaient que la jeune femme vînt pour lui livrer leurs secrets.

Elle s'empara de la lettre de la notaire.

— Chaque chose en son temps, fit-elle à mi-voix.

Elle rentra, s'empara du combiné téléphonique.

Une femme au ton froid, efficace, récita le nom de l'office notarial, avant de demander à sa correspondante en quoi elle pouvait lui être utile. Fleur lui donna son nom et son numéro de téléphone, apprit à l'inconnue qu'elle venait de recevoir le paquet, et que le rendez-vous proposé par Me Wright lui convenait. Puis, comme elle restait sceptique, elle précisa qu'elle serait reconnaissante à Me Wright de bien vouloir, lors de leur rencontre, lui fournir une preuve de son identité. La femme lui répondit que, de son côté, elle devrait en faire autant.

Elle venait de raccrocher lorsque son portable retentit. Elle décrocha immédiatement, priant pour que ce soit de Greg.

— Fleur ? Ici Margot. Tu viens aujourd'hui, n'est-ce pas ? Nous avons un problème, que nous devons absolument résoudre avant que papa empire la situation.

La plus âgée de ses demi-sœurs allait toujours droit au but – elle possédait le ton autoritaire de leur père.

— Je suis désolée, Margot, j'avais complètement oublié. Et aujourd'hui, je ne me sens pas bien.

— Ne flanche pas, Fleur. Bethany et moi avons besoin de ton soutien.

La jeune femme fronça les sourcils : Margot et Bethany se parlaient rarement, joignaient encore moins souvent leurs forces pour s'opposer à la ténacité de leur géniteur. En dépit des circonstances, la curiosité de Fleur s'en trouva piquée.

— Qu'a-t-il fait ?

– C’est beaucoup trop compliqué à expliquer par téléphone. Rendez-vous à la maison à midi. Et ne sois pas en retard.

Margot avait raccroché.

– Quelle peau de vache, maugréa Fleur en consultant sa montre.

Il était presque 11 heures et, quoique la perspective de se voir bientôt impliquée dans un différend familial la rebutât, elle songea que ce pourrait être là l’occasion de demander aux autres si Annie comptait parmi leur parentèle. Il n’y avait pas d’autre explication.

Margot appliqua son rouge à lèvres écarlate avec méticulosité, recula d’un pas pour juger de l’effet produit dans le miroir de la salle de bains. La femme qui la scrutait se révélait, suivant son habitude, élégamment vêtue, aujourd’hui d’une robe de lin crème qui soulignait la minceur de sa propriétaire – minceur excessive au goût de certains. Elle portait aux poignets des bracelets d’or, ainsi qu’une montre fine, aux oreilles des clous dorés, tandis qu’à son cou reluisait un volumineux rang de perles de Broome. Elle s’était débarrassée bien des années plus tôt de son alliance, en se promettant de ne plus jamais en porter.

Elle toucha ses cheveux, ravie du travail de Monsieur Paul, qui était parvenu à mêler superbement le brun, l’auburn et le blond en un carré parfait dont les pointes se retroussaient juste au-dessous du menton. Le gris vous vieillissait. Or, à soixante et un ans, Margot n’avait aucune intention de ressembler à sa sœur Bethany.

Satisfaite, elle se rendit dans la chambre pour y récupérer sa mallette. Elle s'assura que tout s'y trouvait, puis se campa quelques instants devant la fenêtre pour apaiser son pouls et se préparer à ce qui allait suivre.

Son appartement, situé sur la rive sud du fleuve Brisbane, lui permettait de contempler l'autre moitié de la ville, de même que les espaces verts à ses pieds. Des voiliers tiraient des bords parmi les scooters des mers, les bateaux taxis et les vedettes. Les South Bank Parklands se coloraient de tous les petits éventaires des marchands, leurs jardins s'épanouissaient, et les allées, comme à l'accoutumée, grouillaient de monde.

Brisbane était une petite ville, mais qui se révélait accueillante et paisible, deux qualités qu'au cœur de son existence trépidante, Margot appréciait à leur juste valeur. La cité étincelait sous le soleil, le vert vif des arbres tropicaux, dans les parcs, contrastant exquisément avec les eaux turquoise du grand fleuve. La cité jouissait d'un climat tempéré – rarement gâté par l'humidité qui régnait plus au nord ou par la sécheresse venue des incommensurables déserts de l'ouest.

Margot, entre-temps, avait retrouvé son calme. Et sa résolution. Elle se détourna, puis quitta l'appartement. Quelques minutes plus tard, elle prenait place au volant de sa Mercedes.

La ville de Caloundra ne se situant qu'à quatre-vingt-seize kilomètres au nord de Brisbane, Margot avait tout le temps de s'y rendre, mais, tandis que les pneus de sa voiture murmuraient sur l'asphalte de l'autoroute, elle sentit sa détermination flancher à nouveau.

Elle détestait les affrontements, mais il semblait hélas que celui-ci fût inévitable – et, pour la première fois de sa vie, Margot avait besoin de l'aide de ses sœurs pour éviter à leur père de commettre plus de folies encore qu'il n'en avait déjà commises. Elle n'aimait pas quémander ainsi – elle avait longuement réfléchi avant de se décider à décrocher son téléphone, mais c'était aussi de leur avenir qu'il s'agissait ; il était temps que ses deux cadettes prissent également leurs responsabilités. Leur père avait toujours agi à sa guise, quitte à les piétiner toutes les trois, mais maintenant, il fallait lui faire entendre raison. Il était allé trop loin. Cela devait s'arrêter.

Bethany retira ses gants de caoutchouc, qu'elle posa à cheval sur le col rutilant du robinet. Elle suspendit son tablier au-dessus du porte-torchons. Elle s'était levée à l'aube, et bien qu'elle eût pris le temps d'assister aux matines, la table de la cuisine croulait sous les tartes, les tourtes et les cakes qu'elle avait confectionnés pour la vente de charité organisée le lendemain par la paroisse. En sa qualité de responsable du groupe féminin de lecture de la Bible, et de membre éminent du conseil paroissial, on attendait beaucoup d'elle, et elle tirait une immense fierté de savoir que ses pâtisseries comptaient parmi les premières à se vendre.

Ayant contemplé sa cuisine impeccable, elle soupira. Non pas d'aise, comme elle le faisait ordinairement, mais au contraire parce que, ce matin, elle la jugeait trop proprette. Et trop silencieuse.

Clive la rejoignit, vêtu de sa tenue de golf. Il passa un bras autour des épaules rondes de son épouse, puis lui piqua un baiser sur la joue :

— Pourquoi soupires-tu de cette façon, ma chérie ?

Bethany se cala contre lui – elle savourait cette rare manifestation de tendresse, humait le parfum de son après-rasage. Âgé de cinquante-deux ans, Clive était un bel homme aux cheveux fauve, aux yeux bruns, à la taille fine, dont la vigueur le rajeunissait.

— Je sais que c'est ridicule, répondit-elle, mais les enfants me manquent.

— Allons, allons…, la raisonna-t-il en allant chercher son sac de golf dans un placard aménagé sous l'escalier. Pour ma part, je suis ravi de me retrouver un peu au calme, et de ne plus découvrir une maison sens dessus dessous chaque fois que je rentre.

Cette remarque la mortifia, car, depuis de nombreuses années, elle veillait scrupuleusement sur l'ordre autant que sur la propreté de leur logis. Mais elle n'avait pas envie de se disputer avec lui. Pas ce matin.

— Mélanie partira bientôt pour l'université, murmura-t-elle, en tendant à son époux la flasque de brandy qu'il glissait toujours dans son sac de golf avant de s'en aller. Il n'y aura plus que toi et moi.

— Il faut bien qu'ils quittent le nid, un jour ou l'autre. Quoi qu'il en soit, avec l'église et les associations auxquelles tu appartiens, tu ne risques pas de t'ennuyer. Tu te rendras à peine compte de leur absence à tous.

Il examina soigneusement son putter :

— Il faudrait peut-être que je songe à en racheter un.

Bethany le regarda passer en revue ses clubs, l'un après l'autre, avant de les glisser dans le sac de cuir oblong sur lequel on avait gravé ses initiales. Tout allait bien pour lui, songea-t-elle avec amertume. Durant la semaine, il dirigeait son cabinet d'expertise comptable et, le week-end, il jouait au golf. En revanche, toutes les forces qu'elle avait jetées dans l'éducation de ses enfants ne lui étaient plus, aujourd'hui, d'aucune utilité. À cinquante ans, sans la moindre qualification professionnelle, elle ne pouvait guère envisager qu'un avenir morne et solitaire.

Clive, pour sa part, s'était révélé un père à l'ancienne, ne prêtant que peu d'intérêt à ses rejetons, une fois passée la joie de leur naissance – les enfants, estimait-il, relevaient exclusivement du domaine de compétence de son épouse, cependant que lui-même se chargeait de faire fructifier sa société et d'améliorer son handicap au golf. Le départ de leur progéniture ne changerait strictement rien à l'existence qu'il avait menée jusqu'alors.

— Tu retrouves les jumeaux au club, ou vont-ils passer ici d'abord ?

Clive ne perçut pas la mélancolie dans la voix de son épouse.

— Les garçons ne peuvent pas venir ce week-end, répondit-il en jetant le sac sur son épaule. Un truc à l'université, je crois.

Il considéra Bethany d'un air pensif – peut-être s'avisait-il enfin qu'elle paraissait cafardeuse.

— Pourquoi tu ne téléphones pas à Angie ? Si elle est disponible, vous pourriez déjeuner ensemble.

— Impossible. Notre fille aînée est bien trop occupée avec son nouveau mari et cette grande maison qu'ils sont en train de rénover. De toute façon, je dois déjeuner avec papa et les autres.

Il haussa un sourcil noir :

— Je préfère être à ma place qu'à la tienne. C'est cela qui te tracasse depuis ce matin ? Tu fais ta tête des mauvais jours.

— Non, affirma-t-elle. C'est cette maison vide qui me déprime.

— Ne te tourmente pas, ma chérie. Angie a un nouveau mari et une nouvelle maison. D'ici peu, elle tombera enceinte. En moins de temps qu'il n'en faudra pour le dire, tu joueras les baby-sitters, et tu tiendras si joliment ton rôle que tu ne penseras même plus à moi ni à nos enfants.

Lui ayant adressé un clin d'œil et un sourire, il quitta les lieux sans une parole de plus.

Bethany écouta le moteur de sa voiture, dont le son s'éteignit peu à peu à mesure qu'il s'éloignait. Elle s'en voulait de se sentir pareillement abandonnée… Hélas… Qu'allait-elle bien pouvoir faire du reste de sa vie ?

Il n'y aurait pas de petits-enfants avant longtemps. Angela avait décrété à maintes reprises qu'elle privilégierait sa carrière d'infirmière pendant encore au moins deux ans avant de seulement songer à procréer. Quant aux jumeaux, Joe et Mike, ils étaient en dernière année à l'université, et leur mère ne les voyait guère, sinon lorsqu'ils avaient besoin qu'elle lavât leur linge, que leur père leur donnât un peu d'argent ou quand l'envie leur prenait de s'offrir un bon repas.

Mélanie, le bébé de Bethany, fêterait bientôt ses dix-huit ans et, déjà, elle prenait ses distances en emménageant avec une amie dans une cage à poules sous prétexte qu'elle allait mener à Sydney une existence neuve et passionnante.

Bethany avait dû se résoudre à accepter que sa petite fille fût devenue une étrangère. Elle ne comprenait rien à l'affreuse musique qu'elle écoutait, rien à ces garçons louches qu'elle fréquentait… Et pourquoi ces vêtements abominables, pourquoi ce maquillage qui l'enlaidissait ?… Elles étaient pourtant si proches autrefois, mais désormais, Mélanie ne se confiait plus à elle, elle refusait à présent de faire les boutiques avec elle ou de l'accompagner à l'église – il n'était pas même question de s'enquérir de ses projets pour Sydney. Lorsqu'elle aurait emménagé là-bas, les liens se rompraient une bonne fois pour toutes, et Bethany la perdrait, comme elle avait perdu les trois aînés.

Elle se frotta le visage de ses mains, inspira profondément avant de monter à l'étage pour s'y changer. Il était inutile de se démoraliser davantage, songea-t-elle en décrochant une jupe et un chemisier de leurs cintres. La vie était un cadeau du Seigneur, un cadeau précieux, et elle se devait de Lui rendre grâce pour les quatre beaux enfants qu'elle avait eus, et qui tous quatre se portaient bien, nourrissaient les uns et les autres de nombreuses ambitions… et ne craignaient pas de voler de leurs propres ailes. Elle leur avait offert le meilleur départ possible dans l'existence en les élevant suivant les préceptes édictés par la religion chrétienne. Clive avait raison. Tous les enfants finissaient par s'en aller. Et cela était bien et normal.

Sa jupe se révéla un peu trop petite à la taille, en sorte qu'elle dut batailler un moment avec la fermeture éclair. Elle eut chaud tout à coup, sans savoir si c'était à cause de la température extérieure ou s'il s'agissait d'une de ces maudites bouffées, qui l'épuisaient. Les sueurs nocturnes s'étaient multipliées ces derniers temps, et elle se sentait plus fatiguée que d'ordinaire. Peut-être sa prise de poids constituait-elle un signe supplémentaire des changements subis par son organisme, se dit-elle avec tristesse en enfilant son chemisier de soie, dont elle ajusta le nœud à son cou.

Elle guigna avec amertume la quinquagénaire replète qui la fixait de l'autre côté du miroir. Sa tenue la grossissait encore, elle ne distinguait plus que les mèches grises dans sa chevelure ondulée – quant aux chaussures confortables qu'elle était obligée d'exhiber à cause de ses pieds enflés, ils accentuaient son absolu manque de chic.

— Et après, tu te demandes pourquoi Clive passe son temps libre au golf…, grommela-t-elle en mettant ses boucles d'oreilles.

— Tu parles toute seule, maman ?

Bethany se retourna dans un sourire :

— Mélanie ! Comme je suis contente de te voir. Je ne t'ai pas entendue entrer.

Sa joie se trouva presque instantanément douchée par l'accoutrement de sa fille, entièrement vêtue de noir : bottes Dr. Martens jusque sous le genou, collants, minijupe réduite à sa plus simple expression, t-shirt déchiré couturé d'épingles à nourrice. Une série d'anneaux suivait le contour d'une oreille ; un clou métallique brillait à sa narine, un autre au-dessus de sa lèvre supérieure. Elle avait appliqué de la poudre blanche sur son visage ce qui, associée à ses paupières lourdement fardées et ses lèvres peintes en noir, lui conférait l'allure d'une figurante dans un film d'horreur.

Bethany se ressaisit néanmoins et l'étreignit, avec l'espoir qu'elle n'avait rien laissé paraître de son dégoût.

— Je suis vraiment ravie, chérie, murmura-t-elle. Je vais te préparer un petit quelque chose à grignoter. Tu es beaucoup trop maigre.

— Tout va bien, maman, t'embête pas.

L'adolescente s'installa sur le lit, où les mèches orange et rouges, dans ses cheveux, étincelèrent au soleil qui se déversait par la fenêtre.

— Je suis juste passée chercher deux ou trois bricoles.

Ayant examiné les vêtements de sa mère, elle roula des yeux :

— Tu sors ?

— Je peux toujours annuler, s'empressa de répondre Bethany. Dans le fond, Margot se fiche pas mal de savoir si je serai là ou pas.

— Bon Dieu…, souffla Mélanie. Tu vas quand même pas chez papi ?

— N'invoque pas le nom du Seigneur à tort et à travers, la gronda sa mère. Et si, je vais chez papi. Mais puisque tu es là, je vais passer un coup de fil pour annuler.

— Fais comme si j'étais pas là.

La jeune fille se remit debout, observa son reflet dans le miroir de la commode.

— J'avais pas prévu de rester longtemps, de toute façon. Et puis, tu sais bien que tante Margot risque de te passer un savon.

Elle tripota le clou dans sa narine, Bethany grimaça.

— J'ai des trucs à faire, maman, des endroits où aller, des gens à voir. Tu sais ce que c'est…

Je l'ai su un jour, songea Bethany. *Mais c'était il y a une éternité…*

— Reste encore un peu, proposa-t-elle à son enfant d'une voix câline. Tant pis si j'arrive en retard, et cela fait tellement longtemps que nous n'avons pas bavardé toutes les deux.

Elle effleura le bras pâle et maigre de sa fille :

— J'ai très envie de savoir comment s'est passée ta virée dans le sud, et à quoi ressemblent les logements dans la résidence universitaire. Je ne sais même pas si tu as déjà fait la connaissance de tes professeurs et…

Mélanie haussa les épaules :

— C'est seulement la fac, maman. Pas de quoi en faire un fromage.

— Très bien…

Bethany demeurait plantée là, sans plus savoir que dire.

— Finalement, proposa Mélanie d'une voix plus douce, je mangerais bien un sandwich.

Elle leva les yeux vers sa mère, de sous ses cils épaissis par le mascara.

— Le voyage jusqu'à Sydney m'a mise complètement à sec. Sans compter le loyer que je devais à Sophie.

Bethany hésita. Elle savait qu'une fois l'argent en poche, l'adolescente s'éclipserait.

— Je vais d'abord te préparer un peu de café. Avec une tranche de *sponge cake* ? Ça a toujours été ton préféré.

— Si tu veux, murmura Mélanie, à peine aimable, avant de suivre sa mère à la cuisine. Mais j'ai pas vraiment faim, ajouta-t-elle en se vautrant sur une chaise.

— Une petite tranche de rien du tout.

Bethany la préleva dans l'un des gâteaux qu'elle avait préparés pour la vente de charité.

— C'est tellement rare de te voir, depuis que tu as emménagé avec Sophie. Alors, forcément, quand tu apparais, je meurs d'envie de te gâter.

Elle déposa la tranche de *sponge cake* dans une assiette, qu'elle poussa en direction de sa fille.

— Allez, ma chérie. Fais-moi plaisir.

Mélanie grignota l'un des coins de la tranche, jetant à sa mère un regard de défi :

— Je vais grossir. Ma jupe est déjà trop serrée.

— Tu dis n'importe quoi, voyons. Au contraire, tu es beaucoup trop maigre. Quant à cette jupe, même un bâton aurait du mal à l'enfiler. Si on peut qualifier de jupe cette bande de tissu… Franchement, ma chérie, tu devrais essayer de t'habiller avec un peu plus de discrétion.

— Commence pas, m'man.

Mélanie se redressa, ébouriffa sa tignasse. Ses bagues en argent jetèrent des feux. Elle devenait agressive.

— Je suis là depuis à peine cinq minutes et, déjà, il faut que tu commences à me chauffer.

Bethany songea que sa fille ressemblait à une grue, chassa bien vite cette vilaine pensée et leur prépara du café. Elle souhaitait profiter pleinement de ces quelques instants en compagnie de son enfant.

— Je ne vous vois pratiquement plus, ni toi, ni tes frères, ni ta sœur. Bientôt, tu t'installeras pour de bon à Sydney, et nous n'aurons plus l'occasion de boire ensemble un petit café.

Mélanie pressa sous la pulpe de son index les miettes de gâteau tombées dans son assiette, puis les lécha.

— C'est pas que j'ai pas envie de te voir, tu sais. Mais le temps passe tellement vite…

— Je sais. Je t'assure que j'essaie de comprendre. Mais pendant la semaine, ton père est au bureau, le week-end il passe le plus clair de son temps à son club de golf. Alors, maintenant que, tous les quatre, vous vous êtes éloignés aussi, j'ai l'impression de me retrouver sur la touche.

Les traits de l'adolescente s'adoucirent :

— Je suis désolée, maman. On t'a pas traitée comme tu le mérites…

Ragaillardie par ces paroles, qu'elle n'espérait pas, Bethany prit dans la sienne la main de sa fille – elle ne désirait plus que de lui pardonner ses manquements et ses frasques.

— Vous quittez le nid, c'est normal. Ne te tracasse pas pour moi. Contente-toi de te rappeler que je suis toujours là. Et si tu as besoin de moi… Pour quoi que ce soit…

L'œil brun de Mélanie la fixa sans ciller pendant plusieurs secondes, avant de se détourner.

— Maman…, commença-t-elle. Y'a justement quelque chose… Mais je veux que tu…

La portière d'une voiture claqua. Les épaules de la jeune fille s'affaissèrent :

— Tu n'échapperas pas à ton déjeuner, tout compte fait : tante Margot vient d'arriver.

— Dis-moi vite. Avant qu'elle entre. De quoi s'agit-il ?

— Rien de grave. Je vais bien.

Elle n'en avait pourtant pas l'air.

Margot pénétra dans la cuisine, hocha vaguement la tête pour saluer sa nièce, avant de se tourner vers sa sœur :

— J'ai eu le nez creux en passant te chercher pour aller chez papa, fit-elle avec humeur. Tu avais oublié notre déjeuner, n'est-ce pas ?

— Pas du tout. Mais comme Mélanie est passée à l'improviste, j'ai pensé que je pouvais me permettre d'être un peu en retard sans que quiconque en fasse un drame.

— Vous occupez pas de moi, intervint l'adolescente en quittant sa chaise. Je reste pas.

— Mais tu n'es là que depuis quelques minutes, s'insurgea sa mère, qui aurait tout mis en œuvre pour la garder auprès d'elle. Et tu t'apprêtais à me dire quelque chose quand Margot est arrivée.

Elle jeta à cette dernière un regard venimeux, avant de revenir à Mélanie :

— Allons, ma chérie, de quoi voulais-tu me parler ?

— C'était rien. Vraiment. Par contre, si tu pouvais me dépanner de quelques dollars pour me remettre à flot…

— Bien sûr, souffla Bethany, qui vida son porte-monnaie sur la table, torturée par la déception.

Elle remit à sa fille cent dollars.

— S'il te faut davantage, n'hésite pas à me le dire.

Elle lui prit la main :

— Et ne prends pas la poudre d'escampette, s'il te plaît. Nous pourrons discuter à mon retour.

— Merci, maman.

Elle embrassa Bethany, qui s'en réjouit d'autant plus qu'elle ne s'y attendait pas, avant de grimper l'escalier quatre à quatre pour se retirer dans sa chambre.

— Tu la gâtes trop, décréta Margot, demeurée sur le seuil. Par-dessus le marché, tu lui laisses la bride sur le cou. On jurerait une réfugiée de Transylvanie.

— Tu n'as pas eu d'enfants, contre-attaqua sa sœur. Tu ignores de quoi tu parles. Quant à sa tenue, elle est très à la mode parmi les étudiants de son âge. Et j'estime qu'elle lui va bien, ajouta-t-elle, avec l'espoir que Dieu lui pardonnerait ce mensonge.

Margot toisa sa cadette.

— À l'évidence, le bon goût vestimentaire a contourné cette branche de la famille. Tu n'as tout de même pas l'intention de garder cet affreux accoutrement ?

Bethany rentra le ventre, lissa sa jupe de ses deux mains.

— Eh bien, si. Il s'agit de ma plus jolie jupe. Et de mon plus beau chemisier.

Margot haussa un sourcil épilé avec soin :

— On dirait une publicité pour un pneu.

Meurtrie, sa cadette s'empourpra :

— Au moins, je ne ressemble pas à un phasme, moi. Et ta robe est faite pour une femme de trente ans, pas plus.

Margot haussa les épaules, ouvrit la porte.

— Lorsque je souhaiterai recueillir ton avis sur ma façon de m'habiller, je te sonnerai. Mais ce jour-là ne viendra que quand les poules auront des dents.

— Hier, tu m'as demandé mon aide. Autrement dit, il faut croire qu'il m'arrive de servir à quelque chose.

— Crois-moi, Bethany, je n'aurais pas fait appel à toi s'il n'était pas vital que nous formions un front uni contre notre père. Sur ce, en route, pour l'amour du Ciel. Nous allons finir par être en retard.

Bethany croisa les bras sur sa poitrine :

— J'ai changé d'avis. Papa et ses sottises peuvent attendre. Rester avec Mélanie m'importe plus que tout.

— Ne sois pas grotesque, la moucha son aînée. Elle n'a pas besoin de toi. Moi, si.

Elle inspira longuement :

— Je ne vous sollicite pas souvent, Fleur et toi. Alors, pour une fois, Bethany, je te saurai gré de bien vouloir soutenir ta grande sœur.

Bethany se sentait écartelée. Elle brûlait de rester, mais jamais encore, en effet, Margot n'avait réclamé son concours. La situation devait être grave.

— Peux-tu au moins m'expliquer en deux mots de quoi il retourne ?

— Pas vraiment. Papa lui-même est resté très vague, mais j'ai reconnu certains signes, et crois-moi, Bethany, ce qui risque de se passer pourrait bien avoir de terribles conséquences sur une situation déjà explosive.

— D'accord…, soupira sa cadette. Mais il faut que je sois rentrée le plus tôt possible. Mélanie ne s'attardera pas bien longtemps chez nous, et j'ai besoin de lui parler.

— Sur ce, allons-y. Papa déteste qu'on le fasse attendre.

— Cela ne lui ferait peut-être pas de mal si nous bousculions un peu ses habitudes, maugréa Bethany en griffonnant quelques mots pour sa fille sur un petit feuillet, qu'elle déposa contre la poivrière.

Elle couvrit sa tranche de cake d'une serviette de table propre, abandonna les assiettes et les tasses dans l'évier – se retint de les laver aussitôt.

De l'étage lui parvenait une musique tonitruante. Bethany haïssait cette cacophonie, mais… mais comme elle lui avait manqué… Elle voulait rester auprès de sa fille.

— Mon Dieu ! s'exclama Margot en frissonnant. C'est donc ça, la musique d'aujourd'hui ?

Sans attendre de réponse, elle s'empara du sac à main de sa sœur, qu'elle lui tendit :

— Sortons d'ici avant que mes tympans aient subi des lésions irréversibles.

Bethany saisit son sac, ainsi que le diplomate brioché qu'elle avait confectionné quelques heures plus tôt, avant de suivre son aînée à contrecœur. Elle leva les yeux vers la chambre avant de grimper dans la voiture, mais l'adolescente avait tiré les rideaux. Sans doute, songea-t-elle avec regret, aurait-elle filé avant son retour – seul l'affreux silence qu'elle redoutait à présent l'accueillerait.

Margot démarra en trombe pour quitter l'impasse, puis s'engagea sur la route.

La mer scintillait au loin, les tours de verre de Mooloolaba et de Maroochydore luisaient sous le soleil, le long d'une plage bordée d'arbres et de promontoires herbeux. Mais Bethany n'y prêta pas attention, soucieuse d'avoir tant de mal, aujourd'hui, à communiquer avec sa fille. Et pourtant, Mélanie, tout à l'heure, avait été sur le point de se confier, et Bethany pressentait qu'il s'agissait de quelque chose d'infiniment plus important que ce père vers lequel elle se dirigeait avec sa sœur.

Fleur avait décapoté sa voiture, et les chansons du groupe INXS s'échappaient à plein volume de l'installation stéréo. La jeune femme adorait sa Mazda, et tandis que le vent lui ébouriffait les cheveux, et que le soleil caressait son visage, il lui semblait qu'à nouveau tout devenait possible.

La route grimpait à flanc de colline, serpentait voluptueusement, longeant d'imposantes demeures littéralement sorties de terre depuis trois ans. Des grilles en fer forgé, ainsi que de hauts murs, dissimulaient des allées et des pelouses entretenues avec soin, bordées de palmiers ou de parterres de fleurs exotiques.

Les promoteurs immobiliers multipliaient les constructions le long de la côte orientale – la plupart des lieux que Fleur avait fréquentés durant son enfance étaient devenus méconnaissables. Caloundra constituait un exemple frappant des changements intervenus en si peu de temps: esplanade flambant neuve, tours d'habitations de luxe, restaurants à foison, troquets, boutiques, hôtels…

La jeune femme pressa le bouton de la télécommande: les lourdes grilles s'ouvrirent avec lenteur, tandis que le moteur du véhicule ronronnait doucement. Elle avait participé à la conception de cette demeure à l'époque où elle travaillait encore pour Oz Architecture, et bien qu'à la contempler, elle éprouvât une pointe de fierté, elle sentit aussi la poigner le regret de n'avoir probablement plus l'occasion d'en concevoir avant longtemps.

L'allée pavée s'élevait en pente douce vers la maison, érigée au sommet d'une crête. Constituée de verre, de métal et de stuc blanc, elle se nichait à flanc de colline, les trois étages menant, chacun tel une marche gigantesque, à une piscine immense, qui dominait la mer. Les pelouses ressemblaient à des tapis de billard. Un peu partout prospéraient des palmiers, des fougères et des plantes tropicales.

Fleur se gara entre la Land Rover de son père et la Mercedes de Margot. Avant de descendre, elle prit le temps de s'apaiser, puis de s'assurer qu'aucune trace, sur son visage, ne témoignait de l'épreuve qu'elle endurait depuis un jour et demi. Car son père n'avait pas son pareil pour flairer les ennuis qui accablaient ses interlocuteurs – s'il la perçait à jour, il la tarauderait jusqu'à ce qu'elle lui rapportât toute l'affaire par le menu, or elle n'était pas d'humeur à se confier.

Par comparaison avec la chaleur torride qui régnait au-dehors, le hall immense lui parut frais. Ses sandales claquaient contre le sol de marbre. Elle pénétra dans le salon, sa pièce favorite – par-delà les palmiers en pots, par-delà les profonds canapés de cuir, se dressait une paroi de verre, offrant une vue panoramique sur le ciel et la mer.

Contemplant ce spectacle, Fleur s'efforça de puiser en elle un brin d'enthousiasme à la perspective de cette réunion familiale. Elle s'en serait cependant bien passée, de ce déjeuner d'autant plus mal venu qu'elle ne rêvait plus que de lire les journaux intimes d'Annie Somerville, afin d'apprendre enfin quel lien elles entretenaient toutes les deux, et pourquoi elle lui avait fait don d'un pareil héritage.

Elle traversa la pièce parquetée de cèdre pour se rendre sur la première terrasse, puis descendre jusqu'à la deuxième. Des voix lui parvinrent. Elle s'immobilisa à l'ombre d'une urne en béton affectant la forme d'une fleur. Il était rare de les découvrir ensemble tous les trois… Elle les examina pendant un moment… Chacun possédait une personnalité si différente de celle des deux autres…

Ils avaient pris place à la longue table installée non loin de la piscine, sur la troisième terrasse, protégés des rayons brûlants du soleil par un énorme parasol blanc. Don Franklin, son père, trônait dans son fauteuil préféré, à l'une des extrémités de la table, sa chemise aux tons criards tendue à rompre sur son ventre proéminent, cependant que son bermuda blanc révélait de grosses jambes blêmes, étrangement dépourvues de poils. Il fumait l'un de ses cigares à l'odeur nauséabonde – le diamant de sa chevalière jetait des feux. Don Franklin était un homme considérable qui, à quatre-vingt-un ans, en imposait encore.

Fleur éprouvait pour lui peu d'affection – il n'avait été qu'un père à la fois lointain et exigeant, persuadé que des cadeaux somptuaires suffiraient à pallier le décès de sa mère et la tendresse dont il n'avait jamais fait preuve envers sa fille. De lui, elle n'avait jamais désiré qu'une chose : qu'il cessât de la considérer comme sa propriété et la tînt plutôt pour un être qu'il aurait été en mesure d'aimer et dont il aurait pu, un jour, se sentir fier.

Cela dit, c'était « grâce » à ces carences affectives qu'elle était devenue la femme qu'elle était aujourd'hui. Mue par la nécessité de tenir enfin debout sans l'aide de personne. Déterminée à rompre la chaîne des relations sentimentales désastreuses en s'engageant corps et âme auprès de Greg. Jusqu'à la veille, elle avait espéré qu'ils auraient bientôt des enfants. Des enfants à chérir, et non pas, comme ç'avait été le cas pour ses demi-sœurs et elle, à traiter en objets utiles.

Sur ses lèvres se peignit un sourire désabusé. Il semblait que la malédiction familiale l'avait frappée à son tour, mais il n'était pas question pour elle de s'y résoudre. Elle possédait suffisamment d'énergie pour tenter de renverser la vapeur.

Elle retourna à l'observation de son père et de ses sœurs. Ces dernières se tenaient face à face, de part et d'autre de la table. Margot buvait du vin, magistrale, pleine d'assurance, élégante en diable… Pauvre Bethany… Si mal fagotée, suffoquant dans la chaleur caniculaire… Bethany qui buvait à copieuses gorgées du jus d'orange en babillant sans cesse, cherchant désespérément à combler l'assourdissant silence.

Ce soupçon de pitié qu'éprouva Fleur en la voyant se débattre ainsi se teinta de culpabilité. Bethany avait été comme une mère pour elle. Entre ses bras dodus, Bethany l'avait consolée, l'avait réconfortée durant son enfance solitaire. Elle ne lui avait plus rendu visite depuis longtemps… Comme, à son tour, elle devait se sentir oubliée, maintenant que ses enfants avaient quitté la maison.

Elle se promit de la fréquenter plus souvent, avant de se concentrer sur Margot. Du fait de leur différence d'âge, les deux femmes étaient presque des étrangères l'une pour l'autre – Fleur peinait d'autant plus à l'apprécier qu'elle identifiait dans ses façons de nombreux traits paternels.

— Qu'est-ce que tu fabriques ? brailla soudain Don à l'adresse de sa benjamine. Tu nous épies ? Ramène donc ton petit cul par ici.

La jeune femme descendit sans hâte l'escalier menant à la dernière terrasse. Elle lui donna un baiser sur la joue, sourit à Margot, prit place auprès de Bethany, qui lui saisit la main pour lui souhaiter la bienvenue.

— Tu es en retard, gronda le père.

— J'ai failli ne pas venir du tout.

Elle s'empara d'un verre de vin blanc.

— Et si tu continues à me hurler dessus de cette façon, je ne resterai pas.

Un large sourire fendit en deux son visage rougeaud et, du poing, il frappa l'accoudoir de son fauteuil.

— Ah !

Il fusilla Margot du regard.

— Cette gamine a du cran, fit-il avec fierté.

— Comme sa mère, répliqua froidement l'aînée.

Les épais sourcils se froncèrent au-dessus des yeux bleu pâle.

— Ne mêle pas cette saleté à nos histoires, se fâcha-t-il. Fleur ressemble à son vieux papa, pas vrai ?

Celle-ci préféra s'abstenir de répondre. Sa mère, Selina, représentait pour elle un sujet douloureux – cette femme les avait abandonnés, Don et elle, deux ans seulement après son mariage. Jamais son nom n'avait été prononcé jusqu'au septième anniversaire de Fleur : ce jour-là, son père lui avait annoncée que Selina avait trouvé la mort bien des années plus tôt, dans un accident de voiture. La jeune femme ignorait à quoi elle ressemblait – Don avait brûlé toutes les photographies sur lesquelles elle apparaissait. Elle avait donc grandi en s'interrogeant sur cette créature mystérieuse, en se demandant pour quelle raison Selina n'avait pas éprouvé suffisamment d'amour envers sa fillette pour l'emmener avec elle le jour où elle s'était enfuie.

— Margot nous a informées que tu souhaitais discuter avec nous d'un sujet important, intervint Bethany. Maintenant que nous sommes ici toutes les trois, tu pourrais peut-être nous fournir quelques explications.

— Cela peut attendre après le déjeuner, répondit l'homme avec désinvolture, en enfonçant sur sa tignasse blanche sa casquette de baseball tachée de sueur.

— Pourquoi pas tout de suite? s'exaspéra Bethany. Je dois retrouver Mélanie chez nous le plus vite possible.

— Nous discuterons quand je serai prêt à le faire, et pas avant.

Lorsque sa gouvernante se matérialisa sur la terrasse, chargée d'un plateau de fruits de mer, Don se tourna vers elle :

— Pile à l'heure, comme d'habitude, April. J'espère que vous avez pensé aux langoustines de la baie de Morton ? Vous savez combien je les aime.

— Bien sûr, monsieur Franklin.

Une fois distribuées les victuailles, la gouvernante regagna l'intérieur de la maison.

— Une sacrée bonne femme, commenta le maître de maison, en fourrant sa serviette de table dans le col de sa chemise hawaiienne. Si elle était moins bégueule, je la demanderais peut-être en mariage.

Il s'empara d'une poignée de coquillages, puis se mit à manger.

Margot haussa un sourcil inquiet. Fleur, de son côté, grignotait une crevette. Les manières à table de leur père se révélaient exécrables, ct bien que la jeune femme prît garde à ne pas le regarder, elle l'entendait mastiquer, et cela suffisait à lui lever le cœur.

Le déjeuner parut interminable aux trois sœurs, et la conversation décousue. Si Margot et Fleur pignochaient, Don, quant à lui, n'était pas homme à gâcher la nourriture: il dévora jusqu'au dernier coquillage du plateau, avant de s'attaquer avec entrain au diplomate brioché apporté par Bethany.

Enfin, il se carra dans son fauteuil, s'essuya la bouche et rota dans sa serviette avant de la jeter sur la table.

— J'ai l'intention de me remarier, déclara-t-il, le regard malveillant.

— C'est bien ce que je craignais, dit Margot. On aurait pourtant pu croire qu'avec tes antécédents, tu ferais preuve d'un peu plus de jugeote.

— Margot a raison, renchérit Bethany en pliant avec soin sa serviette, qu'elle posa à côté de son assiette vide. Après la mort de maman, tu t'es remarié beaucoup trop vite, et regarde ce qui s'est passé.

Elle se tourna vers Fleur, à laquelle elle sourit:

— Pardon, ma chérie. Je sais qu'il s'agissait de ta mère, mais Selina était…

— Selina était une erreur, la coupa leur père. Je te l'accorde. De même que Rachel et Dawn. Mais cette fois, les choses sont différentes.

— Elles le sont prétendument à chaque femme dont tu croises la route, s'agaça Margot à mi-voix. Si tu tiens vraiment à distribuer tes largesses douteuses à tours de bras, contente-toi de le faire. Amuse-toi, puis passe à autre chose. Quel besoin as-tu de les épouser les unes après les autres ?

— Tu apprécies peut-être de vivre de cette façon, mais n'essaie pas de me faire croire que tu nages dans le bonheur auprès de ces garçons qui ne sont pour toi que des jouets.

Son œil délavé se fit cruel :

— Tu es une cougar, Margot. Une vieille femme en quête de jeunes étalons. Tu es bien mal placée pour me donner des leçons.

La bouche de sa fille aînée se réduisit à une ligne mince :

— Et toi, tu n'es qu'un vieux bouc, rétorqua-t-elle sur un ton glacé. Mes jeunes amants remplissent leur mission à merveille, mais je ne suis pas assez stupide pour les épouser. Par ailleurs, ma vie privée ne te concerne en rien.

Fleur et Bethany contemplaient leur aînée, admiratives autant qu'épouvantées – elles découvraient l'inaccessible Margot sous un jour entièrement neuf.

— Je me fais un devoir de suivre ce que chacune d'entre vous fait de son existence, grommela Don, qui alluma un cigare. Dans le but de vous tenir éveillées. Grâce à moi, vous êtes toujours sur le qui-vive.

Bethany tamponna son visage en sueur à l'aide d'un mouchoir :

— Je désapprouve le fait d'avoir… (Elle éprouvait des difficultés à prononcer ce mot.)… d'avoir… des amants, en revanche je ne comprends pas non plus pour quelle raison tu souhaites te remarier à ton âge. Ici, tu as déjà tout, et April veille sur toi vingt-quatre heures sur vingt-quatre.

— Elle ne réchauffe pas mon lit.

— Tu as quatre-vingt-un ans, s'offusqua Bethany, qui peinait à garder contenance. Tu n'as plus besoin… de *ça*.

Don éclata d'un rire semblable à un aboiement :

— Le vieux cabot reste bien vivant, ma fille. On ne peut certes pas en dire autant de ton mari. Vu ta dégaine, je suis prêt à parier qu'il ne t'a plus honorée depuis un paquet d'années.

Les joues de Bethany virèrent à l'écarlate :

— Je ne pense pas utile de tenir ce genre de conversation, papa.

Il eut un sourire mauvais.

— Peut-être que si tu consacrais un peu moins de temps à tes bondieuseries, Clive ne jouerait pas aussi souvent au golf. Si c'est bien au golf qu'il joue.

— Qu'es-tu en train d'insinuer ?

La malheureuse s'était exprimée d'une voix ténue et tremblante.

— Cette remarque était déplacée, s'immisça Fleur, avant que son père en eût craché une autre, trempée du même acide. Si tu as l'intention de nous assener des méchancetés, mieux vaut que nous prenions congé.

— Vous resterez ici jusqu'à ce que je vous dise de foutre le camp.

Son regard perçant les fora l'une après l'autre avec la puissance d'une tarière :

— Je n'ai pas fini de vous exposer mes projets.

— Nous ne sommes plus des enfants qu'on peut tyranniser à sa guise, s'acharna la cadette. Si nous préférons partir, tu ne pourras pas nous en empêcher.

Margot fit tourner sur lui-même son verre de vin, invitant le soleil à jouer sur les facettes du cristal :

— Nous avons toutes les trois besoin de nous calmer, murmura-t-elle. Et nous n'irons nulle part tant qu'il n'aura pas dit ce qu'il a sur le cœur.

Don approuva d'un hochement de tête, tira sur son cigare.

— Bien envoyé. Il est grand temps que vous me manifestiez un peu de respect.

— Le respect, ça se mérite, le cingla l'aînée. Allez, continue.

Il considéra ses trois filles successivement… Il prenait son temps, ravi d'être devenu le centre de toutes leurs attentions.

— Je suis plus en forme que la plupart des hommes de mon âge, mais d'ici quelques années… Battre le fer tant qu'il est chaud, voilà ma devise. L'idée étant de me dénicher une gentille petite poupée qui veillera sur moi quand j'aurai dépassé la date de péremption.

Face à leurs mines effarées, il sourit de toutes ses dents.

— Ce n'est pas comme si je pouvais compter sur vous. Et que je sois pendu si j'accepte de finir mes jours dans un hospice de vieux.

— Tu es injuste, commenta Bethany. Je passe te voir régulièrement pour m'assurer que tu vas bien, je t'apporte des gâteaux, de la confiture… Je te tiens compagnie…

— Je n'ai pas besoin de gâteaux ni de confitures, pauvre gourde ! rugit Don. Je veux du sexe. Jusqu'à plus soif.

— Tu es répugnant, frissonna sa fille, dont le sang avait reflué du visage.

— Tu en crèveras, le railla Margot, et ce sera bien fait.

— Mais quelle sortie !

Le cigare fiché entre les lèvres, il ne cessait plus de sourire, et il avait croisé ses doigts potelés sur son ventre.

— Il n'est pas question que je reste ici à écouter ces horreurs, se fâcha Bethany, qui esquissa le geste de se lever.

Fleur la saisit par le bras pour tenter de l'apaiser.

— Tu ne comprends donc pas qu'il le fait exprès pour nous faire enrager ?

Elle se tourna vers son père, qu'elle considéra d'un œil glacé :

— Si tu ne désires rien d'autre que du sexe, pourquoi n'embauches-tu pas une professionnelle ? Et le jour où tu te seras lassé d'elle, ce qui ne manquera pas d'arriver, tu n'auras aucun mal à en trouver une autre.

— Je ne paie pas pour ce genre de chose. Je n'ai jamais payé pour ça de toute ma vie.

— Tu as déboursé une somme astronomique pour te débarrasser de tes deux dernières harpies, intervint Margot. Et depuis, tu as payé d'autres femmes. Pour tout dire, chacune de tes relations, depuis la mort de ma mère, t'a coûté de l'argent. Et à nous aussi.

Il demeura silencieux, le regard furibond perdu en direction de la mer. Et de ses lèvres sans repos, il paraissait remâcher sa colère.

— Cette fois, lâcha-t-il enfin avec obstination, les choses seront différentes.

— Permets-moi d'en douter, répliqua Margot, qui eut, en se tournant vers lui, une moue d'écœurement. Qui qu'elle puisse être, je parie qu'elle est à peine plus âgée que Fleur, mais plus jeune que

Bethany. Une blonde. Avec des jambes d'une telle longueur qu'elles lui arrivent sous les bras, avide de mener la grande vie et d'avoir entre les mains une carte Platinum.

Le sarcasme alourdissait son ton.

Des lueurs lubriques étincelèrent dans l'œil de son vieux père :

— Tu connais merveilleusement bien mes goûts en matière de femmes, railla-t-il. Mais rassure-toi : ce n'est pas parce que j'ai des kilomètres au compteur que je suis devenu sénile. Je compte bien lui faire d'abord signer un arrangement prénuptial.

— Ces trucs-là ne valent guère plus que le prix du papier sur lequel on les rédige, le moucha Margot.

— Il n'y a pas plus cinglé qu'un vieux cinglé, maugréa Bethany.

— Je ne suis pas cinglé ! rugit l'intéressé. Tiffany est heureuse et…

— Tiffany ? se raidit Margot, horrifiée. Tu ne parles quand même pas de la Tiffany qui gère l'institut de beauté dans notre Coolum Resort Hotel ?

Son père lui décocha un large sourire :

— Tout juste. C'est une très chic fille.

— Voyons, s'emporta son aînée. Elle est plus jeune que Fleur !

— Et alors ? Ce n'est tout de même pas ma faute si les demoiselles me trouvent séduisant.

— Ne te berce pas d'illusions, papa, souffla Fleur. C'est après ton argent qu'elles en ont. Rien de plus.

— Es-tu prétentieux au point d'imaginer qu'une gamine comme Tiffany éprouve sincèrement l'envie de te tripoter tous les soirs ?

Bethany demeurait éberluée.

— Les types de mon âge possèdent un savoir-faire que seule l'expérience leur a permis d'acquérir. Jusqu'ici, personne ne s'est jamais plaint.

Les trois femmes frissonnèrent de dégoût.

Il se tourna vers Margot :

— J'ai pris des dispositions afin que Tiffany puisse prendre les rênes de l'hôtel. Mais puisque c'est toi qui diriges l'entreprise, il me faut ta signature.

Margot, qui avait blêmi, porta son verre de vin blanc à ses lèvres d'une main tremblante :

— Avant de signer quoi que ce soit, il faut d'abord que je fasse part de ta requête au conseil d'administration, finit-elle par laisser tomber. Tiffany n'a jamais géré un hôtel. Elle ne possède qu'un diplôme d'esthéticienne.

— Elle est intelligente, et elle fourmille d'idées, toutes plus épatantes les unes que les autres.

— Intelligente ou pas, le conseil d'administration s'opposera à sa nomination, j'en mettrais ma main au feu.

— À ceci près que je reste le PDG. Les membres du conseil d'administration feront ce que je leur dirai de faire. Nous possédons six hôtels, ainsi qu'une chaîne de motels. Que Tiffany s'occupe du Coolum ne changera strictement rien. De toute façon, j'exige qu'elle en prenne la tête, Margot. Je le lui ai promis.

— Dans ce cas, tu vas devoir revenir sur ta promesse. Nous ne pouvons pas nous permettre de jouer l'avenir de l'entreprise aux dés, et il n'est pas question de laisser les clés du Coolum à une écervelée comme Tiffany.

L'homme avait sursauté dans son fauteuil :

— « Nous ne pouvons pas nous le permettre » ? répéta-t-il. Que veux-tu dire par là ?

Plongeant une main dans sa mallette, Margot en fit surgir une liasse de feuillets :

— Voici les derniers comptes, annonça-t-elle en distribuant les documents à ses sœurs et son père. Nous espérons voir grimper nos revenus dans les mois qui viennent, grâce aux Jeux olympiques, mais nous ne tiendrons pas indéfiniment à ce rythme. Après les fêtes de fin d'année, nous nous retrouverons en difficulté.

Il s'empara des feuillets, parcourut les colonnes de chiffres :

— Pourquoi ne m'en as-tu pas parlé plus tôt ?

— Je n'en ai jamais eu l'occasion. Tu étais toujours occupé. Sans doute accaparé par l'adorable Tiffany.

— Mais si je t'ai confié la direction des hôtels spas, c'est parce que je te croyais compétente.

Il jeta les papiers sur la table.

— Je le suis, se défendit posément Margot. Tu t'es montré un excellent professeur. Je travaille dans cette branche depuis que j'ai quitté l'université, et j'ai vu un assez grand nombre de chaînes hôtelières se casser la figure pour reconnaître les ennuis lorsqu'ils pointent le bout de leur nez.

Elle considéra les uns et les autres, la mine grave :

— L'hôtellerie de luxe décline. Les clients n'ont plus envie de payer des sommes exorbitantes pour obtenir des services que, pour un prix pratiquement réduit de moitié, les chaînes internationales peuvent leur proposer.

— Pourtant, objecta Fleur, le nombre des réservations se révèle satisfaisant jusqu'à la fin de l'année.

En janvier aussi. On devrait pouvoir s'en sortir haut la main.

Margot secoua la tête :

– Les cérémonies du nouveau millénaire nous ont à peine permis de garder la tête hors de l'eau. Depuis deux ans, notre chiffre d'affaires ne cesse de diminuer, et rien ne permet d'espérer que la tendance pourrait s'inverser à court terme. D'ailleurs, les banques sont sur les dents : nous leur devons beaucoup d'argent.

– Tout cela m'a l'air extrêmement préoccupant, commenta Bethany. Quelle est la solution selon toi ?

– Nous devrions vendre les hôtels tant qu'il en est encore temps. Les dirigeants du groupe Devonshire m'ont déjà fait part de leur intérêt. Ensuite, nous recentrer sur la chaîne de motels. Elle nous permettra de rester à flot, ce qui nous évitera du même coup de nous retrouver avec nos créanciers sur le dos.

– C'est si grave que ça ? s'effaroucha Fleur.

– Hélas, oui.

– Oh, mon Dieu…, laissa échapper Bethany d'une voix blanche. Nous devrions quand même bien réussir à redresser la barre sans être obligés de vendre ?

– Je ne vendrai rien du tout ! éructa Don. Mon père est le fondateur de cette société, et je n'ai aucune intention de brader le travail de toute ma vie sous prétexte de faire plaisir aux banques.

Cet éclat n'émut nullement sa fille aînée :

– C'est pourtant ce que tu vas devoir te résoudre à faire si tu désires éviter la faillite.

– La faillite ?

Il pâlit soudain, se cramponnant aux accoudoirs de son fauteuil.

— Tu plaisantes ?

— Je suis on ne peut plus sérieuse. L'argent sort de nos caisses nettement plus vite qu'il n'y rentre. Les intérêts pratiqués par la banque sont certes exorbitants, mais nous dépensons aussi des fortunes pour entretenir nos établissements de luxe. Sans compter les frais occasionnés par cette villa. Et ton extravagant train de vie. À quoi je peux ajouter toutes les pensions alimentaires qu'il te faut verser et ce que te coûtent tes conquêtes successives. Nous sommes tout près de couler.

Don demeura silencieux, son regard se portant vers la mer. Des gouttes de sueur perlaient au-dessus de sa lèvre supérieure ; son teint était de cire. Pour la première fois de sa vie, Fleur éprouva pour son père un peu de pitié. Elle ne l'avait jamais vu si accablé. À court d'arguments.

— Je comprends que cette idée te révolte, observa-t-elle, mais je crois qu'il serait plus sage de suivre le conseil de Margot. Si nous vendons, notre situation se stabilisera. Les banques s'apaiseront. Cela nous permettra de souffler un peu, puis de concentrer nos efforts sur la branche rentable de l'entreprise.

— Je suis d'accord, hasarda Bethany d'une voix mal assurée. Je suis navrée, papa, mais cela me paraît être la décision la plus sensée.

— Qu'est-ce que tu en sais ? aboya Don. Hein ? Madame La ménagère de banlieue. Celle qui n'a dans le ciboulot que le bon Dieu et ses saletés de diplomates briochés.

D'un geste du bras, il balaya le saladier de cristal, qui vola en éclats sur le sol carrelé de la terrasse.

Bethany grimaça :

— C'était mon plus beau saladier, glapit-elle.

— Que vaut cette saloperie par comparaison avec le travail de toute une vie ? la cingla-t-il. Mes parents ont quitté l'Angleterre pour venir s'installer ici. Papa a commencé en qualité de sous-directeur d'un hôtel de Sydney. Il y passait tellement d'heures qu'il nous voyait à peine, Annie, notre pauvre mère et moi. Mais un beau jour, il a acheté l'établissement, et quand il a pris sa retraite, il possédait trois des meilleurs hôtels du pays.

Fleur se raidit à l'évocation d'Annie qui, à l'évidence, était la sœur de Don, bien que, jusqu'à ce jour, celui-ci n'eût jamais prononcé son nom en sa présence. S'agissait-il bel et bien de la même Annie ?

L'homme fusilla, une à une, ses trois filles du regard.

— Ces hôtels, il me les a légués. Ils représentent le socle sur lequel j'ai édifié à mon tour l'entreprise qui est la nôtre aujourd'hui. Alors, je vous préviens : même si des Martiens décidaient un jour de raser Brisbane, je continuerais à refuser de vendre.

— Tu n'auras sans doute pas ton mot à dire, rétorqua Margot. Les paroles échangées autour de cette table me permettent de penser que Fleur et Bethany m'apporteront leur soutien inconditionnel, et les autres membres du conseil d'administration m'ont d'ores et déjà donné carte blanche.

— Qu'est-ce que je vais bien pouvoir raconter à Tiffany, nom de Dieu ?

— Dis-lui la vérité. Si elle est telle que je me l'imagine, elle prendra aussitôt ses jambes à son cou et tu ne lui verras pas le derrière à travers la poussière.

— Tu as le cœur sec, gronda Don.

— Venant de ta part, je prends cela pour un compliment.

Fleur n'était pas surprise d'apprendre que l'entreprise familiale se portait mal. Trois ans plus tôt, déjà, on avait évoqué la possibilité de vendre et, depuis, le sujet était revenu sur le tapis à chaque assemblée générale. Jusqu'ici, les manières agressives de Don avaient réduit ses détracteurs au silence. Mais cette fois, on avait atteint le point critique.

Elle se sentait navrée pour Margot, qui, depuis de longues années, n'épargnait pas sa peine pour gérer de son mieux la société, multipliant aussi les efforts pour maîtriser le caractère impétueux de leur père. Sans doute avait-elle eu du mal, aujourd'hui, à reconnaître devant ses sœurs que l'entreprise se trouvait au bord de la faillite. Néanmoins, Margot, au moment de son divorce, avait âprement négocié, dans l'intention d'obtenir une pension alimentaire d'un montant digne de ce qu'elle estimait mériter. En outre, elle recevait un salaire confortable de la compagnie dont elle avait pris la tête. Nul doute qu'on se montrerait également généreux pour sa pension de retraite.

Bethany, en revanche… Cette pauvre Bethany qui aimait leur père en dépit de tout, Bethany qui faisait tout pour lui être agréable… Si l'on mettait la clé sous la porte, les dividendes qu'elle touchait chaque année lui manqueraient cruellement. Sa cadette, en effet, supposait que c'était eux qui lui permettaient de jouir d'une relative indépendance financière.

Quant à Fleur elle-même, elle déposait chaque année l'intégralité de sa rente sur un compte au taux de rendement exceptionnel. Si l'on vendait la société, elle en souffrirait donc moins que ses deux aînées. D'autant plus que, désormais, il y avait le mystérieux héritage d'Annie Somerville.

Elle se carra dans son siège, but son vin blanc à petites gorgées, tandis qu'autour de la table, on s'étripait encore. Annie Somerville était-elle la sœur de Don ? Si oui, pourquoi ce dernier ne leur avait-il jamais parlé d'elle ? Et pour quelle raison Annie n'avait-elle pas équitablement partagé ses biens entre ses trois nièces ?

Fleur ayant vidé son verre, elle contempla un moment le paysage maritime autour d'elle. Le moment aurait été certes mal choisi pour interroger à brûle-pourpoint l'histoire familiale… à moins de vouloir à tout prix verser de l'huile sur le feu, quand son père et ses sœurs s'entredéchiraient déjà… Cependant, il lui faudrait poser des questions. Et il lui faudrait le faire très bientôt.

3

Margot s'était attardée auprès de son père pour examiner plus attentivement avec lui les documents qu'elle avait apportés. Fleur avait proposé à Bethany de la raccompagner chez elle, car elle brûlait de retrouver sa fille.

— J'espère qu'elle n'aura pas déjà filé, murmura la passagère, tandis que la voiture quittait le littoral pour gravir la côte menant à la petite ville. Je sais seulement qu'elle voulait me dire quelque chose d'important.

— Si c'est le cas, elle ne tardera pas à se confier à toi, de toute façon, tenta de l'apaiser Fleur en lui coulant un regard compatissant, puis elle s'engagea dans la circulation intense du vendredi après-midi. Les adolescentes se montrent parfois terriblement secrètes. Il leur arrive aussi de faire une montagne d'un petit rien. Je parie que ce n'est pas grave.

Bethany ne semblait pas convaincue :

— T'a-t-elle dit quelque chose ? Je sais qu'elle aime s'ouvrir à toi de ce qui la chiffonne. Je trouve ça très bien. Mais… Si elle avait des problèmes, tu me le dirais, n'est-ce pas ?

— Bien sûr que oui.

Fleur avait craint longtemps que sa sœur ne prît ombrage de la confiance que lui manifestait Mélanie, car cette dernière, depuis toujours, se tournait vers sa tante dès qu'elle estimait que sa mère ne la comprendrait pas. Pour le moment, elle ne lui avait confié que des tourments d'adolescente ordinaire.

– C'était une enfant si gentille, soupira Bethany.

Elle tapota le genou de la conductrice, qu'elle considéra d'un œil humide.

– Je ne la comprends pas, enchaîna-t-elle. Elle est tellement agressive. En l'espace de quelques mois, elle a changé du tout au tout.

Elle serra contre elle son sac à main.

– À quel moment ai-je commis une erreur, Fleur ?

– Tu n'as commis aucune erreur, voyons. Elle ressemble à tous les jeunes gens de son âge, elle essaie de découvrir qui elle est vraiment. De trouver sa place.

Elle sourit :

– Les hormones se montrent facétieuses à certaines périodes de la vie. Tu es bien placée pour le savoir.

Bethany tortura entre ses doigts l'anse de son sac.

– Je ne pensais pas que ça se voyait autant, fit-elle, tandis qu'une larme roulait sur sa joue. Oh, mon Dieu…

Elle se moucha.

– Quelle affreuse journée. Je suis complètement essorée.

– Ça ne m'étonne pas. Papa était encore plus imbuvable que d'habitude.

Fleur décocha à sa passagère un large sourire :

— Et que dis-tu de Margot et de ses gigolos ? Qui aurait pu deviner ?…

— J'ai toujours cru qu'elle était lesbienne.

— Bethany !

— Écoute…, se défendit celle-ci. Elle a beau porter des vêtements de marque et des talons hauts, le fait est qu'elle se comporte en mâle dominant.

Elle croisa les bras sous sa poitrine.

— Sans compter qu'elle ne s'est jamais remariée, ce que je trouvais suspect.

Fleur réprima un fou rire. Sa sœur, en cet instant précis, avec son expression de bigote outragée, ressemblait à s'y méprendre à un carlin malgracieux.

— Je parie que Margot suit un traitement hormonal de substitution, fit la jeune femme. Tu n'as jamais eu envie d'essayer ?

— Je n'ai pas de temps à perdre avec des rendez-vous médicaux.

— Tu devrais quand même consulter. Tu te sentirais sans doute beaucoup mieux.

Bethany se tut un long moment, le regard perdu par la vitre de sa portière.

— J'ai toujours voulu fonder une famille nombreuse, laissa-t-elle enfin tomber. Lorsqu'ils étaient petits, je nageais dans le bonheur. Mais maintenant, je me sens inutile. Ils n'ont plus besoin de moi. Je ne sais pas quoi faire de mes journées.

— Vous pourriez peut-être voyager, Clive et toi. Les voyages t'ont toujours attirée.

Bethany poussa un lourd soupir :

— Clive ne voudra jamais quitter son travail, et puis, il y a son golf. Depuis le départ des enfants, je me rends compte que nous ne possédons pratiquement rien en commun. Que pourrions-nous bien nous raconter ?...

Fleur ne sut que répondre. Éreintée au terme d'une nuit sans sommeil suivie d'un déjeuner atroce, elle ne se sentait pas de taille à s'occuper, de surcroît, des déboires conjugaux de sa demi-sœur.

— Je me demande souvent pourquoi tu n'es pas déjà tombée enceinte, maintenant que Greg et toi vivez ensemble, reprit Bethany. Bah, dans le fond, c'est peut-être vous qui avez raison. Les enfants finissent toujours par vous briser le cœur.

Il était grand temps pour sa cadette de changer de sujet :

— Papa a très mal pris les nouvelles concernant l'entreprise. Jamais je ne l'avais vu aussi secoué.

— Ça m'a fait un choc à moi aussi. J'y tenais, à ma rente annuelle.

— Je suppose qu'au terme de la vente, nous toucherons tous une somme rondelette.

— J'espère. Et puis, qui sait, papa va peut-être cesser de se comporter en tyran. Cela dit, j'en doute. Les hommes de son espèce ne changent jamais.

Un silence complice s'installa entre les deux femmes. Fleur finit par se jeter à l'eau :

— Au fait... Papa a mentionné une certaine Annie, tout à l'heure. C'est sa sœur ?

— En effet.

Soudain crispée, Bethany cramponna son sac à main.

— J'ignorais qu'il avait une sœur, poursuivit sa cadette, intriguée. Pour quelle raison n'a-t-il jamais parlé d'elle jusqu'à aujourd'hui ?

Bethany se concentrait sur le paysage alentour :

— Ils se sont brouillés il y a de nombreuses années. Bien avant la naissance de Margot et la mienne.

Ses réticences à en dire davantage piquèrent la curiosité de Fleur :

— Tu ne l'as donc jamais rencontrée ?

Bethany, qui ne parvenait pas à dissimuler son malaise, hésita avant de répondre :

— Un jour, quand j'avais une douzaine d'années, j'ai déniché un album de photos. Plein de vieux clichés. Des photos de groupes, des photos de mariage, des portraits réalisés par des professionnels avec le nom des gens inscrit dessous à la main. J'ai demandé à papa qui était Annie. Il m'a arraché l'album des mains et l'a mis sous clé dans l'un des tiroirs de son bureau. Il m'a répondu qu'Annie était sa sœur, et qu'il m'interdisait de prononcer à nouveau son prénom devant lui.

Fleur avait la cervelle en ébullition. Sa demi-sœur lui cachait quelque chose. Mais quoi ?

— Ce qui a provoqué leur brouille devait être grave, observa-t-elle.

— Je sais seulement qu'il l'a bannie de sa vie le jour où elle a épousé John Harvey, avant d'emménager dans le Gulf Country. Connaissant papa, je suppose que ce sont des histoires d'argent qui les ont séparés. Rien d'autre ne l'intéresse.

La déception de Fleur atteignit une telle intensité qu'elle manqua de griller un feu rouge :

— Annie a épousé John Harvey ? Le nom de famille de son mari n'était donc pas Somerville ?

Bethany se tortilla sur son siège, plongeant les mains dans son sac en quête de ses clés. Elle évitait le regard de sa cadette.

— Je crois me rappeler qu'elle a ensuite épousé un autre homme. Somerville… Ça me dit vaguement quelque chose…

Elle jeta un coup d'œil suspicieux à la conductrice :

— Pour quelle raison t'intéresses-tu soudain à une vieille tante dont personne n'a plus entendu parler depuis des lustres ?

— Par curiosité. Ce n'est pas tous les jours qu'on apprend que son père avait une sœur.

— C'est de l'histoire ancienne. D'ailleurs, elle est probablement décédée. Elle était plus âgée que papa.

Comme la voiture s'engageait dans l'allée menant à son domicile, elle repéra le scooter garé à côté de la porte du garage. Elle eut un large sourire :

— On dirait bien que Mélanie est toujours là. Il faut que j'y aille. Merci de m'avoir raccompagnée.

— Je t'appelle d'ici quelques jours, lança Fleur, tandis que Bethany se hâtait vers sa maison.

Bethany pénétra dans la cuisine en trombe, abandonnant son sac à main sur la table. Alors qu'elle s'apprêtait à appeler sa fille, celle-ci parut sur le seuil. Le sourire de Bethany mourut sur ses lèvres en voyant sur Mélanie cette expression qu'elle ne connaissait que trop bien. Elle se raidit, se prépara à essuyer une tempête.

— Je vais nous préparer du thé, annonça-t-elle pour gagner du temps. Ensuite, tu me raconteras tout.

L'adolescente entra dans la pièce, tira une chaise :

— C'était comment ton déjeuner ? demanda-t-elle avec indifférence.

— Peu ordinaire, répondit sa mère en emplissant la bouilloire.

— Papi a cassé sa pipe ?

— Tu n'es pas gentille, la gronda Bethany.

— Qu'est-ce qui s'est passé, alors ?

Sa mère lui résuma la situation.

— Ça veut dire qu'on est pauvres ?

— Pas plus pauvres qu'avant, s'agaça Bethany.

Elle disposa les soucoupes et les tasses, coupa deux tranches de gâteau. En dépit du copieux déjeuner qu'elle avait pris chez son père, elle mourait de faim.

— J'allais partir, indiqua Mélanie. Sophie et moi, on va à un concert, ce soir. Il me faut du temps pour me préparer.

— Tu sais que je n'aime pas ce genre d'occupation, se navra sa mère en versant l'eau chaude dans la théière. Tu ne peux pas trouver autre chose à faire un vendredi soir ? Participer au bal dans la salle paroissiale, par exemple. Je suis certaine qu'il reste des billets.

Mélanie tressaillit :

— Je préférerais m'enfoncer des épingles dans les yeux. Et pourquoi ce serait mal d'assister à un concert, d'ailleurs ? Quand vous étiez plus jeunes, ça vous arrivait d'y aller, papa et toi.

— C'était différent. Il n'y circulait pas de drogue, comme maintenant, et les spectateurs n'y copulaient pas dans tous les coins.

L'adolescente renâcla :

— C'est ça, oui… Comme si les hippies n'avaient jamais existé. Mais toi, avec tes œillères de cul-bénit, t'as sans doute rien remarqué.

Bethany s'assit. Elle s'efforçait de garder son calme, mais lorsqu'elle emplit les tasses, sa main tremblait.

— Écoute, ma chérie. Je viens de vivre une journée épuisante. Je ne me sens pas d'humeur à me disputer avec toi. Tu es trop jeune pour ce genre de distraction, un point c'est tout.

Des orages passèrent sur les traits de Mélanie :

— Je suis plus une petite fille. Les billets coûtent une blinde. Je vais quand même pas planter Sophie en n'apportant pas le fric.

Sa mère songea aux cent dollars qu'elle lui avait confiés le matin même. L'adolescente l'avait trahie. Elle lui avait menti. Elle avala une gorgée de thé – surtout, n'émettre aucun commentaire, car Mélanie n'attendait que de pouvoir mordre à cet hameçon.

Cette dernière saisit sa tasse entre ses mains, fixant Bethany de son œil sombre.

— Admettons que je laisse tomber le concert. Est-ce que tu me promets en échange de pas péter un plomb si je te dis un truc ?

Un frisson parcourut l'échine de sa mère. Elle pria aussitôt pour que l'adolescente ne fût pas enceinte, qu'elle n'eût pas sombré dans la drogue ou contracté une affreuse maladie sexuellement transmissible…

— Je ne peux rien te promettre de tel. En revanche, je promets de t'écouter.

Elle avait la bouche sèche.

Quelle bombe s'apprêtait-elle à lâcher ?…

La jeune fille humecta ses lèvres, plongea le regard dans le fond de sa tasse.

— J'ai décidé de prendre une année sabbatique avant de commencer la fac.

Dieu avait donc exaucé les prières de Bethany. Il n'en restait pas moins que cette annonce lui fit l'effet d'un coup de poing dans le plexus solaire :

— Non…, souffla-t-elle. Hors de question.

— Pourquoi pas ? Tout le monde fait ça, maintenant.

— Mais… Mais tu rêves d'entrer à l'université depuis ta plus tendre enfance. Et tu as travaillé dur pour en arriver là. Pourquoi, Mélanie ? Pourquoi jetterais-tu brusquement tout cela aux orties ?

— Je jette rien aux orties, se braqua l'adolescente, les bras croisés sur la poitrine, le menton résolu. La direction de la fac est d'accord. Ils m'ont promis de me garder une place pour l'an prochain.

— Ne sois pas ridicule, la cingla sa mère. Si tu t'offres une année sabbatique, jamais tu n'entreras ensuite à l'université. C'est toujours comme ça que les choses se passent.

— Arrête ton char, maman.

Mélanie se remit debout :

— J'irai à la fac. Je le veux, et je le ferai. Mais pas tout de suite. Lâche-moi un peu les baskets.

Les mots, cette fois, manquèrent à Bethany.

— Les choses ont changé depuis ton époque. L'Australie grouille de jeunes qui ont choisi de prendre une année sabbatique avant d'entamer leurs études supérieures. Ils viennent du monde entier, et je compte bien me joindre à eux.

Sa mère enfouit son visage dans ses mains, luttant de son mieux contre ses larmes et son amère déception.

Enfin, elle s'essuya les yeux :

— Si tu mets ton projet à exécution, tu devras te débrouiller pour le financer. Car ni papa ni moi ne te donnerons le moindre sou.

— Super. De toute façon, je resterai pas ici. On a décidé de voyager un peu partout dans le pays.

— De voyager ? glapit Bethany.

L'adolescente se rassit, l'œil pétillant d'enthousiasme.

— On a mis un peu d'argent de côté pour pouvoir assurer pendant les premières semaines. Ensuite, on s'arrangera pour dénicher des petits boulots ici et là.

— Cette entreprise me paraît affreusement imprudente. Ton père et moi allons nous ronger les sangs…

— Et moi ? Est-ce que tu te rends compte à quel point j'en crève, de passer ma vie à bosser pour l'école ? À l'idée d'en reprendre pour six ans, j'en ai la chair de poule. J'ai besoin de vivre un peu, maman. De me sentir libre. De trouver ma voie.

— Tu peux y parvenir sans sillonner tout le continent comme une romanichelle. Dieu seul sait ce que nos voisins vont dire… Sans parler du conseil paroissial…

— Les voisins et l'église peuvent aller se faire foutre ! se fâcha Mélanie. Mes histoires, ça les regarde pas.

Elle se leva avec violence, se mit à faire les cent pas dans la cuisine.

— Voyons, Mélanie. Ce sont des choses qui comptent. Tu n'as quand même pas envie d'acquérir une réputation de…

— C'est justement pour ça qu'il faut que je me tire de ce trou. Que je m'éloigne de toi, de ton église et de ces maudits voisins dont l'avis compte tellement pour toi. Tu m'étouffes. Tu passes ton temps à me seriner ce que je peux faire ou pas faire.

Bethany, dont les éclats paternels avaient déjà mis les nerfs à rude épreuve, sortit tout à coup de ses gonds. La gifle qu'elle assena à sa fille retentit dans le silence de la pièce.

Déjà, elle s'en voulait à mort :

— Oh, Mélanie…, murmura-t-elle. Je ne voulais pas faire une chose pareille…

— N'empêche que tu l'as faite, rétorqua la jeune fille, frictionnant sa joue rougie, le regard embrasé sous des sourcils froncés. Je te le pardonnerai jamais.

— Ne dis pas ça…

Comme Bethany tendait une main dans sa direction, sa fille la repoussa.

— Je suis navrée. Je me suis emportée parce que je suis éreintée, parce que je suis bouleversée… Je viens de vivre une épouvantable journée.

— C'était pas une raison pour me taper dessus

— Je le sais, mais tu as poussé le bouchon trop loin.

Ses jambes menaçant de se dérober sous elle, elle se laissa tomber en tremblant sur sa chaise.

— Je t'en prie. Essaie, ne serait-ce que l'espace d'un instant, de te mettre à ma place. Je suis en colère, j'éprouve beaucoup de déception. Et je n'ai plus la force de me battre. Pourquoi ne ressembles-tu pas davantage à Angela ? Elle, au moins, est contente de son sort.

— Je me demandais à quel moment tu allais nous la coller sur le tapis, celle-là. Cette chère Angela, ma grande sœur. Jamais un faux pas, jamais la moindre erreur. Angela… Ta petite chouchoute.

— Je n'ai pas de chouchou ! J'aime tous mes enfants de la même façon. Le fait est qu'elle s'est inscrite à l'université sans rechigner, puis elle est entrée à l'hôpital.

— Tu m'étonnes…, railla Mélanie avec amertume.

— Pour quelle raison ne m'as-tu pas parlé plus tôt de tes projets d'avenir ?

L'œil de l'adolescente lançait des éclairs.

— J'ai essayé de me confier à toi, maugréa-t-elle. Mais j'ai fini par renoncer, parce que je savais déjà que tu allais mal le prendre.

Elle fusilla sa mère du regard :

— Me reluque pas comme ça. Tu en attendais trop de ma part. Et ça, j'y peux rien. Je suis pas parfaite, comme Angela. Je pouvais que te décevoir un jour ou l'autre. C'était écrit.

— Non. Tu ne m'as pas déçue. Tu m'as déstabilisée. Je ne désire que le meilleur pour toi, et…

— Dans ce cas, respecte le fait que je suis assez grande, maintenant, pour prendre seule certaines décisions. Je vais tailler la route, maman. Tu pourras pas m'en dissuader.

Bethany dévisagea son enfant, écartelée par des émotions contradictoires. Un terrible doute finit par s'insinuer en elle :

— En as-tu parlé à Fleur ?

Mélanie secoua la tête :

— J'avais prévu de le faire, mais elle était trop occupée. De toute façon, ça regardait que toi et moi.

Elle eut un rictus désabusé :

— Quoi qu'il en soit, je vais m'en aller, que tu le veuilles ou non.

À bout de patience, sa mère serra les poings sur la table :

— Je t'interdis de partir.

— Les garçons, eux, ont eu le droit de bourlinguer.

— Précisément parce que ce sont des garçons.

— C'est injuste, dit la jeune fille sur un ton paisible… qui annonçait la tempête.

D'un ample geste, elle balaya le décor autour d'elle.

— Je serai jamais la gentille petite femme au foyer, qui se préoccupe uniquement de ce qu'elle va préparer à son mari pour le dîner. C'est ma vie, maman.

Bethany se sentait ballottée en tous sens, meurtrie, incapable d'échapper à ce maelström d'émotions dont elle était à présent le siège.

— Si tu avais un peu de plomb dans la cervelle, je pourrais peut-être entendre ta requête.

Elle avait la gorge nouée.

— Tu as pris ta décision sur un coup de tête. Voyager, cela prend du temps, cela coûte de l'argent. Il faut se donner du mal, trouver des moyens de transport… Ce n'est pas ton malheureux scooter qui risque de te mener jusqu'à Mooloolaba.

— On part avec le camping-car du père d'un de mes copains. Il a accepté de nous le prêter après l'avoir remis en état. Et comme je te l'ai dit tout à l'heure, on bossera pour payer le carburant et s'acheter à manger.

— Tu vas mener une vie de clocharde, travailler dans des endroits où une jeune fille de ton âge n'a pas sa place. Je lis les journaux, figure-toi. Je sais qu'il arrive parfois des choses terribles aux adolescentes qui se sont mis en tête de vivre leur rêve. Renonce à cette folie, je t'en conjure, au lieu de foncer tête baissée.

— Sincèrement, je comprends pas ce qui te tracasse. D'autant plus que papa, lui, sera ravi de plus m'avoir dans les pattes. À condition, du moins, qu'il remarque mon absence. Et toi, tu vas enfin pouvoir faire tout ce qui te plaît, puisqu'on aura tous quitté la maison.

Tu parles…, songea Bethany. *Je ne saurai plus quoi faire de mes journées. Clive, de son côté, continuera d'aller son petit bonhomme de chemin, comme si rien n'avait changé.*

— Est-ce que je connais les camarades avec qui tu t'apprêtes à partir ?

— On fréquente presque tous le même lycée, répondit Mélanie sur un ton évasif. Non, je pense pas que tu les connaisses.

— Des garçons seront-ils aussi du voyage ?

— Oh, maman… Qu'est-ce que ça peut bien faire ?

— Je t'ai élevée dans le respect de ton corps, ma chérie. J'espère que pour dormir, vous…

La jeune fille s'affaissa sur son siège, comme soudain rompue par sa prise de bec avec sa mère.

— Stop. Je t'ai déjà dit tout ce que j'avais à te dire. Je suis désolée que tu me soutiennes pas, mais je modifierai pas mes plans.

Bethany éclata en lourds sanglots. Une digue était en train de se rompre. Son univers s'écroulait peu à peu autour d'elle, et elle ignorait comment s'y prendre pour en combler les brèches et le consolider.

Sa fille se rapprocha, passa un bras autour de ses épaules ; elle posa une joue contre celle de sa mère.

— Je t'assure que j'ai toujours l'intention d'aller à l'université, murmura-t-elle. Mais pas cette année.

Elle s'accroupit, saisit les mains de Bethany entre les siennes.

— J'ai pas renoncé à mon rêve de devenir vétérinaire, mais j'ai besoin, d'abord, de voir du pays. Pleure pas, s'il te plaît.

— Qu'est-ce que ça changera ?

L'adolescente secoua la tête, la mine navrée, mais résolue cependant.

— On partira à la fin du mois. Les garçons ont déjà décroché des boulots de tondeurs à West Wyalong, et la femme du patron aura besoin d'aide en cuisine.

— Vous allez travailler dans un hangar de tonte ? Oh… Et moi qui avais prévu d'organiser une grande fête pour tes dix-huit ans. J'ai déjà retenu la salle paroissiale, choisi le gâteau…

— Je suis plus une petite fille. J'ai plus besoin de fêtes d'anniversaire ni de gâteau avec des bougies.

Un sourire illumina ses traits.

— Donne-moi plutôt ta bénédiction, maman, et je te promets qu'à mon retour, je ferai des étincelles à la fac. J'obtiendrai mon diplôme haut la main et je deviendrai le meilleur véto du Queensland.

Dévorée de chagrin, Bethany serra son enfant contre son cœur. Sa fillette allait quitter le nid. Elle allait pénétrer dans le vaste monde, où n'importe quoi pourrait lui arriver. Et il n'était rien que sa mère pût faire ou dire pour l'en dissuader.

Une heure plus tard, tandis qu'ensemble elles avaient peu à peu conclu une paix fragile, Mélanie s'en alla.

Plantée au beau milieu de la cuisine, Bethany sentit se refermer sur elle le profond silence qui régnait à l'intérieur de sa maison désertée. Elle découvrit le petit mot que Clive avait fixé sur la porte du réfrigérateur au moyen d'un magnet. Il rentrerait tard – il allait dîner avec ses partenaires de golf pour célébrer l'une de leurs victoires.

Son épouse se laissa tomber sur une chaise, se remit à pleurer, submergée soudain par un intolérable sentiment d'échec. Elle était désormais seule au monde.

À son retour, Fleur n'avait pu que constater l'absence de Greg. L'ayant appelé sur son portable, elle se trouva immédiatement redirigée vers sa messagerie.

— Salut…, commença-t-elle d'une voix hésitante. Pourrais-tu me rappeler quand tu auras ce message ? Reviens, s'il te plaît. Il faut que nous parlions.

Elle se prépara un sandwich, mais elle manquait d'appétit : elle l'abandonna dans la poubelle. Elle se versa ensuite un verre de vin, puis, s'emparant des journaux intimes d'Annie, elle gagna la terrasse, dont elle laissa la porte ouverte pour entendre la sonnerie du téléphone si Greg se décidait à appeler. La chaleur du jour avait cédé le pas à une douceur dont la jeune femme eut la sensation qu'elle l'enveloppait tout entière. Elle s'installa confortablement parmi les coussins de la balancelle.

À n'en pas douter, son compagnon lui en voulait toujours, mais il n'était pas question de cacher la poussière sous le tapis, de continuer comme si rien ne s'était produit. Ils avaient besoin de passer du temps ensemble, pour s'écouter, d'abord, puis tenter de se comprendre. Hélas… Le jeune homme était résolu à ne jamais avoir d'enfant, et cela terrorisait Fleur. S'ils ne trouvaient aucun compromis, ce serait l'impasse.

Chassant loin d'elle ces noires pensées, elle ouvrit le premier cahier. En dépit des pages froissées, ainsi que de l'encre pâlie, ce qu'Annie avait confié au papier demeurait lisible. Tandis que la jeune femme entamait sa lecture, elle se sentit projetée dans une autre époque. Dans un autre univers.

Golfe de Carpentarie, octobre 1936

Je n'ai pas trouvé le temps de tenir mon journal depuis que John et moi avons quitté Melbourne, voilà déjà deux ans, pour nous lancer dans notre grande aventure. C'est qu'entre-temps, nous avons dû bâtir notre maison, nous occuper de notre vaste troupeau, édifier des granges où mettre les bêtes à l'abri durant la saison humide. Plus largement, il nous a fallu inventer notre nouvelle existence, puis nous y accoutumer.

Rien de ce que nous avons fait n'aurait été possible sans l'aide de Benuk et des siens – car les gardiens de ces immensités, ce sont eux. À ce titre, ils sont seuls à en connaître les caprices, ainsi que les trésors qu'elles peuvent nous prodiguer. Depuis quelque temps, j'enseigne la lecture et l'écriture aux enfants indigènes. Le temps passe encore plus vite, d'autant plus qu'à nos moments perdus, ils m'apprennent en échange à pêcher dans le cours d'eau voisin. À leur contact, je découvre aussi comment récolter le miel produit par les abeilles sauvages.

Il nous a fallu un temps considérable pour parvenir jusqu'ici, ce fut un très long périple, au cours duquel il m'est arrivé de mourir de peur. C'est que j'ai grandi dans une ville, et tout ce que j'entrevoyais de mon existence à venir, je le devais au livre de Mme Gunn, intitulé *Nous, le peuple du « Jamais-Jamais »*. Lorsque nous avons enfin atteint Savannah Winds, j'avais déjà pris conscience des dangers qui, chaque jour, nous menaceraient. De même, je comprenais les exigences de ce lieu étrange, hostile à l'humain, mais cependant empreint d'une splendeur à nulle autre pareille.

Mon mariage avec John Harvey m'emplit de bonheur, car John est un homme intelligent et plein de sollicitude, qui est assez attentionné pour saisir jusqu'au plus profond de son cœur la solitude qu'en tant que femme il m'arrive d'éprouver ici, et qui m'a encouragée à apprendre à monter les robustes petits chevaux de bétail, afin de pouvoir le suivre lorsqu'il s'éloigne de notre maison pour prendre soin de nos terres et de notre bétail. Quelle fatigue cependant… Nous chevauchons tout le jour, plusieurs jours d'affilée, pour suivre l'immense troupeau. Mais le soir, lorsque je m'allonge sous une couverture en contemplant les millions d'étoiles semées dans un ciel sans mesure, je me sens revigorée. Dès lors, je remercie Dieu pour l'existence que je mène. Je Le remercie aussi de m'avoir permis de croiser la route de cet homme affectueux et doux qui repose à mes côtés.

Ici, le travail ne manque pas : il faut, à intervalles réguliers, rassembler les bêtes ou les déplacer de pâture en pâture. Quant à leurs petits, il convient de les protéger en permanence des crocodiles et des dingos. Lorsque le moment approche de les vendre, il s'agit encore de les marquer au fer rouge, de les examiner pour jauger leur santé, puis de leur faire traverser d'interminables contrées désertes jusqu'à la foire aux bestiaux la plus proche.

Cette terre est une terre de contrastes saisissants. À la saison des pluies, d'effroyables inondations l'engloutissent, tandis que la canicule apporte avec elle des nuées de sauterelles. Pour ce qui est de la saison sèche, elle se révèle bien souvent synonyme de mort… Après les pluies torrentielles, les vastes étendues se couvrent de fleurs, cependant que les rives des cours d'eau, où abondent les roselières, grouillent de chants d'oiseaux. Durant la saison sèche, le vent lève des nuages de poussière ocrée qui se déplacent en tourbillons. Mais ce matin, j'ai découvert un nouveau phénomène, une merveille dont, sans mon cher John, j'aurais manqué le spectacle.

Hier, nous sommes rentrés du grand rassemblement annuel du bétail et je me prélassais dans notre lit, encore étourdie de sommeil, lorsque John a pénétré en trombe dans notre chambre.

— Vite, Annie, lève-toi !

Déjà, je m'étais dressée sur ma couche, redoutant le pire :

— Que s'est-il passé ?

Sur son visage, à la peau tannée par la vie au grand air, s'est peint un sourire radieux – l'enthousiasme faisait briller ses yeux bruns.

— Tu ne vas pas tarder à le savoir.

Il m'a prise par la main pour me tirer hors du lit.

— Vite, vite. Il n'est pas question que tu rates une chose pareille.

Ahurie, j'ai jeté une veste sur ma chemise de nuit, avant de le suivre en hâte, pieds nus. Il a ouvert la porte à moustiquaire, m'a littéralement traînée dans la clairière où, déjà, Benuk et sa famille se trouvaient rassemblés.

— Regarde, m'a-t-il lancé en pointant le ciel du doigt, en direction du nord.

Alors, j'ai découvert un gigantesque nuage, un nuage étincelant, qui s'enveloppait sur lui-même à la façon d'une vague. Et cette vague déferlait au-dessus des vastes plaines. Je ne lui distinguais ni début ni fin. Il s'enroulait, se déroulait avec lenteur. Avec majesté. Emprisonnant, dans sa matière scintillante aussi délicate qu'une toile d'araignée, les flamboiements rosés du soleil en train de poindre. Il s'agissait là d'un tableau magnifique et, pourtant, j'ai frissonné, car un pareil titan ne pouvait qu'annoncer la fin de notre monde…

John a dû deviner ma terreur, car il a passé un bras autour de ma taille et m'a serrée contre lui.

— C'est le Morning Glory, m'a-t-il indiqué doucement. Ce nuage paraît à l'aube, quand la brise venue du nord souffle sur nos terres rafraîchies. S'il étincelle, c'est parce qu'il est chargé de cristaux de glace.

Il m'avait rassurée. Néanmoins, je ne lâchais plus le nuage du regard.

— Jamais je n'avais vu quelque chose d'aussi beau. Ce doit être un phénomène rare ?

Il m'a piqué un baiser sur le front :

— Il s'agit d'un signe, Annie, a-t-il murmuré dans mes cheveux en bataille. Un message divin. Notre Seigneur nous fait savoir par ce biais qu'Il veille sur nous.

Sans me soustraire à son étreinte, j'ai vu le nuage se déliter peu à peu pour se changer en vrilles éthérées, pareilles à des tourbillons de fumée, qui ont fini par se fondre aux traînées abricot formées par l'aurore sur l'horizon. J'ai prié pour que John ait raison, pour qu'à travers le Morning Glory, Dieu nous ait bénis. J'ai prié pour que, dans Son infinie sagesse, Il nous fasse bientôt cadeau d'un enfant, nous qui brûlons depuis si longtemps de fonder une famille.

Fleur essuya la larme qui roulait sur sa joue. Les descriptions d'Annie étaient si saisissantes qu'il lui semblait presque discerner elle aussi le nuage miraculeux. Assurément, il avait fallu à cette femme un courage peu commun pour troquer le confort de la ville contre l'isolement et les périls du Gulf Country. Comme elle avait dû chérir son époux pour le suivre…

Jamais Fleur n'avait contemplé le Morning Glory, mais il était des hommes, lui avait-on rapporté, capables de patienter plusieurs années durant avant que l'occasion leur fût offerte de surfer sur sa vague légendaire à bord de leur biplan ou de leur ULM. Elle frissonna. Il faisait presque nuit à présent, et il flottait dans l'air une brusque froideur annonciatrice de pluie.

Elle quitta la balancelle, s'empara des journaux intimes et regagna l'intérieur de l'appartement. Elle alluma une lampe, s'installa sur le canapé, brûlant déjà de poursuivre le récit d'Annie Somerville. Mais à peine eut-elle rouvert le cahier que l'interphone retentit.

Elle consulta sa montre, fronça les sourcils. Greg aurait utilisé sa clé, et il était beaucoup trop tard pour qu'il pût s'agir d'un ami. Elle posa les cahiers sur la table basse, avant de répondre.

— C'est Mélanie. Est-ce que je peux monter ?

Quelques minutes plus tard, la porte de l'ascenseur s'ouvrit dans un soupir, et l'adolescente se jeta dans les bras de Fleur :

— Heureusement que tu étais chez toi, sanglota-t-elle.

La jeune femme étreignit sa nièce jusqu'à ce que les larmes eussent commencé de refluer, après quoi elle l'invita à entrer, lui fit signe de s'asseoir sur le canapé.

— Que se passe-t-il ? Personne n'a eu d'accident, j'espère ?

Mélanie repoussa les mèches qui lui tombaient dans les yeux, puis se moucha. Son mascara dégoulinait en stries noirâtres sur ses joues ; elle faisait peur à voir.

— Non, non, répondit-elle enfin.

Elle renifla.

— J'étais en voiture avec des copains. On allait à un concert. Mais j'ai renoncé. Après une pareille journée, c'était trop pour moi.

— Qu'est-il arrivé ?

L'adolescente jeta des regards de droite et de gauche :

— Il est où, Greg ?

— À l'hôpital. Vas-tu te décider à me fournir quelques explications, Mélanie ? Pourquoi es-tu bouleversée à ce point ?

— Maman et moi, on s'est disputées. Je lui ai balancé des trucs horribles. Elle me pardonnera jamais.

— Bien sûr que si, tenta de la rassurer sa tante dans un soupir. C'est ta mère. Et tu sais bien que les mères pardonnent tout à leurs enfants.

— Tu en es sûre ?

Fleur opina de la tête.

— As-tu envie de m'en parler ?

Mélanie lui raconta tout.

— Vous avez passé un sale quart d'heure, en effet. Mais finalement, vous vous comprenez un peu mieux, non ?

— Je l'ai fait pleurer ! C'était bien la dernière chose dont j'avais envie.

Fleur saisit entre ses mains le visage baigné de larmes de sa nièce :

— Essaie, ne serait-ce qu'un instant, de te mettre à sa place.

Mélanie avait les paupières gonflées et rougies, ses lèvres tremblotaient :

— Elle veut que je reste à la maison, que je renonce à vivre. Dans ce cas-là, je ferais mieux de devenir bonne sœur. Au moins, ça lui ferait plaisir.

— Allons, Mélanie. Arrête un peu de t'apitoyer sur ton sort, veux-tu ? Ta mère fait tout ce qu'elle peut pour supporter de voir partir ses enfants les uns après les autres. Elle a passé une bonne part de sa vie à veiller sur vous. Et voilà que vous disparaissez sans un merci.

— Il lui reste papa.

— Lui, il a son travail. Et il a le golf. Je parie qu'il n'était pas là pour lui tenir compagnie après ton départ. Est-ce que je me trompe ?

— Non. Il est passé dans l'après-midi pour prévenir qu'il dînerait avec des copains à lui ce soir.

Elle éclata de nouveau en sanglots.

— J'ai pensé qu'à ma pomme… Pauvre maman…

Fleur l'étreignit encore. Assises dans le canapé, elles laissèrent pendant de longues minutes s'installer le silence dans la pièce, uniquement troublé par les hoquets de l'adolescente.

— Elle t'aime, finit par laisser tomber Fleur. Elle désire ce qu'il y a de mieux pour toi. Elle est forcément déçue que tu ne t'inscrives pas à l'université comme cela était prévu de longue date. Elle est très fière de toi, tu sais…

— Je sais, oui…

Mélanie se redressa, sécha ses larmes.

— C'est d'ailleurs pour ça qu'on s'est disputées si fort. Je me doutais qu'elle allait péter un plomb. Mais je m'attendais pas à ce qu'elle me flanque une pareille tarte.

— Il arrive qu'une bonne claque vous remette les yeux en face des trous. Et puis… reconnais que tu l'avais méritée.

La jeune fille effleura sa joue de la main :

— C'est la première fois qu'elle me gifle.

— Tu ferais mieux de rester ici pour la nuit, lui suggéra Fleur. Demain, tu rentreras chez toi avec un gros bouquet de fleurs pour ta mère, que tu prendras dans tes bras. Et tâche de lui consacrer au moins trois bonnes heures de ton temps.

— Elle refusera de me voir. Elle me déteste.

Fleur prit une profonde inspiration : la nuit promettait d'être longue.

Greg s'étant endormi dans l'une des salles de repos réservées aux chirurgiens, ce furent les femmes de ménage affairées dans le couloir qui, sans le savoir, le réveillèrent. Il était plus de 23 heures. Trop tard pour appeler Fleur, songea-t-il. Cependant, lorsqu'il eut écouté son message, il changea d'avis.

— Salut, fit-il doucement. Désolé de téléphoner à cette heure-ci. Je ne te réveille pas ?

— Non. Je suis avec Mélanie. Nous étions en train de bavarder.

— Oh…

— Tu es toujours à l'hôpital ? Je croyais que demain, tu ne travaillais pas ?

— Je suis à l'hôpital, oui, soupira le jeune homme. Et oui, j'étais censé prendre un peu de repos demain. Mais l'un de mes confrères est malade. Je me charge de ses patients en attendant son retour.

— Je comprends…

Elle se tut un long moment.

— As-tu l'intention de rentrer à la maison ce soir ?

La mélancolie qu'il perçut dans sa voix lui donna l'envie de la retrouver bientôt. Mais au terme d'une journée pénible, il ne se sentait plus la force d'affronter les humeurs de Mélanie ou le chagrin de sa compagne.

— Mieux vaut que je reste à l'hôpital pour cette nuit, je crois. J'ai eu une longue journée. Je suis trop crevé pour prendre la voiture.

— D'accord.

— Ça va aller ?

— Oui, oui, je vais bien.

Il la connaissait suffisamment pour deviner qu'en dépit de son ton bravache, elle lui mentait. Il se sentit coupable de retarder ainsi l'inévitable. La honte lui rougit les joues.

— Si tu veux, je peux venir quand même.

— C'est inutile. Mélanie me tiendra compagnie.

Il avait manqué sa chance. Il joua le tout pour le tout :

— On m'a programmé de nombreuses interventions pour demain. Je risque de rentrer tard. Nous pourrions peut-être aller dîner dans notre restaurant favori ?

— C'est tentant, mais il faut que nous ayons une discussion très sérieuse, Greg. Je ne pense pas que Bijou soit l'endroit le plus indiqué pour ça.

Décidément, il faisait tout de travers…

— Je dois raccrocher, enchaîna la jeune femme. Mélanie a besoin de moi. À demain soir.

Greg fronça les sourcils. Elle ne lui avait rien pardonné. Quant à lui, il ne possédait plus suffisamment d'énergie pour raviver le brasier de leur dernier tête-à-tête.

Il éteignit son téléphone portable, vérifia le niveau de la batterie de son bip, puis regagna son lit. La journée du lendemain promettait d'être chargée, et il en sortirait sans doute aussi rompu que ce soir. Autant dire qu'il n'aurait nulle envie d'affronter la douleur et la colère de Fleur. Il le devait pourtant, s'il tenait à leur couple.

Il se passa de longues minutes avant qu'il parvînt à s'endormir.

Fleur ploya la nuque et ferma les paupières. Peut-être aurait-elle dû accepter son invitation. Il régnait chez Bijou une atmosphère paisible, on y dînait aux chandelles, dans de délicieux parfums d'huile d'olive, de basilic, d'ail et de pain frais. Si le couple autorisait la magie des lieux à opérer, tout n'était peut-être pas perdu. De retour chez eux, Greg et Fleur feraient l'amour. Ils se trouveraient dès lors dans de meilleures dispositions pour aborder leur différend.

La jeune femme poussa un lourd soupir, cependant que Mélanie, qui venait de quitter la salle de bains, se laissait tomber sur le canapé. Non… On se rendait chez Bijou pour un tête-à-tête romantique, pas pour y entamer une discussion capitale. Elle préparerait à manger ici.

Mélanie avait pris une douche, avant de passer l'une des chemises de nuit de sa tante. Blottie parmi les coussins, le visage débarrassé de tout maquillage, elle paraissait si jeune, sa bravade coutumière soudain balayée par la douleur d'avoir fait fausse route et plongé sa mère dans un profond désarroi.

— Surtout, fit-elle, tu dis pas à maman que je suis venue ici. Ça lui ferait encore plus de peine.

— C'est d'accord. À condition que tu me promettes de faire ce que je t'ai demandé tout à l'heure.

— Impossible. Pas pour le moment.

— Pourquoi ? Plus tu vas attendre, plus ça deviendra difficile, et Bethany a besoin de savoir que tu regrettes ce qui s'est passé. Elle a besoin de savoir que, sous ses airs de rebelle et ses cheveux colorés, sa petite fille l'aime toujours.

— Mais je veux voyager. Elle pourra pas m'en empêcher, même si le fait de l'avoir mise dans un pareil état me rend malade.

On tournait en rond. Fleur résolut de modifier sa tactique.

— Quand j'avais ton âge, une fois le lycée terminé, je suis entrée directement à l'université. Puis, à ma sortie de la fac, un cabinet d'architectes m'a recrutée… Dans un sens, je t'envie.

Repliant ses jambes sous elle, elle se cala contre un coussin.

— Et si tu me décrivais plus en détail la manière dont tu as prévu de remplir cette fameuse année sabbatique ?

Mélanie mordit immédiatement à l'hameçon :

— On est six. Dont Liam. Le plus balèze d'entre nous : c'est lui qui a tout planifié. Il a même réussi à emprunter le camping-car de son père.

Fleur tressaillit à l'évocation de Liam.

— Vous risquez de ne pas vous amuser tous les jours, mit-elle en garde la jeune fille. Rien qui ressemble à des vacances.

Mélanie haussa les épaules.

— À chaque étape, on bossera le temps qu'il faut pour économiser de quoi atteindre l'étape suivante. Ou celle d'après. T'inquiète, on va gérer.

— À cette époque de l'année, vous aurez du mal à décrocher chacun un emploi. Vous allez vous retrouver en concurrence avec tous les gamins venus de l'étranger : comme ils n'ont pas de permis de travail, on peut se permettre de les payer moins cher.

— Je sais. Je suis pas idiote. Liam s'occupera bien de moi, t'inquiète pas.

Fleur caressa les cheveux de sa nièce, à chaque instant plus angoissée. Liam était certes un garçon brillant, qui avait hélas déçu son entourage en abandonnant l'université au bout d'un an. Depuis, il vivait d'expédients, sans jamais se fixer nulle part. On pouvait s'interroger à juste titre sur la manière dont ce drôle de petit couple-là allait parvenir à survivre durant son tour d'Australie…

— Et si c'était toi qui lui parlais ?…, suggéra l'adolescente, qui, ayant levé la tête, considérait sa tante à travers ses cils. Tu es beaucoup plus douée que moi pour ce genre de truc.

— Hors de question. Si je dis quoi que ce soit, elle devinera aussitôt que tu es venue ici. Il s'agit de tes affaires et de tes erreurs, Mélanie, pas des miennes. Et si tu tiens à ce qu'on te prenne au sérieux, tu dois te comporter enfin en adulte.

— Mais je…

— Écoute. Dans le cœur de Bethany, tu restes la fillette que tu étais autrefois. Il n'en reste pas moins que tu t'apprêtes à sillonner le pays avec ton petit ami. D'accord, elle n'apprécie pas particulièrement Liam, et je doute qu'elle se réjouisse de savoir que vous couchez ensemble. Mais, au moins, elle connaît ses parents, qu'elle tient pour des gens respectables. Cela la rassurerait un peu.

— Elle a déjà voulu me parler de sexe, frissonna Mélanie. C'était dégueulasse.

— J'espère en tout cas que tu prends la pilule. Sinon, je t'emmènerai chez mon médecin.

— T'inquiète. Je prends la pilule depuis que j'ai seize ans. N'empêche… J'aimerais mieux que ce soit toi qui lui parles de Liam…

— J'ai promis de ne rien dire du tout. Sans compter qu'il y a déjà trop de problèmes au sein de cette famille pour risquer d'empirer la situation.

– Tu as sans doute raison, maugréa la jeune fille. Mais je sais pas si Liam acceptera de venir voir maman. Elle lui a toujours flanqué une trouille bleue.

– S'il est assez costaud pour te promener à travers tout le continent pendant une année entière, il devrait être capable d'affronter Bethany.

Fleur se leva, tirant sa nièce après elle, afin qu'elle se remît debout à son tour :

– Toi, je ne sais pas, mais moi, je tombe de fatigue. Je vais me coucher.

Mélanie opina à contrecœur, le regard fuyant.

Sa tante lui releva le menton :

– Promets-moi.

– D'accord…, soupira l'adolescente. Je lui parlerai de Liam.

Fleur la mena jusqu'à la chambre d'amis, elle-même se dirigeant vers sa chambre – une deuxième nuit sur le canapé ne lui vaudrait rien. Elle se rendit dans la salle de bains, puis rejoignit sans joie le vaste lit vide. Elle retrouva contre les oreillers l'odeur de son compagnon, mais la chaleur de son grand corps lui manquait. Les draps étaient glacés.

Elle demeura longtemps sans fermer l'œil – devait-elle, dès maintenant, poursuivre le récit d'Annie ? Mais son corps éreinté et son esprit las exigeaient du repos. Elle éteignit la lampe. Quelques minutes plus tard, elle dormait.

4

Lorsque Fleur avait quitté l'appartement, Mélanie dormait encore. Elle passa une heure à la salle de sport, avant d'effectuer, dans la piscine, ses douze longueurs habituelles. Requinquée, résolue, elle s'offrit ensuite un café latte dans son troquet favori, acheta de quoi préparer le dîner, puis rentra chez elle.

Il n'était pas encore 11 heures, mais sa nièce s'était volatilisée. Fleur poussa un soupir de soulagement : elle avait besoin de calme avant le retour de Greg, et brûlait de reprendre sa lecture du journal d'Annie.

Après avoir confectionné une succulente sauce tomate destinée à accompagner les cannellonis préalablement farcis d'épinards hachés et de mozzarella, elle prépara de quoi garnir ses bruschettas. Bientôt, la cuisine embaumait la tomate, l'oignon, l'ail, le persil et l'huile d'olive. Elle couvrit le bol de film alimentaire, puis le déposa dans le réfrigérateur. Plus tard, elle ouvrirait la bouteille de vin rouge.

Satisfaite, elle s'installa sous le parasol, ouvrit le premier cahier d'Annie, qu'elle feuilleta jusqu'à retrouver la page où elle s'était interrompue la veille.

Il n'y avait qu'un très court paragraphe à la date suivante. Fleur pressentit de mauvaises nouvelles.

Savannah Winds, juillet 1937

J'ai trop longtemps négligé mon journal, mais ce n'est qu'aujourd'hui que je trouve enfin la force d'y rapporter le décès tragique de mon John bien-aimé. La blessure, de prime abord, semblait bénigne, hélas, vu la chaleur et le taux d'humidité, cette estafilade à la jambe a fini par lui empoisonner le sang. Le temps que je parvienne à le conduire chez le médecin le plus proche, situé à plus de cent cinquante kilomètres de chez nous, il était trop tard. John a rendu l'âme dans mes bras.

Voilà près de deux mois qu'un sort funeste me l'a pris, et bien que Benuk et sa famille m'entourent de toute leur affection, je me sens terriblement seule. Cette terre, cependant, qui s'est nourrie de notre sueur, de notre sang, de nos larmes et de nos efforts, cette terre constitue l'héritage de John, aussi je jure d'en prendre soin comme s'il s'agissait de mon enfant.

— Oh, Annie…, souffla la lectrice. Quel courage. Quelle force de caractère… Je me sens si bête, tout à coup.

Elle demeura assise un long moment, perdue dans ses pensées, ivre d'admiration pour cette tante surgie de nulle part qui, pas à pas, lui confiait ses plus intimes secrets Lorsqu'elle tourna la page, elle constata qu'Annie avait abandonné son journal durant presque deux ans, avant d'en reprendre la rédaction.

Au fil de sa lecture, il lui sembla avoir pour de bon remonté le temps pour cheminer aux côtés de sa tante. Le monde, elle le découvrait maintenant à travers ses yeux.

Savannah Winds, décembre 1939

Quoique le soleil fût en train de se lever, Annie frissonna. Il lui en fallait beaucoup pour l'effaroucher, et elle avait déjà survécu à de nombreuses tempêtes, mais les cieux bouillonnants promettaient un effroyable assaut. La sourde menace qui planait audessus de l'immense savane lui paraissait se préciser un peu plus à chaque minute.

Un sentiment d'impuissance et de solitude mêlées, qu'elle ne connaissait que trop bien depuis la mort de son époux, s'empara d'elle. Elle le repoussa avec résolution. John était décédé depuis deux ans, et bien que la jeune femme n'eût alors que vingt-cinq ans, elle avait largement prouvé sa capacité à vivre seule ici, au cœur de cette contrée où les ennemis se nommaient sauterelles, inondations et maladies, où, chaque jour, il fallait combattre, avec la plus grande vigueur, l'isolement et l'adversité.

L'entrée en guerre de l'Australie, qui l'avait privée de ses employés en âge de partir pour se battre à l'autre bout du monde, s'était révélée, paradoxalement, une bénédiction sur le plan financier. Car la viande de bœuf devenait une denrée extrêmement prisée. Il ne lui restait plus qu'à prier pour ne pas perdre trop de bêtes.

— D'après toi, Benuk, est-ce que j'ai bien fait de les laisser se débrouiller seuls ?

Le vieil Aborigène opina.

— Eux mieux en liberté. Dans enclos, ils casseraient tout.

De son œil d'ambre, il parut sonder l'âme de son interlocutrice ; sur ses traits se peignait beaucoup de bienveillance.

— Pareil pour chevaux. Faut les laisser aller aussi, patronne.

— Ils risquent de filer vers l'ouest. Il me faudra ensuite plusieurs jours pour les rassembler.

— Eux revenir. Pas de problème.

Sur quoi, il alla aider les siens à consolider le toit de la grange, puis à organiser l'activité des femmes de sa tribu.

Annie avait beau croire en la sagesse de Benuk, ce jour-là, elle ne se sentait pas rassurée. Enfonçant les mains dans les poches de sa salopette, elle regarda les deux fils et les trois petits-fils de l'Aborigène fixer, stabiliser, étayer tout ce qui pouvait l'être. Tous ses employés blancs avaient été appelés sous les drapeaux, et bien que les épouses des indigènes eussent tenu à épauler la propriétaire des lieux à l'intérieur de sa maison, le ranch comptait plusieurs milliers d'hectares, où paissaient par centaines les têtes de bétail. Si l'on parvenait à surmonter l'épreuve que, sous peu, il faudrait traverser, une tâche colossale attendrait ensuite la jeune femme.

Au moindre souffle d'air à présent, elle tressaillait, levait les yeux au ciel. Ce dernier s'assombrissait, la lumière du jour se faisait crépusculaire, les ombres épaississaient. Plus rien ne bougeait et, maintenant que les oiseaux s'étaient enfuis, le silence se révélait absolu. C'était comme si le paysage, infini et déserté, retenait son souffle.

Annie se précipita vers l'enclos. Déjà, les chevaux de bétail piaffaient – pressentant ce qui ne tarderait plus à se produire. Elle souleva la barrière de bois, puis siffla. En moins de temps qu'il n'en fallut pour le dire, les montures s'en furent en trombe, soulevant après elles des nuages de poussière – elles galopaient en direction d'un boqueteau lointain, où elles trouveraient refuge.

Annie siffla encore. Quelques secondes plus tard, les chiens accourus s'assirent auprès d'elle. D'ordinaire, ils demeuraient à l'intérieur du chenil, mais les bons chiens de troupeau valaient cher, et leur apprentissage coûtait à leur maître beaucoup de patience et de temps. Les six bouviers australiens décampèrent pour s'enfoncer de leur mieux sous la robuste véranda. Ils connaissaient la chanson.

La brise avait forci entre-temps, apportant avec elle un souffle ardent qui fit grincer la vieille éolienne aux pales rouillées, tandis que les arbres malmenés agitaient leur feuillage. Les chaumes semblaient animés d'un lent mouvement de houle – par bonheur, on avait pu récolter le blé avant la tempête.

La jeune femme jeta un coup d'œil aux garçons s'affairant pour empêcher la grange de s'effondrer plus tard, enferma les poules dans leur poulailler, ainsi que les cochons dans leur porcherie. Les chats, pour leur part, se débrouilleraient.

Il lui fallut crier, car le vent ne cessait plus de s'intensifier :

— Laisse tomber, Benuk. Tout ce que nous pouvions faire pour nous protéger, nous l'avons fait.

Il ne vint à personne l'idée qu'ils eussent pu se rassembler tous pour affronter ensemble les éléments déchaînés. Cela n'était pas dans leurs façons. Baissant la tête pour mieux lutter contre le vent, les indigènes se dirigèrent vers les dépendances qui, avant le conflit mondial, accueillaient plus de vingt conducteurs de bétail – il s'y trouvait un réfectoire, ainsi qu'une pièce où laver son linge. John Harvey, en homme prévoyant, avait tenu à ériger des bâtiments susceptibles de résister à peu près à tout – hors de question pour lui de se contenter de cahutes en bois dont les termites se fussent délectés, ou que la première tornade venue eût jetées à bas – John n'avait juré que par la brique et le mortier.

Annie regagna son domicile au sein d'une telle pénombre qu'il lui fallut tâtonner pour gravir les marches du perron. Ayant retrouvé le calme de la maisonnette, elle sentit quelque chose lui frôler la jambe et poussa un hurlement.

La chienne. La jeune femme soupira, soulagée, surprise également de se découvrir à ce point tendue – cette pauvre Peg, à n'en pas douter, avait aussi peur qu'elle, car elle s'apprêtait à donner le jour à sa première portée.

— Viens, Peg, je vais t'installer confortablement. Mais je te serais reconnaissante de bien vouloir attendre la fin de la tempête pour mettre bas…

La chienne fourra son doux museau dans sa paume pour lui exprimer sa reconnaissance. À peine Annie lui eut-elle confectionné sous la table, au moyen d'une vieille couverture de cheval, un nid douillet, que la future maman se coucha, le museau sur les pattes, l'œil attentif, les oreilles se dressant à la moindre plainte, au sifflement le plus ténu du vent.

Annie inspecta en hâte la cuisine et la chambre, y prélevant autant d'objets qu'en pouvaient contenir le placard et les deux bahuts. Elle ne possédait pas grand-chose, l'humidité gâtant sans répit le tissu aussi bien que le papier – ses maigres affaires lui paraissaient d'autant plus précieuses, en particulier les draps brodés que lui avait confiés sa mère, sa robe de mariée, ainsi que les photos de famille et les lettres de ses proches – et tant pis si les unes et les autres moisissaient inexorablement.

Lorsqu'elle eut remisé ces trésors dans les entrailles d'un coffre en bois de cèdre, le vent se mit à secouer la porte d'entrée, à chahuter le toit de tôle… Annie récupéra du pain et de la viande de bœuf entreposés à l'intérieur du garde-manger, une gourde emplie d'eau, une lampe torche, de même que sa tabatière. Cela fait, elle se glissa sous la table, y aménagea, comme elle l'avait fait plus tôt pour sa chienne, un refuge à l'aide du vieux manteau de John.

Peg, qui gémissait, posa le menton sur la cuisse de sa maîtresse. Celle-ci roula une cigarette, qu'elle alluma d'une main tremblante, la flamme vacillant dans la pénombre jusqu'à ce qu'elle l'eût soufflée. Annie aspira une copieuse bouffée dans l'espoir de s'apaiser un peu. Hélas, les puissances destructrices se rassemblaient au-dehors, elle les entendait, humait de l'électricité dans l'air. Elle avait à présent sur la langue ce goût de cuivre indissociable de l'épouvante. La température chutait. Il ne s'agissait pas d'une tempête ordinaire…

Annie, dès lors, sut ce qu'elle avait à faire. Mais, tandis qu'elle se précipitait vers l'arrière de la maison, elle s'avisa que sa peur, qu'elle ne maîtrisait plus, alentissait ses gestes et les rendait maladroits. Elle ferrailla contre la poignée de la fenêtre, tant et si bien qu'elle s'y arracha un ongle, ce qui lui tira des larmes de douleur et d'impuissance. Cette saleté refusait obstinément de bouger. Lorsqu'elle s'ouvrit enfin, la jeune femme l'attacha au mur, afin qu'elle ne se mît pas à battre sous l'effet du vent, après quoi elle referma la moustiquaire.

Comme elle se retournait avec brusquerie, l'extrémité d'une de ses bottes heurta une lame de parquet mal fixée. Projetée vers l'avant, Annie se cogna violemment la tête contre la table de la cuisine avant d'atterrir sur les genoux. Sonnée, elle parvint cependant à se relever pour s'en aller ouvrir cette fois la porte d'entrée.

Dehors régnaient les ténèbres, de même qu'un froid glacial. La jeune femme appela ses chiens, tapis sous la véranda. Déjà, les premières gouttes de pluie, énormes, martelaient le toit de tôle.

Malgré la douleur lancinante qui lui taraudait le crâne et l'un de ses genoux, elle traîna la table dans un coin de la pièce, à côté du fourneau, avant de l'alourdir au moyen des marmites les plus volumineuses qu'elle put dénicher, à quoi elle ajouta un sac de pommes de terre et un demi-baril de farine. Les chiens s'étaient entre-temps glissés sous le lit de leur maîtresse, Peg demeurant, pour sa part, fidèle à la table. Annie se réinstalla près d'elle, lui souffla des paroles de réconfort qu'elle s'adressait aussi à elle-même.

Le cyclone hurlait, se déchaînait, montrait sa puissance vengeresse, pareil à une divinité de la destruction. Dans sa voix glapissaient d'innombrables sorcières. Il se ruait vers la maison. Celle-ci parut se raidir, l'air comme brièvement suspendu en son cœur même, avant l'assaut.

Ce fut alors comme un poing gigantesque qui s'abattait sur le logis, dont les murs et le toit frissonnèrent. Non content de cette démonstration de force, le monstre atmosphérique fit voler en éclats la porte, ainsi que les poteaux de la véranda, résolu, semblait-il, à expédier le tout aux quatre coins du pays. Jamais repu, il s'engouffra ensuite à l'intérieur de l'édifice, où il se mit à rugir.

Annie, ramassée en boule, serrait sa chienne contre son cœur. La table au-dessus d'elles oscillait dangereusement, la tempête précipitait les chaises contre les murs pour les réduire en miettes. Les moustiquaires claquaient, le toit tressaillait, et les boulons pourtant solides menaçaient à présent de céder. La trombe maléfique, qui sans vergogne avait pris possession de la demeure, y précipitait pêle-mêle de la terre, des débris de toute nature, des rafales de pluie glacée dont Peg et Annie devaient supporter les terribles aiguillons. Au bout d'un temps qui leur parut une éternité, l'épouvantable derviche consentit à sortir par la fenêtre de derrière. Déjà, il s'éloignait, sans rien perdre de sa puissance ou de sa célérité.

Le toit retomba sur ses bases dans un affreux grincement, les murs continuant de subir de violents coups de boutoir – les gouttières, qui cliquetaient, poussaient des cris stridents. Quelque chose de lourd heurta une vitre, qu'Annie entendit se briser. Elle adressa, dans le silence de son âme, une prière à son défunt époux, qui avait bâti de ses mains un logis si robuste.

La jeune femme demeurait pelotonnée contre sa chienne, et elle tentait en vain d'oublier les mugissements de la tempête, d'oublier le fracas de l'averse contre le toit. Il semblait hélas que les clameurs et les tambours fussent en train de pénétrer dans chacune des fibres de son être ; si cela continuait, songea-t-elle, elle sombrerait dans la folie.

Peg n'en finissait plus de se plaindre, tournant et se retournant sur sa couverture, suppliant de son œil sa maîtresse de mettre fin à son supplice. Annie lui tapota distraitement le crâne : elle ne pensait plus qu'au bétail, à la famille de Benuk réunie dans le dortoir. Elle ne pouvait guère que prier pour que bêtes et gens fussent encore en vie.

Annie avait froid, l'humidité imprégnait ses vêtements, elle se sentait sale, et quant au sol dur de la cuisine, il ne remplaçait assurément pas un lit douillet. Pourtant, quelle ne fut pas sa surprise de constater qu'elle s'était endormie un moment. Lorsqu'elle ouvrit les paupières, elle s'aperçut que les vociférations de la tempête s'étaient amoindries, et que la pluie ne frappait plus le toit. Il régnait au contraire un silence plein d'étrangeté après le tumulte – et ce calme qui s'était emparé des lieux signifiait probablement que le pire était passé.

— On s'en est sorties, murmura-t-elle à Peg.

Mais cette dernière ne se trouvait plus à ses côtés. Annie quitta son abri, passa une main dans ses cheveux souillés, se fraya un chemin jusqu'à la chambre au milieu des balayures.

Les cinq mâles détalèrent en direction de la porte d'entrée, mais la chienne, couchée sur le lit, se contenta de lever le regard vers sa maîtresse en agitant la queue : six chiots tétaient à son ventre, merveilleusement ignorants du chaos qui venait d'accompagner leur naissance.

Annie émit un sourire las :

— Le sol n'était pas assez confortable pour toi, c'est ça ?

Elle caressa la tête soyeuse de Peg, la félicita en observant les nouveau-nés. Tous semblaient se porter bien, au même titre que leur mère. Annie versa de l'eau dans une écuelle, la présenta à Peg, attendit que celle-ci se mît à boire pour quitter la pièce.

Elle consulta la grosse montre de John à son poignet. C'était le matin, mais lorsqu'elle franchit la porte délabrée pour rejoindre la véranda, dont le sol se trouvait jonché de débris de verre, son cœur se serra. Car le décor face à elle était de fin du monde…

Le cyclone avait déraciné les arbres, qui gisaient à présent, couchés, pareils à des allumettes au beau milieu des enclos. Du potager d'Annie, il ne demeurait rien. Et que dire des gouttières, que dire de la cheminée, presque submergées par un océan de boue, une mer bourbeuse et gonflée qui dévalait les marches du perron ?… Une grue brolga, aux ailes brisées, reposait aux pieds de la jeune femme. La véranda penchait, le vent l'avait privée de sa balustrade, du treillis de bois ne restaient que de menus morceaux. Le toit de la grange avait été soufflé, de sorte qu'il n'était d'autre solution, désormais, que de jeter les sacs de grain et de nourriture pour l'hiver, gorgés d'eau. Les éléments déchaînés avaient projeté la camionnette à l'intérieur d'un enclos, où elle reposait sur le flanc, délestée de son capot…

Annie n'en finissait plus de contempler ce paysage de désolation.

— Je n'arriverai jamais à recommencer à zéro, murmura-t-elle avant de s'asseoir lourdement sur la plus haute marche du perron, où elle enfouit son visage dans ses mains. Je suis navrée, John. J'ai essayé. J'ai essayé de toutes mes forces. Mais cette fois, je suis obligée de m'avouer vaincue.

Benuk se matérialisa au coin du logis, flanqué des bouviers australiens.

— Vous allez bien, patronne ?

Elle releva le nez :

— Non, le moucha-t-elle. Je ne vais pas bien. Pas bien du tout. Voyons, Benuk, regarde un peu autour de nous. Comment veux-tu que nous réussissions un jour à remettre tout ça sur pied ?

L'Aborigène considéra la jeune femme avec perplexité :

— On a déjà fait avant.

— En effet.

Elle se remit debout, s'adressa à son employé sur un ton que la colère et la peur rendaient coupant :

— On recommence chaque année. Chaque année. Cela n'a pas de fin. S'il ne s'agit pas d'un cyclone, alors il s'agit d'un ouragan. À moins que nous ayons affaire à une inondation. Ou à une invasion de sauterelles. Les crocodiles dévorent les veaux, la sécheresse prive de nourriture le bétail, auquel les mouches et les moustiques transmettent des maladies.

L'homme attendit que son interlocutrice s'interrompît pour reprendre haleine :

— Mais c'est chez vous, patronne. Ici, c'est comme ça.

— Je sais. Et j'en ai par-dessus la tête.

Benuk laissa errer son regard sur les ruines.

— M. John aimait cet endroit.

— Mais cet endroit l'a tué. Cet endroit finit par tuer tout le monde.

L'indigène leva les yeux au ciel :

— Mieux vaut rentrer. Tempête revient.

D'énormes nuages noirs écumaient au-dessus de leur tête. Ce que la jeune femme avait tenu d'abord pour une libération n'était qu'un mince répit : la région se situait dans l'œil du cyclone. Le calme avant un nouvel assaut de la tempête…

— Ça va aller, patronne ? Vaut mieux soigner avant de tomber malade.

Annie effleura la bosse douloureuse à son front, s'avisa d'une vilaine entaille. Benuk avait raison. Si elle n'y prenait garde, la plaie s'infecterait, comme celle de John, dont la lame d'une faux avait meurtri la jambe. Tandis que l'Aborigène se hâtait vers sa demeure, la jeune femme leva de nouveau la tête, puis elle pressa les chiens qui s'affairaient devant elle et regagna ses pénates.

Assise à la table de la cuisine, la trousse de premiers secours sur les genoux, elle nettoya sa blessure. Jamais encore elle ne s'était sentie seule à ce point. À ce point vulnérable. Elle n'avait nulle part où aller, nulle part où se cacher pour échapper à la colère des cieux. Personne au monde ne se préoccupait de son sort. Elle était prise au piège…

Et le vent de reprendre ses tours… Pour la seconde fois de la journée, la température dégringola. Cernée par le cyclone en furie, Annie se mit à hurler… Hurlements dérisoires, elle ne l'ignorait pas, que nul n'entendrait parmi les mugissements démoniaques de ce vent sans pitié.

Fleur quitta lentement l'univers d'Annie. Dans l'intense chaleur de midi, les tours de verre étincelaient, mais la jeune femme continuait, pour sa part, de voir déferler sur la savane les vents atroces et meurtriers – elle discernait presque, au fond de son oreille, les cris de feu sa tante, mêlés à ceux de la tempête. Elle frissonna. Comme elle allait retourner à sa lecture, le téléphone se mit à sonner.

— Greg ? fit-elle en décrochant.

— Je souhaiterais parler à Mlle Franklin.

Cet accent très anglais la surprit.

— C'est moi, répondit-elle, méfiante.

— J'espère que vous ne m'en voudrez pas de vous avoir appelée un samedi. Ici Philip Baxter, de l'office notarial Baxter et Hart, à Sydney.

Le cœur de la jeune femme sauta dans sa poitrine : jamais un notaire ne téléphonait le week-end…

— Bonjour, Philip. Comment allez-vous ?

— Très bien, je vous remercie. C'est moi qui suis chargé de donner suite au message que vous avez adressé à Me Jacintha Wright, qui se trouve déjà à Brisbane pour affaires. J'ai cru comprendre que vous aviez reçu sa lettre, et que vous vous posiez un certain nombre de questions concernant son authenticité.

— J'avoue que j'ai d'abord songé à un canular.

— Je puis vous assurer que ce n'est pas le cas, mademoiselle Franklin. D'ailleurs, Me Wright se réjouit de faire bientôt votre connaissance.

Il se tut quelques instants. Fleur l'entendit brasser des documents.

— Vous serait-il possible de la rencontrer dès aujourd'hui ? Elle est disponible à 16 heures.

— Cela me convient parfaitement.

— Formidable. Lorsqu'il s'agit d'un héritage de cette importance, mieux vaut, en général, faire vite pour engager sans délai les procédures d'homologation.

La jeune femme hésita une seconde ou deux, puis :

— Je suppose que vous n'êtes pas autorisé à m'indiquer, même approximativement, la valeur de cet héritage ?

— Pas par téléphone. Mais Me Wright vous fournira cet après-midi l'ensemble des détails nécessaires. Au revoir, mademoiselle Franklin.

Fleur, qui continuait à retenir sa respiration, raccrocha à son tour. Elle exhala un profond soupir, avant de consulter la pendule. À peine 14 heures. Il lui restait beaucoup de temps pour tenter de joindre Greg, afin de lui annoncer la merveilleuse nouvelle.

Mais le jeune homme avait éteint son portable – la messagerie apprit à sa correspondante qu'il se trouvait en salle d'opération. Elle lui laissa quelques mots, insistant sur son impatience à le revoir le soir même. Puis elle alla se changer.

Elle opta pour une robe fourreau en lin, piqua une perle à chacune de ses oreilles, se para d'un mince collier en or. Elle se maquilla ensuite avec soin, brossa ses cheveux jusqu'à les voir cascader, sombres, opulents et lustrés, sur ses épaules. Enfin, elle chaussa des souliers à talons très hauts, consulta sa montre, s'empara de son sac à main et quitta l'appartement. Il n'était pas encore 15 heures, mais elle se sentait trop tendue pour attendre chez elle, sans broncher, le moment de son rendez-vous.

Elle gravit les marches du perron, se rendit à la réception. Après avoir informé le concierge de sa présence, elle se dirigea nonchalamment vers le bar, où elle commanda une orange pressée. Elle s'assit, saisit un magazine.

L'hôtel grouillait de monde, on allait et venait, on se plaignait à la réception, on consultait des dépliants à l'intention des touristes. Fleur, qui observait ce manège, n'ouvrit pas le magazine, toucha à peine au contenu de son verre. Elle se rappelait son enfance.

À l'époque en effet, ils avaient, pendant un certain temps, vécu dans l'appartement situé au dernier étage de l'hôtel familial, si bien que, souvent, la fillette qu'elle était alors s'installait dans le hall de l'établissement avec ses cahiers et ses manuels scolaires, pendant que Margot et leur père dirigeaient leur royaume. L'enfant goûtait l'efficacité feutrée du personnel, elle aimait observer les clients à la mise soignée, dont elle faisait ensuite les protagonistes des récits qu'elle s'inventait pour se distraire. À l'âge du lycée, elle avait eu le droit, de loin en loin, de jouer les réceptionnistes, mais il lui était rapidement apparu – et son père avait fait le même constat – qu'elle n'était pas faite pour travailler dans l'hôtellerie.

— Mademoiselle Franklin ?

Brusquement arrachée à sa rêverie, Fleur découvrit auprès d'elle une quinquagénaire séduisante arborant une coiffure à la dernière mode et un tailleur sur mesure.

— Maître Wright ?

Elle se leva. Les deux femmes échangèrent une poignée de main, ainsi que leurs prénoms.

— J'ai pris des dispositions pour que nous puissions nous entretenir au salon d'affaires. Nous y serons plus à l'aise.

Fleur ayant récupéré son sac à main, elle suivit la notaire jusqu'à l'ascenseur, le cœur battant à tout rompre. Elles grimpèrent au vingt-cinquième étage. Bientôt, elles prenaient place dans une salle luxueuse.

— J'ai commandé du café et de l'eau, mais si vous désirez autre chose…

— De l'eau, ce sera parfait.

Elles s'assirent sur des sièges confortables, disposés autour d'une table ronde. Fleur se désaltéra – elle se sentait horriblement assoiffée, comme au terme d'un marathon au milieu du désert.

— Je suis un peu nerveuse, se justifia-t-elle auprès de Jacintha, qui la considérait avec un sourire.

— Je comprends.

La notaire fit surgir de sa mallette un épais dossier contenant de nombreux documents.

— Mais vous allez bientôt constater que cette expérience est loin d'être pénible, enchaîna-t-elle.

Elle sourit à Fleur, plaça devant cette dernière la lettre de présentation rédigée par les responsables de l'étude notariale à laquelle elle appartenait.

— Je trouve on ne peut plus normal que vous désiriez obtenir la preuve que toute cette affaire n'est pas une mauvaise plaisanterie. Avant que je commence mon exposé, avez-vous des questions ?

— Un bon millier. Jusqu'à ce que j'ouvre votre lettre, j'ignorais que j'avais eu une tante prénommée Annie.

— C'est ce qu'elle craignait. Elle souffrait énormément de n'avoir plus de nouvelles de son frère ni de la famille de celui-ci. Elle m'a demandé de vous faire parvenir sa lettre et ses journaux intimes après sa mort afin que vous appreniez un peu à la connaître.

— L'avez-vous rencontrée ?

— Uniquement durant les quelques mois qui ont précédé son décès. Avant, nous ne correspondions que par courrier ou par téléphone. C'était une femme charmante.

Jacintha tendit une photographie à son interlocutrice :

— Elle tenait à ce que ceci vous revienne également.

Fleur posa les yeux sur un visage souriant, demeuré beau en dépit des années. Vêtue d'un chemisier à fleurs et d'un pantalon, elle avait ramené vers l'arrière ses épais cheveux blancs, dégageant un front large, des sourcils arqués au-dessus d'yeux profondément enfoncés dans leurs orbites. Elle possédait des pommettes hautes. Son menton était celui d'une femme énergique, mais il brillait dans son regard une lueur espiègle.

— J'ai pris cette photo la dernière fois que je lui ai rendu visite à Birdsong. Elle savait qu'elle allait mourir. Mais à la voir, impossible de s'en douter, n'est-ce pas ?

Fleur éprouva soudain une tristesse à laquelle elle ne s'attendait pas.

— De quoi souffrait-elle ? D'un cancer ?

Jacintha fit oui de la tête.

— Je regrette de ne pas l'avoir connue. J'ai déjà lu une bonne partie de son premier cahier. C'était une femme remarquable.

La notaire s'étant éclairci la voix, elle revint à l'héritage :

— Il me faudrait une pièce d'identité. Je suis navrée, mais la loi l'exige.

Fleur lui tendit son permis de conduire, dont Jacintha nota les références avant de le rendre à sa titulaire. Ensuite, elle s'empara, dans son volumineux dossier, de deux photocopies du testament d'Annie Somerville.

— Je vous propose de lire le document à voix haute. Vous n'aurez qu'à suivre sur votre exemplaire. À quelques exceptions près, Annie vous a légué la totalité de ses biens, à certaines conditions cependant. Bien sûr, vous devrez vous acquitter des frais de succession, mais elle devait s'être arrogée les services d'un excellent conseiller financier : même après la vente de certains actifs, l'héritage demeure assez considérable. Si vous avez des questions, ou s'il y a quelque chose que vous ne comprenez pas, n'hésitez pas.

Et la notaire d'entamer, d'une voix paisible, la lecture du testament, dont elle décryptait, pour Fleur, le vocabulaire juridique au fur et à mesure. Annie avait légué des sommes conséquentes à plusieurs œuvres de charité en faveur des enfants aborigènes.

— Savez-vous pour quelle raison elle a choisi ces associations plutôt que d'autres ?

— La cause aborigène lui importait beaucoup, et le sort des « générations perdues » était pour elle une préoccupation constante.

Après un court silence, Jacintha reprit sa lecture :

— « Je lègue dix mille dollars à ma paroisse pour l'entretien du cimetière et de la tombe familiale. Je lègue dix mille dollars au Service des médecins volants, pour les remercier de l'excellent travail qu'ils fournissent dans des contrées aussi reculées que la nôtre.

« Je lègue, en tant que bénéficiaire par fiducie, à ma nièce, Fleur Leanora Franklin, Savannah Winds, le ranch dont je suis propriétaire, PO Box 1459, Territoire du Nord, tandis qu'à Djati Wishbone, mon ami et mon fidèle compagnon depuis de nombreuses années, il sera versé une rente foncière à vie, ainsi que vingt pour cent des bénéfices réalisés par le ranch. Fleur Leanora Franklin recevra, pour sa part, quarante pour cent de ces bénéfices annuels. Les quarante pour cent restants retourneront à Savannah Winds, afin d'en assurer le bon fonctionnement. »

Jacintha s'interrompit, observa Fleur par-dessus ses lunettes.

— La banque fiduciaire s'occupera des comptes et veillera à ce que les bénéfices annuels soient répartis comme indiqué dans le testament. À votre mort, le contrat de fiducie sera déclaré caduque, et la propriété divisée entre vos enfants.

— Qu'adviendra-t-il si je n'ai pas d'enfant ? s'enquit la jeune femme qui, à cette perspective, sentait battre son cœur douloureusement à l'intérieur de sa poitrine ; elle avait la bouche sèche.

— Dans ce cas, la propriété sera vendue, et le montant de la vente distribué à plusieurs associations caritatives.

— Qui est Djati Wishbone ?

La notaire ôta ses lunettes :

— Il s'agit d'un vieillard aujourd'hui, mais sa famille et lui ont administré le ranch lorsque Annie est partie s'installer dans la baie du Martin-Chasseur il y a une trentaine d'années. Elle voulait être certaine que personne ne pourrait vendre Savannah Winds du vivant de Djati et que ses vieux jours seraient assurés.

Elle considéra Fleur d'un air pensif:

— Lorsque ce dernier décédera, il vous reviendra, ainsi qu'aux fiduciaires, de décider quoi faire du ranch. Néanmoins, je manquerais à tous mes devoirs si je ne vous prévenais pas, d'ores et déjà, que Djati et les siens vivent là-bas, et que ses fils, ainsi que ses petits-fils, s'occupent merveilleusement bien de la propriété.

Comme elle avalait une gorgée d'eau, Fleur s'aperçut que ses mains tremblaient un peu:

— En ce qui me concerne, fit-elle avec un petit rire hésitant, ils peuvent rester aussi longtemps qu'il leur plaira. Je ne connais strictement rien aux ranchs, sinon qu'en règle générale, ils sont immenses et situés dans des zones très isolées. Quelle est la superficie de Savannah Winds?

— Trois cent mille hectares. Autrement dit, cela représente un carré de cinquante kilomètres de côté.

Fleur s'efforça, l'espace d'un instant, de s'imaginer l'étendue de ces terres dont elle venait d'hériter. En vain.

— Pour ce qui est de l'isolement, vous avez raison, mais plusieurs routes en excellent état permettent de s'y rendre, et Cloncurry ne se situe qu'à deux jours de voiture. Cette surface se compose essentiellement de pâtures et de marécages, mais on y trouve aussi quelques champs de blé, ainsi que cinq habitations, plusieurs granges, et des installations susceptibles d'accueillir une bonne vingtaine de conducteurs de bétail à la saison des grands rassemblements de troupeaux. Les engins agricoles sont, bien entendu, compris dans l'héritage.

Jacintha rassembla une liasse de feuillets, se retint un moment de les remettre à son interlocutrice :

— Vous constaterez que Savannah Winds a été évalué à plus de huit millions et demi de dollars.

— Huit millions et demi ? souffla Fleur. Dieu du Ciel…

Elle fixait la notaire, hébétée.

— Une sacrée somme, n'est-ce pas ? Peut-être devriez-vous vous accorder une courte pause avant que nous poursuivions. Rappelez-vous cependant que vous n'avez droit, pour l'heure, qu'à une rente annuelle.

— Qui s'élève à combien ?

— Elle varie bien sûr d'une année sur l'autre, mais on peut l'estimer entre cent et deux cent mille dollars.

Fleur, à présent, sentait la tête lui tourner.

— J'ai besoin de quelque chose de plus fort qu'un verre d'eau. Serait-il possible qu'on nous serve un peu de vin ?

Jacintha se leva, se dirigea vers le bar, inspecta le contenu du réfrigérateur et y préleva une bouteille de champagne :

— Annie m'avait prévenue que vous auriez probablement envie de fêter l'événement.

Les deux femmes trinquèrent :

— À Annie, murmura Fleur, ahurie.

Elles burent quelques gorgées de champagne en silence.

— Reprenons, voulez-vous, finit par suggérer la notaire. J'ai un important dîner d'affaires, ce soir. Je ne peux pas me permettre d'arriver en retard. Il est d'ores et déjà prévu que plusieurs petites propriétés, dans son portefeuille de biens immobiliers, seront vendues pour couvrir les frais de succession. Quant à son portefeuille d'actions et d'obligations, son conseiller l'a remarquablement bien géré, et il vous reviendra dès que la procédure d'homologation sera bouclée. Cela représente une somme d'environ cinquante mille dollars. Lorsque ce portefeuille entrera en votre possession, vous devrez décider, soit de le conserver en l'état, soit de vendre les actions et les obligations pour récupérer l'argent.

Fleur n'en croyait toujours pas ses oreilles.

— Birdsong est la seconde propriété que vous a léguée Annie Somerville. Elle vous revient sans la moindre condition. Car sa propriétaire, qui y vivait depuis plus de trente ans, l'adorait.

— Elle me l'a indiqué dans sa lettre, confirma la jeune femme. S'agit-il bel et bien d'un petit paradis, comme elle semblait le penser ?

Le regard de Jacintha se fit rêveur, et son expression s'adoucit :

— À mes yeux, en tout cas, c'est ce qui se rapproche le plus du jardin d'Éden, souffla-t-elle. Cette propriété se situe au nord de la ville de Cairns, dans une anse privée qu'Annie avait baptisée la baie du Martin-Chasseur. La demeure, submergée par les bougainvilliers, donne sur une plage de sable rose.

— Un havre de paix…

— Exactement. Jamais je ne me suis sentie plus sereine que là-bas. Annie y a entassé de superbes pièces d'antiquité, ainsi que des souvenirs, qui bien sûr s'y trouvent encore. Pour le moment, c'est son amie Amy Parsons qui s'occupe de la maison. Tout est demeuré en l'état – conformément au souhait de la propriétaire. Pour vous.

— Je meurs d'envie d'y aller, soupira Fleur. Diriez-vous qu'il s'agit d'une demeure rustique ? Un peu vieillotte ?

— Si on veut, répondit la notaire avec un large sourire. Avec six chambres, l'eau et l'électricité, on peut difficilement parler de rusticité. La maison se dresse sur un terrain de quatre hectares, plage comprise. Elle comporte également un accès à la forêt pluviale de Daintree. Des promoteurs n'ont cessé de pousser Annie à vendre, souvent contre des sommes mirobolantes, mais elle a tenu bon. Il s'agissait à ses yeux d'un véritable sanctuaire, à l'abri du monde extérieur.

Jacintha se tourna vers son interlocutrice :

— Vous êtes architecte, n'est-ce pas ? Vous avez dû participer, même dans une modeste mesure, à l'aménagement du littoral. Annie s'est intéressée de près à vos études, puis à votre carrière. Cela l'a amenée à penser que vous auriez à cœur de préserver Birdsong.

Comment la défunte s'y était-elle prise pour se procurer de tels renseignements ? Et pourquoi accorder tant de prix à l'existence de cette nièce qu'elle n'avait jamais rencontrée ? Il était inutile de poser ces questions à Jacintha, qui serait incapable d'y répondre. Fleur devrait découvrir le fin mot de l'histoire dans l'une ou l'autre des maisons d'Annie.

— Je suis ravie qu'elle m'ait fait confiance car, en effet, les préoccupations écologiques tiennent toujours une place prépondérante dans l'élaboration de mes projets professionnels. Quand je pense à ces vieilles bâtisses qu'on livre aux promoteurs pour qu'ils les abattent… À ce rythme, il ne restera bientôt plus rien de la courte histoire de l'Australie depuis l'arrivée des Blancs.

— Je suis d'accord avec vous. Des lieux tels que Birdsong représentent des endroits uniques en leur genre, mais hélas, ils sont chaque jour un peu plus convoités par des individus peu scrupuleux. D'ailleurs, je préfère vous prévenir : la dernière offre qu'Annie a refusée s'élevait à quinze millions de dollars.

5

Greg ôta son masque et ses gants de latex, tandis que l'infirmière dénouait sa casaque pour s'en débarrasser ensuite dans le conduit vertical menant à la blanchisserie.

— Merci, Susie. Nous avons fait du bon travail, aujourd'hui. Nous avons bien mérité notre dîner.

Susie Chapman le dévisagea par-dessus le bord de son masque :

— La journée a été longue. Je commencerais volontiers par prendre un verre.

Greg ignora l'invite qu'il venait de lire dans le regard de la jeune femme. Celle-ci en pinçait pour lui, mais un chirurgien, évoluant entre la vie et la mort dans l'atmosphère raréfiée d'un bloc opératoire, ne devait, sous aucun prétexte, jouer à ces jeux-là. Trop dangereux pour les patients dont il avait la charge.

— On m'attend chez moi, commenta-t-il en récupérant sa montre, avant de se diriger vers les douches. À demain, Susie.

Il pénétra sans hâte dans les vestiaires, s'y déshabilla, se détendit enfin sous le jet d'eau brûlant. Son dos lui faisait mal, et il avait la nuque nouée, mais en dépit de sa fatigue, il n'était pas pressé de regagner son domicile où, à n'en pas douter, couvaient de terribles orages.

D'autres médecins entrèrent, puis ressortirent, cependant que le jeune homme se rhabillait, perdant sciemment du temps en bavardages inutiles. Soudain, il fut plus de 19 heures. Greg saisit son sac de sport pour se diriger vers le parking.

Son bip retentit à l'instant où la porte claquait dans son dos.

Aussitôt, il rebroussa chemin au pas de course, grimpa l'escalier quatre à quatre sans plus se soucier d'attendre l'ascenseur. Quand il atteignit le service de chirurgie pédiatrique, il avait le souffle court.

On avait tiré le rideau autour du lit situé dans un coin de la salle, et dans le box s'affairaient internes et infirmiers. Saisissant le stéthoscope d'un des jeunes médecins, Greg écouta battre faiblement le cœur de Shane Philips, l'écouta battre irrégulièrement… L'enfant luttait pour ne pas mourir.

— Son cœur est en train de lâcher.

Déjà, il poussait le lit vers la porte :

— Bipez le bloc pour les prévenir de notre arrivée.

Shane s'était si vaillamment battu pour survivre aux mauvais traitements infligés par son père, à l'indifférence coupable de sa mère… Hélas, le petit corps avait reçu trop de coups, et le cœur, épuisé par ces épreuves à répétition, n'allait pas tarder à abandonner la partie.

— Appelez Fleur et expliquez-lui ce qui se passe, indiqua Greg à l'infirmière qui cheminait à côté de lui. Ensuite, téléphonez à la mère. Si vous avez l'impression qu'elle a bu, même un peu, installez-la dans le salon réservé aux familles, et apportez-lui une cafetière pleine.

Quelques minutes plus tard, le chirurgien avait revêtu une casaque propre. Il s'était lavé avec soin les avant-bras et les mains. Comme il levait son scalpel au-dessus de son jeune patient, il pria pour ne pas lui faire faux bond ; pourvu, songea-t-il, qu'il ne fût pas trop tard pour le sauver.

Fleur avait eu l'impression de quitter le palace sur un petit nuage. Le décor autour d'elle se résolvait en taches floues, colorées et mouvantes. Ce fut dans cette étrange brume qu'elle se rendit au centre-ville, où elle acheta six bouteilles de champagne, des fraises, de la glace et du chocolat – ainsi qu'une volumineuse brassée de fleurs.

Elle ignorait comment elle était parvenue à rentrer chez elle au volant de sa voiture. Elle ne se souvenait pas du trajet qu'elle venait d'accomplir. Le concierge se chargea de la caisse de champagne. Une fois seule dans l'appartement, la jeune femme glissa son CD favori dans la chaîne hifi, avant de tenter de s'apaiser un peu en arrangeant les fleurs dans un vase.

Bientôt, les lieux embaumaient les lys blancs et les roses rouges nichées dans d'exquises nuées de gypsophiles. Debout dans le salon, Fleur jouissait sans mélange de sa joie et de son excitation, pressée qu'arrivât cette soirée dont elle aurait volontiers parié que, contre toute attente, elle se révélerait intime et pleine de sensualité. Mais d'abord, elle allait s'offrir un long bain parfumé, puis elle se coifferait et se maquillerait. Elle enfilerait sa petite robe noire, ainsi que les sandales à hauts talons que Greg avait toujours jugées sexy.

Le dîner était prêt, qui réclamait seulement qu'on le réchauffât. Quant à la salade, il suffisait d'y verser sa vinaigrette maison, puis de la mélanger. Il y aurait au dessert des fraises, de la glace semée de pépites de chocolat. Il y aurait du champagne. Des litres de champagne.

Elle astiqua la table en verre jusqu'à la faire étinceler, après quoi elle y disposa l'argenterie et les verres en cristal. Elle plaça au centre du plateau une coupe emplie de boutons de rose d'une blancheur immaculée. Ravie, elle fila dans la chambre. Greg n'allait plus tarder.

Il lui fallut se tortiller pour enfiler sa petite robe noire, dont elle avait oublié l'aspect de seconde peau. Lorsqu'elle eut chaussé les sandales à talons hauts, elle ne put s'empêcher de sourire : sa tenue frisait la pornographie. Elle avait été bien inspirée de refuser l'invitation à dîner chez Bijou. Elle y aurait fait scandale…

20 heures. Son compagnon était en retard.

Elle retira le tablier qu'elle avait noué sur ses reins en regagnant la cuisine, se parfuma pour la seconde fois le cou et les poignets. Dès lors, elle se mit à errer dans l'appartement, trop fébrile pour s'asseoir, trop tendue pour songer à autre chose qu'au retour de Greg.

Celui-ci jeta un coup d'œil à la pendule murale.

— Heure du décès, 21 h 45, chuchota-t-il.

On ne parlait plus, on ne bougeait plus. Infirmières et médecins, autour de la table d'opération, rendaient un dernier hommage muet au petit bonhomme qui venait de les quitter.

Des larmes montèrent aux yeux de Greg, qui effleura le front de l'enfant pour en écarter une mèche blonde. Si seulement il croyait en Dieu... Dans ce cas, il se serait un peu consolé en songeant que le garçonnet se trouvait à présent entre les bras accueillants de Jésus. Mais s'il existait un être supérieur, pour quelle raison aurait-Il permis que Shane souffrît pendant si longtemps ? Pourquoi ne pas avoir réglé son compte au père de l'enfant ? Pour quelle raison avoir donné la vie à ce dernier quand cette vie, si brève, s'était résumée à des cris et des coups ?

— Je vais terminer, fit Susie Chapman. Rentrez chez vous, monsieur Mackenzie.

Celui-ci ôta ses gants, son masque et sa casaque, qu'il abandonna dans un coin. Il se sentait recru de fatigue, et malheureux comme les pierres, mais il lui restait maintenant à affronter la mère de Shane, ce qu'il redoutait.

Fleur s'impatientait. Ce n'est que lorsqu'elle se décida à appeler l'hôpital qu'elle vit clignoter le voyant indiquant qu'un correspondant avait laissé un message.

Un message qui doucha son enthousiasme et ses espoirs. Greg éprouvait pour Shane une telle affection. Si l'enfant ne survivait pas à l'intervention, il rentrerait dévasté.

Elle se sentit soudain idiote, affublée de cette robe moulante et de ces talons grotesquement hauts. Elle ôta ses sandales, puis se rendit dans la chambre, où elle retira sa robe, qu'elle troqua contre un vêtement ample et confortable. Elle enfila des sandales plates, débarbouilla son visage lourdement fardé.

De retour à la cuisine, elle sortit les cannellonis du four, couvrit le plat d'un film alimentaire. Négligeant le champagne, elle déboucha une bouteille de chardonnay. Lumières tamisées… La voix d'un crooner s'échappant doucement des enceintes… La jeune femme se laissa choir parmi les coussins du canapé, où elle attendit le retour de Greg.

Au loin, Brisbane brillait de mille feux, sous un ciel de velours noir piqué d'étoiles. La Lune y formait un croissant d'or pâle. À quoi ressemblaient les étoiles au-dessus de la savane épargnée par la pollution lumineuse ?… Leur spectacle se révélait-il aussi éblouissant que le prétendaient les voyageurs ? Annie les avait-elle contemplées jadis, le souffle coupé, comme Fleur en cet instant, par l'immensité du firmament ? Et de là-haut, observait-elle maintenant sa nièce, heureuse de la joie qu'elle lui avait procurée en la comblant comme elle venait de le faire ?… La jeune femme aimait à penser que oui, car dans sa lettre, Annie lui avait assuré que quelqu'un veillerait sur elle tandis qu'elle cheminerait pas à pas vers la vérité.

Il était près de minuit lorsque Greg sortit de l'ascenseur pour pénétrer dans l'appartement. Fleur s'était endormie sur le canapé, la bouteille de vin sur le sol, non loin d'elle, un verre vide à la main. La table était dressée, superbe. Des fleurs s'épanouissaient aux quatre coins du salon, et de la chaîne hifi s'élevait en sourdine une musique aux accents romantiques. Le jeune homme sentit son cœur se serrer un peu plus.

Ayant ôté ses chaussures, il se rendit à la cuisine, où la salade et les cannellonis patientaient auprès d'un seau à glace. Dans le réfrigérateur, il découvrit les six bouteilles de champagne. Accoudé au plan de travail, il regarda dormir sa compagne. Il l'aimait à la folie… Il n'en poussa pas moins un soupir chargé de fatigue et d'appréhension : Fleur avait employé les grands moyens dans l'espoir de le faire changer d'avis. Hélas… Tous les champagnes du monde n'y suffiraient pas… Et ce soir moins que jamais.

Ne souhaitant pas la réveiller, il but du jus de fruits à même le carton rangé dans le réfrigérateur, avant de se diriger à pas de loup vers la chambre d'amis. Il agissait en lâche, il le savait, mais il aurait les idées plus claires au terme d'une bonne nuit de sommeil.

— Greg ?

Il se figea sur le seuil.

— Quand es-tu rentré ? s'enquit-elle, la voix empâtée par le sommeil et l'alcool. Pourquoi m'as-tu laissée dormir ?

Il se tourna vers elle. Fleur se remit debout, se passa une main dans les cheveux.

— Tu avais l'air si bien. Je n'ai pas voulu te déranger.

— Je n'avais pas l'intention de m'endormir. Ni de boire autant de vin. Mais je t'attendais…

Elle enfila maladroitement ses sandales, tituba jusqu'à lui.

Il la récupéra avant qu'elle ne tombe.

— Je vais t'aider à te coucher, décréta-t-il en la soulevant dans ses bras.

— Oh oui, s'il te plaît, pouffa-t-elle. Mais à condition que tu me promettes d'être vraiment, vraiment coquin.

— Je voulais dire pour que tu dormes, rectifia-t-il sur un ton neutre.

Il la lâcha sans ménagement sur le lit.

— Je voudrais que tu me promettes de ne plus boire. Quand cela t'arrive, je ne te reconnais plus.

Elle lui coula un regard vitreux, fronça les sourcils :

— On jurerait un père en train de gronder sa fille. Tu n'es tout de même plus fâché contre moi, n'est-ce pas ?

— Bien sûr que non.

Muselant son impatience, il lui caressa les cheveux, lui donna un baiser sur le front.

— Je viens de vivre une affreuse journée. Je n'ai plus qu'une envie : plonger dans le sommeil pour tout oublier.

Fleur écarquilla de grands yeux épouvantés, plaquant une main contre sa bouche. Elle bondit hors du lit, instantanément dessaoulée.

— Oh mon Dieu, j'avais oublié… Je suis affreusement navrée… Comment l'intervention s'est-elle déroulée ? Est-ce que Shane se porte bien ?

— Je l'ai perdu, répondit Greg, d'une voix dénuée d'émotion. Son cœur n'a pas résisté.

Des larmes se mirent à briller dans le regard de sa compagne.

— Oh, Greg… C'est terrible… Pauvre petit garçon…

Il s'éloigna pour se planter devant la baie vitrée. La rage et la douleur qu'il contenait depuis de nombreuses heures finirent par exiger leur dû : il jeta un vase sur le sol, où il éclata en mille morceaux. Il était tout près de craquer et ne l'ignorait pas.

— Ça fait mal, Fleur. C'est à peine supportable.

— Dans ce cas, parle-moi. Dis-moi comment faire pour empêcher tes sentiments de continuer à te meurtrir.

— Tu ne pourrais rien faire, fit-il d'une voix rauque, la gorge serrée. Shane nous a quittés. Je n'ai pas réussi à le garder parmi nous.

— Perdre un enfant est une tragédie, murmura la jeune femme avec douceur. Mais j'ai l'impression que la mort de Shane a réveillé en toi quelque chose que, désormais, tu ne peux plus te permettre d'ignorer. Ce quelque chose te dévore de l'intérieur. Allons, Greg. Confie-toi à moi avant que cette chose-là t'ait complètement détruit.

Greg se laissa glisser le long du mur, ramena contre sa poitrine ses genoux, qu'il enserra de ses bras, la nuque ployée. Sa compagne s'était assise à côté de lui.

— Shane n'était pas un enfant comme les autres, mais je l'ai trahi, comme tous les autres avant moi. Il était encore très jeune, mais il aura passé sa courte vie dans la souffrance et la terreur.

Il poussa un lourd soupir tremblant.

— Régulièrement, je le remettais sur pied. Il n'avait que neuf mois quand j'ai commencé à m'occuper de lui. Mais cette fois… Pour la première fois, il a baissé les bras. Et je n'ai pas été capable de l'aider à surmonter cette énième épreuve.

Greg errait à présent au sein de l'univers douloureux qu'il promenait dans le secret de son âme depuis l'enfance. Le destin tragique de Shane venait de rouvrir des plaies qu'il s'était pourtant patiemment ingénié à soigner, à guérir. Le drame qui s'était joué ce soir avait abattu les murs qu'il avait érigés autour de lui pour se préserver du passé. Son père avait raison. Il n'était qu'un raté.

Ils vivaient dans la banlieue de Sydney. Un quartier respectable et paisible. Leur maison ressemblait à toutes les autres. Jamais leurs voisins ne devinèrent que ses occupants vivaient sous le règne de terreur de cet homme d'affaires toujours bien mis, qui chaque matin quittait les lieux pour se rendre à son bureau.

– Le père de Shane est du même tonneau que le mien. Si ce n'est que mon mère, dans le genre sadique, possédait une intelligence nettement plus développée. Il s'arrangeait pour que les ecchymoses ne se voient pas, et il savait s'arrêter à temps. Il choisissait ses cibles avec soin: le ventre, la hanche, la poitrine, les cuisses.

Les digues étaient rompues:

– Ma mère et moi ne savions jamais dans quelles dispositions il rentrerait du travail. Quoi qu'il en soit, il trouvait systématiquement un reproche à nous faire, et les coups se mettaient à pleuvoir.

Il s'exprimait d'une voix étouffée, et ses souvenirs le rongeaient à la façon d'un acide:

– Le pire, quand il nous battait, c'était sa totale absence de colère. S'il s'était mis à hurler, s'il avait poussé des jurons ou mis la maison sens dessus dessous, ça m'aurait peut-être facilité la tâche. Mais il agissait avec froideur, le regard de pierre dans un visage impassible. Et il frappait. Il frappait avec méthode, jusqu'à n'en plus pouvoir. Il transpirait à peine, et une fois la séance terminée, il allait s'asseoir dans son fauteuil, comme si de rien n'était. Il demandait à ma mère de lui apporter une tasse de thé pendant qu'il lisait son journal.

Greg releva la tête, qu'il appuya contre le mur.

— À dix ans, on m'a retiré à mes parents pour me placer dans un orphelinat. Je n'ai jamais revu ma mère. Elle avait sombré dans l'alcool. Elle est morte quelques années plus tard.

Il soupira.

— Une fin heureuse, en somme, conclut-il avec amertume.

— Oh, Greg…, émit sa compagne d'une voix mouillée de larmes.

— À l'orphelinat, j'ai tenu le coup parce que j'ai compris, pour la première fois de ma vie, que je n'étais pas seul. Que les autres gamins avaient connu le même enfer que moi. Cette prise de conscience m'a rendu plus fort, elle m'a donné l'envie de prouver ma valeur. De montrer à ce salaud qu'il s'était trompé sur toute la ligne.

Il se tut, songeant à ces années lointaines, se rappelant les sons, les odeurs, dans cette vieille bâtisse surpeuplée des environs de Sydney. Il se souvenait des amis qu'il s'y était faits, des leçons qu'il y avait apprises.

— J'étais en première année de fac quand j'ai commencé à faire des recherches sur le comportement de mon père. Je voulais devenir médecin, mais je n'avais pas encore choisi ma spécialité. J'avais longtemps pensé que mon père était fou. Mes recherches m'ont amené à conclure qu'il s'agissait d'un sociopathe à tendances violentes, qui avait constamment besoin de réaffirmer sa domination des plus faibles pour dissimuler ses propres insuffisances.

Il ferma les paupières.

— Je me suis aussi penché sur son apparente absence d'émotions quand il nous frappait. Je voulais découvrir la raison pour laquelle, ensuite, il n'exprimait jamais le moindre remords. La maladie dont il souffrait le rendait incapable d'éprouver quoi que ce soit, incapable de distinguer le bien du mal. C'est à ce moment-là que je me suis promis de ne jamais avoir d'enfant. Parce que, selon la littérature médicale, je pouvais être atteint des mêmes troubles mentaux que lui.

— Voyons, Greg, bredouilla Fleur. Tu es parfaitement normal.

— J'ai tendance à m'emporter facilement, et même si je m'arrange pour contenir ma rage, je la sens parfois bouillonner en moi au point que j'ai l'impression d'être au bord de l'explosion.

— Tu n'en as jamais montré le moindre signe. Et je pense que ta colère vient plutôt de toutes ces souffrances accumulées, et que tu gardes pour toi depuis si longtemps. Je suis certaine qu'avec un peu d'aide, tu t'apercevras vite que tu n'es pas un malade mental.

— Depuis quand es-tu titulaire d'un diplôme en psychologie ? demanda Greg, et l'ombre d'un sourire passa sur ses lèvres.

— Et toi ?…

Lorsqu'elle lui effleura le bras, il se cramponna pour ne pas tressaillir.

— Une psychothérapie pourrait être la réponse à tes problèmes.

— Aucune psychothérapie ne me fera changer d'avis. Je refuse de jouer avec la vie d'un enfant dans l'unique but de me prouver quelque chose.

— Mais je serai là aussi. Pour aider notre enfant. Pour le protéger, l'aimer et le chérir. Je t'en prie… Ne me laisse pas tomber. Ne renonce pas définitivement à l'idée de devenir père un jour. Ne laisse pas le tien gagner la partie. Pas au bout de toutes ces années.

— Tu n'as pas écouté un traître mot de ce que je viens de te raconter, siffla-t-il en se remettant sur ses pieds.

Avec des gestes hâtifs et courroucés, il se mit à ouvrir un à un les tiroirs pour en extraire des vêtements.

— Bien sûr que si ! Ne fais pas ça, s'il te plaît. Moi aussi, j'ai des choses à te dire. Des choses importantes qui s'apprêtent à tout changer et…

— Arrête, Fleur. Tu ne comprends donc pas que tu ne fais qu'empirer la situation ? Rien de ce que tu pourras m'annoncer ne me fera revenir sur ma décision. Point. Final.

Il piocha un sac dans la garde-robe, à l'intérieur duquel il fourra sans soin des habits.

— Je viens de faire un héritage colossal, s'obstina-t-elle. C'est pour cette raison que j'ai acheté les bouteilles de champagne.

Greg la fixait sans comprendre, tandis qu'elle lui exposait avec animation mille projets d'avenir pour tous les deux. Dans le regard de sa compagne, il discerna un mélange d'espoir et d'affliction. C'était plus qu'il n'en pouvait supporter :

— Je ne peux pas rester ici, souffla-t-il en s'emparant du sac pour se diriger vers la porte de l'appartement.

— Mais pourquoi ? se mit-elle à sangloter en lui emboîtant le pas. Où vas-tu ?

— Je l'ignore. Mais tout est fini entre nous, Fleur. Je ne reviendrai pas.

6

Une semaine s'était écoulée depuis l'éprouvant déjeuner avec Don. Suivant les conseils de sa cadette, Bethany avait consulté un médecin, qui lui avait prescrit, pour un mois, un traitement hormonal de substitution, ainsi qu'un régime. Bethany avait passé le reste de la matinée dans un institut de beauté, avant de courir les magasins.

Elle avait préparé le dîner, dressé une jolie table, puis passé l'une de ses nouvelles tenues. Elle s'admirait à présent dans le miroir de la garde-robe. Un large sourire s'épanouit sur ses lèvres.

Elle avait aussi fait halte chez le coiffeur, pour une coupe et une couleur. La métamorphose était impressionnante, au point qu'appliquant son rouge à lèvres avec soin, elle peinait encore à s'accoutumer à sa nouvelle image. Elle se parfuma légèrement. Clive allait tomber à la renverse.

Lorsqu'elle entendit sa voiture dans l'allée, elle regagna le rez-de-chaussée au pas de course.

Clive pénétra dans la cuisine avec brusquerie, laissa tomber sa mallette sur la table, sans un regard pour son épouse.

— Je viens de passer une journée effroyable, déclara-t-il en s'emparant d'une bouteille de bière dans le réfrigérateur. Qu'est-ce qu'on mange ? Je crève de faim.

Comme il avalait une longue gorgée, Bethany se cramponna des deux mains au dossier d'une chaise.

— Une salade au jambon.

— Et tu crois que c'est une pauvre salade qui va me rassasier après une journée de…

Se tournant enfin vers sa femme, il écarquilla les yeux :

— Dieu du Ciel, Bethany… Mais qu'est-ce que tu as fait ?

— Je te plais ? s'enquit-elle avec hésitation.

— Et pas qu'un peu !

Clive souriait d'une oreille à l'autre.

— Te voilà rajeunie d'au moins quinze ans, se réjouit-il, le regard appréciateur. Mais pour quelle raison… ?

— J'en ai eu assez de ressembler à une loque. Alors je suis sortie me relooker.

— Quelle belle idée, s'enthousiasma Clive. Et si tu perdais quelques kilos, tu serais encore plus séduisante.

Il fallait toujours qu'il finisse par tout gâcher…

— Le docteur m'a prescrit un régime, répondit-elle avec raideur. C'est pour cette raison que j'ai préparé une salade.

Alors qu'il s'apprêtait à protester, elle se hâta d'ajouter :

— Je vais te faire des pommes de terre et des œufs en plus. Tu ne mourras pas de faim.

Elle s'exécuta sur-le-champ, pendant que son mari montait prendre une douche et se changer.

À son retour, il s'assit à la table, posa un œil las sur les fleurs et les serviettes :

— On fête quelque chose ?

— J'ai pensé que nous pourrions entamer notre nouvelle vie à deux avec un bon repas. Nous avons tout le temps. Peut-être même serait-ce l'occasion d'envisager nos projets d'avenir…

Il fronça les sourcils :

— Je vois mal de quoi nous pourrions parler. Je n'ai pas l'intention de prendre ma retraite avant une quinzaine d'années et, d'ici là, je n'aurai pas le temps de partir en vacances.

— Ce cabinet d'expertise comptable t'appartient. Tu peux t'offrir un peu de congés quand ça te chante.

— Je sais.

Il avala une gorgée de bière en lorgnant son épouse.

— Mais les quatre semaines que je m'accorde chaque année pour les tournois de golf suffisent amplement. Je ne peux pas me permettre de laisser plus longtemps mes associés seuls à la barre. Sinon, ils exigeront des privilèges équivalents aux miens. La bonne marche du cabinet en pâtirait beaucoup.

— Tu pourrais annuler tes tournois pour m'emmener en Angleterre. Ça fait une éternité que tu me promets un voyage en Europe.

— Une fois que j'aurai pris ma retraite. Quant à renoncer au golf, il n'en est pas question. Ces retrouvailles sont devenues un rituel. C'est l'occasion, pour mes amis et moi, de nous détendre et d'oublier le travail. Ils comptent sur moi pour tout organiser, je ne peux pas leur faire faux bond.

Bethany poussa un soupir à fendre l'âme.

— Qu'est-ce qui t'arrive ? s'agaça Clive en reposant ses couverts avec bruit. Pourquoi te comportes-tu de cette manière ?

Bethany s'humecta les lèvres. Clive menait sa barque seul depuis trop longtemps. Elle se trouvait à l'orée d'une existence nouvelle, dont elle comptait bien profiter tout son saoul.

— J'en ai assez de ne pas avoir de vie en dehors de la maison. Toi, tu as ton travail, tu as le golf. Depuis que les enfants sont partis, je n'ai pour ainsi dire plus rien à faire. J'avais pensé que nous aurions pu en profiter pour changer ensemble notre mode de fonctionnement.

— Et si tu cherchais un emploi ? Cela dit, je me demande bien lequel…

— Ce n'est pas ce que j'avais en tête… Je préférerais passer davantage de temps avec toi. Je pourrais même me mettre au golf.

Clive avait les yeux hors de la tête :

— Tu ne parles pas sérieusement ? Mes amis et moi apprécions de rester entre hommes. Pour ce qui est de passer plus de temps ici, à la maison, je vais voir ce que je peux faire, mais en ce moment, au bureau, je t'assure que nous sommes débordés.

— As-tu une liaison ?

Le sang reflua du visage de son époux :

— Qu'est-ce qui te prend ?

— Je n'ai plus envie de tourner autour du pot. De ton côté, dis-moi la vérité. Histoire que je sache précisément où nous en sommes.

— Tu es ridicule, ma pauvre Bethany. Je n'ai pas de liaison, voyons.

Cette dernière ne demandait qu'à le croire, hélas, ses doutes persistaient. Il avait forcé la voix pour lui répondre, et elle jugeait son regard fuyant. Elle en avait assez.

— Je vois, fit-elle calmement.

Elle commença de desservir.

— Qu'est-ce que c'est censé vouloir dire ?

— Ce que tu veux, Clive.

Elle revint de la cuisine avec deux coupelles contenant de la salade de fruits.

— Si tu continues à refuser de m'emmener en vacances ou de m'accorder un peu plus de temps, je prendrai mes dispositions.

Comme il s'apprêtait à verser sur les fruits la crème qu'elle avait aussi apportée, il interrompit son geste :

— Tes dispositions ? Quelles dispositions ?

— Je vais prendre des cours de danse en ligne et m'inscrire dans une salle de sport. Quand j'aurai perdu un peu de poids, je m'offrirai sans doute des vacances. J'ai toujours rêvé de découvrir Bali.

— Bravo, maman ! Et ta coupe est super, dis donc. Tu es magnifique !

Mélanie étreignit sa mère avant de l'embrasser. Bethany était aux anges.

— Je suis ravie que ça te plaise, souffla-t-elle, avant que son sourire meure sur ses lèvres : Liam entrait dans sa cuisine.

— Nous avons fini de souper, indiqua-t-elle au jeune couple, mais si vous avez faim, il reste des tas de choses à manger.

— Non, c'est bon, madame Wells, merci.

Le garçon se planta derrière Mélanie, comme désireux de se préserver des possibles assauts de la maîtresse de maison.

— Je suis venue pour te donner quelques détails à propos de notre voyage, lâcha l'adolescente à toute vitesse. Liam va partir avec moi. C'est son père qui nous a prêté le camping-car.

— Notre fille se trouvera donc entre de bonnes mains, se félicita Clive, soulagé, surtout, que l'irruption des jeunes gens eût mis un terme à la conversation.

Son épouse, qui n'était pas dupe, le fusilla du regard.

— Tu es beaucoup trop jeune, murmura-t-elle à sa fille. Et je ne pense pas qu'on puisse réellement compter sur Liam, et…

— Recommence pas, s'il te plaît. Je croyais que tu avais fini par comprendre. Fleur m'a dit…

— Tu as discuté avec Fleur ?

— Je voulais avoir son avis avant de revenir te voir, répondit Mélanie, penaude et empourprée.

— Mais je suis ta mère. Tu n'avais pas besoin de passer par ta tante.

— Fleur m'a dit que tu serais en colère, mais…

— Bien sûr que je le suis. Et je suppose que ma demi-sœur partage mon avis. Qu'elle ne voit pas non plus d'un bon œil le fait que tu t'en ailles sillonner l'Australie au bras de… à son bras ?

Et de darder sur Liam un œil furibond, avant de se tourner à nouveau vers sa fille.

Celle-ci croisa les bras :

— Au moins, elle en a pas fait tout un plat, elle. J'aurais dû me douter que tu allais encore péter un boulon. Et après, tu t'étonneras que ce soit à Fleur que je me confie quand j'ai besoin de conseils…

— Comment oses-tu… ?

— Elle a raison, s'immisça Clive.

Il décapsula une autre bouteille de bière, qu'il tendit à Liam.

— Tu t'emballes pour un rien. Nous sommes au troisième millénaire, sacré nom d'une pipe. Les choses ont changé depuis notre époque. Liam et Mélanie ont tous les deux la tête sur les épaules, et puisque tu as prévu d'aller bientôt batifoler à Bali, je ne vois pas pourquoi tu t'opposes à leur projet.

Bethany, incrédule, ne le lâchait plus des yeux : comment pouvait-il lui refuser ainsi son soutien ?…

— Si tu t'imagines qu'ils ont ne serait-ce qu'une once de plomb dans la cervelle, dans ce cas, mon pauvre Clive, tu es complètement piqué.

Elle se mit debout, tremblante de rage.

— Mon opinion compte pour du beurre dans cette maison, constata-t-elle avec amertume. Dans ce cas, je ferais mieux de me taire.

Comme elle pointait un doigt vengeur en direction de Liam, le jeune homme recula d'un pas.

— Mais je te préviens, mon garçon : si tu ne veilles pas sur ma fille comme sur la prunelle de tes yeux, c'est à moi que tu devras rendre des comptes.

— Bien sûr, madame…

Bethany s'était engagée dans l'escalier. Incapable de contenir plus longtemps sa déception et son courroux, elle ne supportait plus la présence de Liam, de Clive ni de Mélanie. Quant à Fleur, songea-t-elle, elle ne tarderait pas à apprendre qu'on ne se mêlait pas impunément des affaires de son aînée. Mieux : sous peu, la famille entière s'apercevrait que Bethany n'avait plus la moindre intention de se laisser marcher sur les pieds. L'heure avait sonné pour elle de faire entendre sa voix. Demain, le conscil d'administration de l'entreprise familiale se réunirait. Elle tenait là une parfaite occasion de mettre en œuvre ses projets.

Une semaine… Une affreuse et interminable semaine depuis qu'il avait quitté l'appartement… Affalé dans le fauteuil de son bureau, le moral au plus bas, Greg fut tiré de sa torpeur par quelques coups discrets frappés à sa porte.

John Watkins, dont il jugea révoltants l'enthousiasme et la forme olympique, saisit une brique de jus d'orange dans le réfrigérateur de son confrère, avant de s'asseoir face à lui :

— J'allais te demander si tu étais prêt à te prendre une nouvelle raclée au squash, fit-il, la mine soudain chagrine, mais je crois que j'ai mal choisi mon moment…

— Je suis rincé. La semaine a été rude.

— C'est ce qu'on m'a dit.

Il avala quelques gorgées de jus de fruits d'un air pensif.

— Tu ne devrais pas t'en vouloir autant pour Shane. Ce sont des choses qui arrivent à tous les chirurgiens, et malheureusement, nous n'y pouvons rien.

— Tu as raison, soupira Greg. Mais c'est très difficile à avaler.

— Essaie plutôt de penser aux centaines de gosses que tu as sauvés. Tu peux être fier du boulot que tu abats, je t'assure.

Il se tut un instant, avant d'enchaîner :

— Nous sommes tous là pour une bonne raison. Personnellement, j'ai choisi l'obstétrique parce que ma sœur a failli mourir en mettant au monde son premier enfant. Ça se passait dans les années soixante, et elle a eu affaire au dernier des abrutis. Un médecin qu'on aurait dû virer depuis longtemps à grands coups de pompe dans le derrière. Ça m'a donné envie de changer les choses, de tout faire pour qu'aucune femme n'ait plus jamais à vivre le même cauchemar. Je suis littéralement parti en croisade pour faire évoluer les pratiques et les mentalités.

Il se désaltéra à nouveau.

— Et toi, qu'est-ce qui t'a poussé vers la chirurgie pédiatrique ?

— Comme toi, je désirais améliorer le système.

Pivotant sur son fauteuil, le jeune homme se tourna vers la fenêtre, l'œil vide. Il ne souhaitait pas s'appesantir sur ce sujet.

— Tu as réussi, affirma John, qui, renversé dans son siège, croisa les mains derrière la nuque et posa les pieds sur le bureau de son confrère. C'est vrai que tu as déménagé ?

— Les nouvelles vont vite…

— Et Fleur ? J'aurais pourtant parié que vous formiez un couple inséparable.

— Les apparences sont parfois trompeuses.

Il se redressa, empila devant lui des dossiers.

— Tu avais besoin de quelque chose en particulier, John ? Parce que j'ai une malformation du pied qui m'attend dans une demi-heure.

John se remit debout, se pencha en avant :

— Je voulais simplement savoir si tu avais besoin de compagnie. Dans certaines circonstances, ça peut faire du bien de se confier à un ami. Et tu peux compter sur mon absolue discrétion.

— Je te remercie, mais…

— Je comprends ô combien l'épreuve que constitue le fait de perdre un patient sur la table d'opération.

— Ne t'inquiète pas pour moi. Je gère.

— Ce n'est pas l'impression que tu me donnes. Ta rupture avec Fleur n'a fait qu'aggraver la situation. As-tu déjà pensé à voir un thérapeute ?

— Je n'en ai pas besoin. La plupart d'entre eux sont des charlatans.

— Ils obtiennent pourtant d'excellents résultats. D'ailleurs, la direction de l'hôpital encourage vivement son personnel à consulter en cas de pépin. Appeler au secours, cela n'a rien de honteux. Et cela ne nuira en rien à ta carrière, si c'est ce qui te chiffonne. Après avoir perdu une mère et son enfant il y a deux ans, je suis allé voir la jolie Carla. Elle m'a fait un bien fou.

— Je l'ignorais.

Greg considéra soudain son ami sous un autre jour. John avait toujours représenté à ses yeux le médecin idéal, talentueux, efficace, paisible en toutes circonstances. Maître de lui-même. Et pourtant… Il nourrissait donc, lui aussi, certains démons…

John haussa les épaules, vida sa brique de jus d'orange.

— Nous avons tous besoin d'aide. Un jour ou l'autre. Va voir Carla.

Greg se sentit brusquement mal à l'aise :

— Quelqu'un a-t-il dit quelque chose ? Est-ce la raison de ta visite ?

— Eh bien… Il n'a échappé à personne que tu faisais preuve d'une brusquerie inhabituelle envers les membres de ton équipe. Et que tu étais maussade. Ce qui ne te ressemble pas.

Il dévisagea Greg avec gravité :

— Tu es fatigué, certes. Mais qui d'entre nous ne l'est pas ? Et je pense que, te concernant, il s'agit d'un mal-être plus profond. Crois-en l'expérience d'un vieux bonhomme qui a vu trop de bons chirurgiens se tuer à la tâche jusqu'à la rupture. Va voir Carla, s'il te plaît. Et ne tarde pas.

— Je vais y penser, murmura le jeune homme.

— Fais donc ça, oui, commenta John en jetant sa brique vide avant de se diriger vers la porte. À plus.

À peine eut-il quitté les lieux que Greg s'enfonça de nouveau dans son fauteuil. Fleur lui manquait beaucoup, mais il avait rejeté l'ensemble de ses appels, choisi de ne pas répondre non plus à ses SMS. Il n'était qu'un lâche. Un lâche doublé d'un être cruel, pareil à son père, capable d'infliger à autrui de terribles souffrances. John avait raison. Il fallait qu'il agisse.

Guignant le téléphone, il fut d'abord tenté d'appeler Fleur. Pour le seul plaisir d'entendre sa voix, d'écouter l'annonce d'accueil qu'elle avait enregistrée… Mais que se passerait-il si elle décrochait ? Il n'avait rien de nouveau à lui annoncer, rien d'autre à lui offrir que l'incommensurable chagrin qu'il ressentait de l'avoir meurtrie à ce point…

La perspective de révéler à une inconnue ses terreurs, ses souvenirs, les traces laissées par son enfance martyrisée lui faisait horreur. S'il tenait à réparer le mal qu'il avait infligé à sa compagne, il devait pourtant s'y résoudre.

Il hésita, s'empara du combiné, puis composa le numéro de Carla.

Fleur avait traversé ces sept derniers jours dans une sorte de brume, où l'incrédulité le disputait à la peine. Bouclée à double tour dans son appartement, elle désirait n'avoir plus de contact avec personne. Sinon Greg. Mais Greg ne lui avait pas téléphoné.

Elle ne trouvait une maigre consolation que dans les journaux intimes d'Annie, qui, elle, n'avait jamais cédé à ses frayeurs ni au désespoir dans lequel le cyclone l'avait pourtant plongée. Elle était faite d'un bois autrement plus dur que sa nièce, refusant avec obstination d'abandonner la ferme à laquelle John et elle avaient consacré tellement de labeur et de temps. Cette ferme qu'ensemble ils avaient chérie si tendrement. Annie avait tenu bon.

Savannah Winds, janvier 1940

Nous avons passé ces deux derniers mois à travailler du lever au coucher du soleil pour mettre un peu d'ordre dans le chaos semé par la tempête, pour dénicher le bétail qui, comme prévu, s'était égaillé vers l'ouest, très loin du ranch, et pour réparer les dégâts. Chaque soir, je m'écroule sur mon lit, ivre de fatigue. Presque trop éreintée pour songer seulement à manger ou faire correctement ma toilette. Entre-temps, la saison humide est arrivée. Une herbe bien verte s'épanouit dans les pâturages, les points d'eau sont remplis, les rivières irriguent les plaines, et quelquefois les submergent. La savane n'est jamais plus belle qu'en cette saison, où abondent les fleurs des champs.

J'ai passé Noël à Emerald Downs Station, le ranch de mes chers amis Susan et Ted Daley. Celui-ci, qui s'est engagé dans l'armée, partira en formation au début du mois. Le fils de Benuk est parvenu à réparer la camionnette, à bord de laquelle j'ai pu me rendre là-bas, où je suis restée deux jours, avant de refaire la longue route en sens inverse. Susan s'efforce de faire bonne figure, mais je sais que, durant les mois à venir, elle va avoir besoin d'affection et de soutien, car nous ignorons tous combien de temps durera cette guerre.

En chemin, je me suis arrêtée à l'église, pour déposer des fleurs sur la tombe de John. J'ai fini, en dépit du chagrin qui ne me quitte pas, par accepter l'idée que la vie devait continuer – et tant qu'il demeure dans mes pensées, il se tient à mes côtés.

Quelques jours après mon retour au ranch, j'ai été réveillée au beau milieu de la nuit par des bruits de pas sur la véranda, puis le grincement de la porte à moustiquaire. Ayant supposé qu'il s'agissait des petits-enfants de Benuk, venus me voler du sucre dans le garde-manger, je me suis précipitée pour les surprendre la main dans le sac.

Mais la cuisine était déserte, et les traces de pas boueuses sur le plancher de la véranda n'appartenaient pas à des enfants. Redoutant toujours les vagabonds de passage, je me suis vêtue en hâte avant de saisir la carabine de John, que je garde toujours à portée de main, puis j'ai descendu les marches du perron avec une lanterne. J'ai sifflé doucement l'un de mes chiens, avant d'entreprendre une ronde parmi les dépendances.

Devant la forge, le chien s'est raidi. L'oreille dressée, il émettait un grondement sourd. J'ai ouvert la porte à toute volée, pointé le canon de mon arme… sur deux gamins maigrichons, vêtus de hardes et plaqués contre le mur. L'un était blanc, l'autre aborigène, et aucun ne m'a paru dangereux. Pour tout dire, ils mouraient de peur. Sous la double menace de ma carabine et de mon chien, je les ai contraints à quitter les lieux pour se diriger vers la maison.

Là, je leur ai donné à manger avant de troquer leurs guenilles contre des vêtements ayant appartenu à John. Ils se sont peu à peu détendus, au point que, la nuit avançant, ils ont fini par me confier leur histoire, que j'ai décidé de relater ci-dessous.

Trois mois plus tôt

Le ranch des Eucalyptus, qui s'étendait sur plusieurs milliers d'hectares, appartenait à un tyran répondant au nom de Thomas Russell, dont on connaissait la réputation de cruauté dans presque tout l'État du Queensland.

Désireux de payer ses employés le moins possible, malgré le dur labeur qu'il leur imposait, il recrutait volontiers les orphelins des missions environnantes – des gamins que, déjà, les autorités religieuses avaient accoutumés à travailler sans relâche. De leur maigre salaire, Russell déduisait le prix de la pension, celui de leurs vêtements, de leurs chaussures, de leur tabac s'ils fumaient, de la bière s'ils buvaient

– vendant l'un et l'autre à des tarifs prohibitifs. Ces garçons ne tardaient pas à devenir de véritables esclaves, sans espoir de parvenir jamais à régler leurs dettes à leur employeur afin de le quitter un jour. Les responsables des missions catholiques, de leur côté, faisaient mine de ne s'apercevoir de rien – ravis qu'ils étaient de se débarrasser de leurs pensionnaires dès l'âge de quatorze ans.

Sam et Djati travaillaient pour Russell depuis quatre ans. Bien qu'ils n'eussent pas grandi dans le même orphelinat, ils partageaient des expériences très similaires, de sorte qu'ils n'avaient pas tardé à se lier d'amitié. Ils venaient de fêter l'un et l'autre leurs dix-huit ans et, bien qu'ils se fussent depuis longtemps acclimatés aux terribles conditions d'existence imposées par leur employeur, ils ne rêvaient que de réussir un jour à s'enfuir loin de lui.

Sam gardait des bouvillons non loin de l'endroit où l'on marquait au fer rouge les jeunes bêtes. La poussière soulevée par le bétail agité adhérait à la sueur collant sa chemise à son dos ; cela lui irritait la peau. Les cris des employés, le mugissement des bouvillons, l'odeur de cuir brûlé qui lui était devenue si familière… Sam ne remarquait plus rien.

Il referma la barrière dans le dos du dernier animal, essuya d'un revers de main la sueur qui perlait à son front, enfonça sur son crâne son chapeau à large bord. Le soleil ne tarderait plus à se coucher, et l'adolescent mourait de faim – il savait ce qui l'attendait au réfectoire : ragoût de mouton, pain et pommes de terre.

Comme il portait son regard à l'autre bout de la prairie, il y repéra Djati en train de ferrailler avec l'étalon de Russell, qu'il était censé ferrer. La monture ruait, menaçant à chaque instant de frapper le jeune Aborigène.

Sam s'apprêtait à voler à son secours lorsque le patron, se matérialisant à l'angle de la grange, avisa la scène et déroula la lanière de son fouet, dont il ne se séparait jamais.

– Espèce de sale crétin de nègre ! beugla-t-il. Regarde un peu ce que tu es en train de faire à mon cheval !

D'un coup de pied, il déséquilibra Djati, qui manqua de finir sous les sabots exaltés de l'étalon.

– Debout, vaurien, et ferre-moi cette monture avant que je te batte !

Le fouet cingla les pans de la vieille chemise du garçon – l'œil de Russell étincela. Il adorait rouer de coups les jeunes Aborigènes.

Djati multiplia les efforts pour apaiser la bête, mais les hurlements de son propriétaire, ainsi que le claquement de son fouet, l'avaient affolée. D'un brusque mouvement de tête, le cheval arracha les rênes des mains de l'adolescent, avant de traverser la prairie au triple galop.

La lanière du fouet cingla Djati avec violence – son employeur avait jeté dans son geste toute sa fureur…

Le jeune homme se recroquevilla sur le sol, les mains au-dessus de la tête. Rien, hélas, n'aurait pu le garder des meurtrissures infligées par la mince bande de cuir. Et s'il osait répliquer, il lui en coûterait plus encore.

Combien de fois Sam avait-il vu rosser son ami ? Combien de fois lui-même avait-il senti sur sa peau la morsure du fouet ?... Il était de notoriété publique que Russell n'hésitait jamais à tuer les jeunes Aborigènes à force de les punir, or Sam n'admettait pas qu'un tel sort pût être réservé à son compagnon. Sans plus réfléchir, il se saisit d'une bûche ramassée sur le sol, se rua dans le dos du tyran pour le frapper à la tête.

Ce dernier tituba, tourna sur lui-même, l'œil agrandi par la surprise, lâcha le fouet désormais inutile, qui tomba dans la poussière.

Galvanisé par l'effroi, Sam frappa une seconde fois.

Russell poussa un grognement, puis s'affaissa à la manière d'un arbre qu'on vient d'abattre.

Djati se releva avec peine, le regard empli de terreur :

— Tu l'as tué, glapit-il.

Sam jura en lâchant la bûche. Il recula. L'épouvante lui serrait le cœur à la façon d'un étau.

— Vous feriez mieux de déguerpir pendant qu'il en est encore temps, fit une voix de baryton derrière lui.

Ernie Coleman, le contremaître, était un ancien détenu, issu de la même mission que Sam ; il faisait bon travailler sous ses ordres.

Le jeune homme jeta un coup d'œil en direction des autres employés, qui observaient la scène.

— Ne t'occupe pas d'eux, maugréa Ernie. Ils ne parleront pas. Je vous conseille de filer vers l'ouest, toi et ton copain. Personne n'aura l'idée de vous chercher dans cette direction.

Sam ayant opiné d'un signe de tête, il saisit Djati par le bras, tentant de l'extraire de sa stupeur afin qu'il le suivît. Ils passèrent en trombe devant la maison, dont Mme Russell sortait justement pour venir se planter sur la véranda. Ses hurlements suivirent longtemps les deux garçons, tandis qu'ils traversaient un enclos à la vitesse de l'éclair pour se dissimuler ensuite parmi les arbres.

Ils coururent ainsi jusqu'à ce que l'énergie leur manquât pour courir encore, alors ils négocièrent un virage en épingle à cheveux pour se diriger vers l'ouest, ainsi qu'on le leur avait indiqué. L'ouest, les vastes territoires inconnus où un homme pouvait trouver refuge – à condition qu'il n'y rencontrât pas la mort.

Ils marchèrent plusieurs semaines durant, volant, au cœur de la nuit, de la nourriture dans des fermes isolées, se désaltérant aux cours d'eau qui sillonnaient les pâturages luxuriants de la savane… Ils dormaient où ils pouvaient. Un mois après leur fuite, ils avaient repéré, sur l'horizon, un groupe de cavaliers, ils s'étaient cachés au plus profond d'un boqueteau mêlé de broussailles. Mais désormais, plus personne ne se trouvait à leurs trousses.

Comme le soleil tapait au beau milieu d'un ciel impitoyablement bleu, et qu'une poussière rouge se levait sous leurs pieds, ils considérèrent la piste devant eux. Elle semblait se dérouler à l'infini, jusqu'à se perdre dans une brume de chaleur à l'horizon… Un horizon aussi vide que leurs ventres affamés. S'ils ne se nourrissaient pas bientôt, ils mourraient.

Sam jeta un coup d'œil à son compagnon d'infortune. Depuis qu'il s'était débarrassé de ses bottes, Djati se déplaçait à grandes enjambées, et sur ses traits, chaque fois qu'il levait le visage vers le soleil, se peignait une intense satisfaction. Il humait avec délices les odeurs alentour. Les marques du fouet sur sa peau brune demeuraient visibles, mais il se sentait de nouveau chez lui. Il goûtait sans mélange sa liberté retrouvée.

— Tu peux ralentir un peu ?

L'Aborigène se figea en souriant de toutes ses dents.

— Que se passe-t-il, petit Blanc ? Tu n'arrives pas à me suivre ?

— Avec le ventre plein, j'en serais capable. Je croyais que vous saviez tous où trouver de la nourriture dans le bush ? Je boufferais bien le cul d'un opossum si on m'en servait un maintenant.

L'œil d'ambre le considéra avec amusement sous la tignasse d'un brun-roux qui retombait sans ordre sur le front large.

— Si tu réussis à en capturer un, je te le laisse, fit-il.

Mais son sourire s'évanouit, cependant qu'il contemplait un bouquet d'arbres couvert de poussière, ainsi que les gigantesques termitières ponctuant le paysage aride.

— Ils m'ont enlevé trop tôt aux miens. Je ne saurais même pas où le chercher, ton opossum. Jamais je n'ai eu l'occasion d'apprendre ces choses-là…

— Dans ce cas, nous nous retrouvons tous les deux dans la même galère, mon pote.

Passant une main dans ses cheveux, Sam soupira. Il ne se rappelait qu'à peine les rues de Londres qui l'avaient vu naître, et le visage de sa mère s'effaçait peu à peu dans les brumes du temps… Depuis onze ans, il ne connaissait plus que le décor sauvage de l'Australie.

Djati le gratifia d'un signe de tête compatissant – tous deux avaient effectué un bien long périple…

Arraché à sa mère alors qu'il n'avait pas cinq ans, l'Aborigène ne se rappelait rien de sa famille – il ne connaissait pas davantage les lois de sa tribu ni les us et coutumes de son peuple. Du passé ne lui demeurait que son nom, auquel il se cramponnait comme à son bien le plus précieux.

Les deux garçons poursuivirent leur marche. Ils cheminaient au sein d'un paysage nu, silencieux, blanchi comme un vieil os. Seuls les croassements lugubres des corbeaux daignaient se joindre à eux... Ici s'étendait la terre des Aborigènes, qui, hélas, n'était pas plus familière à Djati qu'elle ne l'était à Sam. Ce dernier espérait cependant que, tôt ou tard, son ami percevrait, dans les fibres les plus ténues de son organisme, l'appel de ses ancêtres, et que dès lors il saurait où les conduire. Hélas...

À mesure que s'écoulaient les semaines, les deux compères perdirent toute notion du temps. La saison humide arriva, qui les ralentit dans leur progression, car les pistes se trouvaient submergées par les eaux, et le sol se changeait en boue. Ils ignoraient tous deux où ils étaient mais, alors que la faim refermait ses griffes affreuses sur leurs estomacs douloureux, et que la tête leur tournait, ils repérèrent quelques signes de vie: une demeure, de même que des granges. Ils avaient atteint Savannah Winds.

Je me suis dépêchée de les rassurer: Russell avait survécu aux coups qu'il avait reçus. Sans doute avait-il prévenu la police, mais les recherches avaient été rapidement abandonnées, du fait de la guerre en Europe – tous les hommes en bonne santé étaient appelés sous les drapeaux.

Je les ai nourris, puis vêtus. Ensuite, je leur ai fourni un travail. Djati a emménagé dans le même baraquement que Benuk et sa famille, tandis que Sam prenait ses quartiers dans l'espace situé au-dessus de la grange à foin. Au fil des jours, ils ont continué à me raconter leur vie, et leurs récits m'ont beaucoup attristée.

Bien que je leur aie promis de faire tout mon possible pour leur permettre de renouer avec leurs familles, j'ai bien peur que ce pauvre Djati ne revoie jamais sa mère, car de nombreuses tribus aborigènes ont été déplacées, puis dispersées aux quatre coins du pays. Je suis infiniment reconnaissante à Benuk de l'avoir pris sous son aile, car ce jeune homme a grand besoin de réconfort et de protection, que seule une famille est en mesure de fournir à un adolescent…

On a informé Sam que sa mère était morte, suite à quoi on l'avait placé dans un orphelinat catholique, car son père, alors au chômage, était incapable de subvenir aux besoins de son fils. Le malheureux s'était imaginé que l'Australie, dont on lui avait vanté les merveilles, deviendrait pour lui et les siens une terre promise, une formidable aventure… Malheureusement, le continent ne lui avait offert que son âpreté et sa sauvagerie.

Sam ne se rappelle que des bribes de son enfance – il se souvient d'avoir joué au football dans une rue d'un quartier populaire de Londres, il se revoit en train d'aider son grand-père derrière son éventaire, au marché. Il se rappelle le son des cloches de l'église, le dimanche matin. Sa mère avait exigé de lui qu'il apprenne leur adresse par cœur, au cas où il se perdrait. Cette adresse, il se l'est récitée toutes les nuits, lorsqu'il vivait à l'orphelinat. En onze ans, jamais il ne l'a oubliée, avec l'espoir qu'un jour, il retournerait là-bas.

Comment peut-on se montrer assez cruel pour arracher des enfants à leur mère, puis les expédier le plus loin possible pour en faire des esclaves ?... Je ne comprends rien à cette inhumanité, à ces mauvais traitements réservés à des innocents qu'au contraire, il aurait fallu chérir et protéger.

Fleur referma le vieux cahier. Elle comprenait mieux, désormais, la raison qui avait poussé sa tante à léguer des sommes rondelettes à plusieurs associations caritatives en faveur de l'enfance. Elle demeura assise un long moment sous le parasol.

La diariste avait si joliment dépeint Savannah Winds et ses occupants que la jeune femme avait l'impression de connaître à présent les lieux et les gens. Elle se navrait d'avoir achevé la lecture des journaux intimes d'Annie. Qu'avait-il bien pu se passer ensuite ? C'était pourtant à Birdsong qu'elle aurait bientôt le droit de se rendre, non à Savannah Winds. Birdsong… Son havre de paix…

Elle exhala un soupir puissant avant de regagner l'intérieur de l'appartement. La solitude qu'elle venait de s'imposer pendant une semaine, elle devait maintenant la rompre, et cependant… La dernière chose dont elle avait envie était d'affronter à nouveau sa famille. Hélas, il n'y avait pas d'échappatoire. Les contrats relatifs à la vente des hôtels n'attendaient plus que d'être signés. En sa qualité de membre du conseil d'administration, il lui fallait participer.

Elle se brossa les cheveux, se maquilla copieusement dans l'espoir de dissimuler les stigmates de plusieurs nuits sans sommeil et du chagrin qui la minait. Puis elle enfila la première robe qui lui tomba sous la main. Elle était affreuse, mais elle s'en moquait. À quoi servaient les apparences, quand tout ce qu'elle chérissait lui avait glissé entre les doigts ?…

Les bureaux de l'entreprise familiale se situaient au dernier étage d'un immeuble de verre dominant l'une des rives du fleuve Brisbane. Lorsqu'elle quitta l'ascenseur, Fleur s'affermit, jetée sans préavis au milieu d'une terrible querelle opposant Margot à leur père.

— C'est Tiffany qui a décidé de rompre vos fiançailles, décréta Margot. D'ailleurs, elle a eu au moins la décence de te rendre la bague. Aucune de tes ex-femmes n'a eu ce geste.

— Si je découvre que c'est toi qui l'as forcée à…

— Ne t'avise pas de me menacer, papa.

Et Margot de relever le menton :

— Tu ferais mieux de remercier ta bonne étoile. Le fait qu'elle ait pris la poudre d'escampette te prouve, sans le moindre doute possible, qu'elle n'en voulait qu'à ton argent.

— Tu n'es vraiment qu'une horrible garce.

— Et j'en suis fière, répliqua sa fille en lui jetant la bague à la figure. Le joaillier te rendra sûrement l'essentiel de l'argent que cette cochonnerie t'a coûté. C'est une bonne chose car, à partir de demain, tu vas devoir réduire ton train de vie.

— Nous ne pouvons donc jamais régler quoi que ce soit sans nous entre-dévorer, remarqua Fleur, avec amertume, en pénétrant dans la salle.

— Nom de Dieu, lâcha Don. On jurerait que tu viens de passer sous un autobus.

Il referma ses lèvres et ses dents sur son cigare, dont la fumée empuantissait déjà l'air. Il plissa les yeux avec dédain :

— C'est ton péteux de copain qui t'a fait des misères ? Parce que, si c'est le cas, je suis encore assez frais pour lui flanquer une rouste.

— Grandis un peu, papa, s'il te plaît. J'ai très mal dormi, rien de plus.

— Tu parles… Tu as chialé ?

— Non. J'ai la gueule de bois.

— Tu n'as jamais tenu l'alcool, renâcla-t-il avec dédain.

Il pencha la tête, la dévisagea plus attentivement :

— Tu avais quelque chose à fêter ?

Ce regard perforant qui semblait la sonder jusqu'à l'âme… Depuis toujours, sous ce regard-là Fleur se sentait pâlir. Elle se détourna, se versa une tasse de café.

— Rien qui soit susceptible de t'intéresser, répondit-elle, laconique.

Lorsque la jeune femme s'assit à la table, Margot fit glisser dans sa direction un comprimé de paracétamol :

— Ça devrait atténuer le mal de tête.

Fleur murmura un merci.

— Où sont-ils tous passés ? s'enquit-elle.

— Nos comptables et nos avocats se sont installés à côté avec leurs homologues.

Margot disposa plusieurs feuillets devant sa cadette :

— Nous avons procédé à quelques modifications de dernière minute sur les contrats. Je te conseille d'y jeter un coup d'œil.

Elle se tourna vers leur père :

— J'espère que tu as lu la dernière mouture, et que tu as tout compris. Parce qu'une fois que nous aurons signé, il n'y aura plus moyen de revenir en arrière.

— Je ne suis pas un demeuré ! aboya Don.

Margot consulta sa montre.

— Bethany est en retard, comme d'habitude. Je vais lui passer un coup de fil.

Mais, déjà, sa sœur pénétrait en trombe dans la salle, où elle jeta son sac à main sur la table.

— Il faut qu'on parle, Fleur Franklin ! tonna-t-elle.

Le silence se fit, et Fleur tressaillit face au regard incandescent de son aînée.

— Quelle mouche t'a piquée ?

La voix de Don venait de résonner dans le silence si brusquement tombé.

— Et qu'est-ce que c'est que cette coiffure ? Et cette peinturlure étalée sur ton visage ?

Mais Bethany ne se souciait que de Fleur :

— Depuis quand penses-tu avoir le droit de monter ma fille contre moi ?

— Je… j'ignore de quoi tu parles.

— Bien au contraire. Alors, s'il te plaît, n'ajoute pas le mensonge à la trahison.

Elle croisa les bras sous sa poitrine opulente, sans plus lâcher des yeux sa cadette.

— Alors ? Qu'as-tu à dire pour ta défense ?

— Je n'ai pas à me justifier auprès de toi, répondit la jeune femme avec une assurance qui la surprit elle-même.

— Oh, que si, s'acharna Bethany. Qu'as-tu raconté à ma fille pendant la nuit qu'elle a passée chez toi ?

Fleur soutint le regard de son accusatrice, résolue à tenir son rang.

— Votre dispute l'avait bouleversée. Je lui ai fait remarquer qu'elle s'était montrée égoïste et inconséquente. Que tu méritais qu'elle te présente des excuses. Qu'elle devait tout faire pour se rabibocher avec toi avant son départ.

Bethany se laissa tomber lourdement sur une chaise.

— Mais ce n'est pas tout, n'est-ce pas ?

— Elle m'a parlé de son tour d'Australie. Je me suis contentée de la pousser à tout te dire.

— Si je comprends bien, tu approuves le fait qu'elle s'en aille avec Liam ?

— Elle sera plus en sécurité auprès de lui que toute seule. De ça, au moins, tu es capable de te rendre compte, non ?

— Et la morale, dans tout ça ? Tu savais pertinemment que de les savoir ensemble me contrarierait beaucoup. Je suis horrifiée que tu aies prodigué tes conseils douteux à une gamine aussi jeune, aussi vulnérable.

— Mélanie a presque dix-huit ans. Elle prend la pilule depuis déjà deux ans. Elle sait ce qu'elle fait, et plus vite tu te seras rentré ça dans le ciboulot, mieux ce sera pour tout le monde.

Bethany blêmit, l'œil agrandi par l'effroi.

— La pilule ?

Puis elle rougit, et son regard s'embrasa.

— Je suppose que, là encore, c'est toi qui lui as glissé cette excellente idée dans le tuyau de l'oreille ?

— Absolument pas. Mais mieux vaut prendre la pilule que de se retrouver enceinte alors qu'on n'en a pas la moindre envie. À moins que tu ne préfères qu'elle se fasse avorter ?

— Occupe-toi de tes affaires, lâcha son aînée avec dégoût. Et laisse-moi veiller seule sur ma fille.

Fleur prit une profonde inspiration. Elle ne possédait ni la volonté ni l'énergie pour une autre querelle, mais elle refusait de se laisser aussi aisément damer le pion :

— Donc, la prochaine fois que Mélanie me rendra visite pour me demander conseil, je lui claquerai la porte au nez, c'est bien ce que tu veux ?

Bethany frappa avec violence la table du plat de la main.

— Tu n'es pas sa mère ! D'ailleurs, tu n'es la mère de personne. Arrête de t'immiscer dans l'existence des autres. Fais plutôt des gosses, au lieu d'essayer de me voler les miens.

La jeune femme dévisagea sa demi-sœur, cette demi-sœur adorée, tendre et douce, qui s'était comportée avec elle ainsi qu'une mère l'aurait fait.

— Tu es méchante, souffla-t-elle. Si tu cessais un peu de te corseter dans ta morale chrétienne, si tu écoutais tes enfants au lieu de les assommer avec tes prêches, Mélanie n'aurait jamais éprouvé le besoin de se tourner vers moi.

Elle voulut se lever, mais la tête lui tourna, la contraignant à se rasseoir.

— Est-ce que tout va bien ? s'inquiéta Margot, qui remplit d'eau un verre qu'elle tendit à Fleur.

Cette dernière prit plusieurs inspirations, avala le contenu du verre. Elle se sentait un tout petit peu mieux.

– Ça va aller.

– Ton petit numéro ne m'impressionne pas, s'acharna Bethany. Arrête un peu ce cinéma.

Le pouls de la jeune femme s'accélérait, elle peinait maintenant à respirer.

Don émit un sifflet admiratif :

– Mazette, Bethany… Jamais je n'aurais cru que tu en avais autant dans le ventre !

– Eh bien, si. Et dorénavant, je ne laisserai plus personne me marcher sur les pieds. Pas même toi.

– Et si nous passions à la signature de ce fameux contrat ? s'insinua Margot.

Comme par magie, la porte s'ouvrit, et huit hommes pénétrèrent dans la pièce, suivis d'une quinquagénaire pleine de charme, qui n'était autre que la directrice de la chaîne hôtelière sur le point d'acheter l'affaire familiale. Les nouveaux venus, indifférents, semblait-il, à l'atmosphère délétère, prirent place autour de la table. La réunion commença.

Moins d'une heure plus tard, les contrats étaient signés, on se congratulait, on échangeait des poignées de main. Cependant, à peine ces neuf-là eurent-ils déserté les lieux qu'un silence à couper au couteau s'abattit de nouveau sur Don et ses filles.

– Et voilà, soupira le patriarche en revissant le capuchon de son stylo à plume. Une vie entière de dur labeur à la poubelle. Mon père doit être en train de se retourner dans sa tombe.

– Nous n'avions pas le choix, tempéra Margot. Au moins, nous allons pouvoir rembourser les banques. Chacun d'entre nous s'apprête à toucher une somme conséquente, et il nous restera de quoi investir encore dans nos établissements à bas prix.

Elle adressa à son père un sourire glacé :

— Tu vas même pouvoir garder tes voitures de collection.

— C'est pas ça qui remplacera mes hôtels, maugréa-t-il en coupant un cigare.

Margot referma sa mallette, qu'elle déposa sur le sol, à côté de sa chaise.

— Puisque nous sommes tous réunis, je vais en profiter pour vous annoncer quelque chose.

Elle s'interrompit un moment, le temps pour son père et ses sœurs de lui accorder toute leur attention.

— Maintenant que nous avons vendu notre chaîne d'hôtels, j'ai décidé de prendre ma retraite.

— Il n'en est pas question ! rugit Don. Et les motels, alors ?

— Ils seront entre d'excellentes mains : Harry Dawkins va prendre la relève. Il est mon bras droit depuis plus de vingt ans. Je place en lui toute ma confiance.

— Jamais je n'aurais cru qu'un tel jour arriverait, murmura Bethany. Cette entreprise représentait toute ta vie. Que vas-tu faire à présent ?

— Prendre du bon temps.

Un sourire radieux illumina le visage de Margot :

— Pendant toutes ces années, j'ai mis mon existence entre parenthèses. Je suis bien décidée à rattraper le temps perdu. J'ai l'intention de parcourir le monde.

— À ton âge ? railla son père en tétant son cigare. C'est parfaitement grotesque.

Fleur ayant repéré, dans l'œil de son aînée, une lueur belliqueuse, elle se mit à parler sans réfléchir, de manière à changer de sujet :

— J'ai, moi aussi, quelque chose à vous dire. Je viens d'hériter d'une immense fortune. Et vous ne devinerez jamais qui me l'a léguée.

Don se redressa sur son siège.

— Je me fous bien de connaître l'identité de ton généreux donateur. Combien t'a-t-il laissé ?

— Tu devrais pourtant te montrer un peu plus curieux, papa. Car c'est d'Annie Somerville que je viens d'hériter.

L'homme se décomposa, et son cigare à présent pendillait à sa lèvre.

— Annie ? fit-il d'une voix rauque. Annie est morte ?

— Je suis surprise que cette nouvelle te touche. Vous ne vous adressiez plus la parole depuis de très nombreuses années.

— C'est donc pour cette raison que tu m'as interrogée l'autre jour à son sujet…, murmura Bethany.

— J'ai d'abord cru à un canular, alors j'ai préféré me taire jusqu'à ma rencontre avec la notaire.

— Une perfidie supplémentaire, cracha sa demi-sœur, qui ne décolérait pas. Et pourquoi Annie t'aurait-elle légué l'ensemble de ses biens ? Et Margot ? Et moi ?

— Je n'en ai pas la moindre idée.

— Veinarde, commenta Margot. Il était temps que la chance sourie à l'un des membres de cette famille.

— Nous sommes victimes d'une injustice, se cabra Bethany. Pour quelle raison Fleur serait-elle l'unique héritière ?

— Combien a-t-elle laissé ? s'enquit Don, l'œil étréci sous ses épais sourcils.

— Assez.

Il abattit son poing sur la table.

— Arrête de te payer ma tête ! hurla-t-il. Combien a-t-elle laissé, nom de Dieu ?

— Cela ne te regarde pas.

— Bien sûr que si. C'est à moi qu'appartient cet argent. Tu aurais dû nous en parler avant que nous vendions les hôtels.

La jeune femme le considéra avec perplexité :

— Cet argent t'appartient ?…

Comme l'homme ouvrait la bouche pour lui répondre, Margot posa sur son avant-bras une main douce :

— Laisse tomber, papa, le mit-elle en garde.

Il repoussa la main de sa fille, le visage écarlate, dirigeant vers sa cadette des yeux injectés de sang :

— Cet argent est à moi. Tu vas me le rendre immédiatement.

— Il n'en est pas question.

— Si tu ne veux pas d'ennuis, rends-le moi. Mon père a jadis fait cadeau d'une somme importante à cette garce, le jour où elle a épousé ce salaud de John Harvey. Cet argent, il me l'avait promis, et je comptais m'en servir pour créer ma propre entreprise. J'exige donc aujourd'hui de récupérer mon dû.

— Comment as-tu prévu de t'y prendre ?

— Je vais contester le testament.

— Tu vas trop loin, intervint de nouveau Margot. Ta querelle avec Annie, c'est de l'histoire ancienne, et si c'est à Fleur qu'elle souhaitait laisser son argent, tu dois l'accepter.

— Plutôt crever !

Il se remit debout.

— J'appelle mon avocat.

— Si j'étais à ta place, insista Margot, la mine sombre, je m'abstiendrais. Tu risques d'ouvrir la boîte de Pandore.

Don fixa longuement sa fille dans un silence de mort, après quoi il se rassit, une expression indéchiffrable sur le visage.

— Que veux-tu dire, Margot ? demanda Fleur.

— Qu'il vaut mieux ne toucher à rien. Réveiller les vieux désaccords familiaux nous ferait plus de mal que de bien. Nous nous entre-déchirons suffisamment comme ça à mon goût.

— Il ne s'agit pas que de l'argent donné à Annie par son père, n'est-ce pas ? insista la jeune femme, méfiante. Je suis certaine qu'il y a autre chose.

— Mais non ! tempêta Don. On m'a volé mon héritage et ma sœur n'a jamais daigné me le rendre. Tu ne juges pas cela suffisant ?

Il mâchonnait son cigare, l'œil féroce.

— Mais toi, Fleur, tu peux enfin me faire justice. Confie-moi l'argent qu'elle t'a laissé, ainsi que les intérêts, et l'affaire sera close.

— Si ta sœur avait estimé que sa fortune te revenait de droit, c'est à toi qu'elle l'aurait léguée.

— Mais cela me permettrait de récupérer mes hôtels ! J'aurais le plaisir de déchirer ces maudits contrats en leur suggérant de se les carrer où je pense !

— Les hôtels ne nous appartiennent plus, lui rappela Margot qui, par précaution, s'empara des contrats pour les remiser dans sa mallette.

— Je m'en fous. Je vais contester le testament. Un point, c'est tout.

— Si tu mets ta menace à exécution, le prévint Fleur, je ne t'adresserai plus jamais la parole.

La jeune femme sortit, raide et fière en dépit de la nausée qui la submergeait peu à peu.

À peine eut-elle le temps de pénétrer dans les toilettes pour dames qu'elle y vomit à plusieurs reprises. Elle s'aspergea ensuite le visage d'eau froide pour tenter de se reprendre, mais elle se sentait affreusement mal en point.

Margot ayant refermé la porte derrière elles, sa cadette sursauta.

— Que d'émotions…, souffla-t-elle en saisissant une serviette d'une main tremblante afin de s'essuyer la figure. D'abord, Bethany me saute à la gorge. Puis c'est papa qui sort de ses gonds…

Elle se laissa tomber sur l'une des chaises rembourrées.

Sa demi-sœur s'assit auprès d'elle, les traits exceptionnellement empreints d'une grande douceur :

— J'avoue que l'éclat de Bethany m'a cueillie. Cela lui ressemble si peu. Mais ce n'est pas ce qui m'amène… Il faut que nous parlions du testament d'Annie.

— Pour quelle raison ?

— Tu sais aussi bien que moi que papa va mettre ses menaces à exécution, n'est-ce pas ? Il va contester ce testament.

— Il ne peut pas faire une chose pareille.

— Le fait est que si. Durant la courte période précédant l'homologation, toutes les parties en présence sont autorisées à intervenir si elles le souhaitent. En tant que frère de la défunte, cette possibilité lui sera accordée, malheureusement.

— Mais les dernières volontés d'Annie sont on ne peut plus claires. Elle ne lui a rien laissé.

La jeune femme croisa les mains dans son giron.

— Il doit bien se douter qu'il n'a pas la moindre chance d'obtenir gain de cause.

— Nous savons toutes les deux que seul l'argent intéresse notre père. Or, il s'agit pour lui de la dernière chance de voir réparée l'injustice dont il estime avoir été victime. Et peu lui importe ce que tu peux éprouver.

Fleur considéra son aînée, qui avait la mine grave.

— Que puis-je faire, Margot ?

— Dépêche-toi de demander conseil à un juriste, et prépare-toi à la bataille.

Margot fit surgir de la poche de sa veste un morceau de papier.

— Voici le nom et le numéro de téléphone d'un type très bien, qui exerce ici même, à Brisbane. À ta place, je l'appellerais dès aujourd'hui.

— Les notaires d'Annie se chargeront de tout, non ?

L'aînée secoua la tête :

— Ils défendront les intérêts d'Annie, indubitablement, mais pas les tiens. Il te faut ton propre conseiller juridique.

— Papa a réagi à chaud. S'il prend le temps de réfléchir à tête reposée, il s'apercevra que…

— Il vient d'appeler son avocat pour exiger une copie du testament. Tu ne peux pas t'offrir le luxe de te montrer complaisante à son égard.

Fleur soupira, cramponna gauchement la main de sa sœur :

— Merci pour ton soutien, Margot.

— C'est à ça que servent les aînées. Si tu as besoin de moi, tu sais où me joindre. Bonne chance.

Après le départ de Margot, la jeune femme demeura quelques minutes encore dans les toilettes pour dames. Grâce au geste de sa sœur, auquel elle ne s'attendait pas, elle reprenait du poil de la bête : en quittant le bâtiment où s'était tenue la réunion, elle avait les yeux secs et se sentait prête à lutter bec et ongles pour préserver l'héritage d'Annie.

7

Deux semaines plus tard, Fleur se tenait assise, tendue et oppressée, dans le bureau de son conseiller juridique.

Âgé d'une petite quarantaine d'années, Michael Fabian arborait ce jour-là un costume miteux, mais ce laisser-aller se révélait trompeur: derrière son indolence se dissimulait un esprit brillant dans son domaine, qui lui valait d'être craint de tous ses adversaires au tribunal. Renversé sur son siège, il faisait face aux copies du testament et des documents afférents étalés sur sa table de travail.

— Je suis navré, Fleur, mais la notification selon laquelle votre père a l'intention de contester le testament m'est parvenue ce matin.

La jeune femme sentit son stress retomber d'un coup: enfin, il était mis un terme à l'intolérable attente.

— Que va-t-il se passer maintenant ?

Michael agita avec mépris la lettre de l'avocat de Don.

— Son avocat sait déjà qu'il n'a pas la moindre chance. Il a préféré partir à la pêche.

La jeune femme fronça les sourcils.

— Métaphoriquement parlant, précisa le jeune homme avec un sourire. Votre père ne s'est vu arroger aucun droit sur les biens de la testatrice, et celle-ci les ayant presque tous transférés à une fiducie au profit de vos héritiers, il se retrouve les mains liées. À moins qu'il ne décide d'attaquer en justice vos enfants non encore nés. Ce qui me paraît hautement improbable, se hâta-t-il d'ajouter en avisant l'œil épouvanté de sa cliente.

— S'il ne possède aucun droit sur cette succession, pourquoi son avocat engage-t-il des poursuites ?

— Votre père est obsédé par une somme d'argent dont son propre père aurait fait don à Annie au moment de son mariage avec John Harvey. Son avocat m'a indiqué que, s'il était possible de conclure un arrangement concernant cette somme d'argent, votre père abandonnerait ses démarches.

— Je ne vois pas pour quelle raison je lui ferais cadeau de quoi que ce soit.

— Je comprends votre point de vue, et loin de moi l'idée de vous le reprocher. Mais..., enchaîna-t-il en la considérant d'un œil neutre... Mais je pense que vous devriez reconsidérer vos positions.

— Pourquoi ?

— Parce que, tant que durera ce différend avec votre père, on puisera dans les biens de votre tante pour régler les frais de justice. Si l'affaire va plus loin, que chacune des parties concernées s'arroge les services d'un avocat... Vous comprenez ce qu'il finira par arriver, n'est-ce pas ?

Fleur dut admettre que Michael avait raison.

— Dans ce cas, que me conseillez-vous de faire ?

Il s'empara à nouveau de la lettre.

— Votre père estime qu'Annie lui devait une somme d'argent qui, avec les intérêts, s'élève approximativement à cent mille dollars. Le ranch ne disposant pas de tels actifs, nous pourrions lui proposer de lui régler ce montant en deux fois, à une année d'intervalle, en puisant dans les futurs profits réalisés par le ranch.

— Et s'il exige un seul versement ? Je n'aurais d'autre choix que de vendre l'une des propriétés de ma tante, or je ne le souhaite pas.

— Je reconnais qu'il s'agit là d'un risque non négligeable. Cependant, il devra examiner notre offre avec attention, car il n'y en aura pas d'autre. Son avocat le poussera à l'accepter.

— Ne pouvons-nous pas négocier une somme moins importante ?

— La chose est toujours possible. Mais je suis à peu près persuadé qu'il refusera. Il tient à cet argent, et il ne lâchera rien tant qu'il ne l'aura pas récupéré.

La perspective que ce rapace pût faire main basse sur une partie de l'héritage d'Annie révoltait la jeune femme.

— Si nous lui donnons cette somme scandaleusement élevée, en aurons-nous terminé pour de bon avec lui ?

— Une fois l'accord conclu, le testament sera homologué. Dès lors, Don Franklin ne possédera plus aucun droit sur les biens de sa sœur.

— Dans ce cas, allez-y, faites-lui l'offre dont vous venez de me parler.

Elle quitta les bureaux du conseiller juridique pour retrouver le chaud soleil du dehors. Le cœur plus léger, elle flâna un peu, traversa le fleuve.

Des enfants jouaient sur la plage artificielle de sable blanc, pataugeaient dans l'eau peu profonde, cernés par les chants d'oiseaux. On pique-niquait sur l'herbe, à l'ombre des arbres. Mais Fleur ne songeait plus qu'à la baie du Martin-Chasseur ; elle n'avait plus en tête que Birdsong. Le sanctuaire d'Annie l'appelait, et elle pouvait commencer raisonnablement à penser qu'il lui serait bientôt permis de s'y rendre.

La demeure se situait le long d'une avenue paisible et bordée d'arbres, dans la proche banlieue de Brisbane. Greg se tenait dans le confortable cabinet de consultation de Clara, dont la baie vitrée donnait sur un jardin luxuriant. Divans profonds, tables basses, fleurs et aquarelles aux murs d'un bleu sarcelle. L'endroit favorisait les confidences. On recensait encore des rideaux crème, ainsi qu'un parquet ancien ciré avec soin, qui reluisait sous des tapis persans disposés çà et là.

— Ce matin, commença Greg, j'ai reçu une lettre de Fleur. Elle a l'intention de s'absenter un moment une fois que le testament aura été homologué.

— C'est une sage décision. Comment avez-vous pris la nouvelle ?

Clara recevait le chirurgien pour la troisième fois en deux semaines, et bien que la douleur d'avoir perdu sa compagne demeurât vive, Greg jugeait plus facile de se confier à la thérapeute qu'il ne l'avait d'abord imaginé.

— J'ai pensé, moi aussi, qu'elle avait raison. Cette tante dont elle n'avait jamais entendu parler lui a légué une propriété située au nord de Cairns.

D'après ce qu'elle m'en a dit, cela me paraît le lieu idéal pour prendre du recul et vivre un peu en paix.

Il eut un sourire vague :

– J'avoue que je ficherais volontiers le camp dans un endroit du même genre.

– Lui avez-vous déjà parlé ?

Il secoua la tête.

– Je ne me fais pas confiance. J'ai peur de craquer et de la supplier de me reprendre auprès d'elle. Or, ce serait une terrible erreur, car je ne suis pas en mesure de lui offrir ce qu'elle désire. Je lui briserais le cœur une fois de plus.

– Vous l'aimez énormément, murmura Carla. Comment réagiriez-vous, si elle décidait de ne plus jamais regagner Brisbane au terme de son voyage ?

Le chagrin se devinait au fond de son regard, et ses traits accusaient la fatigue de longues nuits sans sommeil, de journées très chargées dont il espérait qu'elles contribueraient à endormir sa peine.

– Il ne me resterait plus qu'à accepter l'idée que je ne suis pas fait pour elle. Qu'elle mérite de refaire sa vie sans moi, puisque j'ai échoué à la rendre heureuse.

La thérapeute s'agita dans son fauteuil.

– Échouer, Greg, est un mot très dur. Vous l'utilisez souvent. Cependant, vous êtes un homme dont on admire la réussite. Un homme qu'on admire, non seulement pour le travail que vous accomplissez à l'hôpital, mais aussi pour le soutien que vous apportez à de nombreuses associations caritatives.

Elle se tut un instant, sans lâcher son patient du regard.

— Pourriez-vous me définir le mot « échec », et me dire de quelle façon vous l'associez à l'opinion que vous avez de vous-même ?

— L'échec, cela signifie pour moi manquer de réussite dans la vie en général, dans mes relations avec les autres en particulier. Il désigne mon incapacité à combler les attentes d'autrui. Échouer, c'est détourner le regard au lieu d'essayer de changer les choses. L'échec, c'est l'impossibilité de régler les problèmes. Échouer, c'est manquer du courage nécessaire pour se battre et parvenir à ses fins.

Il s'était glissé beaucoup d'amertume dans le ton du jeune homme.

— J'emploie souvent ces termes, parce que ce sont eux qui sont les plus à même de décrire l'homme que je suis réellement.

— Savez-vous quel genre d'homme, moi, je vois en vous, Greg ?

Soudain mal à l'aise, il détourna les yeux.

— Je vois un homme qui continue à protéger un petit garçon timide et effrayé, à qui l'on n'a jamais permis de faire entendre sa propre voix. Il est temps de rendre sa liberté à cet enfant, Greg. De le laisser s'exprimer, afin qu'il puisse se débarrasser enfin de la douleur et de l'humiliation qu'on lui a fait subir. Afin qu'il apprenne à s'aimer, et à se faire confiance.

— Il faut que je retourne à l'hôpital, décréta le chirurgien en saisissant sa veste. Merci, Carla, mais je crois que nous devrions nous en tenir là. Ça ne marche pas.

— Vous savez bien que si. C'est d'ailleurs la raison pour laquelle vous souhaitez prendre la fuite.

Elle posa une main sur son avant-bras :

— Avez-vous peur de ce que ce petit garçon tente si éperdument de vous dire ?

Il s'était d'abord raidi. Ensuite, il se rassit lourdement dans son fauteuil.

— Oui, avoua-t-il à mi-voix. Je ne veux pas l'entendre, je ne veux pas le voir. Sinon, je devrai affronter mon père à nouveau.

— Je crois néanmoins qu'au plus profond de votre être, vous savez qu'un jour viendra où vous devrez écouter cet enfant, et le regarder en face.

— Mais pas aujourd'hui, se cabra-t-il.

La thérapeute se rapprocha de lui.

— Vous comprenez quel genre de lâche je suis en réalité ? Je suis désolé, Carla. Je ne peux pas. C'est au-dessus de mes forces.

La jeune femme lui sourit avec compréhension.

— Il n'est pas dans mes intentions de vous obliger à faire quelque chose qui ne vous convient pas. En revanche, si vous souhaitez me parler comme à une amie, comme à quelqu'un qui traverse également une phase difficile de sa relation amoureuse, alors je serai toujours là.

— J'ignorais…

— Bien sûr que vous l'ignoriez, lui sourit-elle. Je suis ici pour aider les autres, pas pour m'apitoyer sur mon sort.

Soudain, Greg la jugea plus accessible.

— Ce doit être douloureux d'écouter vos patients, alors que vous-même connaissez une mauvaise passe ? Comment faites-vous ?

— J'ai d'excellents amis qui me prêtent une oreille attentive sans émettre de jugement. Et à mesure que je leur raconte mes malheurs, que je les assomme avec mes histoires, je finis par découvrir que les réponses étaient là dès le début, sous mon nez. Mais mes émotions, ainsi que les meurtrissures du passé, m'empêchaient de les voir.

Greg se remit debout, demeura planté là un long moment sans mot dire – les brumes de son paysage mental se dissipaient progressivement.

— J'ai toujours eu du mal à aborder les sujets intimes, finit-il par admettre. Le seul fait de déterrer le passé me met en colère. Je me sens impuissant, car je ne peux rien changer à ce qui a eu lieu.

— Mais vous pouvez apprendre à aller de l'avant. Abandonnez le passé derrière vous, pardonnez-vous ces péchés que vous n'avez jamais commis. C'est pour cela qu'il est important que vous continuiez à parler, à vous délivrer peu à peu de ce fardeau. Un jour ou l'autre, les plaies cicatriseront. Dès lors, vous vous sentirez vous-même à nouveau, paré à affronter la vie.

— Je ferai de mon mieux, murmura-t-il, mais ce n'est pas gagné.

— J'en ai conscience, mais si vous gardez en tête que vous agissez, non pas pour vous seul, mais également pour Fleur et l'avenir dont vous rêvez avec elle, vous verrez que les choses deviendront plus faciles.

Greg ne put s'empêcher d'admirer la ténacité de la thérapeute, et son bon sens, mais, pour l'heure, il se sentait vidé de toute énergie. Il consulta sa montre.

— Je n'ai pas vu l'heure passer. Pardon de vous avoir retenue aussi longtemps, Carla. J'espère que je n'ai pas gâché vos projets pour ce soir.

Elle sourit en s'emparant de son sac à main, avant d'éteindre les lumières :

— La jeune fille au pair a dû coucher les enfants. Je vais sans doute aller m'acheter un plat à emporter, que je mangerai en mettant mes notes au propre. Et vous ? Je suppose que vous repartez pour l'hôpital ?

— Je ferais mieux de vous imiter, à moins…

Il se sentit bête.

— Vous ne m'autoriserez probablement pas à vous inviter à dîner ? Cela serait contraire à l'éthique de votre profession, n'est-ce pas ?

— Je croyais que vous étiez de service ce soir ?

Une lueur taquine brilla dans son regard.

Greg lui adressa un sourire penaud :

— J'ai menti. Mais la perspective de passer encore une nuit solitaire dans ce service lugubre me déprime. Et puisque vous êtes seule également… En tout bien, tout honneur, se hâta-t-il de préciser. Juste deux collègues ingurgitant côte à côte les calories nécessaires pour se remettre d'une longue journée de labeur.

— Je suis navrée, Greg, mais ce serait en effet contraire à l'éthique. Tant que vous me rendrez visite au cabinet, notre relation se doit de demeurer strictement professionnelle, même si, dans d'autres circonstances, j'aurais été ravie de dîner avec vous.

Elle lui décocha un large sourire :

— Une fois que nous en aurons terminé, une fois que vous vous sentirez capable de croquer à nouveau l'existence à belles dents, nous pourrons peut-être manger ensemble.

Greg ne s'était pas senti aussi détendu depuis de très nombreuses semaines. Il lui sourit en retour :

— Marché conclu.

Il ouvrit la barrière du jardin :

— À la semaine prochaine.

Bethany avait prié pour que Dieu lui pardonnât la cruauté dont elle avait fait preuve envers Fleur, et pour la pointe de jalousie qu'elle avait éprouvée en entendant, pour la première fois, parler de l'héritage d'Annie. Ses prières, hélas, étaient demeurées vaines : elle continuait d'en vouloir à sa cadette. Elle avait maintes fois saisi le combiné du téléphone. Elle le reposait à chaque fois, songeant qu'en lui présentant des excuses, elle aurait ajouté l'hypocrisie au reste de ses péchés.

Elle avait fait ses adieux à Mélanie la veille au soir, fière de n'avoir pas pleuré ni fait de scène en découvrant les compagnons de voyage de sa fille, qu'elle jugeait douteux, et le camping-car, plus douteux encore – un véhicule jaune, aux flancs ornés d'énormes fleurs orange et violettes, que Bethany voyait déjà partir en morceaux au bout de quelques kilomètres. Sur le toit, on avait entassé des sacs et des tentes, des planches de surf et toutes sortes de choses plus ou moins bien ficelées, cependant que l'habitacle, plein à ras bord, contenait des sacs de couchage, des guitares, des boîtes de conserve, de même que des ustensiles de cuisine. Où diable les six jeunes gens comptaient-ils dormir ? Bethany préférait ne pas y songer…

Fleur se sentait sur un petit nuage. Son père avait accepté la proposition de Michael Fabian. Le testament avait été homologué. D'ici quelques heures, la jeune femme prendrait la direction de Birdsong.

Comme elle approchait de son immeuble, elle vit la Porsche de Greg quitter le parking souterrain dans un rugissement de moteur pour s'immobiliser au feu rouge. Le cœur battant, Fleur s'élança vers le véhicule en criant le prénom du conducteur. Hélas, elle se trouvait trop loin et, déjà, le feu passait au vert. La voiture avait filé.

La jeune femme regagna l'appartement au triple galop, meurtrie que Greg n'eût pas attendu son retour et redoutant ce qu'elle allait découvrir. Il n'avait pas tout emporté, mais les quelques vestes demeurées dans la penderie paraissaient abandonnées à présent, les tiroirs étaient vides. Il manquait en outre deux des guitares favorites du garçon, ainsi que son ordinateur. Était-ce ainsi que leur relation allait se terminer ?

Des larmes se mirent à étinceler dans l'œil de Fleur, dont le plaisir avait été de courte durée. Dans la cuisine, elle aperçut la lettre qu'il avait laissée. Elle s'en empara, la gorge nouée par l'appréhension.

> Ma chérie,
>
> Les mots sont impuissants à te dire combien tu m'as manqué. Depuis que tu ne te tiens plus à mes côtés, l'existence me semble vide de sens, privée de ses couleurs, dénuée de toute joie. Cependant, c'est à moi seul que je dois la situation dans laquelle je me trouve. J'en assume l'entière responsabilité. Je n'avais pas le droit de t'infliger un tel chagrin. Je te supplie d'essayer néanmoins de me comprendre, puis peut-être de me pardonner, même si je suis conscient de ne mériter ni bienveillance ni pardon. Je te demande de t'efforcer, en dépit de tout, de croire encore en moi. De croire encore en notre amour.
>
> J'ai entamé une psychothérapie, car j'ai enfin compris qu'il me fallait affronter le passé pour être

capable, ensuite, d'envisager l'avenir. Cet avenir, je désire le vivre avec toi, si toutefois tu consens alors à m'ouvrir de nouveau tes bras.

Je suis passé récupérer quelques affaires, mais cela ne signifie nullement que je n'ai pas l'intention de revenir. Je n'ai répondu qu'à des considérations pratiques : je n'ai plus aucun vêtement à me mettre !

Je te souhaite le meilleur durant ton séjour dans la baie du Martin-Chasseur.

Je t'aime. Je t'aimerai toujours,

Greg

Fleur replia avec soin le feuillet, le rangea dans son enveloppe, puis glissa amoureusement celle-ci entre les pages du journal intime d'Annie. L'un et l'autre allaient l'accompagner dans son périple. Il faudrait du temps pour guérir les blessures, mais ils surmonteraient cette rude épreuve. Elle en était convaincue.

Elle avait réservé une place dans l'avion pour le lendemain matin ; dès son arrivée à Cairns, elle récupérerait la voiture qu'elle y avait louée par téléphone. Elle avait aussi appelé Margot pour lui apprendre la bonne nouvelle et la remercier du soutien sans faille qu'elle lui avait apporté durant les semaines qui venaient de s'écouler. Puis elle avait téléphoné à Jason, auquel elle avait promis, au terme d'une première demi-heure passée à échanger des potins, de lui envoyer des cartes postales. Elle prépara ensuite ses bagages. Elle s'apprêtait à se verser un verre de vin, qu'elle dégusterait sur la terrasse, lorsque le téléphone se mit à sonner.

— Fleur, fit Don d'une voix rauque. Je tenais à t'assurer qu'en contestant le testament, je n'agissais pas contre toi.

— Si tu le dis, répondit sa fille avec froideur.

— Arrête un peu ton cirque, se fâcha-t-il aussitôt. Je voulais simplement te dire…

— J'ai déjà entendu de ta part tout ce que j'avais besoin d'entendre. Inutile de me rappeler.

Elle raccrocha, versa le vin dans un verre, gagna la terrasse. Il faisait encore chaud ; la ville scintillait. La jeune femme secoua ses longs cheveux, leva son verre en direction de la Lune qui flottait au-dessus des montagnes au loin.

— À toi, Annie, murmura-t-elle.

8

Cairns miroitait dans la large vallée, entre la mer de Corail et lc plateau d'Atherton. Il régnait là une atmosphère humide, cependant qu'un brûlant soleil brillait dans un ciel sans nuages. Au volant de sa jeep de location, Fleur avait emprunté la Captain Cook Highway en direction du nord. Elle s'était changée, avait opté pour un short et une chemise légère – un sac contenant des fruits reposait sur le siège passager, dans lequel elle puiserait chaque fois qu'elle aurait faim.

Comme elle traversait un décor luxuriant, flanqué de part et d'autre par les vagues et la forêt pluviale, elle sentit s'estomper les tensions récemment accumulées. Rien ne l'obligeait à se hâter, rien ne l'empêchait de s'arrêter quand bon lui semblerait dans l'une de ces petites baies exquises, où les frondes des palmiers bruissaient au bord de plages immaculées. Pourquoi n'aurait-elle pas pris le temps de barboter un peu dans l'eau bien chaude, ou de déjeuner dans l'un des troquets du littoral ? La canicule et la splendeur des lieux invitaient la jeune femme à modérer sa cadence – sous les tropiques, l'existence s'alentissait, la frénésie de Brisbane s'éloignait à grands pas, et avec elle les querelles familiales… Fleur se laissait doucement bercer par les délices de ce paradis verdoyant.

Port Douglas. Plus de six kilomètres de plage, un port de plaisance, des boutiques, des hôtels situés en lisière de la forêt de Daintree, cette dernière ceignant de vastes champs de canne à sucre qui atteignait presque le rivage. Fleur, de nouveau, avait faim. Elle fit halte, acheta des provisions dans une épicerie, ainsi que d'autres produits dont elle supposait qu'elle ne les trouverait pas à Birdsong – même si Jacintha avait averti Amy Parsons de son arrivée imminente.

Suivant le plan fourni par la notaire, Fleur s'engagea dans un chemin de terre… Elle y était presque…

La jeep cahotait, levant après elle un volumineux nuage de poussière cuivrée. Apeurés par le remue-ménage, des oiseaux de toutes les couleurs s'envolèrent – un wallaby sautilla en direction des broussailles. La jeune femme s'émerveillait… mais rien ne l'avait préparée à ce qu'elle allait découvrir en haut de la colline…

La baie minuscule se déployait au-dessous d'elle, presque dissimulée par la forêt. Une eau turquoise où étincelaient des diamants venait lécher le sable rose pâle. Fleur entraperçut le rouge profond d'un long toit de tôle ondulée pourvu d'une robuste cheminée en grès.

Elle descendit avec lenteur et précaution, au volant de sa jeep, la pente abrupte menant à la barrière blanche sur laquelle se trouvait inscrit le nom de la propriété. Elle quitta son véhicule et s'abandonna à la contemplation de ses alentours immédiats.

Partout pépiaient d'innombrables oiseaux. Partout, et par milliers, des insectes bruissaient. Des fleurs exotiques s'épanouissaient dans le ténébreux sous-bois, où éclataient leurs touches écarlates, leurs jaunes très vifs, tandis que les lantaniers prenaient d'assaut les troncs d'arbre – les frondes des fougères ployaient presque jusqu'au sol. Les oiseaux, tout particulièrement, éblouirent la visiteuse : parés de toutes les couleurs de l'arc-en-ciel, ils sautillaient de branche en branche, ou s'élançaient, telles des flèches, d'un arbre à l'autre. Et leurs ailes de s'agiter sans répit, menues pièces d'étoffe écarlate, bleue, jaune ou verte…

Fleur ouvrit la barrière, puis s'engagea dans un espace gravelé, où elle eut la surprise de découvrir une vieille camionnette. Fronçant les sourcils, elle descendit de sa voiture, fit le tour de l'engin. Nulle part dans l'inventaire il n'était fait mention d'un véhicule, et celui-ci ressemblait à une pièce de musée.

Elle se pencha, aperçut, à l'intérieur de l'habitacle, un blouson de cuir muni d'un col en mouton sur l'un des sièges. Était-il possible qu'Amy Parsons se montrât suffisamment excentrique pour circuler à bord de cette antiquité ? Le blouson, vu la chaleur ambiante, demeurait un mystère.

La jeune femme alla chercher ses bagages avant d'emprunter l'allée pavée où bourdonnaient des abeilles dans le parfum capiteux des fleurs. La propriétaire des lieux avait voué une passion à son jardin. Les roses et les bougainvilliers abondaient, au milieu desquels se distinguaient les délicates efflorescences blanches du chèvrefeuille et des frangipaniers.

Cramponnée au flanc de la colline, la demeure de bois, soutenue par des colonnes en pierre et coiffée de son toit de tôle ondulée, se fondait si bien dans le décor qu'on aurait pu la croire surgie de terre par la seule volonté de Dame Nature. Une véranda courait tout autour de l'édifice, d'où l'on devait jouir d'une vue imprenable sur la baie – sans doute y passait-on aussi de doux moments, grâce à l'ombre qu'elle prodiguait, ainsi qu'aux meubles en rotin dont on l'avait équipée.

Fleur ne lâchait plus le bâtiment des yeux, captivée par le splendide isolement au sein duquel il se dressait. Avec une respectueuse lenteur, elle gravit les deux marches du perron, poussa la porte à moustiquaire. La clé tourna sans peine dans la serrure. La jeune femme pénétra dans la pénombre propice et le silence de la maison d'Annie.

— Bonjour ! Madame Parsons ? Il y a quelqu'un ?

Pas de réponse. Mme Parsons devait se trouver à l'extérieur. La demeure, parallèle à la baie, possédait une entrée carrée desservant, à gauche et à droite, les chambres et la salle de bains, les pièces principales se situant droit devant.

Les chambres étaient superbes, chaque lit fait avec soin, assorti d'une lampe de chevet dont l'abat-jour s'ornait de perles et de franges.

On avait rehaussé les couvre-lits et les taies d'oreiller avec de la dentelle et des rubans, sur les coiffeuses se donnaient à voir des peignes et des brosses en argent, des flacons de cristal, de délicats napperons exécutés au crochet. Amy Parsons s'était mise en quatre, et il ne faisait aucun doute qu'elle adorait cet endroit – elle avait soigné le moindre détail susceptible d'ajouter au plaisir de Fleur.

Les murs, blanchis à la chaux, disparaissaient presque sous les photographies anciennes. Sur les bahuts, qu'on avait peints, trônaient des coupes et des pots probablement chinés dans des brocantes. On avait disposé un fauteuil moelleux près de chaque fenêtre, afin qu'on pût y jouir d'une vue imprenable sur la forêt, et derrière chaque porte pendait à une patère une chemise de nuit en coton, d'une finesse et d'une douceur rarement égalées.

Pour un peu, Fleur aurait entendu les voix de celles et de ceux qui jadis avaient dormi là, leur rire, leur musique – la demeure résonnait de leur présence. Il semblait à la jeune femme avoir pénétré de plain-pied dans le passé.

La volumineuse baignoire en émail occupait le centre de la salle de bains. Ses robinets en cuivre rutilaient et, aux murs, des motifs grecs bordaient des carreaux blancs. On avait déposé, sur le radiateur ancien, d'épaisses serviettes de toilette, et le parquet ciré disparaissait en partie sous des tapis.

Fleur supposa que la dernière chambre avait été celle d'Annie. Située à l'extrémité du couloir, à l'écart des autres, il s'agissait d'une vaste pièce carrée, pourvue d'un grand lit, de meubles peints en blanc et d'un fauteuil à haut dossier drapé de châles à franges richement colorés. Une légère odeur d'eucalyptus et de lavande mêlés flottait encore.

La jeune femme se laissa tomber sur le lit, d'où elle admira la baie. À l'un des poteaux du ponton en bois était arrimée une petite barque. Soudain, un vol de martins-chasseurs forestiers, dans une éblouissante ivresse de bleu, prit son essor – leur reflet se matérialisa sur la surface limpide des eaux.

Birdsong souhaitait la bienvenue à sa nouvelle propriétaire.

Celle-ci sentit s'emparer d'elle une quiétude et une satisfaction telles qu'elle n'en avait plus éprouvé depuis de nombreuses semaines. Elle exhala un soupir comblé, remercia en silence Annie pour ce cadeau, ô combien précieux.

Une douce brise s'était levée, agitant les feuilles d'un arbre proche qui s'en venaient bruisser contre la vitre. Fleur sourit. Bien qu'elle comptât parmi les sceptiques, il lui semblait soudain qu'Annie avait perçu son message muet, et lui répondait à présent.

Le temps perdit peu à peu toute signification. La jeune femme ne toucha à rien, se contentant d'observer le mouchoir brodé sur la table de nuit, le recueil de poésie aux pages abondamment cornées. Elle nota encore les pantoufles usées sous le fauteuil, ainsi qu'un peignoir de soie écarlate suspendu derrière la porte. Pour le reste, la chambre était spartiate.

Ayant décidé de s'y installer, elle y apporta ses bagages. Amy Parsons demeurait introuvable, mais la camionnette était toujours garée devant la maison. Fleur, au fond, se réjouissait d'explorer seule son nouveau domaine, de permettre au silence de l'y envelopper.

Dans la pièce principale, elle découvrit une imposante cheminée de pierre qui occupait presque un mur entier et dont l'âtre, flanqué de profonds canapés, accueillait un poêle à bois. Plus loin, accrochée à un porte-manteau, se donnait à voir une collection de chapeaux d'un autre siècle, tandis qu'une malle métallique faisait office de table basse, où trônait une pile de vieux magazines. Il y avait aussi un phonographe, assorti de disques dans leurs pochettes en papier kraft couvertes de poussière. De part et d'autre de la cheminée, on avait garni ce qui restait du mur de photographies en noir et blanc et de cartes anciennes.

Dans un coin se dressait un piano droit, sur le pupitre duquel était encore ouverte la partition de « Waltzing Matilda », mais lorsque Fleur souleva le couvercle pour enfoncer quelques touches d'ivoire jauni, elle s'aperçut avec déception que l'instrument était désaccordé. Les autres meubles, vieux et lourds, n'avaient pas exagérément subi les assauts du climat, cependant le salon tout entier exhalait une odeur de terre humide – des livres avaient moisi et les rideaux qu'on avait tirés pour protéger les lieux du soleil étaient mangés aux mites.

Fleur examina les photos sans hâte, s'attardant parfois sur l'une ou l'autre pour tenter d'en déchiffrer la légende, puis elle se rendit dans la cuisine.

Plutôt moderne, par comparaison avec le reste de la demeure. Évier en acier inoxydable, volumineux fourneau… Un réfrigérateur, un lave-linge et un four à micro-ondes. À l'intérieur des placards de bois dormaient les assiettes, les verres, les ustensiles de cuisine. Du linoléum couvrait le sol. Près de la fenêtre se trouvait une grande table rectangulaire, assortie de bancs et de chaises – son plateau, couturé d'entailles, disait son âge avancé. Sur cette table, la jeune femme repéra le petit mot laissé par Amy Parsons.

> Chère mademoiselle Franklin,
>
> Bienvenue à Birdsong. J'ai rempli pour vous le réfrigérateur et le garde-manger, et j'ai aéré les

lits. Si vous avez besoin de quoi que ce soit, appelez le numéro ci-dessous, mais je suis certaine que, comme Annie avant vous, vous allez jouir gaiement de votre solitude, dans ce si bel endroit.

Bien cordialement,

Amy Parsons

Fleur inspecta le contenu du réfrigérateur, puis du garde-manger, avant d'aller chercher ses propres provisions superflues. Jetant un bref coup d'œil à la camionnette, elle fronça les sourcils. Sans doute quelqu'un avait-il oublié de la répertorier dans l'inventaire des biens de la défunte.

Elle avait chaud, et soif. Elle récupéra une petite brique de jus de fruits, qu'elle vida d'un trait. Ayant abandonné le carton sur le bord de l'évier, elle sentit s'accélérer son pouls : l'heure était venue, elle ne résisterait pas plus longtemps.

Elle se dirigea vers le salon, y tira l'un des rideaux, ouvrit la porte vitrée donnant sur la véranda. Cette dernière, plus large que celle qui courait le long de la façade, s'abritait derrière de minces moustiquaires. Un escalier très raide, que Fleur emprunta, menait à la baie, joyau miniature au large duquel une île verdoyante semblait flotter sur l'horizon. La jeune femme retint son souffle, ensorcelée par le spectacle qui s'offrait à elle.

– Je me réjouis que la vue vous plaise. Elle est superbe, n'est-ce pas ?

Le cœur battant, la jeune femme fit volte-face.

Étendu dans un hamac, l'homme avait les pieds nus. Il portait un jean taille basse, une chemise froissée sur un ventre très plat ; son chapeau dissimulait son visage.

— Qui êtes-vous ? exigea de savoir Fleur, le ton coupant. Et que faites-vous ici ?

Il ne daigna pas se redresser mais, comme il repoussait vers l'arrière son couvre-chef, la jeune femme découvrit une mâchoire puissante, mangée de barbe, ainsi qu'une paire d'yeux d'un bleu étincelant.

— Je passe de temps en temps, histoire de m'assurer que tout va bien.

Certes, sa présence expliquait celle de la camionnette, mais qui diable était ce bonhomme ?

— J'ai failli mourir de peur, déclara la nouvelle venue avec raideur.

Dans le regard de l'homme brillait cette fois une lueur espiègle :

— Vous m'avez pourtant l'air en excellente forme.

— Les apparences sont trompeuses, répliqua-t-elle, exaspérée que l'inconnu se montrât si… exaspérant.

Elle croisa les bras sur sa poitrine :

— Vous avez dû m'entendre quand j'ai appelé Amy. Pourquoi ne vous êtes-vous pas montré à ce moment-là ?

— Je me suis dit que vous préféreriez sans doute inspecter la maison sans personne pour vous gâcher le plaisir, répondit-il de sous son chapeau.

La jeune femme se retint de glousser. Il s'agissait d'une situation grotesque et, puisque ce rustre ne semblait pas décidé à abandonner son hamac ni son galurin, elle ne savait plus que faire.

— Je m'appelle Fleur, hasarda-t-elle. Et vous ?

— Je sais qui vous êtes, fit-il doucement.

Après avoir poussé un lourd soupir, il se releva, enfila ses vieilles bottes. Ayant renfoncé fermement son chapeau sur sa tignasse noire, il rajusta ensuite sa chemise, puis adressa à la jeune femme un sourire, qui fit naître des pattes d'oie au coin de ses yeux bordés de cils sombres.

— On m'appelle Blue.

Le rouge monta aux joues de Fleur, cueillie tout à coup par l'intensité de ce regard, qu'elle jugea énigmatique et dangereusement attirant – elle était troublée. Elle s'obligea à détourner les yeux, tâcha de prendre une pose nonchalante en s'accoudant à la rampe.

— Je croyais que c'était Amy Parsons qui s'occupait de cette maison, commenta-t-elle avec méfiance.

— En effet.

Allait-elle devoir partager les lieux avec cet homme ? Le cœur lui manqua soudain.

— Vous ne vivez tout de même pas ici ?

Il sourit de toutes ses dents et secoua la tête :

— Annie m'avait seulement demandé de jeter un œil à la propriété de temps à autre.

— Vous la connaissiez ?

Le regard bleu l'examina un long moment – quelque chose, au fond de ce regard-là, intriguait Fleur sans qu'elle pût discerner quoi.

— Oui, accepta-t-il enfin de répondre.

— Comment était-elle ?

— Annie était une femme honnête et droite, décréta-t-il avant d'extraire une blague à tabac de la poche de sa chemise – il roula une cigarette. Sans elle, cet endroit n'est plus le même.

En l'observant de plus près, son interlocutrice lui donna une petite quarantaine d'années. Il possédait un beau visage bruni par le soleil, des bras robustes, un torse large et les mains d'un garçon accoutumé aux activités manuelles.

— Est-ce que vous travailliez pour Annie ? Est-ce de cette façon que vous avez fait sa connaissance ?

— Plus ou moins.

Il souleva le capot de son Zippo, alluma sa cigarette. La tabatière et le briquet regagnèrent la poche de sa chemise.

Blue était un taiseux, ce qui agaçait profondément la jeune femme.

— Voulez-vous boire quelque chose ? lui proposa-t-elle, dans l'espoir que sa langue se délierait un peu devant une tasse de thé.

— Non, merci. Maintenant que vous êtes là, je peux m'en aller.

Elle fronça les sourcils :

— Vous saviez que j'allais arriver aujourd'hui ?

Il sourit de nouveau en hochant la tête, avant d'effleurer de l'index le bord de son chapeau :

— Je vous souhaite la bonne journée, Fleur. Enchanté de vous rencontrer enfin.

Elle le suivit dans le salon, puis l'entrée de la maison :

— Avez-vous l'intention de repasser par ici ? Parce que j'aimerais beaucoup qu'on m'en raconte davantage sur Annie. Je ne l'ai pas connue et…

— Ça se pourrait, lâcha-t-il, l'œil pétillant et le sourire en coin.

Il sortit.

Fleur le regarda fourrer sa grande carcasse dans la vieille guimbarde, démarrer, puis se diriger vers la barrière. Le bruit du moteur s'essoufflant dans la côte s'atténua peu à peu jusqu'à disparaître tout à fait, laissant la jeune femme à la solitude de Birdsong, et à la ferme conviction que ce garçon surnommé Blue entretenait avec les lieux des liens étroits.

La voix douce, hypnotique de Carla l'avait accompagné le long du chemin sinueux menant au sommet d'une colline, puis dans la rue où il avait jadis vécu. Il n'avait pas particulièrement envie de se trouver là, il ne souhaitait pas exhumer les souvenirs qu'il avait passé toute sa vie d'adulte à essayer d'enterrer pour toujours. Mais il n'était pas question d'échapper à la force qui l'entraînait irrésistiblement vers son enfance. Et, déjà, il ouvrait la barrière, gagnait la porte d'entrée, qu'il ouvrait pour pénétrer dans le silence oppressant de son ancienne demeure.

— Que voyez-vous, Greg ?

Il entendait son cœur tambouriner à ses tempes, sentait la sueur sur son visage, et ce picotement au niveau de la nuque, toujours annonciateur de mauvaises nouvelles.

— Je viens de revenir de mon entraînement de foot, murmura-t-il. Je suis dans l'entrée.

Il posa un œil rapide sur la moquette, sur la table où trônait le téléphone, le miroir au-dessus d'elle. Fixant son reflet, il découvrit un petit garçon – un blondinet en tenue de sport, le nez tavelé de taches de rousseur et le regard assombri par l'effroi.

— Quel âge avez-vous ?

— Dix ans.

Il tourna la tête, qui reposait sur un coussin, car il venait d'entendre crier sa mère. Il se voyait cette fois courir vers la cuisine, et ses chaussures à crampons claquaient sur le linoléum.

— Maman, fit-il sur un ton pressant. Il fait du mal à maman.

Lorsqu'il ouvrit la porte de la cuisine, il haletait sous l'effet de la peur. Il savait ce qu'il allait voir, n'ignorait pas que s'il s'interposait, il serait puni. Mais sa mère avait besoin de lui – il se devait de lui venir en aide.

— Greg ? Que se passe-t-il, Greg ?

La voix de Carla flottait dans l'éther, mais elle n'exerçait plus le moindre pouvoir sur lui. Recroquevillée sur le sol, sa mère tentait de parer les coups de botte que son époux lui assenait implacablement. Elle avait les yeux au beurre noir, la lèvre inférieure fendue… Elle glapissait à chaque coup reçu.

Le visage de John Mackenzie s'était changé en masque de pierre. Il visa. Frappa sa femme sur l'os de la hanche.

— Laisse-la tranquille ! hurla Greg, mû désormais par une rage qui décupla ses forces et lui permit de projeter cet homme, qu'il haïssait, contre les placards.

Ses petits poings s'enfoncèrent sous les côtes, martelèrent la chair molle, et l'enfant ne savait plus qu'une chose : il désirait faire souffrir son père, le faire souffrir autant qu'il les meurtrissait, sa mère et lui.

Le poing de John Mackenzie s'écrasa sur le visage de son fils, qui se cogna contre un mur, tandis que le sang se mettait à couler de ses narines.

— Tu vas le payer cher, sale petit morveux, déclara-t-il avec froideur.

Et son œil sans expression de forer son enfant jusqu'à l'âme, tandis qu'il défaisait sa ceinture et l'enroulait autour de son poing afin que la lourde boucle frappe sa victime.

— Je suis pas un morveux ! cria le garçonnet, dont le regard affolé voletait de la boucle de la ceinture au visage de sa mère qui, peinant à se remettre sur ses pieds, tendait les mains vers son époux pour le supplier d'épargner au moins leur fils.

La lanière de cuir siffla, la boucle frappa Greg sur le côté de la tête. Ses jambes aussitôt se dérobèrent sous lui. Il s'écroula auprès de sa mère, et ses oreilles tintaient.

Cette fois, la boucle atteignit Mary Mackenzie en pleine figure, lui balafrant vilainement le front et le nez. Le petit garçon sentit le sang gicler sur sa joue, en goûta le cuivre sur ses lèvres… Il lui sembla qu'une brume vineuse enveloppait à présent son cerveau.

— Je vois rouge, souffla-t-il. Je ne vois plus que du rouge. C'est chaud, c'est épais et cela me remplit d'une telle fureur que je ne demande plus qu'à exploser.

Il se regarda en train de se relever tant bien que mal – il ne disposait que de quelques secondes avant qu'on le frappe à nouveau. Mais s'il n'agissait pas, son père les tuerait tous les deux. S'emparant du couteau posé sur le plan de travail, il le planta dans la cuisse de leur tortionnaire.

Ce dernier poussa un hurlement de douleur et tomba à genoux. La boucle de la ceinture heurta le sol bruyamment cependant que l'homme attrapait le manche du couteau avec l'intention d'arracher la lame qui le taraudait.

Greg se précipita vers sa mère, non sans avoir d'abord patiné dans le sang répandu.

Mary Mackenzie, figée, n'avait plus d'yeux que pour l'homme qui, non loin d'elle, se tordait de douleur sur le carrelage.

— Qu'est-ce que tu as fait ? Oh, mon Dieu, Greg ! Mais qu'est-ce que tu as fait ?!?

John Mackenzie rugit en extrayant le couteau de sa plaie. Aussitôt, du sang s'échappa en macabre fontaine, mais il n'en avait cure : il rampait en direction de son épouse et de leur fils.

— Je vais vous tuer tous les deux, grinça-t-il.

Saisissant sa mère à deux mains, Greg la contraignit à bouger.

Hélas… John Mackenzie barrait à présent l'entrée de la cuisine.

La lame du couteau trancha l'air, ne manquant la jambe de l'enfant que de quelques centimètres. Ce dernier, aveuglé par la brume rougie, saisi d'un tel effroi qu'il pouvait à peine respirer et penser encore moins, lança son pied en direction de la cuisse ensanglantée de son père, dans laquelle s'enfoncèrent les crampons.

John Mackenzie hurla encore, roula sur le flanc. Le couteau lui échappa, et Greg, d'un coup de chaussure, le fit glisser hors de sa portée, tandis que, serrant toujours sa mère contre lui, il l'entraîna, hystérique, dans le hall d'abord, puis dans le jardin.

— J'ai réussi à la faire sortir, murmura-t-il. Mais elle saigne beaucoup, et je n'arrive pas à l'empêcher de crier. J'entends des sirènes, et je vois des lumières bleues clignotantes. Mais ma tête me fait très mal, j'arrive à peine à me tenir debout.

Il jeta un regard craintif par-dessus son épaule.

– Papa est étendu dans l'entrée, bredouilla-t-il, et sa voix de monter peu à peu dans les aigus. Il ne bouge pas. Il y a beaucoup trop de sang… Je l'ai tué. Oh, Dieu du Ciel, j'ai tué mon père…

– Retournez-vous, Greg, décréta Carla avec fermeté. Retournez-vous et fermez les yeux. Maintenant, vous allez vous endormir, vous enfoncer à chaque instant un peu plus dans ce havre de paix, doux et chaud. Vos jambes et vos bras deviennent lourds… Votre corps s'éloigne de la maison… Une force vous entraîne sans violence vers les champs herbeux, vers le chemin qui serpente… Quelle quiétude… Vous sentez la chaleur du soleil sur votre visage, vous entendez chanter les oiseaux dans les arbres proches. Les ténèbres se trouvent très loin derrière vous… Très, très loin. Elles ne peuvent plus vous atteindre. Vous êtes en sécurité à présent.

Greg sentit en effet une chaleur l'envahir, et l'angoisse, et la terreur se dissolvaient dans l'éclat du soleil. Il commença à se détendre, son pouls ralentit, cependant qu'une voix pleine de douceur l'attirait dans cette vallée tranquille où il savait se trouver à l'abri de tous les malheurs.

– Dormez, reposez-vous un moment. Lorsque vous vous réveillerez, vous vous rappellerez ce qui s'est passé, mais vous vous sentirez fort, revigoré. Ni la culpabilité ni la peur ne pèseront plus sur vos épaules. Vous parviendrez enfin à vous tourner vers le passé en le voyant tel qu'il était vraiment.

Greg ignorait combien de temps il avait dormi, mais il s'extrayait lentement de l'univers enchanteur au cœur duquel il avait flotté et, comme la thérapeute le rappelait à elle, il s'avisa que sa culpabilité glissait de ses épaules à la façon d'un vieux manteau. Il reconnut le chant des oiseaux, le tic-tac de la pendule sur le manteau de la cheminée. Il demeura allongé un moment encore, les paupières closes, le corps alourdi par une douce langueur.

— Comment vous sentez-vous ?

— Fatigué, souffla-t-il en rouvrant les yeux. Mais plutôt bien dans ma peau. J'ai retrouvé une certaine énergie, comme au terme d'une longue séance à la salle de sport.

Carla, assise dans un fauteuil auprès du divan, avait croisé les mains dans son giron, ayant abandonné magnétophone et carnet sur la table basse. Elle sourit à son patient :

— L'hypnose est une sorte de sport. Un sport pour l'esprit.

Il se rassit :

— J'avais des doutes, je vous en avais d'ailleurs parlé, mais…

Il la regarda avec un soupir :

— J'ai passé toutes ces années à essayer d'effacer ce souvenir, lui confia-t-il.

— Et maintenant que le voici au grand jour ?

— C'est moins épouvantable que je l'aurais pensé. Néanmoins, le fait de me savoir capable d'une telle violence continue à me terroriser. Que se passera-t-il si je deviens comme mon père et si je fais du mal à mon enfant ? Je ne le supporterais pas.

— Vous n'étiez qu'un petit garçon. Votre mère et vous subissiez sa violence depuis de nombreuses années. Ce qu'il vous a fait ce soir-là a fait monter en vous une terrible colère, certes, mais cela vous a aussi donné la force de répliquer. Vous n'aviez rien d'autre à faire.

Greg contemplait ses mains.

— Vous avez vécu un moment d'effroi absolu, et vous éprouviez le besoin irrépressible de protéger votre mère. Cela vous a poussé à agir avec un courage remarquable. Rendez-vous compte : un enfant. Un enfant qui, sans se soucier de sa propre sécurité, affronte l'homme qui aurait pu les tuer tous les deux, sa mère et lui. Et puis… C'est la seule fois de votre vie où vous avez manifesté une propension à la violence, Greg. Vous n'êtes pas votre père. Et vous ne le serez jamais.

— Mais je *voulais* le tuer.

— Vu les circonstances, il s'agissait d'une réaction on ne peut plus naturelle. Mais vous ne l'avez pas tué, n'est-ce pas ?

Il secoua la tête, se décida enfin à regarder la jeune femme dans les yeux :

— Non. On l'a interné dans un service de psychiatrie en milieu pénitentiaire.

— Ce qui signifie que votre mère et vous avez enfin échappé à sa tyrannie.

— Mais ce que nous avions vécu nous avait fait trop de mal. Ma mère était alcoolique et, après l'arrestation de papa, elle n'a pas réussi à reprendre le dessus. Elle s'est littéralement noyée dans la boisson : moins d'un an plus tard, elle était morte.

Il se frotta le visage de ses mains pour chasser ce souvenir.

— On m'a placé dans un orphelinat, où j'ai dû apprendre à vivre avec les cauchemars, avec la peur, aussi, d'avoir hérité de la folie paternelle.

Il eut un sourire empreint de tristesse :

— Aucun d'entre nous n'est réellement parvenu à se libérer…

— À ceci près que vous commencez à rompre vos chaînes. En venant ici, en acceptant de vous engager dans une psychothérapie, en me permettant de pratiquer l'hypnose sur vous, vous avez entamé le processus de guérison.

Elle referma son carnet.

— Ce n'est pas facile, je le sais, et il vous reste du chemin à parcourir, mais chaque semaine, je discerne en vous de nouveaux changements.

Elle lui sourit :

— Vous êtes en train de gagner la partie, Greg.

Il lui rendit son sourire.

— Je le crois, en effet. Et c'est grâce à vous.

Il récupéra son manteau :

— Je vais rentrer. J'ai l'impression que je pourrais dormir pendant toute une semaine.

— Cela ne m'étonne pas. Vous venez de traverser une rude épreuve.

Elle saisit son sac à main, éteignit la lumière. Lorsqu'ils eurent refermé la porte derrière eux, ils goûtèrent la douce chaleur d'un soir d'été.

— Rentrez chez vous et dormez sans plus penser à rien. À la semaine prochaine, Greg.

Tandis que Carla quittait les lieux au volant de sa voiture, le jeune homme s'attarda quelques minutes pour écouter les pies dans les arbres non loin, après quoi il descendit la rue en direction de son véhicule. Il avait mal partout, et, à l'intérieur de sa cervelle dérivait un brouillard constitué de bribes de souvenirs, de voix et de sons du passé. Toutefois, il se sentait plus léger, comme si l'obscurité qu'il promenait en lui depuis si longtemps consentait enfin à s'évaporer doucement.

Après le départ de Blue, Fleur avait regagné la véranda située à l'arrière de la maison où, incapable de résister plus longtemps aux délices de la baie, elle descendit à nouveau les marches de bois jusqu'à la plage. Elle y ôta ses sandales, remua les orteils dans le sable rêche et rose, avant de se risquer dans l'eau. Elle se révéla plus froide qu'elle ne s'y attendait, mais exquisément rafraîchissante au terme du long périple brûlant qu'elle venait d'effectuer.

Elle tourna ses regards vers l'île, puis de nouveau vers la maison. Suivant le vaste toit qui, se penchant, ombrageait les vérandas, son œil s'attarda ensuite sur la robuste cheminée de pierre, puis la profusion de fleurs exotiques qui, pareilles à de précieux joyaux, s'élançaient à l'assaut du toit et de la véranda. Puis ce fut la forêt pluviale qu'elle examina – elle étreignait la baie du Martin-Chasseur entre ses bras verdoyants et protecteurs, comme pour la préserver de la laideur, ainsi que du fracas du monde extérieur. La jeune femme se trouvait bel et bien au paradis. Un Éden qui, déjà, avait commencé d'exercer sur elle sa magie.

Elle retira ses vêtements, qu'elle laissa sur le sable. L'eau caressait son corps nu à la façon d'un tissu de soie. Elle se mit à nager. Ce fut pour elle comme renaître. Plus rien ne l'effarouchait. Elle se sentait plus langoureuse et plus libre qu'une sirène en son royaume.

Lorsqu'elle fut lasse de nager, elle fit la planche, jouissant de sa solitude autant que du contact de la mer contre sa peau et dans ses cheveux. Elle écouta le caquetage des *kookaburras*, également appelés martins-chasseurs géants, dans la végétation toute proche, admira les perruches et les cacatoès en train de faire leur cour, et dont les couleurs éclatantes et variées contrastaient avec le bleu pâli du ciel. Le soleil, à présent, avait presque disparu derrière les arbres; bientôt, il ferait nuit.

Fleur sortit de l'eau à contrecœur, ramassa ses vêtements avant de remonter en tenue d'Ève jusqu'à sa nouvelle demeure. Elle mourait de faim, se laissait peu à peu envahir par une délectable fatigue. Le lit d'Annie l'appelait.

Elle se sécha, enveloppa ses cheveux mouillés dans une serviette, puis enfila le peignoir écarlate de sa tante et gagna la cuisine. Elle s'empara d'un poulet rôti dans le réfrigérateur, et y préleva de quoi composer une salade. Une fois son plateau garni, elle le transporta jusqu'au canapé, dans lequel elle prit place après avoir allumé une lampe. Sous les Tropiques, la nuit tombait sans qu'on s'en aperçût et, bientôt, Fleur entendait le chant des cigales, mêlé aux coassements des grenouilles arboricoles.

La jeune femme contempla en mangeant les clichés dans leurs cadres, de même que les livres entassés sur les étagères. Peut-être dénicherait-elle parmi eux un album de photographies, ou d'autres journaux intimes. Annie lui avait annoncé dans sa lettre qu'il y avait davantage que ce qu'elle venait de lui révéler: Fleur avait hâte d'apprendre ce qui s'était passé après l'arrivée de Sam et de Djati à Savannah Winds.

Lorsqu'elle eut achevé son repas, puis déposé son assiette vide sur la malle métallique tenant lieu de table basse, elle remarqua, nouée à l'une de ses poignées, une étiquette brune, sur laquelle était inscrit quelque chose. Elle se pencha, s'en saisit. « Fleur, ma chérie, j'ai rangé mes possessions les plus précieuses à l'intérieur de cette malle afin que tu puisses en apprendre davantage sur la vie que j'ai vécue. C'est ici que commence ton voyage, Fleur. Souviens-toi : tu ne chemines pas seule. »

La jeune femme sourit :

— Tu aimais les mystères, n'est-ce pas, Annie ?

Elle débarrassa le dessus de la malle des magazines qui l'encombraient, puis, avec un empressement tout enfantin, releva les moraillons des serrures, avant d'ouvrir le couvercle.

De l'intérieur de la malle, tapissé de bois de cèdre, s'éleva un parfum de romarin, d'eucalyptus et de lavande. La jeune femme ôta le morceau de calicot qui protégeait les trésors de la défunte Annie.

Elle découvrit des serviettes de table, des draps et des taies d'oreiller ornés de dentelle, au même titre qu'une robe de mariée qui devait dater du début des années 1930, époque à laquelle sa tante avait épousé John Harvey. Elle repéra encore un corset minuscule, des jupons en batiste, des gants d'enfant, et de petits souliers à boutons qui, à en croire les rides qu'ils arboraient, avaient servi.

Fleur les préleva pour les poser délicatement sur le canapé, après quoi elle étudia un cliché sépia dissimulé entre les plis d'une fourrure de lapin loqueteuse destinée à en protéger le cadre d'argent ciselé. Il s'agissait d'un portrait, un peu guindé, réalisé chez un photographe de Melbourne.

John Harvey, qui serrait sous son bras un haut-de-forme, était vêtu d'un veston, d'une chemise à col cassé et d'une cravate. Il n'avait manifestement pas l'habitude de porter ce genre de tenue – sans doute se sentait-il plus à l'aise sur le dos d'un cheval, au beau milieu des vastes territoires dont il était devenu le propriétaire.

Fleur approcha le cliché de la lampe, dans l'intention d'en observer plus attentivement les détails. John était un homme grand, aux traits anguleux, au visage long tanné par la vie au grand air. Il possédait des yeux d'une infinie douceur, de grandes mains, des épaules larges et puissantes, qu'il avait fièrement redressées tandis qu'il se tenait auprès de sa jeune épouse. Il avait une mâchoire volontaire.

Annie rayonnait dans sa jolie robe blanche, ses bas blancs et ses bottines en satin. Sous le voile, ceint d'une couronne de fleurs, ses cheveux sombres cascadaient. Elle pouvait être plus jeune que son mari d'au moins dix ans, mais dans son maintien se devinait, comme chez l'homme dont elle partageait la vie, beaucoup de détermination.

Fleur se perdit longuement dans la contemplation de la photographie, se rappelant l'existence des deux jeunes gens à Savannah Winds, et leur bonheur brisé par la mort prématurée de John. Elle reposa le cliché dans un soupir, afin d'explorer le reste de la malle.

Cette fois, ce furent des robes de coton, qu'accompagnaient des gants blancs, ainsi que de délicieux bibis. Puis un paquet, emballé dans du tissu, autour duquel on avait noué un ruban de soie rose.

La jeune femme hésita, soudain gênée de mettre au jour quelque chose à quoi Annie tenait beaucoup.

Mais celle-ci voulait que sa nièce vît tout. Fleur défit le ruban, bien qu'avec réticence.

Il s'agissait des plus jolis vêtements de bébé que Fleur eût jamais vus. Il y avait là des bonnets et des châles, une robe de baptême, de tout petits chaussons, des souliers, des gilets minuscules et des chemises de nuit. Caché dans l'un des châles se trouvait un autre cadre en argent – le cliché figurait un bébé aux cheveux noirs qui riait.

Des larmes montèrent aux yeux de la jeune femme en découvrant l'inscription au dos du cadre: *Lily Somerville, notre fillette bien-aimée à deux ans.*

– Oh, Annie, lâcha-t-elle d'une voix tremblante. Tu l'as finalement eu, ce bébé que tu désirais tant. Mais que lui est-il arrivé ?

Elle passa un doigt sur le petit visage poupin, s'attarda sur les yeux et les cheveux sombres, sur les dents infimes, sur l'adorable sourire… Lily était une enfant heureuse, mais un drame, forcément, s'était produit, sans quoi jamais Fleur n'aurait hérité de sa tante. Comme elle remisait avec soin les affaires dans la malle, Fleur pleurait la fillette à jamais perdue.

Elle finit par s'essuyer les yeux, se remit debout, se rendit à la cuisine pour s'y préparer une tasse de thé. Annie l'avait prévenue qu'au cours de son périple, il lui faudrait affronter de rudes épreuves mais, jusqu'à ce soir, elle n'avait pas mesuré combien l'histoire de sa tante risquait de l'ébranler.

Le thé lui fit du bien, et les bruits nocturnes, dont l'écho résonnait dans la forêt pluviale, l'apaisèrent. Bientôt, elle revint à la malle.

Cette fois, elle y trouva des livres qui, à y regarder de plus près, se révélèrent des registres, témoins au jour le jour de la gestion de Savannah Winds et de Birdsong. Et puis… il y avait les journaux intimes.

La jeune femme s'empressa de les ouvrir tous : le premier prenait le relais de celui que Fleur avait lu à Brisbane, et qui s'achevait avec l'arrivée au ranch de Sam et de Djati ; les suivants couvraient presque toutes les années jusqu'au décès de sa tante. Elle passa les mains sur le cuir fané aux ornements dorés, résistant à la tentation d'en entamer aussitôt la lecture. Elle avait désormais tout son temps.

Comme elle les posait sur le sol, à côté de la malle, elle repéra une chemise cartonnée qu'elle ouvrit, faisant surgir une copieuse collection de photographies sépia. Il s'agissait de clichés très anciens, dont la plupart étaient tachés, cependant que les visages, dans leur immense majorité, s'estompaient au point de devenir méconnaissables.

Elle les approcha l'un après l'autre de la lampe, s'efforçant d'y dénicher des détails. Ainsi tomba-t-elle sur des portraits de ses grands-parents qu'elle avait déjà vus dans la maison où elle avait grandi. Il y avait également des photos de groupes, prises devant l'hôtel familial de Melbourne. Annie n'était alors qu'une enfant, exhibant des anglaises, tandis que l'on avait affublé Don d'un ridicule costume de marin. Fleur découvrit le frère et la sœur sur bien d'autres clichés, pris à mesure qu'ils grandissaient – Annie avait hérité de la beauté de leur mère, Don ressemblant davantage à leur père – visage rougeaud sous des cheveux très blonds, et cet air de suffisance que leur conférait la forme de leur bouche.

Fascinée, la jeune femme continua son recensement : une ferme au cœur de l'outback, sur une photographie presque effacée ; une famille d'Aborigènes immortalisée devant un enclos. Nul cliché, en revanche, du mariage d'Annie et de M. Somerville, ce qui surprit Fleur, et la déçut, car elle brûlait d'en apprendre davantage sur le second époux de sa tante.

Elle s'apprêtait à ranger ces trésors dans la malle, lorsqu'elle débusqua cette fois un paquet de lettres nouées à l'aide d'un morceau de ficelle.

La jeune femme se figea : aucune des missives n'avait été ouverte, et toutes se trouvaient adressées à son père qui, sur chacune, avait lui-même apposé – Fleur ne reconnaissait que trop bien son écriture : *Retour à l'expéditeur*. Selon les cachets de la poste, cette correspondance mort-née courait de 1932 à 1969.

Ainsi, Annie avait tout mis en œuvre pour demeurer en contact avec son frère. Qui, en échange, lui avait jeté chacun de ses efforts au visage. Fleur ne décolérait plus. Deux enveloppes, néanmoins, avaient été décachetées : elles contenaient chacune une lettre de Don. La jeune femme se hâta de les repousser – elle ne souhaitait pas les lire, il n'était pas question de permettre à son père de souiller ces lieux enchanteurs de son venin.

— Je finirai par les lire, Annie, je te le promets, murmura-t-elle. Mais pas maintenant.

Elle mit de côté les journaux intimes, les photographies et les registres, avant de refermer le couvercle de la malle sur le reste de son contenu. Elle posa les registres sur une petite table, avec l'intention de les parcourir le lendemain. Plus tard, se dit-elle, elle déciderait quoi faire de la correspondance entre Don et sa sœur.

Car ces lettres avaient dû compter pour cette dernière, sans quoi elle ne les aurait pas conservées. Fleur, qui ne rêvait que de les jeter à la poubelle, les fourra, pour ne plus les voir, derrière la lourde pendule trônant sur le manteau de la cheminée. Elles resteraient là jusqu'à ce qu'elle se sentît la force de les lire.

Elle s'empara des journaux et de la chemise contenant les photos, éteignit la lampe, se rendit dans la chambre, où elle rangea les clichés dans l'une de ses valises, et les journaux sur une commode. Puis elle se prépara pour sa première nuit à Birdsong.

Elle grimpa dans son lit, qui fleurait la lavande, posa sa tête sur l'oreiller moelleux – au plafond, un ventilateur brassait l'air humide. La lampe de chevet dispensait une lueur chaude.

Bientôt, la jeune femme l'éteignit pour écouter les sons qui montaient de la végétation – elle entendait aussi, atténué par la distance, le chuintement de l'eau que le sable buvait sur la plage. Ces bruits avaient bercé Annie avant elle… Au terme de cette longue journée riche en émotions, Fleur ne doutait pas qu'ils la berceraient aussi ; elle s'endormirait bientôt.

Hélas… Pendant que des opossums trottinaient sur le toit de tôle ondulée, que des crapauds buffles ajoutaient leurs puissants coassements au cri-cri des grillons et que, de loin en loin, hululait une chouette, la jeune femme demeurait l'œil grand ouvert au cœur des ténèbres, brûlant de sentir Greg à ses côtés. Cette propriété loin de tout constituait, pour un couple d'amoureux, la retraite idéale – elle s'imaginait en train de nager près de lui, de faire l'amour sur le sable chaud… Elle n'était pas près de dormir.

Elle ralluma la lampe, s'empara du journal intime situé au sommet de la pile. Greg ayant cherché de l'aide pour terrasser les démons qui le hantaient, elle devait à présent lui laisser le temps de faire la paix avec lui-même. Peut-être, finalement, refuserait-il toujours de fonder une famille, mais il fallait qu'elle se cramponnât au mince espoir de le voir changer d'avis au terme de son parcours.

Birdsong… Ce merveilleux cadeau tombait à pic : il leur permettait de souffler à distance l'un de l'autre, de soigner les blessures du passé pour mieux affronter l'avenir. Mais pour l'heure, Fleur éprouvait le besoin de remonter le temps, car elle pressentait que l'histoire d'Annie lui apporterait des réponses aux nombreuses questions qui la troublaient depuis l'enfance…

Savannah Winds, février 1940

Djati semble s'être bien habitué à sa nouvelle vie. Il a construit une cabane à l'extrémité de la clairière, avant de la garnir de vieux meubles récupérés de-ci de-là sur le domaine, et qu'il a ensuite retapés.

J'ai remarqué que, souvent, lorsqu'il aménage son logis, Sal, la petite-fille de Benuk, lui rend visite – je me demande s'il n'y aurait pas anguille sous roche. Benuk ne s'en formalise pas, au contraire. J'ai tout lieu de penser qu'il encourage cette idylle naissante, car il a noué avec Djati des liens étroits, depuis qu'ils s'en vont régulièrement arpenter le bush ensemble. Benuk est le patriarche du petit groupe, et notre jeune Aborigène identifie forcément en lui une figure paternelle. Cela me réjouit, dans la mesure où cela lui permet d'apprendre enfin les us et coutumes de son peuple, même si Benuk et lui n'appartiennent pas à la même tribu.

Pour ma part, j'ai appris à aimer la compagnie de Sam, avec qui je partage mon repas le soir, au terme d'une longue journée de labeur. Nous parlons de notre travail, du bétail et, bien sûr, de la guerre qui fait rage en Europe. Durant nos conversations, j'oublie qu'il n'a pas encore vingt ans, car il possède la conduite, la sagesse et la force de caractère d'un garçon beaucoup plus âgé. Il faut dire que la contrée sauvage où nous vivons, exigeante et rude, a tôt fait de changer un enfant en homme.

Ce soir, nous avons bavardé longtemps après le dîner, même si nous savions l'un et l'autre que, demain, la journée commencera avant l'aube. Nos voisins ont rassemblé leurs troupeaux, avant de les parquer à l'intérieur de nos enclos. Par la suite, ils les installeront dans les parcs à bestiaux de Longreach. Le voyage prendra plusieurs semaines, mais je l'ai effectué déjà à de nombreuses reprises, et maintenant que notre pays est entré en guerre, il devient plus important que jamais d'assurer les réserves de viande.

Et Fleur de se sentir emportée peu à peu dans le monde d'Annie… Elle chevauchait à ses côtés…

La poussière soulevée par plusieurs centaines de têtes de bétail formait à présent un épais nuage aveuglant. On cheminait en direction de Longreach, de point d'eau en point d'eau. Annie jugeait le déplacement plus agréable que d'ordinaire : non seulement elle jouissait de la compagnie d'autres femmes, ce qui se produisait rarement, mais en outre elle avait retrouvé sa meilleure amie, Susan Dailey, qui était aussi sa voisine. Vu le nombre d'hommes appelés sous les drapeaux, leurs épouses, leurs sœurs ou leurs filles avaient pris le relais, résolues à prouver qu'elles étaient capables de gérer les ranchs en leur absence, de s'occuper de leur foyer tout en veillant à la bonne santé des troupeaux.

Si l'on voulait gagner cette guerre, il fallait mettre les bouchées doubles – les hommes, à leur retour, loueraient leur bravoure. Les femmes de l'outback étaient faites d'un bois robuste, la peau brunie par le soleil, les mains abîmées par le labeur… Vêtues d'accoutrements masculins, elles possédaient un humour aussi âpre que la terre qu'elles s'efforçaient de dompter. Elles se battraient bec et ongles, sans trembler, comme, de leur côté, les hommes se battaient pour remporter la victoire. Annie se sentait fière d'être l'une d'elles.

Quelques anciens chevauchaient à l'avant, et gardaient le troupeau sur la piste, tandis que tondeurs et conducteurs de bétail constituaient l'épine dorsale du convoi – cavaliers émérites qui maniaient le lasso mieux que quiconque, ils fondaient sur les égarés ou les retardataires, sur les bêtes rétives à la discipline, afin de maintenir la cohésion du groupe.

Les bouviers australiens les secondaient dans leur tâche, mordillant les pattes des bovins, piquant des deux pour rattraper les fuyards… Et toujours ils se gardaient avec agilité des coups de sabot possiblement fatals. Annie nota, à cette occasion, et non sans fierté, que les petits de Peg se débrouillaient fort bien pour leur premier voyage.

Sam et Djati s'élancèrent soudain pour récupérer un veau qui venait de prendre la poudre d'escampette.

— Je me demande comment j'aurais réussi à me débrouiller sans eux, dit-elle à Susan. Ils m'ont sauvé la mise. D'autant plus qu'ils sont naturellement doués pour ce travail.

— Sam est un très beau garçon, fit remarquer son amie, tandis qu'elle observait le jeune homme qui, après être descendu de sa monture, ligotait le veau sur sa selle, puis s'en retournait vers le troupeau. Cette compagnie masculine ne doit pas te déplaire. Tu étais seule depuis tellement longtemps…

Annie lui coula un regard suspicieux, mais le visage de Susan se trouvait presque entièrement dissimulé par le foulard qu'elle avait noué autour de son cou pour se protéger de la poussière.

— J'ignore ce que tu sous-entends au juste, mais il n'est que mon employé. De toute façon, c'est un gamin.

L'œil de son amie étincela de sous le large bord de son chapeau :

— Je le trouve joliment viril, moi, pour un gamin.

Elle pouffa.

— Si je n'avais pas Ted, et s'il vivait dans mon ranch, j'avoue que je céderais volontiers à la tentation.

— Ne sois pas ridicule, voyons, balbutia Annie, dont les joues s'empourprèrent. Je suis une veuve respectable.

— Mouais… À cela près qu'être une veuve respectable, ça n'a rien d'une partie de plaisir. Tu n'as pas encore trente ans, et tu es seule depuis presque trois ans. Tu ne dois plus y tenir.

— Je ne comprends pas ce que tu veux dire.

– Écoute… Ted est parti depuis moins d'un mois, mais certaines choses me manquent déjà… Et tu sais très bien de quelles choses je parle.

C'était plus qu'Annie n'en pouvait supporter. Lançant sa jument au galop, elle chevaucha au large du troupeau durant l'heure qui suivit.

Néanmoins, les paroles de son amie résonnaient en elle, et force lui fut d'admettre que Sam l'attirait, qu'elle avait également perçu ce qui se jouait entre eux pendant les longues soirées qu'ils occupaient à bavarder tous les deux. Mais si elle s'imaginait que cela pourrait la mener plus loin, elle se fourrait le doigt dans l'œil. Il avait six ans de moins qu'elle, autant dire qu'il devait la tenir pour une vieillarde – ou, pire, pour une mère de substitution.

Car si l'outback changeait les garçonnets en hommes, il réservait aux femmes un autre traitement. Annie avait, le matin même, surpris son reflet dans le miroir : le soleil l'avait prématurément marquée, et sa chevelure, jadis opulente et lustrée, se révélait à présent sèche et terne. Ses mains devenaient calleuses, et depuis longtemps elle ne soignait plus ses ongles, la plupart du temps incrustés de crasse. De sous sa vieille salopette et sa chemise râpée, sa frêle silhouette perdait toute forme – de loin, il y avait gros à parier qu'on la prenait fréquemment pour un garçon de ferme.

Et pourtant… Ce qui s'était passé au cours de ces dernières semaines ne comptait pas pour rien…

Mars 1940

Le long périple se poursuivait et, chaque fois qu'on atteignait un ranch isolé, le troupeau des propriétaires se joignait à l'immense caravane. Ces haltes permettaient aux animaux de se désaltérer, aux hommes comme aux femmes de prendre un repas chaud et un bain.

Enfin, six semaines après avoir quitté Savannah Winds, les poteaux télégraphiques et les rails de Longreach miroitèrent à l'horizon. Les cœurs s'allégèrent mais, tandis que les bêtes se hâtaient, ayant flairé de l'eau, on les contraignit à ralentir. Si elles se précipitaient, des bœufs ou des veaux risquaient de se voir piétinés, et, pris d'assaut, les points d'eau se changeraient en inutiles flaques de boue avant que tous les animaux eussent étanché leur soif.

On passa le reste de la journée à scinder le troupeau en groupes plus petits. Le soir, on permit à certains de boire, pendant qu'on retenait les autres en arrière. Une fois les animaux installés dans les parcs à bestiaux, où on leur avait fourni du foin en quantité, les femmes se ruèrent vers l'hôtel, chacune avec l'espoir d'être la première à jouir du confort de la salle de bains.

Les hommes, pour leur part, se séparèrent, les Aborigènes s'en furent à l'autre bout de la ville, où le tenancier du pub local accepterait de les servir, les Blancs s'empressant vers leur bar favori. Le reste de la troupe se partagea entre les trois hôtels de la rue principale.

Il fallait d'imposantes quantités de bière pour satisfaire ces gosiers asséchés par la poussière, de sorte que chacun ici savait déjà que des bagarres éclateraient avant la fin de la nuit. On s'en accommodait: cela faisait partie du plaisir qu'on éprouvait à fréquenter Longreach. Et lorsqu'au terme d'une rixe, les mains se mettaient à trembler, on en profitait pour ingurgiter quelques verres de plus. Le lendemain matin, on aurait mal aux cheveux, et plusieurs jours s'écouleraient avant que ces messieurs se sentent capables d'accomplir le trajet de retour – cela fournissait à ces dames une excuse en or pour écumer les boutiques.

Ces dernières n'étant pas autorisées à s'afficher dans le bar, elles s'asseyaient à l'une des extrémités de la véranda, d'où elles observaient le spectacle de la rue en sirotant de la bière fraîche ou du thé brûlant ; elles attendaient que vînt leur tour d'occuper l'unique salle de bains.

Annie était demeurée aux parcs à bestiaux longtemps après le départ de ses compagnons. Elle devait en effet confirmer le nombre de têtes de bétail qu'elle avait menées jusqu'ici, indiquer aussi la provenance des animaux non issus de Savannah Winds. La vente aurait lieu le lendemain matin, et ce n'est qu'alors qu'elle saurait si, d'un point de vue financier, la saison avait été bonne. Le prix de la viande avait grimpé en flèche – elle avait bon espoir de parvenir à s'acquitter auprès des banques de l'ensemble de ses dettes.

Lorsqu'elle rejoignit enfin l'hôtel, la file d'attente, à la porte de la salle de bains, la rebuta. Elle s'installa sur la véranda située à l'arrière de l'établissement, désertée à cette heure. Peut-être resterait-il pour elle un peu d'eau chaude avant qu'elle allât se coucher.

Les lieux étaient paisibles, même si, de la grand-rue, lui parvenaient, atténués, des cris, des chants d'ivrognes et le fracas des verres brisés. Après de longues semaines passées à cheminer tous ensemble, à se côtoyer vingt-quatre heures sur vingt-quatre, il faisait bon profiter un peu de cette solitude.

Elle demeura assise un moment, contempla la Lune, écouta la scie des grillons, le frisson du vent dans l'herbe… Elle se détendait – les fatigues et les douleurs du voyage s'estompaient peu à peu.

Ayant bu un verre de bière fraîche, elle se roula une cigarette, puis s'installa dans la lumière qui s'échappait de la fenêtre de la cuisine pour rédiger son journal intime – depuis six semaines, elle n'avait guère eu le temps de s'y consacrer.

Elle se trouvait à ce point absorbée par sa rédaction qu'elle ne l'entendit pas s'approcher – lorsque son ombre s'étira sur sa page, elle tressaillit :

— Bonsoir, Sam, fit-elle en repoussant son cahier. Je croyais que vous étiez tous au bar. Que fais-tu ici ?

Il s'accouda à la rambarde de la véranda, ôta son chapeau, qu'il se mit à torturer entre ses doigts :

— J'ai assez bu. Et puis… j'ai quelque chose à vous dire.

— Que se passe-t-il ? s'enquit-elle, un peu inquiète.

Il détourna le regard.

— Vous vous êtes montrée très bonne envers Djati et moi, commença-t-il avec nervosité. Je tenais à vous faire savoir que nous apprécions tous les deux ce que vous avez fait pour nous.

Le pouls de la jeune femme s'accéléra – Sam s'apprêtait, elle en était soudain persuadée, à lui remettre sa démission.

— Viens-en au fait, s'il te plaît.

— Je suis désolé de vous faire faux bond, mais je partirai demain, à la première heure.

Elle se leva :

— Où vas-tu ? Et pour quelle raison nous quittes-tu ? Quelqu'un t'a-t-il proposé un meilleur salaire ? Si c'est le cas, je suis certaine que…

— Je me suis enrôlé dans l'armée, l'interrompit-il en faisant surgir de sa poche plusieurs feuillets. Le train pour Rockhampton part à 5 heures.

Annie saisit les documents d'une main tremblante.

— Comment as-tu réussi à devenir soldat alors que tu ne possèdes aucune pièce d'identité ?

— Ils s'en fichent complètement. Tout ce qu'ils veulent, c'est récupérer autant de gars en bonne santé que possible. Des gars prêts à affronter l'ennemi.

— Oh, Sam…, soupira Annie. Tu n'avais pas besoin de faire une chose pareille. Le travail que tu effectues parmi nous constitue un combat de chaque instant. Ta guerre, tu la livres déjà sur le terrain, ainsi que dans les marchés aux bestiaux.

Elle leva les yeux vers lui :

— Si tu le souhaites, je peux me rendre au bureau de recrutement pour régler toute cette histoire. Si je veux pouvoir aller vendre mes bêtes chaque année, il me faut, auprès de moi, toutes les bonnes volontés disponibles.

— Je comprends, commenta-t-il en plongeant son regard dans celui de la jeune femme. Mais je ne peux pas rester là sans rien faire, alors que les autres sont en train de donner leur vie pour notre liberté. Je suis robuste et en bonne santé. Je sais me servir d'une arme. Je tiens à participer.

Rien ne le ferait changer d'avis.

— Tu t'en vas donc demain matin ? fit-elle en feignant d'examiner les feuillets qu'il lui avait remis.

Il hocha la tête.

— Je vais subir un entraînement de quelques semaines à Rockhampton. Ensuite, je prendrai le bateau. Les gars du sixième régiment sont déjà en train de se battre en Palestine, mais pour ma part, on m'enverra sans doute en Europe. C'est du moins ce que m'a dit le type du bureau de recrutement. Si le conflit s'éternise, je pourrais même me retrouver en Angleterre.

Son œil brillait. Il brûlait d'en découdre, mais Annie saisit enfin qu'il y avait autre chose :

— J'espère qu'on t'y enverra, en effet. Mais pour le moment, les combats se déroulent loin des côtes anglaises.

— Si la France s'écroule, traverser la Manche deviendra un jeu d'enfant pour les Allemands. Je parie qu'ils meurent d'envie d'envahir la Grande-Bretagne. D'ailleurs, les autorités anglaises ont déjà obligé les femmes et les enfants à quitter les villes.

— Mais… quand bien même… il se peut que jamais tu ne retrouves ta famille…

— Il faut que je tente ma chance. Je dois leur faire savoir que je suis toujours en vie, et que je ne les ai pas oubliés. Je tiens aussi à me recueillir sur la tombe de ma mère, si j'arrive à la trouver. L'occasion ne m'a jamais été donnée de lui dire adieu.

Submergée par l'émotion, Annie se contenta d'opiner – les mots lui restaient dans la gorge.

— Je suis navré de vous laisser tomber, enchaîna le garçon, mais Djati, lui, restera à Savannah Winds. C'est un très brave gars, qui m'a promis de veiller sur vous.

— C'est gentil de sa part…, murmura la jeune femme qui, se rappelant les paroles de Susan, admit enfin que son amie avait raison.

Comme elle rendait ses documents à Sam, leurs doigts s'entremêlèrent. Incapables du moindre mouvement, ils ne se lâchaient plus des yeux…

Le cœur d'Annie battait la chamade, cependant que son employé respirait avec force. Il se lisait en outre une question au fond de son regard. Une question à laquelle la jeune femme brûlait de répondre, mais elle n'osait le faire. À quoi bon ? Il s'apprêtait à partir…

Libérant sa main avec douceur, elle tenta de se ressaisir :

— Je suppose que, si tu retrouves ta famille en Angleterre, tu resteras là-bas après la guerre ?

— Je reviendrai, que je réussisse ou non à prendre contact avec eux, affirma-t-il en prenant à nouveau la main d'Annie. Ici, j'ai trouvé l'endroit, les gens… la personne, plutôt… auprès desquels je souhaite passer le reste de mon existence.

L'intensité de son regard fit rougir son interlocutrice.

— Mais… Et ta famille en Angleterre ?…

Il saisit son visage entre ses mains en coupe, l'obligea à lever les yeux vers lui.

— Ma famille, c'est vous, Annie. Et Savannah Winds est devenu mon foyer. Peu m'importe ce qui se passera : je reviendrai.

Cette fois, il passa les doigts dans les cheveux de la jeune femme pour les plaquer contre sa nuque, tandis qu'il avançait d'un pas.

— Je vous ai aimée, Annie, dès l'instant où vous êtes apparue sur le seuil de la forge, avec ce regard furibond dans un visage si doux, avec votre fusil braqué sur ma poitrine…

Il y avait de l'électricité dans l'air. La jeune femme n'en croyait ni ses yeux ni ses oreilles, et pourtant, elle se rapprocha à son tour, incapable de résister à l'appel de l'amour.

Il la saisit par la taille… Leurs lèvres s'effleurèrent. Il la serra plus fort, et sa bouche, cette fois, s'empara de celle de sa partenaire.

Cette dernière se sentait perdue. Ce baiser l'enivrait, et elle éprouvait un désir tel qu'elle n'en avait plus éprouvé depuis fort longtemps. Tout son corps appelait à lui celui du garçon.

— Hum… Hum…

Ils s'écartèrent dans un bond, écarlates et hors d'haleine.

— Pardon de vous interrompre, commença Susan Daley avec un large sourire. J'étais venue te dire, Annie, que c'était à toi d'occuper la salle de bains.

Elle haussa un sourcil :

— Même si je m'avise maintenant qu'une douche froide serait plus appropriée.

— Merci, souffla la jeune femme, affreusement gênée – elle avait chaud, et ce que Sam avait réveillé en elle envahissait à présent tout son corps.

Susan s'étant éloignée dans un gloussement, le jeune homme prit dans les siennes les mains de sa compagne :

— Je suis désolé. J'espère que je ne t'ai pas causé d'ennuis.

Comme elle relevait le nez vers lui, elle s'empourpra davantage :

— C'en est sans doute fini de ma réputation, se mit-elle à rire. Mais si cela ne te dérange pas, cela ne me dérange pas non plus.

— Au revoir, Annie, murmura-t-il au terme d'un dernier baiser plein de douceur. Garde-moi dans ton cœur jusqu'à mon retour.

Lorsqu'il se détourna pour partir, elle lui saisit la main :

— Je t'aime aussi. Reviens-moi vite.

Il la serra contre son cœur puis, sans un mot de plus, s'éclipsa.

— Bon voyage, Sam, fit la jeune femme à mi-voix, démunie tout à coup en plein cœur des ténèbres. Dépêche-toi de rentrer. Je t'attends.

Quand le reverrai-je ? Le reverrai-je jamais ? Et, si oui, les horreurs dont il aura été le témoin l'auront-elles métamorphosé ? Pour la première fois depuis mon enfance, je me surprends à prier, à prendre des résolutions devant Dieu, afin qu'Il le protège et me le rende bientôt…

9

Fleur ouvrit les paupières au son des pies et des grands réveilleurs, à celui des chamailleries des perruches aux couleurs vives. Elle s'étira paresseusement, repoussa le drap, puis quitta le lit. Lorsqu'elle tira les rideaux, le soleil commençait à peine à poindre sur l'horizon – sa lumière se répandait, pareille à du cuivre fondu, entre la mer cobalt et les cieux gris perle.

Éblouie, elle se détourna, se hâta d'aller se laver. Elle se sentait pleine de vigueur, et reposée en dépit de l'heure tardive à laquelle elle s'était couchée. Il n'était pas question pour elle de manquer la moindre seconde de cette journée parfaite. Une de plus.

Vêtue d'un sarong, ses lunettes de soleil perchées au-dessus du front, elle se rendit dans la cuisine pour y préparer son petit déjeuner. Comme elle fouinait dans le garde-manger, elle y découvrit des noisettes, des raisins secs et des graines qu'Annie avait entreposés dans des boîtes pour en nourrir les oiseaux.

Après avoir rempli les mangeoires accrochées dans les arbres, Fleur s'attarda sur la véranda pour y observer les minuscules volatiles bleu et vert qui récupéraient les bribes tombées du bec des perruches ou des loriquets, plus téméraires et plus agressifs.

Une mangeoire à plateau, songea-t-elle, permettrait de contenter tout le monde.

De retour dans la maison, elle préleva un chapeau de paille à large bord dans la collection de sa tante, avant de descendre sur la plage avec son bol de thé et ses tartines grillées. Les planches du ponton étaient déjà chaudes sous ses pieds. Elle s'y assit, les orteils dans l'eau. Le soleil, peu à peu, semblait dorer les flots, avivant aussi le plumage bleu des martins-chasseurs qu'elle voyait, telles des flèches, fuser un peu partout.

Une fois terminé son en-cas, elle se déshabilla pour se laisser glisser dans l'eau. Comme elle faisait la planche, elle décida de passer le reste de la matinée ici. Elle avait repéré, sur le sable, plusieurs morceaux de bois flotté grâce auxquels elle pourrait sans doute confectionner sa mangeoire. Quant aux jolis coquillages et aux fragments de corail, elle les suspendrait au toit de la véranda pour la décorer – à moins qu'elle n'en fît un collier. Ou bien un bracelet.

Libre et nue sous son grand chapeau, elle savourait à ce point sa solitude que la matinée passa comme un songe. Lorsque le soleil atteignit son zénith, et que la chaleur accablante réduisit au silence jusqu'au plus menu des insectes, elle ramassa son sarong pour rejoindre l'ombre de la véranda. Le hamac, accroché dans les arbres voisins, lui tendait les bras… Elle apprécia de s'y allonger, d'autant plus que, vers 16 heures, une brise fraîche lui parvint de la mer.

Quand la chaleur s'atténua, Fleur quitta le hamac et, sans beaucoup d'espoir d'obtenir un résultat, brancha son ordinateur portable. Quelle ne fut pas sa surprise et sa satisfaction de découvrir là un réseau internet, auquel elle se connecta pour consulter sa boîte aux lettres, puis expédier un bref message à Greg, afin de lui faire savoir qu'elle était bien arrivée. À Jason, elle rédigea un courriel plus long, avant de redescendre à la plage et se baigner encore. Elle y demeura jusqu'à la tombée de la nuit, retrouva la demeure où, ayant dîné, elle se lova dans l'un des canapés pour poursuivre le récit de sa tante.

Il faisait encore doux, mais les nuits devenaient plus froides. Lorsqu'il quitta la salle de sport, Greg perçut, en regagnant sa voiture, le souffle de l'automne sur son cou. Selon son habitude, il s'était abondamment dépensé avant de se rendre au sauna. Il ne lui restait plus qu'à dîner. Si son emploi du temps chargé le lui permettait, il s'octroyait de telles séances deux fois par semaine, qui l'aidaient à chasser ses éventuelles idées noires. Invariablement, il en sortait mieux dans sa peau et chargé d'optimisme. Ce soir n'échappait pas à la règle.

Alors que le jeune homme rangeait son sac dans le coffre de sa Porsche, une silhouette émergea de la pénombre.

— Où est Fleur ?

Greg considéra Don Franklin avec dégoût :

— En voyage.

— Où ça ?

— Je n'en sais rien.

— Elle n'est quand même pas partie pour Savannah Winds ?

L'œil du vieillard s'étrécit ; il mâchonnait son cigare.

Le chirurgien se tourna vers lui avec froideur :

— Si c'était le cas, qu'est-ce que ça pourrait vous faire ?

Don tenta en vain de jouer l'indifférence :

— Un ranch n'est pas un endroit pour une jeune femme bien élevée telle que Fleur, fulmina-t-il.

La curiosité de Greg se trouva piquée.

— Pourquoi donc ?

Don éluda la question.

— Elle ne devrait pas laisser la fortune d'Annie lui tourner la tête. Cette sale bonne femme a déjà fait assez de mal comme ça. Je n'ai pas envie que ma gamine se retrouve mêlée à des histoires qu'elle ne comprendrait même pas.

— Si je vous croyais sincère, je jugerais sans doute attendrissantes vos préoccupations de père protecteur. Quelle est la véritable raison pour laquelle vous ne voulez pas qu'elle se rende là-bas ?

Le regard du vieil homme devenait fuyant.

— Ce n'est pas un endroit pour elle, vous dis-je. Annie ne lui a légué ce ranch que pour le plaisir de semer la zizanie. C'est là-bas qu'elle se trouve ?

— Je suis sûr que si Fleur jugeait important de vous tenir au courant de ses déplacements, elle vous en aurait parlé elle-même.

— Elle ne m'adresse plus la parole.

— Après ce que vous lui avez fait, cela ne m'étonne pas, le moucha Greg en ouvrant la portière.

Don retint celle-ci avec une force peu commune pour un homme de son âge.

— Tout est la faute d'Annie, lâcha-t-il d'une voix rauque. Même morte, cette carne continue à se mêler de ce qui ne la regarde pas. J'aime autant vous dire que je ne compte pas rester les deux pieds dans le même sabot à regarder ses manigances nous faire du mal à tous.

Il perd complètement la boule, songea le chirurgien:

— Je ne qualifierais pas de manigance le fait d'avoir offert sa fortune à Fleur, commenta-t-il calmement. Rentrez chez vous, Don, et cessez de vous mêler des affaires de votre fille.

— Je refuse de laisser les choses en l'état, s'exaspéra celui-ci. Il faut absolument que Fleur prenne conscience que ma défunte sœur est en train de nous manipuler tous les deux depuis le fond de son tombeau.

Greg contraignit le vieillard à lâcher sa portière:

— À votre place, je ne me ferais pas trop d'illusions. Votre appât du gain vous a amené à faire souffrir votre fille. Il lui faudra beaucoup de temps pour accepter d'écouter ce que vous avez à lui dire.

Don se pencha en avant, l'extrémité de son cigare à quelques centimètres du visage de son interlocuteur.

— Ne me prends pas pour le dernier des crétins, mon garçon, gronda-t-il. Toi aussi, tu lui en as fait baver.

Lorsque, sans ménagement, le vieillard lui tapota le torse de l'index, Greg dut se cramponner pour ne pas tressaillir.

— Je sais que tu l'as quittée. Je sais aussi que, depuis, tu te paies de bonnes petites soirées avec ta Carla. Je vous surveille tous les deux, Greg Mackenzie, et compte sur moi pour tenir ma fille au courant de ton manège.

Le chirurgien le repoussa, s'engouffra dans sa voiture, dont il claqua la portière. Ignorant les hurlements orageux de son tourmenteur, il démarra, avant de quitter le parking en trombe, dans un rugissement de moteur.

Hélas… Longtemps après son retour, alors qu'il avait fourré ses vêtements de sport dans le lave-linge, les paroles rageuses et les insinuations du vieux bonhomme continuaient à le poursuivre. Il se mit à faire les cent pas. Sa relation avec Carla demeurait strictement professionnelle, mais l'idée que Don – ou quelqu'un d'autre – pût les épier tous deux le mettait mal à l'aise.

Il finit par s'apaiser un peu, regarda scintiller les lumières de la ville contre le ciel noir avant de tirer les rideaux. Il poussa un lourd soupir, alla réchauffer un plat préparé dans le four à micro-ondes. Don était un fauteur de troubles, mais si Greg ne doutait pas que Fleur n'accorderait pas foi à sa version des faits, sa perfidie risquait de plonger la thérapeute dans l'embarras : elle était en train de négocier avec son époux la garde de leurs enfants, et ce genre de publicité pourrait lui être préjudiciable. Peut-être serait-il plus sage, désormais, de la voir à l'hôpital.

Mais pourquoi diable Don avait-il paru si troublé à la perspective que sa fille pût se trouver à Savannah Winds ? Que craignit-il qu'elle y dénichât ? Fleur était-elle en danger ? Ou ne s'agissait-il que des élucubrations d'un vieillard aigri qui refusait d'en finir avec le passé ?

Il repoussa son assiette, à laquelle il avait à peine touché, alluma son ordinateur portable dans l'espoir que la jeune femme lui aurait envoyé un message. De son côté, il ne mentionnerait pas sa rencontre avec Don – il se contenterait de l'informer que la thérapie se passait bien, qu'il l'aimait et qu'elle lui manquait beaucoup.

Don cessa d'arpenter son vaste salon, fourra ses mains dans ses poches, puis fusilla Margot du regard :

— Je vais aller à Savannah Winds, décréta-t-il. Il faut que quelqu'un mette le holà avant que la situation dégénère.

— Quels résultats comptes-tu obtenir en fonçant ainsi bille en tête ?

Malgré son calme apparent, Margot était épouvantée – son père n'avait donc rien appris de ses erreurs passées.

— Tu as déjà agi de cette manière, lui rappela-t-elle. Et regarde un peu où cela nous a menés.

— Je dois l'éloigner de cet endroit avant qu'il soit trop tard. Même toi, tu es capable de le comprendre, non ?

— Ce que je comprends surtout, répliqua Margot sans tendresse, c'est que tu crèves de peur à l'idée qu'elle puisse découvrir la vérité. On dirait bien que ton passé est en train de te rattraper. Tu ne peux pas faire grand-chose, je t'assure, à part l'affronter, et tenter d'en gérer les conséquences.

— J'aurais dû me douter que tu ne m'apporterais pas ton soutien.

Elle haussa les épaules :

— Le problème vient de toi. À toi de te débrouiller.

— Elle me déteste déjà, sous prétexte que j'ai contesté ce maudit testament, grommela-t-il en allumant un cigare. Si elle découvre… Si Annie a laissé des journaux intimes ou des lettres…

Il ferma les paupières, laissa échapper une sourde plainte.

— Je parie que cette saleté aura trouvé un moyen de lui raconter tout ce qui s'est passé. Comment pourrai-je convaincre la gamine que je n'ai fait qu'agir au mieux de ses intérêts ?

— N'essaie pas de me faire avaler que c'est à elle que tu pensais. Ce que tu as fait, tu l'as fait parce que tu n'arrivais pas à supporter la défaite.

Don se laissa tomber dans l'un de ses énormes fauteuils, d'où il jeta des regards mauvais à son aînée, à travers la fumée de son cigare.

— Même si elle se contente de flairer quelque chose, Annie aura gagné.

Il frappa du poing l'accoudoir en cuir de son siège ; de la cendre tomba sur le sol.

— Que le diable m'emporte si je permets à cette vieille bique de remporter la victoire !

Margot l'observa d'un œil impassible.

— Si je puis me permettre, le railla-t-elle, ton obsession vire à la psychose. Tu ferais mieux de laisser tomber.

Don tira sur son cigare, les sourcils bas et la mine inflexible.

— Elle est morte, reprit Margot. Alors que toi, tu es toujours là. Tu as gagné.

Elle récupéra son sac à main, ainsi que sa veste noire.

— Allons, c'est terminé.

— Non, ça ne l'est pas. Elle a tout laissé à Fleur. Ma sœur ne jetait jamais rien. Dieu sait ce que la gamine risque à tout moment d'exhumer.

— Si cela arrive, tu seras le premier au courant.

La visiteuse lissa sa jupe sur ses hanches étroites.

— Qu'arrivera-t-il si elle se pointe ici en exigeant des explications ? Qu'est-ce que je lui raconterai ? Elle me hait.

— Tu as toujours eu l'art de te faire des ennemis. Y compris au sein de ta propre famille. Tu t'es fâché avec Annie, tu as brutalisé tes épouses et terrorisé cette pauvre Bethany, qui, pourtant, continue à t'aimer sincèrement. Que Dieu lui vienne en aide, la malheureuse… Et voilà que tu as réduit à néant tout espoir de voir un jour ta cadette t'accorder de nouveau sa confiance.

— Et toi ?

Il la regardait sans ciller.

— Est-ce que tu me détestes, toi aussi ?

— Oh, moi… Je te hais depuis les obsèques de ma mère.

Le sang de Don reflua de son visage, et il écarquilla les yeux. Cela fit plaisir à Margot, qui enchaîna :

— Je t'ai suivi jusque chez Selina ce jour-là et, comme elle avait mal tiré les rideaux de la chambre, je vous ai vus tous les deux en pleine action.

Elle frissonna de dégoût.

— Tu avais encore sous les ongles la terre que nous avions jetée sur le cercueil de ma mère. Cela ne t'a pas arrêté dans ton élan.

— Tu étais censée te trouver à la maison, en train de t'occuper de Bethany et de nos invités. Comment aurais-je pu deviner que tu m'avais suivi ?

Don écœurait Margot :

— Cela ne t'excuse en rien. Je pleurais ma mère, que tes exigences et tes liaisons avaient minée. Pour une fois dans ma vie, j'avais besoin que tu me consoles. Mais quand tu t'es éclipsé, ce n'était pas pour aller fumer une cigarette, ni pour penser à l'épouse que tu venais de perdre… Non… Tu crevais simplement d'envie de rejoindre Selina.

– Inutile d'en faire un drame. D'autant plus que tu ignores ce qui se passait entre ta mère et moi.

– Je sais au moins qu'elle t'a donné Bethany, contre l'avis des médecins, qui l'avaient prévenue qu'elle risquait de ne pas survivre à une seconde grossesse. Elle leur a désobéi, parce que tu voulais un fils à tout prix. Trois fausses couches plus tard, son cœur était devenu trop faible. Elle a passé le reste de sa pauvre existence dévastée dans la prison de son mariage, sans amour, avec une brute, qui lui avait clairement fait part de sa déception, sous prétexte qu'elle n'avait pas été fichue de lui fournir un héritier. Et alors qu'elle ne quittait déjà plus son lit, parce qu'elle arrivait à peine à respirer, toi, tu continuais à vivre ta vie, à conter fleurette à tout ce qui portait jupon autour de toi.

– Fous-moi le camp ! rugit le vieillard. Dégage ! Retourne à tes gigolos !

Sa poitrine se soulevait et s'abaissait comme un soufflet de forge.

Posant les yeux sur lui, Margot jugea que le moment était venu de lui révéler la raison de sa présence ici ce jour-là :

– Je m'en vais, ne t'inquiète pas. Et je ne reviendrai pas avant très longtemps. Si je reviens. Mais, avant de partir, permets-moi de t'informer d'une ou deux petites choses.

Comme elle se rapprochait de lui, il la considéra avec méfiance.

Margot huma les remugles de sa sueur, repéra la teinte bleutée de sa peau au-dessus de la lèvre supérieure… Allait-il, se demanda-t-elle l'espace d'un instant, lui voler sa vengeance en succombant sous son nez à une crise cardiaque ?…

— Je n'ai jamais éprouvé le moindre plaisir à diriger l'entreprise familiale. Sauf un : j'ai détourné suffisamment d'argent pour m'assurer une retraite nettement plus confortable qu'initialement prévu.

— Tu m'as plumé ? laissa-t-il tomber, incrédule.

— Si peu. Et je préfère considérer ces sommes comme une compensation pour toutes ces années que j'ai passées à travailler au service d'une ordure cupide, égoïste et sans cœur.

Elle lui tourna le dos pour se diriger vers la porte.

— Je te faisais confiance ! hurla-t-il. Tu étais pour moi le fils que je n'ai jamais eu. Tu es forte, intelligente et impitoyable. C'est sur toi que reposait notre société. Toi, dont j'estimais que tu étais la seule de mes filles à mériter que je lui lègue quelque chose.

Il s'extirpa tant bien que mal de son fauteuil.

— Je vais te coller un procès au derrière ! éructa-t-il. Tu ne croyais tout de même pas t'en tirer à si bon compte ?

— Tu peux toujours essayer de me traîner en justice, murmura Margot, qui s'immobilisa pour se tourner à nouveau vers son père. Seulement, vois-tu, j'ai passé un accord avec la directrice du groupe Devonshire, Helena Francombe. Une femme charmante, qui, après que nous leur avons vendu nos hôtels, s'est arrangée pour faire disparaître les irrégularités comptables.

Sonné, Don avait perdu l'usage de la parole.

— Au fait, ajouta Margot… Helena est ma compagne. Depuis presque vingt-cinq ans.

Elle adressa un sourire malveillant à son père, qui ouvrit tout grand la bouche.

– Tu es une bouffeuse de gazon ?... Mais... Et tous ces greluchons dont tu louais les services à tour de bras ?

– Une couverture. Destinée à t'égarer sur une fausse piste.

Elle tourna une dernière fois les talons, traversa le hall, le port altier, puis quitta la demeure sans ajouter un mot.

Fleur vivait à Birdsong depuis près d'une semaine. Chaque jour, elle se levait à l'aube, puis, vêtue de son sarong et de son chapeau de paille, elle garnissait les mangeoires, y compris celle qu'elle avait fabriquée, après quoi elle se préparait une tasse de thé, avec laquelle elle descendait sur la plage. Assise à l'extrémité du vieux ponton, les pieds dans l'eau, elle regardait le soleil éclairer peu à peu le ciel – elle ne manquait jamais de remercier le destin qui lui offrait ces merveilles.

Deux semaines déjà, et grâce aux cahiers d'Annie, sa nièce avait peu à peu découvert la douleur et les épreuves imposées à qui s'efforçait alors de diriger un ranch en l'absence de la plupart des hommes valides. La jeune femme et ses compagnes avaient dû affronter une terrible sécheresse durant laquelle nombre de leurs bêtes avaient succombé avant d'atteindre un point d'eau. Puis, lorsque la pluie était enfin tombée, une crue apocalyptique avait tout submergé.

Fleur vouait à sa tante une admiration sans borne, ainsi qu'à Susan Daley et toutes celles qui, au cours de ces années de guerre, avaient lutté bec et ongles : jamais elles n'avaient baissé les bras. Ensemble, pareilles à des sœurs dont le sort contraire avait resserré les liens, elles combattaient les éléments naturels, bataillaient contre l'adversité. Elles ployaient, quelquefois, mais ne rompaient pas, même lorsqu'elles devaient pleurer un époux, un père, un frère ou un fils.

Elles promenaient dès lors, au plus profond d'elles-mêmes, une douleur muette qui ne les empêchait pas de retrousser leurs manches, de labourer leurs champs, de marquer le jeune bétail au fer rouge – car c'était avec leur travail, et non leurs larmes, que l'Australie pourrait gagner la guerre.

Tandis qu'elle buvait son thé du matin en agitant ses orteils dans l'eau, Fleur songeait à ces femmes, se demandant comment elle-même se serait comportée à leur place. Moins gaillardement qu'elles, elle en était persuadée.

Annie avait reçu plusieurs lettres de Sam, des trésors à ses yeux, mais on sentait qu'elle répugnait à faire des projets d'avenir – le conflit s'éternisait et, déjà, de nombreux jeunes gens avaient fait le sacrifice ultime.

Fleur ayant fini de boire son thé, elle posa le regard sur l'île qu'elle discernait au loin. À plusieurs reprises, elle avait eu envie de prendre la barque pour tenter de pêcher – tout le matériel nécessaire se trouvait dans le vaste appentis situé sous la véranda –, mais la vie nonchalante qu'elle menait ici depuis son arrivée l'avait rendue trop paresseuse pour consentir un tel effort.

De petits poissons noirs circulaient entre ses orteils, et elle se demanda comment elle parviendrait jamais à quitter cet endroit. Brisbane lui semblait à présent si loin – une autre existence, au sein d'un autre monde…

– Bonjour.

Fleur eut un terrible sursaut. Elle n'avait pas entendu le moteur de la camionnette, n'avait pas entendu l'homme approcher – elle remercia sa bonne étoile de n'être pas nue.

– D'où sortez-vous ? s'étonna-t-elle en renouant chastement son sarong.

Blue avait ôté ses bottes et, bien qu'il portât toujours son vieux jean douteux, il avait changé de chemise. Il avança, les traits assombris sous le bord de son chapeau, s'assit, remonta le bas de son pantalon, puis mit les pieds dans l'eau.

– Chouette, hein ? fit-il avec un large sourire. C'est mon moment préféré de la journée. C'était aussi celui d'Annie.

– Venait-elle ici tous les jours ? s'enquit la jeune femme en s'écartant discrètement de son visiteur.

– Oui, répondit-il en s'écartant aussi, tant qu'elle a pu emprunter l'escalier. À la fin de sa vie, il fallait la porter chaque matin, et je restais ensuite avec elle jusqu'à ce qu'elle me demande de la ramener dans son lit.

Le cœur de Fleur se serra.

– C'était très gentil de votre part. Vous deviez beaucoup l'aimer ?

– Annie était une femme exceptionnelle – il fixait l'horizon avec une expression indéchiffrable.

Ils se turent un moment, chacun plongé dans ses pensées. Qui aurait pu croire, songeait Fleur, que ce costaud aux manières un peu frustes aurait pu ressentir tant de tendresse pour une femme en âge d'être sa grand-mère ?... Les apparences se révélaient trompeuses.

— Je suppose que vous n'habitiez pas loin, puisque vous lui rendiez des visites quotidiennes...

— Maintenant qu'elle n'est plus là, je bouge un peu. Je jette un coup d'œil de temps en temps sur la maison, et deux fois par an, je pars pour Savannah Winds, histoire de voir comment se porte mon vieux copain Djati.

— Vous connaissez Djati ?

Il opina, sans quitter l'horizon du regard.

— Il se fait vieux, mais c'est un type en or. Sa famille et lui se sont occupés du ranch comme des chefs. J'espère que vous leur permettrez de rester.

— Bien sûr que oui. J'ai d'ailleurs prévu de me rendre bientôt là-bas pour faire leur connaissance.

Elle guigna son visiteur :

— Malgré ce que vous m'avez dit tout à l'heure, j'ai l'impression que vous êtes bel et bien le gardien du sanctuaire d'Annie.

— Admettons, murmura-t-il. Mais, de son côté, Amy abat aussi un sacré boulot.

— Elle ne s'est pas encore montrée depuis mon arrivée, et je devine que vous entretenez avec Birdsong des liens plus serrés qu'Amy.

Comme il ne répondait rien, la jeune femme enchaîna :

— Tôt ou tard, je devrai regagner Brisbane. Je me sentirais plus rassurée si je savais que vous veillez sur ce petit paradis. Bien sûr, je vous paierai. J'y tiens.

Il sortit les pieds de l'eau, ramena contre son torse ses genoux, qu'il enserra de ses bras.

— Je n'ai jamais pris son argent, laissa-t-il tomber au terme d'un long silence. Je ne veux pas du vôtre non plus. Mais si ça vous tranquillise, je passerai.

Blue demeurait une énigme que Fleur savait déjà ne pas pouvoir résoudre.

— Parlez-moi d'Annie, s'il vous plaît. De toute évidence, elle avait confiance en vous, et vous continuez à éprouver pour elle une profonde affection.

— Annie a connu de nombreux drames au cours de sa vie, mais puisque vous allez découvrir tout cela dans ses journaux et ses lettres, je ne vais pas vous en dire plus maintenant.

La jeune femme écarquilla de grands yeux étonnés :

— Comment êtes-vous au courant ?

— Annie m'a demandé conseil au moment de remplir la fameuse malle.

Se tournant vers son interlocutrice, il sourit de toutes ses dents :

— Et comme vous êtes une femme, je suis prêt à parier que vous vous êtes jetée là-dessus à la façon d'une nuée de sauterelles.

Elle rougit.

— Je plaide coupable, pouffa-t-elle.

Blue se redressa, roula une cigarette.

— Après l'âpreté de la vie dans le Gulf Country, Annie ne voulait plus entendre parler que de quiétude et de beauté. Elle a fait de cet endroit ce que vous, les amateurs de chaînes hôtelières, vous appelleriez un hôtel-boutique. Il s'agissait d'un havre de paix. Pour elle, bien sûr, mais aussi pour tous ceux qui désiraient échapper ici à la frénésie des grandes villes. Pour tous ceux qui voulaient souffler en mettant momentanément leurs soucis de côté.

Il alluma sa cigarette, dont la fumée s'éleva dans l'air immobile.

— La liste d'attente était longue, car Annie était une bonne personne. Elle comprenait les gens, elle devinait ce dont ils avaient besoin pour se sentir mieux dans leur peau.

Fleur hocha la tête.

— Cela faisait de très nombreuses années que je ne m'étais pas autant détendue.

Elle se tut, contempla la demeure que sa tante venait de lui léguer, la forêt où elle se blottissait, les vaguelettes blanchies d'écume qui s'en venaient lécher le sable.

— Je me demande si celles et ceux qui ont séjourné ici suivaient le même emploi du temps que moi. Car je me contente de flemmarder, de nager, de prendre des bains de soleil, de laisser la sérénité des lieux me pénétrer peu à peu.

— Ils auraient sans doute rêvé de vous imiter, mais Annie avait d'autres projets pour eux. Elle n'appréciait pas qu'on se regarde le nombril, alors elle les emmenait peindre, elle leur faisait faire des randonnées dans le bush, exigeait qu'ils aillent ramasser sur la plage des objets rejetés par la mer. Il fallait aussi qu'ils nagent. Lorsqu'ils avaient besoin de se confier à elle, elle s'emparait de son tricot et les écoutait. S'ils préféraient s'amuser un peu, elle s'asseyait au piano en leur demandant de chanter à tue-tête.

— C'est merveilleux, murmura Fleur.

— Ça l'était, vous avez raison. Mais elle appréciait aussi les soirées plus paisibles, au cours desquelles elle descendait sur la plage avec ses hôtes pour y faire un feu. Elle apportait son vieux gramophone, et ils restaient là jusqu'au lever du soleil.

Il poussa un lourd soupir.

— Annie exigeait de vivre chaque instant comme s'il s'était agi du dernier. Et elle a réussi.

Blue était très ému – son interlocutrice eut l'impression de voir briller dans ses yeux des larmes qu'il ne versait pas.

— Continuez, l'encouragea-t-elle.

Il s'éclaircit la voix.

— Le dernier matin, elle se sentait très faible, mais elle a quand même voulu descendre ici. Nous nous sommes assis un moment, nous avons regardé le soleil se lever, ensuite elle s'est tournée vers moi et m'a regardé dans les yeux : « Quelle aube splendide. Quelle merveilleuse conclusion pour une superbe existence. » Puis elle a fermé les paupières, et elle a quitté ce paradis pour un autre.

Fleur, qui se représentait la scène avec force, peinait à réprimer ses émotions.

Le silence dura entre les deux jeunes gens et, lorsque Fleur le rompit enfin, ce fut pour aborder un autre sujet :

— Je ne suis pas étonnée qu'elle ait chéri cet endroit. La demeure tout entière appelle à l'apaisement. Et que dire de cette baie privée, où on jouit d'une absolue liberté ? Je suis surprise, en revanche, que le linge de maison ait résisté à l'humidité.

— Elle le rangeait dans la malle tapissée de bois de cèdre.

Il remit ses chaussettes, puis ses chaussures.

— Mais quand les médecins lui ont appris qu'elle allait mourir, elle a demandé à Amy de tout sortir et de préparer les chambres telles qu'elles étaient à l'époque où elle y accueillait des âmes en détresse. Elle tenait à ce que vous vous sentiez la bienvenue.

— À l'instant où je suis entrée dans cette maison, j'ai eu l'impression de rentrer chez moi.

Elle s'avisa soudain que, depuis de longues minutes déjà, le soleil lui piquait la peau.

— Je ne sais pas pour vous, mais moi, j'ai besoin d'ombre, fit-elle en se remettant sur ses pieds. Je pourrais nous préparer un déjeuner sur le pouce, qu'en dites-vous ? Il y a aussi des bières fraîches dans le réfrigérateur.

Il secoua la tête en se relevant à son tour.

— Non merci, je n'ai pas particulièrement faim. En revanche, vous avez raison pour le soleil. Il est temps de vous couvrir.

Suivant l'œil amusé de son interlocuteur, la jeune femme s'aperçut, horrifiée, que son sarong avait glissé – un centimètre ou deux, et elle exhiberait ses seins. Empourprée, elle se hâta de rajuster son vêtement.

— Permettez-moi au moins de vous offrir une bière, bredouilla-t-elle en s'efforçant de le suivre dans le sable brûlant – il avançait à très grandes enjambées.

Sans lui répondre, il effleura le bord de son chapeau en manière d'adieu, et il avait filé.

Ce ne fut qu'après avoir confectionné un sandwich et pratiquement vidé une bouteille de bière légère qu'elle se rappela n'avoir pas entendu le moteur de la camionnette. Bah… Sans doute n'avait-elle pas fait attention.

10

Bethany se sentait très contente d'elle : elle avait déjà perdu une douzaine de kilos et trois tailles de robe. La quinquagénaire boulotte et mal ficelée disparaissait à vue d'œil, cédant le pas, lorsqu'elle se regardait dans la glace, à une femme plus mince, plus jeune – une femme chaque jour plus assurée, une femme résolue à reprendre les rênes de son existence, afin d'en faire quelque chose avant qu'il ne fût trop tard.

Ses enfants et son train-train quotidien, autour desquels ses journées avaient tourné depuis trente ans, continuaient de lui manquer, mais elle en souffrait moins. Clive et leur progéniture vivaient leur vie, elle en faisait autant.

Tout avait commencé avec le régime alimentaire et le traitement hormonal de substitution. Elle s'était mise ensuite à fréquenter régulièrement une salle de sport, un institut de beauté, ainsi qu'un salon de coiffure, de sorte que, si elle se rendait toujours à l'église avec assiduité, elle s'était retirée du conseil paroissial afin de se concentrer sur son avenir.

Bethany ne nourrissait pas de grandes ambitions, mais en dépit des remarques négatives de son époux, elle possédait certains talents qui, peut-être, pourraient tout changer. Prenant son courage à deux mains, elle postula pour devenir la gérante du café pâtisserie de son quartier. Certes, la tentation serait forte, parmi le parfum des gâteaux et du pain frais, d'accumuler les entorses à son régime, mais elle se sentait prête, robuste et déterminée. Elle relèverait ce défi et le remporterait.

Bien sûr, elle ne devrait ménager ni ses heures ni sa peine, mais cela lui importait peu. Clive était absent toute la journée, et elle avait passé seule trop de soirées et de week-ends à se morfondre devant la télévision. Il ne lui restait plus qu'à faire bonne figure, en croisant les doigts pour que le propriétaire de la boutique ne lui préférât pas un candidat plus jeune.

Le ciel était plombé. Après s'être garée, elle se précipita en direction du café, impeccablement coiffée, vêtue d'un superbe tailleur qu'elle protégea des premières gouttes au moyen d'un parapluie d'un rose éclatant. Il était encore tôt. Un coup d'œil à travers la vitrine lui permit de constater que les lieux étaient déserts. Elle poussa la porte, accueillie par l'odeur du pain chaud et le large sourire de son amie Dianne.

— Bonjour, Bethany. Comment ça va ?

Elle disposait des pâtisseries dans la vitrine du comptoir.

— Bien, merci, répondit la visiteuse en repliant son parapluie. J'ai rendez-vous avec M. Mancusso.

— Je suis contente que tu aies suivi mon conseil. Tu feras des merveilles, et si jamais Frank refusait de t'embaucher, je lui conseillerais de se faire examiner le cerveau par un médecin.

Elle fila dans l'arrière-boutique, reparut quelques secondes plus tard.

– Il ne va pas tarder. Assieds-toi, je vais t'apporter un café.

– Sans sucre, s'il te plaît. Je suis toujours au régime.

Comme elle s'emparait de sa tasse, Bethany constata, navrée, que ses mains tremblaient beaucoup. Elle avait l'estomac noué. Elle s'abstint de boire.

Jamais encore elle ne s'était rendue à un entretien d'embauche – à peine sortie de l'université, elle avait épousé Clive. À quoi fallait-il s'attendre ?… Elle pouvait toujours prendre ses jambes à son cou. Quitter cet endroit avant de s'y ridiculiser…

– *Ciao*, Bethany. Je suis Franco Mancusso, le propriétaire de cette boutique. Mais la plupart des gens m'appellent Frank.

Bethany bredouilla un bonjour, tandis que l'homme lui serrait la main avant de prendre place face à elle avec une tasse minuscule contenant un expresso. Frank, qui pouvait avoir une cinquantaine d'années, possédait des yeux et des cheveux noirs, une moustache épaisse et le teint olivâtre que l'on était en droit d'attendre chez un Italien. Bethany le jugea très beau, et son regard profond posé sur elle la déconcerta.

– Alors, Bethany… Dianne m'a expliqué que vous souhaitiez travailler ici. Parlez-moi un peu de vous. Qu'avez-vous fait avant de vous présenter chez moi ? Et comment comptez-vous diriger cet endroit pendant que je m'occupe de mon autre boutique ? Quelles améliorations avez-vous prévu d'apporter ?

La candidate prit une profonde inspiration, lui parla de ses longues années de mère au foyer, de sa passion pour la pâtisserie, de ses capacités à gérer un budget, à tenir une cuisine. Elle ajouta qu'elle pensait pouvoir accroître l'attractivité des lieux en proposant des petits-déjeuners, voire des déjeuners.

— Mais je suppose que vous aimerez mieux embaucher quelqu'un de plus jeune, avec plus d'expérience, conclut-elle maladroitement, craignant d'en avoir trop dit.

Il sourit, révélant une rangée de dents parfaites.

— Une femme mûre, qui à défaut d'expérience professionnelle possède celle de la vie, cela n'est pas pour me déplaire.

Il haussa les épaules.

— Les jeunes filles ne manifestent pas le même engouement que vous.

Il se tut, sans lâcher son interlocutrice du regard.

— Les petits-déjeuners…, murmura-t-il. C'est une excellente idée. Des croissants, peut-être, des petits pains, de la compote… Comme en Italie.

Bethany serrait ses mains dans son giron, hypnotisée par cet œil de braise.

Une gorgée lui suffit à vider sa tasse, après quoi il se renversa sur son siège.

— Vous aimez faire de la pâtisserie…, fit-il doucement, comme s'adressant à lui-même. Accepteriez-vous de m'apporter quelques-uns de vos gâteaux ? Nous pourrions les proposer à notre clientèle, voir s'ils se vendent bien… Évidemment, je vous paierai.

Bethany avala sa salive :

— Cela signifie-t-il que vous m'engagez ?

— Bien entendu.

Il pinça les lèvres, et sa moustache frissonna.

— Quand pouvez-vous commencer ?

— Demain ?

Son cœur cognait contre ses côtes.

— Parfait. Nous ouvrons à 9 heures. Présentez-vous avant 10 heures avec vos gâteaux.

Il se leva, lui prit la main, qu'il effleura d'un baiser.

— *Fino a domani.* À demain, Bethany.

Cette dernière demeura plantée là, pétrifiée. Personne ne lui avait encore fait le baisemain, personne ne lui avait jamais parlé en italien, aucun homme ne l'avait un jour regardée comme si chacun de ses mots lui importait plus que tout.

— Fais pas attention à Frank, se mit à rire Dianne en s'éclipsant dans la cuisine. C'est un Italien, tu comprends. Il se comporte toujours comme ça. Ça ne veut rien dire du tout, tu sais, c'est juste sa façon d'être.

Elle récupéra les soucoupes et les tasses, qu'elle déposa dans l'évier.

— Mais je reconnais que ça fait partie du plaisir que j'éprouve à venir travailler ici tous les matins. Ça me donne la pêche.

Bethany reprit son sac à main et ses esprits.

— Tu es toujours d'accord pour aller au cinéma ce soir ? Il faut fêter ça.

— Et comment ! On se retrouve là-bas à 19 heures.

À la pluie avait succédé un soleil radieux. Bethany prit cela pour un signe positif. Il ne lui suffisait plus que d'annoncer la nouvelle à Clive.

Elle passa le reste de la journée aux fourneaux. Que cela tînt à son humeur joyeuse ou à la perspective de se lancer dès le lendemain dans une nouvelle aventure, elle pâtissa mieux que jamais. Ses génoises étaient légères comme une plume, ses viennoiseries exquises, ses meringues plus que parfaites… Avec un large sourire satisfait, elle rangea le tout, puis se prépara une tasse de thé qu'elle emporta à l'étage, où elle s'offrit un long bain avant de redescendre concocter le dîner.

Clive rentra un peu plus tôt que d'habitude, abandonna négligemment sa mallette, lorgna les boîtes à gâteaux sur la table, puis alla chercher une bière fraîche dans le réfrigérateur.

— Tu en as mis un sacré coup, dis donc. C'est pour quelle association ?

Son épouse avait prévu de le nourrir d'abord, afin qu'il fût de bonne humeur au moment d'apprendre ce qu'elle avait à lui dire, mais peut-être valait-il mieux cracher le morceau tout de suite, puisque l'occasion se présentait.

— On m'a proposé un emploi chez Mancusso. Il veut que je lui apporte quelques-uns de mes gâteaux, pour voir s'il arrive à les vendre.

Son époux la fixa.

— Cela ne me plaît pas que tu travailles pour cet Italien. En fait, cela ne me plaît pas que tu travailles tout court. Tu as suffisamment d'occupations ici, et je n'ai aucune envie de rentrer le soir dans une maison vide. Sans rien à me mettre sous la dent.

— Ton dîner t'attendra tous les soirs. Tu ne mourras pas de faim.

— Le fait est que cela ne me plaît pas. Les types comme Mancusso passent leur temps à courir après les bonnes femmes.

— M. Mancusso est un homme marié, père de quatre enfants. Il s'agit également d'un gentleman, qui, à ce titre, m'a traitée avec égards. Tu peux dormir sur tes deux oreilles, Clive.

Il la toisa :

— Tu dois avoir raison. Ces Ritals en pincent plutôt pour les jeunettes à joli minois.

Bethany se sentit meurtrie jusqu'à l'âme.

— Tu es méchant, siffla-t-elle.

— Pardon, ma chérie, mais c'est la vérité. Tu as quand même un certain nombre de kilomètres au compteur.

Son épouse préféra se taire. Le mépris de Clive la révoltait.

Il termina sa bière, jeta dans la poubelle la cannette vide.

— Tu ferais mieux de renoncer à ce projet, fit-il en desserrant le nœud de sa cravate. À notre âge, on s'abstient de bousculer ses habitudes. Sans compter qu'un café n'est pas un endroit convenable pour une femme telle que toi.

Il lui sourit, comme pour se faire pardonner la rudesse de ses propos :

— J'appellerai Mancusso demain matin, pour le prévenir que tu as changé d'avis.

— Il n'en est pas question. Et je te prierai de te mêler de tes affaires.

S'avisant qu'il était allé trop loin, il tendit une main dans sa direction, lui effleura l'avant-bras :

— Voyons, ma chérie. Inutile de monter sur tes grands chevaux. Je me contente de prendre soin de toi.

Elle repoussa la main de son époux, avant de croiser les bras sur sa poitrine :

— Faux. C'est à toi que tu penses, pas à moi. Comme d'habitude. Mais je te préviens : des changements vont s'opérer dans cette maison, Clive. Alors, je te conseille de commencer dès maintenant à t'y faire.

— Nom d'une pipe…, souffla-t-il. Mais quelle mouche t'a encore piquée ?

— J'ai enfin compris que la vie ne se résumait pas pour moi à attendre que tu rentres chez nous. Si tu étais le genre de mari qui se préoccupe réellement du bien-être de sa femme, et qui daigne passer un peu de temps avec elle, tu te serais rendu compte à quel point j'étais malheureuse.

— Arrête ton cinéma, Bethany. Je travaille dur pour que nous vivions dans une belle maison et que nos enfants ne manquent de rien. Où trouverais-je le temps de te chouchouter ?

— Je te rappelle que nos enfants ont quitté le nid depuis belle lurette. Et je n'ai jamais attendu de toi que tu me chouchoutes, comme tu dis. Seulement que tu me considères davantage comme une épouse que comme une bonne à tout faire.

— Je ne peux pas…

— Tu ne travailles pas le soir ni le week-end, que je sache. Mais moi, je reste assise là, à t'attendre, sans savoir au juste où tu es, sans savoir au juste ce que tu fais, ni avec qui. J'en ai assez.

Il rougit, détournant le regard.

— J'ignore ce que tu insinues, fit-il entre ses dents, mais je n'y peux rien si le travail me mange l'essentiel de mon temps.

Bethany brûlait de lui annoncer qu'elle était au courant de ses rendez-vous galants du jeudi soir

– méfiante, elle avait fini par puiser en elle assez de courage pour le suivre. Il avait rejoint l'inconnue devant la chambre 220 d'un motel de Maroochydore et, après avoir échangé un baiser fougueux, ils avaient pénétré dans la pièce. Bethany avait patienté dans le froid, quatre heures durant, jusqu'à ce que le couple illégitime se décidât à quitter les lieux. Avant de se séparer, ils s'étaient de nouveau embrassés. L'épouse trompée avait eu la surprise de constater alors que, si son orgueil en avait pris un coup, son cœur, lui, ne saignait pas.

Cependant, elle préféra se taire, consciente qu'un mot de trop aurait pu les mener au divorce. Or, elle n'était pas prête. Pas encore.

— Je refuse de poursuivre cette conversation, déclara-t-elle, saisissant son sac et son manteau. Je sors. Ton dîner se trouve dans le four.

Fleur séjournait à Birdsong depuis près d'un mois, et bien que Greg lui manquât, elle avait compris, au fil des mails qu'ils échangeaient presque chaque jour, que cette séparation ne pouvait que leur faire le plus grand bien. Ses séances de psychothérapie se déroulaient à merveille – il lui semblait aujourd'hui plus désireux de se tourner vers l'avenir. Fleur apprenait en échange à vivre au jour le jour, à faire preuve de patience.

Blue passait la voir environ deux fois par semaine. Assis à l'extrémité du ponton, ils regardaient le soleil se lever. À mesure qu'ils évoquaient Annie, qu'ils discutaient de la visite que la jeune femme rendrait bientôt à Savannah Winds, ainsi que de l'avenir de Birdsong, la compagnie de l'homme la crispait de moins en moins. Elle regrettait à présent qu'il ne la gratifiât que de brèves apparitions, et qu'en dépit des questions qu'elle lui posait, il refusât de lui dévoiler la nature exacte de sa relation avec Annie. Et il parlait encore moins de sa vie à lui. Fleur finit par l'accepter tel qu'il était.

Ce matin-là, après le départ de Blue, la jeune femme se dévêtit pour aller nager, comme tous les matins, avant de s'étendre dans le hamac, où elle avait l'intention de terminer le quatrième cahier de la défunte. Il avait beau n'être pas bien épais, il couvrait presque trois ans.

Savannah Winds, décembre 1941

J'écris ces mots au terme d'une année épouvantable. Ma propre petite bataille n'est rien, par comparaison avec celles qui se livrent un peu partout dans le monde, et à mesure que nous parvient l'annonce des décès de tel époux, de tel fils ou de tel frère, nous redoutons que la liste s'allonge encore.

Le 7 décembre dernier, les Japonais ont bombardé Pearl Harbor. Enfin, les Américains sont entrés en guerre à leur tour – nous avons poussé un soupir de soulagement, car la Grande-Bretagne se trouvait isolée depuis trop longtemps. De notre côté, ce sont les Japonais que nous craignons, car ils ont déjà coulé les deux navires britanniques censés assurer notre protection au large des côtes orientales de la Malaisie. Ils occupent l'île de Guam, ainsi que Wake Island, et, le 26 décembre, les Canadiens et les Britanniques stationnés à Hong Kong se sont vus contraints de se rendre.

Les Japonais ont maintenant atteint l'État de Johor, dans le sud de la Malaisie, et ils préparent une offensive contre Singapour, place forte des Britanniques. La guerre se rapproche. Nos côtes septentrionales sont trop exposées, c'est ici l'avis de tous, et puisque les hommes valides sont absents, en cas d'invasion, nous serons incapables de nous défendre.

Février 1942

Singapour est tombé aux mains des Japonais, il se peut qu'au moins quinze mille soldats australiens aient été faits prisonniers. Les autorités militaires ont annoncé à Susan Daley que Ted faisait partie de ces prisonniers, or, comme elle est enceinte de leur premier enfant, elle se sent particulièrement vulnérable. Nous communiquons très souvent par radio, et j'essaie de lui rendre visite dès que le temps et mes obligations me le permettent.

Aujourd'hui, j'ai reçu une lettre de Sam. Quel soulagement... Il se bat actuellement en Afrique. Lorsqu'il m'a écrit, il était encore en bonne santé. Je prie pour que cette guerre cesse bientôt, à présent que les Américains ont placé leur puissance au service des Alliés. Hélas, les Japonais se révèlent de farouches ennemis, et j'ai peur qu'il ne s'agisse là que du début d'un très long et très périlleux combat.

À chaque instant, nous redoutons une invasion nippone, en sorte que de nombreux propriétaires de ranch ont éloigné leurs bovins et leurs moutons de la côte nord. Cette migration a commencé à Wyndham, en Australie-Occidentale. D'ici environ un mois, ils passeront par chez nous. J'ai prévu de conduire moi aussi mes troupeaux à Brisbane, mais cela signifie qu'il ne restera qu'une poignée d'hommes pour protéger le ranch.

Les villes de Darwin et de Broome ont été bombardées. Curtin, notre Premier ministre, a exigé que nos troupes renoncent à la Birmanie pour continuer plutôt à protéger nos côtes, car les Japonais ont prévu d'envahir sous peu la Nouvelle-Guinée.

Mars 1942

Je me suis jointe à la grande migration des troupeaux en direction de l'est, mais les nouvelles nous parviennent encore. Les Japonais ont débarqué en Nouvelle-Guinée. Ils ont atteint Port Moresby. De là, ils peuvent aisément traverser le golfe de Papouasie pour arriver chez nous, dans la péninsule du cap York. Nous retenons notre souffle.

Mai 1942

Nous avons enfin atteint Brisbane, où nous allons pouvoir vendre nos bêtes, bien qu'elles ne soient pas très en forme, au terme d'un si long périple – nombre d'entre elles ont succombé pendant le voyage. Les avions australiens et américains ont intercepté la flotte japonaise dans la mer de Corail et, après une longue bataille, les Japonais ont quitté les lieux. Nous sommes infiniment reconnaissants au Premier ministre de n'avoir pas cédé à la pression exercée sur lui par Churchill, car, sans cela, sans doute les Nippons auraient-ils envahi nos côtes.

Juillet 1942

Je suis rentrée à Savannah Winds. Tout va bien, à cela près que plusieurs petits-fils de Benuk se sont enrôlés dans l'armée. Privés de leur force de travail, nous allons avoir plus de mal encore à nous occuper de la propriété. Mais je me suis promis d'y arriver, envers et contre tout.

J'ai reçu d'autres lettres de Sam. Il est blessé. Mais rien de très grave, Dieu merci. On va l'expédier en Angleterre pour qu'il s'y fasse soigner. Peut-être y dénichera-t-il sa famille. Je lui souhaite bonne chance, car j'ai entendu dire que la ville de Londres avait été presque entièrement rasée par les bombes allemandes.

Août 1942

Les forces australiennes ont infligé une défaite cuisante aux Japonais, dans la baie de Milne, en Nouvelle-Guinée. Il faut maintenant qu'ils parviennent à les chasser de l'océan Pacifique. Peut-être pouvons-nous commencer à respirer…

Octobre 1942

Je n'ai pas reçu d'autres nouvelles de Sam et, bien que je connaisse la lenteur avec laquelle le courrier est acheminé, je commence à trembler.

Fleur ayant atteint la dernière page du cahier, elle laissa échapper une plainte : elle avait laissé les autres journaux à côté de son lit. Pressée d'apprendre ce qu'il était advenu de Sam, elle quitta le hamac pour aller chercher le cahier suivant.

En traversant la cuisine, elle constata avec stupeur qu'il n'était pas loin de 14 heures. Son estomac gargouilla, comme pour lui confirmer qu'elle venait de laisser passer l'heure du déjeuner. Elle emplit un bol de céréales, ajouta du lait, ainsi que des morceaux de banane, puis s'assit à la table de la cuisine, prête à reprendre sa lecture.

À peine avait-elle avalé la première bouchée que son téléphone se mit à sonner.

— Allô ? fit-elle, agacée.

— Fleur ? C'est moi. Mélanie.

Elle perçut de l'affolement dans la voix de sa nièce.

— Où es-tu ? Que se passe-t-il ?

— À Cairns, sanglota l'adolescente. Liam m'a larguée. J'ai pas de fric, et ma carte de téléphone est presque vide. Je sais que tu dois en avoir marre de moi, mais est-ce que tu pourrais m'envoyer l'argent pour que je rentre à la maison ?

— Inutile. Je séjourne près de Cairns. Je vais venir te chercher. On se retrouve au Radisson Plaza Café, au bout de la jetée. Je ne devrais pas en avoir pour plus d'une heure.

— C'est vrai ? Oh, Fleur, tu sais pas…

La communication se trouva brusquement coupée. La jeune femme reposa son téléphone portable, soupira, puis se rhabilla en hâte. Pauvre Mélanie… Le journal intime d'Annie, au même titre que son déjeuner frugal, devrait attendre.

Une heure plus tard, elle atteignit Cairns, où il lui fallut un bon quart d'heure pour dénicher une place de parking. On était samedi, la ville grouillait de routards et de touristes japonais.

Louvoyant avec impatience entre les promeneurs, Fleur réussit enfin à traverser Lake Street, puis parcourut ensuite l'esplanade bordée d'arbres au pas de course. Enfin, ce fut la jetée.

Penchée sur sa tasse de café, ses cheveux dans les yeux, son gros sac à dos posé sur le sol auprès d'elle, l'adolescente était devenue, au beau milieu de l'agitation ambiante, l'incarnation de la détresse et du malheur. Bouleversée, Fleur se hâta dans sa direction.

– Salut, fit-elle.

Mélanie bondit sur ses pieds pour se jeter au cou de sa tante.

– Fleur… Oh, Fleur… Quelle chance que tu aies pu venir.

Elle éclata en lourds sanglots, sans cesser de se cramponner à la jeune femme.

– J'étais morte de peur. À part t'appeler, je voyais pas quoi faire d'autre.

– Tout va bien, maintenant, tenta de la rassurer sa tante. Je suis là.

Après être parvenue tant bien que mal à se soustraire à l'étreinte de l'adolescente, elle plongea dans son sac, dont elle fit surgir un paquet de mouchoirs en papier.

– Tiens, Mélanie. Sèche tes yeux, et tâche de reprendre haleine.

La jeune fille s'affala de nouveau sur sa chaise, où elle tenta de s'apaiser peu à peu.

– As-tu mangé aujourd'hui ?

Mélanie secoua négativement la tête, l'œil rivé aux mouchoirs froissés qu'elle serrait à présent dans son poing.

Fleur lui pressa tendrement l'épaule avant de se rendre au comptoir de l'établissement. Lorsqu'elle reparut avec des salades de pâtes aux fruits de mer, du jus d'orange et deux cubes de *sponge cake*, l'adolescente s'était légèrement ressaisie.

— Tiens, lança Fleur avec enthousiasme. J'espère que tu aimeras ce que j'ai choisi.

— Ça a l'air bon…

Elle tira sur la languette du film hermétique protégeant sa barquette, à l'intérieur de laquelle elle plongea sa fourchette avec appétit.

Fleur la regarda dévorer la salade de pâtes avant de s'attaquer au *sponge cake*. Elle n'avait rien avalé depuis longtemps – où diable était passée la jeune rebelle qui avait quitté Brisbane quelques semaines plus tôt ? Elle n'arborait aucun maquillage, et sa mine abattue l'enveloppait plus sûrement qu'un suaire. De vilains cernes se dessinaient sous ses yeux, elle avait les cheveux en bataille, les ongles rongés et les habits crasseux. De quelque nature qu'eût été l'expérience que Mélanie venait de vivre, nul doute qu'elle la laissait démunie et privée de toute assurance. Pour l'heure, Fleur ne l'interrogerait pas – ce n'était ni le moment ni le lieu.

— Tu as de la veine que je me sois trouvée dans la baie du Martin-Chasseur, fit-elle après avoir terminé sa propre salade – l'adolescente, entre-temps, avait dévoré les deux parts de gâteau. Si j'avais été à Brisbane, tu aurais dû attendre que je te vire de l'argent.

— La baie du Martin-Chasseur… C'est où ?

— Un peu plus loin le long de la côte. Je t'en dirai plus pendant le voyage. Allons, lève-toi, on y va.

Le trajet s'était déroulé sans encombre. Fleur l'avait passé, hors le temps d'une courte halte dans une épicerie, à répondre aux questions de sa nièce concernant son héritage. Celle-ci s'étonnait également que Greg ne fût pas du voyage. Fleur lui expliqua que son compagnon était trop occupé à l'hôpital pour pouvoir s'offrir de longues vacances.

En pénétrant dans la propriété, la jeune femme poussa un soupir de soulagement : nulle trace de Blue ni de sa camionnette. Elle aurait eu du mal à justifier la présence de l'homme ici, et l'imagination débordante de Mélanie aurait fait le reste.

Celle-ci récupéra son pesant sac à dos avant de suivre sa tante à l'intérieur de la maison, sans même un regard pour le somptueux décor alentour.

— Ça sent le moisi, murmura-t-elle en plissant le nez.

— Tu ne sens pas particulièrement bon non plus, la moucha la jeune femme, blessée par la remarque.

Mélanie eut un sourire penaud :

— Je l'ai pas volée, celle-là, hein ?

Elle renifla le bord de son t-shirt noir et grimaça :

— T'as raison. Beurk… Ça pue le fennec.

Un peu radoucie, Fleur déposa ses provisions sur la table de la cuisine, avant de précéder l'adolescente dans le couloir. Elle lui montra la salle de bains, puis la fit entrer dans l'une des chambres d'amis.

— Profite de la baignoire aussi longtemps qu'il te plaira, et si tu me donnes ton linge à laver, je ferai une machine.

Les joues rougies par la honte, Mélanie déversa sur le sol le contenu malodorant de son sac avant de déposer, sur le couvre-lit blanc, ses dessous crasseux.

— Merci, Fleur…, murmura-t-elle, la voix brisée par l'émotion. Je suis désolée, mais je…

— Arrête de t'excuser, la brusqua sa tante, qui prit à pleins bras le tas de vêtements sales. Si tu as envie de parler, tu me trouveras sur la plage. Pour t'y rendre, il te suffit de traverser le salon.

Sans laisser à l'adolescente le temps de réagir ou de fondre en larmes à nouveau, elle se dirigea vers la cuisine. Ayant mis le lave-linge en marche, elle jeta, avec un soupir, les céréales auxquelles elle n'avait pas touché, puis alla récupérer le journal d'Annie dans sa chambre.

De retour dans le salon, elle contempla la malle. Elle alla chercher un petit cadenas qu'elle se rappelait avoir vu dans l'un des tiroirs de la cuisine, s'en servit pour empêcher quiconque d'ouvrir la malle, et dissimula la clé dans un pot à café, sous l'évier.

Elle passa un bikini puis, son sarong à la main, descendit sur la plage, afin d'y profiter d'un peu de quiétude avant le coucher du soleil. L'après-midi s'était révélé riche en émotions, et l'irruption de Mélanie dans ce havre de paix venait d'y introduire le désordre et les tensions que Fleur avait laissés derrière elle, à Brisbane.

Tandis qu'elle flottait dans les eaux chaudes et relaxantes de la baie en regardant les martins-chasseurs poursuivre une dernière fois leurs proies avant la nuit, elle se rappela la raison pour laquelle sa tante avait édifié ce sanctuaire. À y bien réfléchir, par-delà le tombeau, Annie continuait son œuvre : Mélanie avait besoin d'aide, comme Fleur avant elle en avait eu besoin.

Le soleil s'était presque entièrement retiré derrière les arbres lorsque l'adolescente, vêtue d'un sarong en batik, rejoignit sa tante, qui la jugea d'une maigreur préoccupante. Cependant, sa chevelure luisait, elle avait le teint frais et paraissait avoir repris du poil de la bête. Peut-être la magie des lieux commençait-elle à opérer sur elle aussi.

– Assieds-toi, fit Fleur en l'invitant à prendre place auprès d'elle, sur les planches tiédies du ponton. Bienvenue à Birdsong. C'est beau, n'est-ce pas ?

Enfin, la jeune fille daigna porter ses regards en direction de la forêt pluviale, du croissant de sable rose, des eaux turquoise… Ses traits s'adoucirent.

– C'est vraiment cool, murmura-t-elle. Encore plus cool que Byron Bay ou Airlie Beach.

Fleur, qui ne connaissait ni l'un ni l'autre, savait néanmoins qu'il s'agissait d'endroits prisés par les routards étrangers.

– La nuit va bientôt tomber, dit-elle. Que dirais-tu de faire un feu sur la plage ? On pourrait griller des saucisses et des pommes de terre en regardant la Lune se lever. Le ciel est à tomber par terre.

– D'ac !

Visiblement soulagée que sa tante ne manifestât pas l'intention d'aborder avec elle les circonstances qui l'avaient menée là, elle se remit debout :

– Tu t'occupes de la bouffe, et moi, je vais chercher du bois flotté pour préparer le feu.

Ravie, Fleur regagna la demeure, où elle rassembla le matériel nécessaire à un pique-nique qu'elle entreposa sur la véranda avant de demander à sa nièce de l'aider à descendre le tout.

Mélanie lorgna le gramophone et son pavillon de cuivre :

— Qu'est-ce que c'est que ce truc-là ?

Sa tante lui expliqua, pendant que la jeune fille grimaçait en examinant la pile de disques.

— J'ai jamais entendu parler de ces machins. Ça date de Mathusalem…

Fleur sourit :

— Si tu les écoutes sans préjugés, je crois que tu seras bientôt d'accord avec moi pour dire que ces airs-là conviennent parfaitement à une soirée sur le sable.

Cette fois, il faisait nuit noire. On avait installé le gramophone avec soin sur une natte de jonc, disposé des couvertures et des coussins.

Fleur avait aussi apporté du vin blanc frais, de l'eau et du jus de fruits, une salade de chou, de belles tomates juteuses. Après avoir enveloppé les pommes de terre dans du papier aluminium, on les avait enfouies parmi les cendres, sous les flammes qui dansaient à présent, et au milieu desquelles grillaient les saucisses, dont le fumet vous mettait l'eau à la bouche.

Après le dîner, lorsque le feu se fut réduit à une petite masse rougeoyante, Fleur tourna la manivelle du gramophone, et en plaça l'aiguille sur l'un des disques. Ella Fitzgerald entonna *Begin the Beguine*.

— C'est quoi, « biguine » ? interrogea Mélanie, les sourcils froncés.

— Je n'en ai pas la moindre idée. Chut… Laisse plutôt la musique te transporter…

Allongée, la tête sur un coussin, Fleur admirait les étoiles. Le doux clapotis des vagues, le bruissement des feuilles, l'éclat du firmament accompagnaient à merveille le rythme sensuel de la chanson. La jeune femme tourna la tête pour voir si Mélanie, elle aussi, se laissait envoûter par le charme de l'instant.

Couchée sur une natte, l'adolescente se détendait :

– C'est magnifique, souffla-t-elle en observant les astres. Et tu avais raison : la musique est super.

Fleur ayant retiré le disque pour déposer sur le plateau du gramophone un autre succès de Cole Porter, elle s'allongea de nouveau. Sa nièce se tourna vers elle, ses doigts jouant avec les franges de la couverture :

– Est-ce qu'on peut discuter ? demanda-t-elle d'une voix hésitante.

– À condition que tu te sentes prête.

Et elle avança la main pour apaiser les doigts sans repos de Mélanie.

– Tout avait hyper bien commencé. Les garçons ont tondu des moutons pendant deux semaines, pendant que nous, les filles, on bossait en cuisine. C'était dur, et il faisait une chaleur pas possible, et t'imagines même pas la quantité de bouffe que ces types-là sont capables d'avaler. N'empêche, on s'est fait plein de blé. Du coup, on a mis le cap sur la côte pour rejoindre la piste des routards.

Elle se remit sur le dos, son avant-bras barrant son front.

– On a passé deux nuits à Byron Bay. C'était cool. Ensuite, on a campé pour une nuit à Rainbow Beach, après quoi on est partis pour l'île Fraser, où on est restés un week-end.

Mélanie se tut – elle luttait contre ses larmes. Sa tante lui reprit la main :

— Continue, l'encouragea-t-elle avec douceur.

— Question thunes, on commençait à être vraiment ric-rac, si bien que Liam et moi, on n'arrêtait pas de se fritter. Sophie et moi, on a déniché un boulot dans un bar de Rockhampton, mais je me sentais patraque. Liam était de plus en plus à cran avec moi. Tu comprends, lui, il arrivait pas à trouver de job, alors qu'on avait besoin de fric pour reprendre la route.

Elle cligna des yeux – quelques larmes brillèrent dans ses cils.

— On a fini par bouger. On passait la nuit ici ou là, jusqu'à ce qu'on arrive à Airlie. C'est chouette comme endroit, mais dans les bars et les hôtels pour routards, ils engageaient que des jeunes étrangers, parce qu'ils acceptent des salaires de misère, du fait qu'ils ont pas de permis de travail. On s'est pas attardés, et on est partis pour Townsville.

Elle fit silence à nouveau, luttant de toutes ses forces pour garder contenance.

— Que s'est-il passé à Townsville ?

— Sophie et les autres ont décidé de partir à Cairns en camping-car. Je crois qu'ils en avaient ras-le-bol qu'on s'embrouille sans arrêt avec Liam.

Sa voix se brisa, mais elle poursuivit vaillamment son récit :

— On avait prévu de les rejoindre en stop, mais je suis tombée malade une fois de plus, et Liam trouvait tous les prétextes pour me crier dessus. Et puis, il disparaissait pendant plusieurs heures d'affilée. Il me laissait toute seule. Il m'avait pas dit un seul truc sympa depuis des semaines. J'en avais ma dose. Je voulais rentrer à la maison.

— Tu aurais pu appeler ta mère, suggéra Fleur. Elle aurait été ravie de t'expédier l'argent nécessaire.

— Plutôt crever que de faire un truc pareil.

Elle enfouit son visage dans son coussin pour y étouffer ses sanglots.

— Tu es enceinte, n'est-ce pas ? s'enquit sa tante avec prudence.

La jeune fille s'assit, se moucha. Ramenant ses genoux contre sa poitrine, elle fixa les flots éclairés par la Lune.

— Oui. J'en suis environ au troisième mois.

Au terme d'un rapide calcul, sa tante comprit qu'elle attendait déjà cet enfant avant son départ.

— Oh, Mélanie…

Elle soupira.

— Tu aurais dû te douter que quelque chose clochait avant de t'embarquer dans cette aventure…

La jeune fille se remit à pleurer.

— Le soir où tu m'as rendu visite, tu m'as affirmé que tu prenais la pilule.

— Ça me faisait grossir, sanglota Mélanie. Alors j'ai arrêté.

Fleur, hors d'elle, mais résolue à n'en rien montrer, passa un bras autour des épaules de sa nièce :

— L'as-tu déjà dit à Liam ? Car je suppose qu'il est le père ?

— Bien sûr que c'est lui. Et oui, je lui en ai parlé. Et j'aurais franchement mieux fait de la boucler.

— Que s'est-il passé ?

— Il était fou de rage. Il m'a même accusée de m'être bien foutue de lui. On s'est disputés. L'enfer, quoi. On a quand même réussi à rallier Cairns en stop, puis à dégoter un motel pas cher. Le lendemain matin, il avait fichu le camp, en me laissant un mot pour me dire qu'il voulait plus entendre parler de moi, sauf si je me débarrassais du problème.

Elle se jeta dans les bras de sa tante.

— Aide-moi, je t'en supplie, gémit-elle. Je peux pas avoir ce bébé. C'est juste pas possible.

La vie était injuste, songea Fleur, étreignant sa nièce : le destin, qui lui avait dénié le droit de devenir mère, venait d'entraîner Mélanie à Birdsong, désireuse pour sa part d'avorter. Quelle cruauté…

*

Le feu menaçant de s'éteindre, la jeune femme déposa quelques morceaux de bois sur les braises. Elle regarda les flammes renaître à la vie – elles se reflétaient dans l'œil immense de sa nièce, pelotonnée sous sa couverture à la manière d'une toute petite fille.

— Tu dois prendre le temps de réfléchir, Mélanie. Car une fois que tu auras pris ta décision, il n'y aura plus moyen de revenir en arrière. Tu devras en assumer les conséquences tout le reste de ta vie.

— Je sais, et c'est bien ce qui me fiche la trouille. Mais à part le faire passer, je vois pas ce que je pourrais faire d'autre.

— Tu pourrais le proposer à l'adoption. Voire le placer dans un orphelinat. Sinon… Tu peux aussi choisir de le garder. Je suis certaine qu'une fois que tu en auras parlé à ta mère, elle…

Mélanie se dressa d'un bond sur son séant, la mine farouche :

— Elle doit pas savoir. Jamais. Et je t'interdis de lui en parler.

Fleur frissonna, resserra contre elle la couverture dont elle s'était enveloppée.

— La dernière fois que je lui ai caché quelquc chose, elle m'a fait une scène épouvantable : quand j'ai laissé échapper que tu m'avais rendu visite pour m'informer, entre autres, de tes projets de voyage, elle m'a incendiée. Depuis, elle refuse de me parler. Ce n'est pas juste de ta part, tu sais : tu te confies à moi, puis tu exiges que je ne répète rien à personne.

— Je croyais que tu comprendrais. Avant, tu gardais les secrets que je te racontais. En quoi ce serait différent aujourd'hui ?

— Parce qu'il s'agit d'une chose beaucoup plus grave que tout ce que tu as pu m'avouer jusqu'ici. Ta mère a le droit d'être mise au courant.

Mélanie plongea le regard dans celui de sa tante :

— Il faut pas qu'elle l'apprenne. Jamais. Jamais, tu m'entends ? Et si tu refuses de m'aider, je me débrouillerai toute seule.

Fleur n'appréciait guère ce chantage affectif. Elle prit une profonde inspiration :

— Moi qui te croyais assez mûre pour qu'une chose pareille nc t'arrive jamais…

L'adolescente détourna les yeux pour s'abîmer à nouveau dans la contemplation des flots enténébrés ; son menton disait sa résolution.

— Je comprends que tout cela te fasse peur, Mélanie. L'avortement représente assurément la solution la plus rapide, après quoi tu pourras reprendre le cours normal de ton existence. Mais je te le répète : tu dois d'abord réfléchir. T'informer.

La jeune fille ne répondit rien, mais sa tante avait la certitude que ses mots la touchaient.

— As-tu déjà demandé un avis médical ? Ou consulté un thérapeute ?

— Je sais exactement à quoi m'en tenir, décréta l'adolescente en frissonnant. Je suis allée voir un médecin ce matin, à Cairns. Il m'a tout expliqué dans les moindres détails.

Elle posa la tête sur l'épaule de Fleur.

— Je m'imaginais que ce serait facile, murmura-t-elle. Qu'on m'endormirait. Et qu'à mon réveil, tout serait réglé. Je croyais qu'il me suffirait ensuite de quitter l'hôpital et d'oublier ce qui venait de se passer.

Elle se mit à trembler dans les bras de sa tante :

— Mais j'y arrive pas… J'y arriverai jamais…

Fleur la serra contre son cœur jusqu'à ce qu'elle cessât de trembler :

— Que vas-tu faire ?

— J'en sais rien. J'étais sûre que si tu venais avec moi, j'aurais le courage de me lancer. Mais j'y arriverai pas. Maintenant, je le sais. Même avec toi, j'y arriverai pas. En même temps, je veux pas avoir de bébé. Ma vie serait foutue.

Fleur soupira, hésitant sur la conduite à tenir. Mélanie se libéra de son étreinte :

— Je suppose que je ferais mieux de rester ici et d'avoir mon bébé, après quoi je réfléchirais à la suite des événements.

Sa tante éprouva un tel effroi qu'elle eut bien du mal à le dissimuler :

— Ce n'est pas la solution, voyons, et je suis persuadée que tu le sais aussi bien que moi. Le jour où Bethany découvrirait le pot aux roses, son chagrin serait immense. Par ailleurs, je refuse de me prêter à ce petit jeu.

– Une fois que tu lui auras expliqué que je t'ai pas laissé le choix, elle te pardonnera.

– Tu n'accoucheras pas à Birdsong, un point c'est tout. Et ce n'est pas à moi d'apprendre la nouvelle à ta mère.

– Mais papa et elle vont me tuer. C'est déjà assez humiliant comme ça de devoir reconnaître qu'elle avait raison à propos de Liam.

– Cela s'appelle de l'orgueil mal placé, laissa tomber Fleur d'une voix égale. Essaie de te mettre une seconde à la place de ta mère, à qui on annoncerait d'un coup que tu viens d'avoir un bébé, et que c'est à moi que tu as fait appel pour veiller sur toi pendant ta grossesse.

Mélanie se tut longuement – les vagues, l'une après l'autre, soupiraient en glissant sur le sable.

– Qu'est-ce que je peux faire, alors ?

– Reste ici pendant quelques jours, et repose-toi. Tu trouveras à Birdsong l'environnement idéal pour t'apaiser. Pour avoir les idées plus claires. Ensuite, seulement, tu prendras une décision. Et sache que, quelle que soit la solution que tu auras retenue, je te soutiendrai. Si tu souhaites que je t'accompagne à Brisbane, je le ferai aussi. Mais pour traverser cette épreuve, c'est l'amour et le soutien de ta mère dont tu as vraiment besoin. Et tu devras t'entretenir avec elle en tête à tête.

– J'ai tout foiré..., soupira la jeune fille.

Fleur garda pour elle son avis, se contentant de resserrer la couverture autour des épaules de Mélanie – le feu se mourait peu à peu, la Lune plongeait dans l’eau, une aube nouvelle commençait à éclairer l’horizon. Les oiseaux s’éveillaient parmi les arbres. Pour Fleur, c’en serait bientôt fini de la parenthèse enchantée. Bientôt, elle devrait affronter de nouveau la dure réalité. La réalité telle qu’elle était, loin du rivage paisible de la baie du Martin-Chasseur…

11

Deux semaines s'étaient écoulées depuis l'arrivée de Mélanie. Dans deux jours, elles quitteraient Birdsong. Fleur s'était enfin entretenue avec Amy Parsons au téléphone pour lui faire part de ses projets, après quoi elles avaient partagé une tasse de café.

Veuve d'une cinquantaine d'années, Amy avait de l'énergie à revendre, trop de temps libre, et beaucoup de tendresse pour la propriété de feu Annie Somerville. Elle promit à Fleur de veiller sur les lieux en son absence, de s'occuper aussi du jardin. Bien qu'il fût arrivé à Annie d'évoquer Blue en sa présence, elle ne l'avait jamais rencontré, s'offusquant un peu qu'un autre qu'elle prît également soin de Birdsong.

Fleur lui affirma que l'homme n'avait aucune intention de marcher sur ses plates-bandes, et que le salaire qu'elle percevait du vivant d'Annie continuerait à lui être versé chaque mois sur son compte bancaire.

La jeune femme aida sa nièce à rédiger une lettre que celle-ci envoya à sa mère pour l'informer de son retour, après quoi elle expédia un courriel à Greg, dans lequel elle lui confiait son désir de le voir dès qu'elle aurait regagné Brisbane.

Les douze derniers jours n'avaient pas été de tout repos pour Fleur, journées ponctuées par les crises de larmes ou les colères de Mélanie, par de longues séances de réflexion qui jamais ne la menaient nulle part. Cette fois, néanmoins, la jeune fille paraissait avoir accepté la situation et choisi de l'affronter avec plus de sang-froid. Birdsong, à n'en pas douter, l'avait aidée. Mais combien de temps, se demandait Fleur, ce calme précaire durerait-il une fois l'adolescente rentrée chez ses parents ? Quant au fossé qui, depuis quelque temps, séparait la jeune femme de sa sœur Bethany, il risquait de se creuser davantage au vu des circonstances.

Et puis… Et puis, il y avait Greg. Greg, dont les séances de psychothérapie lui réussissaient si bien qu'il était parvenu à évoquer son enfance dans les mails qu'il adressait à Fleur, convaincu à présent qu'il n'était en rien responsable des drames qui s'étaient joués alors – il affirmait même, à présent, qu'il était hautement improbable qu'il eût hérité des troubles mentaux de son père.

Il lui écrivait aussi qu'il l'aimait toujours, qu'elle lui manquait terriblement, qu'il continuait à croire en un avenir commun. Toutefois, jamais il ne laissait entendre qu'il avait changé d'avis concernant la paternité, ce qui mettait sa compagne face à un dilemme aussi terrible que celui dans lequel se débattait sa nièce.

Fleur s'était efforcée de fuir tous les problèmes en se replongeant dans la lecture des cahiers d'Annie. Hélas, elle n'avait pas tardé à découvrir qu'elle était incapable de se concentrer plus de quelques minutes – elle avait dû les mettre de côté. Au terme d'une énième nuit sans sommeil, elle sortit pour déposer, dans les mangeoires, ce qu'il restait de graines dans le garde-manger. Elle rédigea une note à Amy Parsons pour lui demander d'en racheter, puis, contemplant l'état déplorable du salon, elle poussa un soupir excédé.

Mélanie avait pris l'habitude de dormir jusqu'en milieu de matinée, après quoi elle descendait nager, passant ensuite le reste de la journée sur la plage ou – Fleur, alors, regrettait sa solitude – dans le hamac. Cette dernière avait eu beau édicter des règles selon lesquelles il convenait de nettoyer la cuisine et la salle de bains après qu'on s'y fut rendu, partout dans la demeure elle continuait à ramasser les vêtements de l'adolescente, ses produits cosmétiques, ses chaussures ou les magazines qu'elle avait empruntés.

Ce jour-là, la maîtresse de maison en vint à abandonner le fruit de sa récolte quotidienne sur la table de la cuisine. Sa quiétude se trouvait à ce point mise à mal que, pour un peu, elle se serait réjouie de regagner bientôt Brisbane.

Comme tous les matins, elle se prépara une tasse de thé noir léger. Son regard se posa sur le paquet de lettres qu'elle avait dissimulées derrière la pendule de la cheminée. Elle ne pouvait plus les ignorer. Elle s'en empara, puis descendit sur la plage avec sa tasse.

Par la grâce du soleil levant, le ciel se teignait lentement d'orange et de lilas clair, la mer et le sable se paraient d'or, les ombres profondes, sous les arbres, s'évanouissaient les unes après les autres. Blue ne lui avait pas rendu visite depuis l'arrivée de Mélanie

– leurs conversations matinales manquaient à Fleur. Elle espérait qu'il se montrerait avant leur départ, car elle ne disposait d'aucun moyen d'entrer en contact avec lui. Peut-être ne le reverrait-elle jamais plus. Cette perspective la navrait.

Elle se résolut à dénouer la ficelle serrant entre elles les lettres. Elle décacheta la plus ancienne, datée de janvier 1934.

> Cher Don,
>
> J'écris ces mots dans l'espoir que, le temps ayant passé, tu auras fini par accepter que le cadeau que papa nous a offert pour notre mariage était une façon pour lui de me léguer de son vivant ma part d'héritage, de me l'offrir quand j'en avais besoin, au lieu d'attendre plus tard. Bien sûr, ce legs ne changera rien au montant de la somme que tu recevras au moment du décès de notre père – qui, je l'espère, ne se produira que dans de nombreuses années. Tous les soirs, je prie pour que tu me croies enfin lorsque je te dis que cet argent m'a surprise autant que toi, et que je ne l'ai nullement obtenu à force de rouerie. Notre père voulait seulement que John et moi ne démarrions pas de zéro notre aventure dans le Gulf Country.
>
> Nous vivons à présent dans la savane, où John a bâti pour nous deux une belle maison de briques qui devrait résister aux terribles tempêtes qui, parfois, frappent cette contrée à la fois splendide et loin de tout. Notre troupeau prospère peu à peu, et nous avons acheté deux bouviers australiens pour nous aider à garder nos bêtes. Une famille d'Aborigènes habite sur nos terres, et ses membres nous sont d'un grand secours. Ils connaissent les lieux comme leur poche, et paraissent pressentir à tout coup les

brusques caprices du climat. Je me demande comment nous aurions pu nous débrouiller sans eux.

Sans la présence de John et de nos lointains voisins, je me sentirais bien seule ici, mais du moment que mon époux se tient à mes côtés, je suis satisfaite de mon sort. John et moi sommes à présent mariés depuis deux ans, mais, hélas, nous n'avons pas encore d'enfant. C'est mon vœu le plus cher que d'engendrer des fils qui, un jour, prendront notre suite, car, déjà, notre sueur imbibe ce sol noir et fécond.

Je m'arrête ici, non sans te supplier, une fois encore, de bien vouloir accepter ce qui s'est passé, de ne pas renoncer à la tendresse qui, jadis, nous attachait l'un à l'autre. L'amertume que tu éprouves me meurtrit chaque jour. S'il te plaît, veuille bien répondre à cette lettre. J'ai très envie d'avoir de tes nouvelles.

Ta sœur aimante,
Annie

Les quatre lettres suivantes, rédigées en l'espace de quelques mois, se faisaient de plus en plus implorantes – Annie souffrait de les voir lui revenir l'une après l'autre.

Fleur, qui souffrait avec elle, jugeait cependant cette correspondance à sens unique aussi passionnante que les journaux intimes. Peu à peu, la superficie de Savannah Winds augmentait, de même que le nombre de têtes de bétail. Le jeune couple avait embauché plusieurs ouvriers pour les seconder dans sa tâche, et diversifié son activité en se lançant dans la culture du tabac et du blé.

Mais sans cesse, les périls menaçaient: inondations, sécheresse, invasions de sauterelles qui, en quelques minutes, dévoraient sur pied la prochaine récolte. Sans parler des veaux engloutis quelquefois par les crocodiles. L'admiration de Fleur pour sa tante et son époux, pour leur persévérance, ne faiblissait pas. Néanmoins, entre les lignes rédigées d'une écriture régulière se devinait un profond chagrin. Car l'union de John et d'Annie demeurait stérile – la jeune femme, rejetée par son frère, brûlait d'autant plus de fonder une famille.

Ayant fini sa tasse de thé, Fleur contempla l'île au loin. Elle partageait avec sa tante, songea-t-elle, bien qu'à de nombreuses années de distance, le même irrépressible désir d'enfant.

Elle chassa cette sombre pensée, puis revint à sa lecture. Les larmes, soudain, lui montèrent aux yeux :

> John Harvey, mon époux bien-aimé, a succombé à un empoisonnement du sang, suite à une blessure qui s'est rapidement infectée du fait de la chaleur intense et de l'humidité. Les obsèques ont eu lieu hier, dans l'unique petite église de cette vaste contrée déserte. Je ne puis désormais que prier pour trouver la force et le courage de poursuivre seule le travail de John.
>
> J'ai besoin de toi, Don. Car tu es ma seule famille, et la vie ne tient jamais qu'à un fil, et la mort vient trop vite pour permettre encore à de vieilles querelles de nous garder éloignés l'un de l'autre.
>
> J'écris ces mots dans l'espoir que tu voudras bien les lire.
>
> Ta sœur qui t'aime,
>
> Annie

Jamais la jeune femme n'avait renoncé à l'espoir d'une réconciliation. Si seulement, se dit Fleur, son père avait fait preuve, fût-ce d'une once de compassion…

Elle s'empara de la lettre suivante, fronçant les sourcils en s'apercevant qu'elle avait été écrite par Don, et expédiée de nombreuses années après celle d'Annie. Probablement cette dernière avait-elle fini par renoncer à ses tentatives de renouer les liens avec son frère. Mais qu'avait-il bien pu se passer pour que l'homme se décidât à se manifester auprès de sa sœur ? Une nouvelle tragédie avait-elle frappé cette dernière ?

Fleur ouvrit l'enveloppe, à l'intérieur de laquelle elle en découvrit une autre. Les deux missives dataient de septembre 1966 – la jeune femme avait alors six mois.

Elle commença par la lettre d'Annie, que Don avait dû lui retourner sans prendre la peine d'en examiner le contenu. Au terme de sa lecture, elle se contenta de parcourir la réponse de son père. La fureur de la jeune femme était telle qu'elle l'empêchait presque de respirer.

Serrant le paquet d'épîtres contre son cœur, elle quitta le ponton d'une démarche mal assurée puis, appela Mélanie :

– Dépêche-toi de t'habiller et de faire tes bagages ! Nous rentrons à Brisbane aujourd'hui.

Bien que les journées de travail fussent longues, et que Clive s'obstinât à la harceler alors que, chaque soir, comme promis, elle lui préparait son dîner, Bethany venait de passer un premier mois délicieux au sein du café pâtisserie.

Frank se révélait à ses yeux le patron idéal, il écoutait les suggestions de sa gérante, sans jamais les railler. Il l'aidait en cas de besoin, lui prodiguait des conseils, ne la grondait jamais lorsqu'il lui arrivait de commettre une erreur. Le premier jour, ses gâteaux s'étaient vendus comme des petits pains, de sorte que Frank lui avait aussitôt proposé d'utiliser désormais la vaste cuisine professionnelle située à l'arrière de son établissement.

Propriétaire de trois troquets, M. Mancusso ne chômait pas, pourtant, une fois par semaine, il prenait le temps de partager un verre de vin avec Bethany, autour duquel ils causaient comptabilité et business en général. Sabatina, sa vieille maman, qui vivait dans le plus grand des deux appartements situés à l'étage, avait noué avec la nouvelle arrivante une solide amitié – chaque matin, elle descendait pour lui tenir compagnie.

Bethany n'avait pas l'impression de se rendre au travail. Son amie Dianne était une crème qu'il faisait bon côtoyer, les clients bavardaient volontiers en prenant un café, ou bien à l'heure du déjeuner, et les petits-déjeuners remportaient un franc succès. Au fond, Bethany se sentait là comme chez elle – pour la première fois depuis fort longtemps, il lui semblait servir à quelque chose. Cela la comblait.

Vendredi, en fin d'après-midi. Déjà, les lueurs des lampadaires se reflétaient sur les trottoirs humides. Le café avait fermé ses portes, mais la cuisine représentait pour Bethany une oasis de chaleur où elle attendait que refroidisse sa dernière fournée de cupcakes, afin de pouvoir ensuite procéder au glaçage.

— Mélanie, ma fille, rentre chez nous dimanche, annonça-t-elle à Sabatina, qui tricotait, assise dans un coin de la pièce. Je savais bien que, tôt ou tard, nous finirions par lui manquer.

Si la vieille dame se teignait à l'évidence les cheveux, qu'elle s'obstinait à vouloir d'un noir de jais, la jeunesse de son cœur et de son esprit se donnaient à voir dans les foulards et les vêtements colorés dont elle parait son petit corps trapu. Des bracelets tintaient à ses poignets, des anneaux d'or pendaient à ses oreilles, et son cou s'ornait toujours de deux ou trois rangs de perles éclatantes. Elle parlait un anglais très approximatif, mais comprenait pratiquement tout ce qu'on lui disait, en dépit de son accent à couper au couteau.

Elle opina de la tête, puis sourit avant de reprendre ses travaux d'aiguille – de nombreuses bagues jetaient des éclats à ses doigts sans repos.

— Bonne chose est que la *bambina* revient. Bien pour *mamma* aussi, je crois.

— En effet, je me sentirai soulagée de la revoir. Elle est partie depuis plusieurs semaines. J'ai passé mes journées à me ronger les sangs. Quelle idée d'avoir tenu à voyager avec Liam, que je ne peux pas encadrer, et ses autres amis qui, si vous voulez mon avis, ne valent guère mieux. Il aurait pu arriver n'importe quoi. Et elle n'a daigné m'envoyer que deux cartes postales en tout et pour tout. Les enfants se montrent parfois d'une insouciance et d'un égoïsme qui me désolent.

La vieille dame fronça les sourcils, émit un sourire hésitant : elle n'avait pas saisi un traître mot du discours de son interlocutrice.

Bethany se contenta de hausser les épaules, décida, après les avoir touchés, que ses petits gâteaux avaient atteint la bonne température. Elle réalisa un glaçage à la crème au beurre avant d'orner chaque pièce d'une fleurette en sucre. Elle plaça les cupcakes sous une cloche, emporta le tout dans la chambre froide.

— Et voilà, soupira-t-elle. À demain, Sabatina !

Cette dernière rassembla sa laine et ses aiguilles avant de raccompagner la quinquagénaire jusqu'au seuil :

— Café demain, comme habitude ? Je faire expresso.

— Vivement demain !

Les deux femmes s'embrassèrent sur la joue – une habitude italienne que Bethany avait faite sienne avec joie –, puis la mère de Frank ferma à clé la porte de la boutique, saluant son amie d'un geste à travers la vitre constellée de gouttes de pluie.

L'énergie retrouvée de Bethany lui avait permis de refaire à neuf la chambre de sa fille – c'en était fini pour elle des longues soirées mornes devant le poste de télévision. Elle avait retiré la vieille moquette, troquée contre un parquet vernis, repeint les murs, installé un couvre-lit et des rideaux flambants neufs dont elle avait déniché l'étoffe à Brisbane. Il ne lui restait plus qu'à espérer que Mélanie apprécierait à sa juste valeur l'amour qu'elle avait mis à rénover la pièce.

Elle avait eu un peu de mal à convaincre sa fille aînée et ses garçons de venir dîner à la maison le dimanche pour y fêter le retour de leur cadette, mais elle était parvenue à ses fins – il n'était pas jusqu'à Clive qui, bien qu'à contrecœur, ne lui eût promis de quitter son club de golf plus tôt que d'habitude afin de faire une apparition.

Rien ne s'était arrangé entre les deux époux, et Bethany doutait que la situation évoluât jamais. On s'était tu de part et d'autre depuis trop longtemps – au fil des ans, le fossé s'était creusé peu à peu.

Navrée de constater que son mariage était parti à vau-l'eau faute d'attention suffisante, Bethany se blâmait de sa négligence, autant qu'elle reprochait la sienne à Clive. Un jour était venu où seuls leurs enfants avaient fait entre eux office de ciment. Une fois les quatre jeunes gens partis, ne demeuraient qu'un nid vide, ainsi qu'une union qui ne l'était pas moins.

Comme elle s'engageait dans l'impasse où elle habitait, Bethany croisa un taxi qui la quittait. Elle fronça les sourcils : sur la banquette arrière, la passagère ressemblait beaucoup à Fleur. Non, elle s'était forcément trompée… Elle se gara, rassembla ses affaires, se dirigea vers la porte d'entrée.

Clive l'ouvrit sans lui laisser le temps de poser la main sur la poignée.

— Une surprise t'attend à la cuisine, déclara-t-il, la mine sombre. Je te laisse t'en dépêtrer.

Déjà, il avait grimpé dans sa voiture… Déjà, il s'éloignait. Cela ne pouvait signifier qu'une chose : l'un de leurs enfants avait regagné le domicile familial, avec au cœur un épouvantable fardeau… dont sa mère le débarrasserait en un tournemain…

— Mélanie ? hoqueta Bethany. Oh, Mélanie, quelle merveilleuse surprise !

— Salut, maman.

L'adolescente la serra longuement dans ses bras, avant de s'écarter un peu pour lui adresser un sourire :

— Tu as drôlement maigri, dis donc. Ça te va hyper bien.

— Je ne t'attendais pas avant dimanche, répondit sa mère qui, troublée, noua son tablier autour de sa taille. As-tu faim ? Je ne sais pas ce que ton père a laissé dans le réfrigérateur, mais je suis certaine que…

— J'ai pris un vol plus tôt, et te mine pas pour la bouffe. J'ai mangé dans l'avion.

Bethany ôta son tablier, s'assit, prit entre les siennes la main de son enfant.

— Je suis folle de joie… Tu n'imagines pas à quel point je me suis inquiétée.

— Ça fait du bien de rentrer à la maison, murmura la jeune fille.

Sa mère contempla son visage avec tendresse, ce visage qui lui avait si terriblement manqué, un visage dépourvu du moindre maquillage – l'adolescente n'en paraissait que plus fragile. Pour le reste, elle respirait étonnamment la santé, elle avait le teint hâlé… Mais quelque chose en elle avait changé, un détail indéfinissable sur lequel Bethany ne réussissait pas à mettre le doigt, ce qui la tourmentait beaucoup.

Mal à l'aise, Mélanie passa une main dans ses longs cheveux opulents enfin débarrassés de leurs mèches rouges et violettes.

— Papa m'a dit que tu avais décroché un boulot chez Mancusso.

Elle eut une moue chargée d'ironie :

— On peut pas dire qu'il avait l'air épaté, mais moi, je trouve ça cool.

— Cela lui déplaît, exposa Bethany. Mais je lui ai décrété que c'était comme ça, et pas autrement. Qu'il serait bien obligé de s'y faire.

Comme Mélanie évitait son regard, sa mère songea que c'était à elle que revenait la lourde tâche de lui tirer les vers du nez :

– Je suppose que tu as interrompu ton voyage parce que tu n'avais plus d'argent ? Tu pouvais m'appeler, tu sais. Je t'en aurais expédié immédiatement.

– C'était pas à cause des thunes.

Elle ploya la nuque, mordilla les peaux autour de l'ongle rongé de son pouce.

À présent qu'elle avait compris que l'affaire était plus grave que prévu, Bethany redoutait l'affrontement. Si elle précipitait les aveux de l'adolescente, celle-ci ne manquerait pas de lui faire une scène.

– La maison te manquait, n'est-ce pas ?... C'est que tu t'es absentée un sacré bout de temps.

– Maman...

La jeune fille avait parlé d'une voix mal assurée, le menton toujours sur la poitrine, le visage dissimulé derrière le rideau de ses longs cheveux.

– Oh, maman... J'ai tellement les boules...

Le cœur de Bethany bondit dans sa poitrine ; elle redoutait le pire.

– Que se passe-t-il, ma chérie ?

Mélanie parut se replier sur elle-même. Sa mère devina dans un éclair ce qui l'avait ramenée auprès de ses parents. Elle n'éprouva pas, cependant, la moindre colère. Rien qu'une infinie tristesse.

– Tu es enceinte.

– D'un peu plus de trois mois, confirma l'adolescente sans relever le nez. C'est Liam, et oui, tu avais raison. C'est le dernier des salauds.

Lorsqu'elle éclata en sanglots, sa mère se leva, fit le tour de la table pour l'étreindre – elle la serra contre son cœur, la berça, tenta de l'apaiser comme elle l'avait fait si souvent autrefois.

— Là… là…, souffla-t-elle. Tu es à la maison, maintenant. Tout va bien se passer.

Elle mentait. Sa petite fille venait de gâcher à jamais sa vie. Sans doute ne fréquenterait-elle jamais l'université. Elle ne réaliserait pas son rêve de devenir vétérinaire… Et quand bien même elle proposerait son bébé à l'adoption, ce qu'elle aurait enduré la marquerait pour toujours. Quant à Liam, s'il s'était avisé de poser un orteil dans cette pièce, en cet instant précis, Bethany l'aurait tué. Quel gâchis… Et quel épouvantable dilemme.

— Je suis désolée, dit Mélanie, qui paraissait s'être un peu apaisée. Je sais que je t'ai déçue, mais j'ai vraiment pas fait exprès de tomber enceinte. Je croyais qu'en faisant bien attention, il m'arriverait rien.

— Mais… Fleur m'a affirmé que tu prenais la pilule ?

— Je la prenais, mais j'ai arrêté. Ça me faisait grossir…

— Oh, Mélanie…

— Je sais, je sais.

Elle soupira.

— Pas la peine d'en rajouter. Je suis débile.

— As-tu déjà pris une décision ? se risqua sa mère.

— J'avais d'abord pensé à me faire avorter…

Voyant la bouche grande ouverte de Bethany, et son œil horrifié, elle se hâta d'enchaîner :

— Mais je peux pas faire un truc pareil. Alors, j'ai décidé de le garder. Une fois qu'il sera né, je verrai. Je le proposerai certainement à l'adoption.

Mais pour le moment, je suis trop sur les nerfs pour prendre une décision sensée.

Bethany songea soudain que Mélanie n'était plus une petite fille – elle admira la maturité dont elle venait de faire preuve en s'exprimant ainsi.

— Si tu devais finalement le garder, il faudrait t'arranger pour que Liam te verse une pension alimentaire. Il n'est pas question qu'il s'en tire à si bon compte.

— Te bile pas avec Liam pour le moment. Il compte pour du beurre, Liam.

— Mais…

— Je suis crevée, maman, fit-elle en se levant. J'arrive même plus à penser. On a voyagé toute la journée et…

Elle s'empourpra, se laissa retomber sur sa chaise :

— Et merde… J'ai encore foiré.

Bethany se rappela la silhouette entraperçue à l'arrière du taxi :

— Avec qui as-tu voyagé ?

— Avec Fleur, répondit Mélanie sans ciller.

— Je vois.

— Arrête, maman. Je savais même pas qu'elle était dans les parages quand Liam m'a lourdée à Cairns, sans un rond, sans aucune possibilité de rentrer ici. Je l'ai appelée, elle, parce que je me suis dit qu'elle pourrait me payer sans problème un billet d'avion. En fait, elle est venue me chercher, et elle m'a emmenée dans sa maison, dans la baie du Martin-Chasseur. Elle m'a aidée à me calmer d'abord, et ensuite à y voir plus clair.

— C'est très aimable de sa part, commenta Bethany avec raideur – elle luttait contre la douleur et la colère qui, à tout instant, menaçaient de la submerger.

— Bah ouais. Elle était pas forcée de me ramener chez elle. Elle aurait pu me coller dans le premier avion, et puis basta, débrouille-toi.

— Je lui téléphonerai pour la remercier, s'obligea à dire Bethany, que la jalousie rongeait à présent comme un acide.

— Super. Tu sais, elle se doutait bien que ça te déglinguerait qu'on te crache le morceau après. C'est elle qui a insisté pour que je te raconte tout.

L'adolescente saisit la main de sa mère :

— Elle t'aime, tu sais. Et je veux pas que tu fâches encore avec elle à cause de moi.

Bethany baissa la tête – la fureur, peu à peu, cédait le pas à la honte.

— Elle a vraiment été top, poursuivit sa fille. Sans elle, et sans les douze jours qu'elle m'a permis de passer à Birdsong… Si tu voyais un peu ça comme c'est beau, comme c'est cool… J'aurais jamais eu le courage de rentrer ici et de t'annoncer la nouvelle.

Elle serra entre les siens les doigts de Bethany.

— Mais je voulais rentrer à la maison, je t'assure. J'avais besoin de toi. Mais je savais pas comment te présenter les choses.

Bethany ouvrit les bras, dans lesquels se jeta l'adolescente. Elles pleuraient en chœur à présent, non plus de chagrin, mais de joie. De joie et de soulagement. Enfin, elles étaient parvenues à resserrer les liens qui les unissaient jadis. Ensemble, elles allaient se tourner résolument vers l'avenir.

À peine entrée dans l'appartement, Fleur avait lâché ses bagages sur le sol, avant d'aller prendre une douche, longue et chaude. Elle avait ensuite enfilé un pull-over et un jean pour affronter les températures nettement plus basses qu'à Birdsong. Enfin, elle était descendue au parking de l'immeuble. Elle ne décolérait certes pas, mais il s'agissait à présent d'une colère froide. Et mouillée d'amertume. Elle avait achevé, dans l'avion, la lecture des lettres que Don avait renvoyées à sa sœur sans les lire. Elle se sentait prête à lui tenir tête.

La circulation automobile s'était fluidifiée et il avait cessé de pleuvoir. La jeune femme se dirigeait vers Caloundra. Parvenue à destination, elle pressa le bouton de la télécommande : la grille s'ouvrit. Elle se gara à côté de la jeep paternelle, prit le temps de se ressaisir avant de descendre de son véhicule – elle n'arriverait à rien si elle sortait de ses gonds.

Assis dans le salon, il lui tournait le dos. Debout sur le seuil, Fleur l'observa un moment.

Une bouteille de whisky trônait sur la table auprès de lui ; sur ses genoux, un journal était ouvert à la page hippique. Pour le reste, Don était absorbé par une course de trot attelé retransmise à la télévision, dont le son, réglé au maximum, ou peu s'en fallait, rendait insupportables les commentaires du speaker, de plus en plus frénétiques à mesure que se rapprochait la ligne d'arrivée. Au terme de la course, le vieil homme froissa dans son poing une liasse de tickets de pari, qu'il jeta ensuite sur le sol en jurant abondamment.

Fleur s'approcha du fauteuil, s'empara de la télécommande et éteignit le poste de télé.

– Qu'est-ce que… ?

Il se tourna, et ses traits rageurs se résorbèrent presque aussitôt en un sourire douceâtre.

— La prochaine fois, évite de t'approcher comme ça en catimini, fit-il d'une voix mal assurée. J'aurais pu claquer d'une crise cardiaque.

— Je suis seulement passée pour t'informer de mon retour, fit-elle en prenant place sur le canapé, face à son père.

Celui-ci la considérait d'un air méfiant.

— J'ignorais que tu étais partie.

— Faux. Tu as même annoncé à Margot que tu t'apprêtais à me rendre visite.

— Peut-être bien. J'ai oublié.

Il vida son verre, se resservit, avant d'agiter la bouteille de whisky en direction de sa fille :

— Tu en veux ?

Elle fit non de la tête :

— Pour quelle raison souhaitais-tu me voir ? Ce devait être drôlement important pour que tu aies failli entreprendre ce long voyage jusqu'au Gulf Country.

— Je craignais que tu ne sois pas en sécurité là-bas, c'est tout.

Il évitait le regard de sa cadette.

— Savannah Winds, voilà bien un endroit qui n'est pas fait pour les jeunes femmes comme toi.

— Je ne peux qu'admirer ta prévenance toute paternelle, commenta Fleur sur un ton glacé. J'ai d'autant plus de mal à comprendre pourquoi tu as finalement renoncé à ta petite escapade.

Il avala quelques gorgées d'alcool, fit tourner le reste du breuvage au fond de son verre.

— Ça fait deux bonnes semaines que je ne suis pas dans mon assiette. Le médecin m'a conseillé de renoncer à mon projet. Sinon, tu penses bien que j'aurais accouru au ranch ventre à terre.

— Tout est bien qui finit bien, en somme, car tu ne m'y aurais pas trouvée. Je séjournais dans la baie du Martin-Chasseur.

Il coula à son enfant, par-dessus le bord de son verre, un regard soupçonneux.

— Tiens donc…

— Eh oui.

Le silence s'installa entre eux et se prolongea. Don se sentait mal à l'aise, mais il n'était pas question pour la jeune femme de briser la glace la première.

— J'ai effectué quelques recherches sur cet endroit, finit-il par laisser tomber. Cette propriété vaut une fortune. Nous devrions nous associer. Toi, tu y fais construire un hôtel de luxe, dont je prends en charge la gestion. Bien entendu, nous nous partageons les bénéfices. L'argent coulerait à flots, tu peux me croire, et au bout d'un an ou deux, nous ferions la culbute en vendant le tout à un consortium immobilier.

— Jamais je ne toucherai à Birdsong. Ce lieu m'importe bien davantage que l'argent.

— Rien n'importe davantage que l'argent, railla son père.

Fleur prit tout son temps avant de lui répondre.

— Parle pour toi. Mais jamais l'argent ne remplacera l'amour d'une famille ni la loyauté d'une sœur.

— Je n'ai aucune envie de parler de ma sœur.

Il vida son verre, qu'il reposa avec bruit, les traits inflexibles.

— Parce que tu refuses de reconnaître qu'elle t'avait rendu l'argent dont votre père lui avait fait don ? Car elle l'a fait, n'est-ce pas ? Il y a déjà de très nombreuses années. Avec les intérêts, par-dessus le marché.

Don se raidit :

— Mensonges.

— J'ai apporté la preuve.

Et Fleur de brandir le reçu bancaire qu'elle avait déniché parmi les livres de comptes de sa tante.

Don détourna les yeux du document.

— Si ça se trouve, bredouilla-t-il, c'est un faux.

— Non. Et tu le sais aussi bien que moi. J'exige donc que tu fasses virer sur mon compte, d'ici lundi, la somme que tu m'as extorquée. Sinon, je t'intenterai un procès pour vol et escroquerie.

— Margot m'en a déjà fait voir de toutes les couleurs. Je ne me sens pas d'humeur à me prendre le chou avec toi.

— Et moi, je ne me sens pas d'humeur à être spoliée d'une partie de mon héritage. Tu ne pourras pas prétendre que je ne t'ai pas prévenu.

Elle plongea une main dans son sac à main :

— Tiens, c'est à toi, fit-elle en exhibant les lettres.

Cette fois, il se tourna vers elle, le regard agrandi et le teint blême.

— Bien sûr, tu ignores le contenu de la plupart d'entre elles, puisque tu n'as même pas eu la décence de les lire avant de les renvoyer à leur expéditrice.

Elle dénoua la ficelle qui serrait ensemble les missives, en préleva deux qu'elle montra à son père :

— En revanche, tu sais pertinemment ce qui se trouve dans ces deux-là.

— Je ne comprends pas un mot de ce que tu racontes.

— Si ta mémoire te fait à ce point défaut, je me ferai un plaisir de te les lire toutes les deux.

Fleur s'exprimait avec une impitoyable froideur.

— Donne-moi ça, aboya Don, en tentant de s'extirper de son fauteuil.

En vain – son poids, ainsi que la quantité de whisky qu'il venait d'ingurgiter, entravaient sa manœuvre.

— Pourquoi a-t-il fallu que tu fourres ton nez dans ces lettres ? haleta-t-il. Elles ne concernaient qu'Annie et moi.

— À cela près qu'elles parlaient de moi. Et de ma mère. J'ai tous les droits.

— Tu ne sais pas ce que tu racontes, tempêta-t-il, le visage à présent violacé.

Fleur agita sous le nez du vieillard la première lettre que sa sœur lui avait adressée :

— Annie t'informe là-dedans que Selina, sa filleule, avait préféré prendre la fuite pour se cacher, terrifiée à l'idée de ce que tu pourrais lui faire subir si tu parvenais à remettre la main sur elle.

— Fadaises ! Jamais je n'ai touché un cheveu de cette satanée bonne femme.

— Tu ne l'as peut-être pas frappée, mais je suis certaine que tu l'as agressée verbalement, que tu t'es rendu coupable de harcèlement moral. Et pourtant, elle a trouvé le courage de te quitter. En m'emmenant avec elle.

— Elle n'avait pas le droit de mêler Annie à cette histoire. Elle savait pertinemment que je ne le supporterais pas.

— Mais nous ne vivions pas chez ta sœur, qui avait déniché un endroit où elle estimait que nous serions en sécurité. Un lieu où ma mère pourrait s'occuper de moi sans mourir de peur.

Fleur considéra son père avec dégoût :

— Ce que tu ne tolérais pas, c'était que ma mère ait réussi à t'échapper avant d'aller demander de l'aide à ta sœur. Tu voulais à tout prix récupérer ce que tu estimais être à toi. Rien n'aurait pu t'arrêter.

Elle produisit cette fois la missive que Don avait adressée à Annie :

— Tout est là. Ton mépris, ta rage d'apprendre que Selina s'était réfugiée auprès de ta sœur. Et tes menaces. Tu as promis à ma mère de te venger d'elle si elle ne me renvoyait pas auprès de toi.

— Il fallait bien que je fasse comprendre à cette traînée que je n'étais pas du genre à me laisser marcher sur les pieds sans agir.

— Tu as donc engagé un détective privé.

De la tristesse passa dans sa voix, tandis qu'elle se rappelait la scène décrite par Annie…

— Il n'a pas mis bien longtemps à nous localiser. La savane est une zone à peu près désertique, au beau milieu de laquelle une jeune femme avec un bébé devient forcément l'objet de toutes les attentions. De toutes les spéculations aussi. D'autant plus que les parents de ma mère habitaient encore la région.

— J'ai fait ce que j'estimais être le meilleur pour toi ! rugit Don. Ta mère était mentalement instable, incapable de veiller sur toi. Je t'ai sauvée d'un sort funeste, je te prie de le croire. Tu ferais mieux de me remercier.

La jeune femme enchaîna comme si elle ne l'avait pas entendu :

— Accompagné d'une de tes nombreuses maîtresses, tu t'es rendu là-bas. Tu as attendu que la nuit tombe pour faire irruption dans la maison. Ma mère hurlait, je hurlais… Mais tu l'as repoussée, sans même t'apercevoir qu'elle s'était cogné la tête en tombant. Tu m'as saisie à l'intérieur de mon berceau, avant de disparaître dans les ténèbres.

Elle eut un sourire glacé :

— J'espère que j'ai au moins réussi à crier jusqu'à Brisbane à pleins poumons. Ça me contrarierait d'apprendre que ta greluche et toi avez fait bon voyage.

Lorsqu'il voulut se resservir en whisky, sa fille s'aperçut que la main de Don tremblait.

— Tu n'arrêtais pas de brailler. Toutes les nounous que j'embauchais devenaient folles. Bethany était la seule à pouvoir t'apaiser. C'est pour cette raison que j'ai fini par te confier à elle.

— Quand j'étais petite, reprit Fleur, la voix brisée par les émotions qu'elle s'efforçait de brider, tu m'as raconté que ma mère était morte.

— Je ne t'ai pas menti sur ce point.

— Mais tu m'as dit qu'elle était morte dans un accident de voiture. Ce n'était pas vrai.

Don demeura muet – il ne pouvait rien dire de plus pour sa défense.

— Annie t'a écrit pour t'informer que Selina était à deux doigts de craquer. Que si tu ne lui permettais pas de me voir, ou du moins de jouer un rôle dans mon existence, elle finirait probablement par commettre l'irréparable.

— Je t'ai déjà dit qu'elle était détraquée, railla-t-il.

Fleur brandit les lettres que son père avait renvoyées à sa sœur sans les lire.

— Annie t'a supplié d'accepter la garde partagée. Elle est même venue à Brisbane pour plaider la cause de Selina. Tu as refusé de l'écouter. Tu ne lui as même pas permis de franchir le seuil de ta maison.

– C'était pas ses oignons.

– C'est à ce moment-là qu'Annie t'a remboursé cet argent dont tu estimais que votre père t'avait privé. Elle brûlait sans doute sa dernière cartouche, dans l'espoir de te faire enfin entendre raison. Évidemment, ça n'a rien changé, et tu lui as claqué ta porte au nez.

Don ne souffla mot. De nouveau, il affichait un teint de craie.

– Ma mère a entamé une procédure de divorce, invoquant la cruauté dont tu avais fait preuve envers elle, et au moins quatre cas d'adultère. Son dossier était solide, et nul doute qu'elle aurait obtenu ma garde exclusive, si tu n'avais pas graissé la patte à quelqu'un pour qu'il vienne témoigner de sa faiblesse psychologique, ajoutant que c'était elle qui entretenait des liaisons extraconjugales, pas toi et, pour couronner le tout, qu'elle était une mauvaise mère.

– C'était la vérité ! s'emporta Don. Il suffit de penser à la manière dont ça s'est terminé.

Sa fille prit une profonde inspiration.

– En effet, dit-elle avec douceur. Ma mère s'est suicidée juste avant mon deuxième anniversaire, parce qu'elle m'aimait tellement qu'elle ne pouvait plus supporter de vivre loin de moi.

Des larmes l'aveuglaient, elle les chassa avec colère en clignant plusieurs fois des yeux – il n'était pas question de montrer à cette ordure que le drame l'affectait à ce point.

Don demeurait dans son fauteuil, posant sur sa fille un regard impassible.

— J'avais trois ou quatre ans le jour où tu m'as annoncé pour la première fois que ma mère ne m'aimait pas. Cinq, quand tu m'as affirmé qu'elle m'avait abandonnée pour démarrer une nouvelle vie au sein de laquelle je n'avais pas ma place. Elle ne voulait soi-disant pas s'encombrer d'un enfant en bas âge. J'avais sept ans lorsque tu m'as fait croire qu'elle avait trouvé la mort dans un accident de voiture. Tu as ensuite détruit tout ce qu'elle avait laissé derrière elle, y compris les photos. Je n'ai jamais su à quoi elle ressemblait. Et plus jamais je n'ai entendu prononcer son prénom.

Seule la respiration erratique et pesante de Don troublait le silence.

— En t'abstenant de réagir, tu avoues ta culpabilité, finit par déclarer Fleur avec dédain. Margot était forcément au courant de ce qui s'était passé, et je soupçonne Bethany d'avoir eu une petite idée sur la question. Comment as-tu réussi à les faire taire ? As-tu menacé de les déshériter ? As-tu acheté leur silence ?

L'homme s'agita dans son fauteuil. Toute agressivité avait déserté ses traits, comme s'il venait enfin d'admettre pour lui-même que s'obstiner à nier encore aurait été inutile.

— Bethany ne savait rien, déclara-t-il d'une voix rauque. Elle n'avait que seize ans, à l'époque, et je l'avais mise en pension.

— Et Margot ?

— Je n'ai pas pu faire autrement que de lui parler. Elle venait de plaquer son bon à rien de mari, si bien qu'elle était momentanément revenue vivre à la maison. Le jour où je suis rentrée avec toi, elle a exigé une explication.

Son visage s'illumina :

— On aurait dit un terrier. Elle fouinait partout, me bombardait de questions. Je lui ai raconté les mêmes bobards qu'à toi. A-t-elle fini par en découvrir davantage ? Et, si oui, s'est-elle confiée à Bethany ? Je n'en ai pas la moindre idée.

Fleur rangea les lettres dans son sac à main, puis se remit debout :

— Je vais demander une injonction d'éloignement, pour qu'il te soit interdit de franchir un périmètre de trente kilomètres autour de mes propriétés. Je compte par ailleurs sur ton avocat pour qu'il prenne contact avec le mien afin que soit annulée l'action que tu as entreprise pour contester le testament d'Annie. Je te le répète, l'argent que tu m'as volé devra réapparaître sur mon compte d'ici lundi. Dans le cas contraire, tu sais à quelles poursuites tu t'exposes.

Elle baissa les yeux vers lui :

— Je ne veux plus jamais te voir ni t'entendre.

— Mais, Fleur…, protesta-t-il. Tu es ma fille. Tu ne peux pas…

La jeune femme referma la porte dans son dos, avala, dehors, l'air de la mer à grands traits. La vérité qu'Annie lui avait révélée par-delà le tombeau l'avait assommée, mais désormais, elle se sentait plus légère. Plus libre. Sa mère l'avait aimée, elle le savait aujourd'hui. C'était plus qu'elle n'en espérait.

Ayant quitté l'hôpital, Greg regagna en hâte son appartement de location. S'il n'y prenait garde, il risquait de faire attendre Carla. Il se doucha, se changea, consulta sa boîte aux lettres électronique…

Enfin, il se dirigea vers le restaurant où les jeunes gens avaient rendez-vous.

— Fleur rentre dimanche, annonça-t-il joyeusement à la thérapeute, tandis qu'ils consultaient la carte. Elle veut me voir. Elle souhaite que nous discutions.

Carla était superbe, ce soir-là. La flamme des chandelles faisait luire avec douceur son regard sombre et sa peau mate. Ses cheveux, dont l'extrémité des boucles effleurait joliment son visage, tombaient sur ses épaules.

— C'est merveilleux, commenta-t-elle. Je suis ravie que vous vous sentiez enfin capable de vous entretenir avec elle.

Il lui sourit.

— C'est à vous que je le dois. Les épreuves que j'ai endurées autrefois resteront en moi, forcément, mais maintenant, je les comprends mieux, et j'ai appris à vivre avec elles.

Il lui prit la main.

— Merci, Carla. Les mots me manquent pour vous dire combien je vous suis reconnaissant de ce que vous avez fait pour moi.

— Ne me remerciez pas, voyons… Si nous mangions, maintenant ? Je meurs de faim.

Ils commandèrent des spaghettis à la bolognaise, ainsi que de la salade et une bouteille d'excellent vin rouge. Greg consommait rarement de l'alcool – il avait vu sa mère sombrer peu à peu dans la boisson, cela avait laissé des traces –, mais, ce soir, il se laissait séduire par le goût fruité du breuvage et l'ambiance chaleureuse du troquet.

— Je devrais inviter Fleur ici, murmura-t-il. Je suis certain que cet endroit lui plairait.

Le serveur ayant apporté leurs assiettes, ils se turent.

— J'ai une bonne nouvelle à vous annoncer, moi aussi, fit enfin Carla. Mon mari demande toujours le divorce, mais il renonce à réclamer la garde exclusive des enfants.

Elle eut un mince sourire crispé :

— Je crois que sa petite amie a compris qu'elle aurait du mal à supporter deux petits garçons turbulents dans son bel appartement. S'occuper de Filipe représente déjà un travail à temps plein.

— Comment vivez-vous la procédure de divorce ?

Elle haussa les épaules avec élégance, avala une gorgée de vin.

— En bonne catholique, j'ai du mal à l'accepter.

Elle posa son verre et, comme elle plongeait son regard dans celui du chirurgien, ce dernier constata qu'elle était bouleversée.

— Mais notre mariage est terminé, c'est un fait. Nous nous sommes jeté trop de vacheries à la figure au cours de nos disputes, et nous n'éprouvons plus grand-chose l'un pour l'autre. Il préfère sa nouvelle petite amie à ses fils et moi. Il est déjà en train de passer à autre chose. D'ailleurs, je ferais bien d'en faire autant.

— Les relations, c'est affreusement compliqué, n'est-ce pas ?

Elle opina – une mèche de cheveux effleura ses cils humides.

— Quelle idiote…, souffla-t-elle. Je m'étais pourtant promis de ne pas pleurer.

Greg, à nouveau, saisit la main de la thérapeute dans la sienne.

— Vous êtes une femme magnifique, dit-il doucement. Et bourrée de talent. Si je n'étais pas aussi épris de Fleur…

Il émit un sourire timide :

— Filipe est le dernier des imbéciles.

— Vous avez raison.

Sur quoi elle planta sa fourchette avec résolution dans son plat de spaghettis.

— Je me réjouis que nous soyons devenus amis, Greg, mais vous vous doutez bien qu'il s'agit de la dernière fois que nous dînons ensemble ? La situation est déjà suffisamment délicate entre Fleur et vous. Elle risquerait de ne pas comprendre que nous entretenons une relation purement platonique.

— Nos tête-à-tête en dehors de l'hôpital me manqueront, mais je suis d'accord avec vous.

Il leva son verre. Lorsqu'ils trinquèrent, le cristal tinta.

— Je bois à l'avenir, déclara Greg.

— À l'avenir, murmura Carla.

Ils burent, puis échangèrent un sourire avant de se remettre à manger.

Ni l'un ni l'autre ne vit Fleur les observer à travers les vitres embuées. Ils ne virent pas davantage un profond chagrin se peindre sur ses traits avant qu'elle détourne la tête pour se mettre à courir sur le trottoir.

12

Fleur avait eu envie de lui faire une surprise, car, impatiente de retrouver Greg au terme de leur longue séparation, elle espérait que sa soudaine apparition les mènerait plus vite à une réconciliation.

Elle s'était garée non loin de l'immeuble où le jeune homme louait un appartement et, comme elle passait devant le restaurant italien, elle avait instinctivement tourné la tête… Elle les avait aussitôt repérés.

Elle ignorait comment elle était parvenue à rentrer chez elle sans encombre car, au volant de sa voiture, elle sentait la douleur la paralyser presque, tandis que ses larmes l'aveuglaient. Elle venait de vivre la pire journée de sa vie et, après sa terrible confrontation avec son père, découvrir ainsi Greg en compagnie d'une femme représentait une trahison supplémentaire, dont elle songeait qu'elle ne se relèverait pas.

Elle pénétra en titubant dans l'appartement, se laissa tomber sur le canapé où elle enfouit son visage parmi les coussins. Elle avait le cœur terriblement lourd, tandis qu'un désespoir d'un noir d'encre la submergeait à mesure qu'elle rejouait pour elle seule la petite scène romantique à laquelle elle venait d'assister. Dans ses mails, Greg évoquait souvent Clara, sa prétendue thérapeute. Si c'était avec elle qu'il avait dîné ce soir – et il ne pouvait raisonnablement s'agir que d'elle –, Fleur ne s'étonnait pas qu'il se fût bien gardé de préciser qu'elle était splendide, et qu'il avait fini par nouer avec elle des liens étroits.

Il lui avait tenu la main, puis ensemble ils avaient trinqué, échangeant un sourire en portant un toast. À quoi donc, ce toast ? À leur avenir commun ? À leur liaison ? À l'habileté dont ils avaient fait preuve en se jouant d'elle dès qu'elle avait eu le dos tourné ?

Lorsque ces cogitations menacèrent de la rendre folle, elle s'assit, déterminée à maîtriser enfin ses émotions.

— Comment a-t-il osé ? maugréa-t-elle en se ruant dans la chambre. Après m'avoir expédié tous ces messages de crapaud mort d'amour… Après m'avoir affirmé qu'il voulait que nous construisions notre avenir ensemble. Je vais lui montrer de quel bois je me chauffe.

Elle ouvrit à toute volée le dressing, dont elle extirpa les quelques vêtements que Greg y avait laissés. Les ayant jetés sur le sol, elle y ajouta les chaussures, les cravates… Elle fourra le tout dans un sac-poubelle, dont elle noua le lien avec violence avant de le déposer auprès de la porte d'entrée.

— Tu veux Carla ? haleta-t-elle. Dans ce cas, tu vas d'abord me faire le plaisir de me débarrasser de toutes ces saloperies.

Mais lorsqu'elle regagna la chambre, où les cintres nus se balançaient à la tringle de l'armoire, et où les tiroirs désespérément vides bâillaient… Sa colère retomba d'un coup. Alors qu'elle demeurait plantée là, au beau milieu de la pièce, le téléphone se mit à sonner.

Fleur se jeta sur le lit pour plaquer un oreiller contre son crâne dans l'espoir de réduire au silence ce tintamarre importun, qui ne cessait plus. Hélas… On avait dû éteindre le répondeur, de sorte que la jeune femme, excédée, finit par décrocher.

— Que me voulez-vous ? aboya-t-elle.

— Fleur ? Ici Bethany. Est-ce que tout va bien ?

La jeune femme se ressaisit sur-le-champ :

— Oui, oui, je vais bien. Tu m'as surprise, c'est tout.

— Tu as une drôle de voix.

Fleur se barricada dans le silence, priant pour que sa sœur ne s'apprêtât pas à lui passer un savon concernant l'aide qu'elle avait récemment apportée à Mélanie.

La mère de celle-ci se racla la gorge :

— Je voulais simplement te remercier pour avoir ramené Mélanie à la maison. Merci aussi d'avoir pris soin d'elle. Je te suis très reconnaissante, tu sais.

Fleur exhala un soupir de soulagement.

— Ça m'a fait plaisir. Elle a eu beaucoup de chance que je me sois justement trouvée si près de Cairns.

— Je sais… Écoute, Fleur…, lâcha-t-elle dans un souffle. Je suis navrée de m'être emportée le jour de la signature du contrat. C'était méchant de ma part. Je ne suis vraiment pas fière de moi, tu peux me croire. Depuis, j'ai compris que tu n'avais que le bien-être de ma petite fille en tête. Je comprends aussi que, parfois, elle éprouve plus de facilité à s'adresser à quelqu'un de plus jeune que moi. Acceptes-tu de faire la paix ?

— Bien sûr que oui, Bethany. Jamais je n'ai voulu te faire de mal.

L'adolescente avait-elle trouvé le courage d'apprendre à sa mère qu'elle était enceinte ?…

— Elle m'a expliqué, pour le bébé, déclara Bethany, comme si elle venait de lire dans les pensées de sa cadette. Elle va rester chez nous, elle est d'accord. Je pourrai m'occuper d'elle, m'assurer qu'elle se rend à tous ses contrôles médicaux, et qu'elle se nourrit comme il faut. Lorsque la date de l'accouchement approchera, elle prendra sa décision.

La quinquagénaire soupira.

— Je lui ai promis de la soutenir, quelle que soit la solution qu'elle retiendra. Et je la soutiendrai, je t'assure. Même si je suis obligée de prendre soin de cet enfant quand elle entrera à l'université.

— Je suis vraiment contente que les choses s'arrangent entre vous. Mélanie a de la chance d'avoir une mère telle que toi. Comment Clive a-t-il pris la nouvelle ?

— Nous ne lui avons encore rien dit, mais il sera bien obligé d'accepter la situation.

Fleur fronça les sourcils. Il y avait de la sécheresse dans la voix de son aînée – s'était-elle disputée avec son époux ? Cette hypothèse l'attrista. L'avenir, décidément, s'assombrissait à vue d'œil pour toute la famille…

— Tu es sûre que tout va bien, Fleur ? Tu m'as l'air un peu déprimée.

La jeune femme n'avait pas prévu d'aborder le sujet par téléphone, mais puisque l'occasion s'en présentait…

— J'ai rendu visite à papa pour lui parler de certaines lettres que j'ai trouvées à Birdsong. Je sais maintenant tout ce qui s'est passé lorsque je n'étais encore qu'un bébé. Je sais ce qu'il a fait.

— Oh…

Et Bethany de pousser un très lourd soupir.

— Je me demandais si Annie t'avait laissé de quoi rétablir la vérité…

— Tu savais donc que ma mère ne m'avait pas abandonnée ? Et qu'elle s'est suicidée à cause des agissements de notre père ?

Sa demi-sœur glapit – elle accusait le coup :

— J'ignorais qu'elle était morte de cette façon. Je te le jure. J'ai toujours cru qu'elle s'était tuée dans un accident de la route.

Elle enchaîna d'une voix mal assurée :

— J'étais pensionnaire, à l'époque, mais quand j'ai demandé à Margot la raison pour laquelle tu étais revenue chez nous sans ta mère, elle m'a répondu que Selina ne désirait pas te garder auprès d'elle.

— C'était un affreux mensonge, commenta Fleur en serrant plus fort le combiné. Il m'a kidnappée, ni plus ni moins. Ensuite, Annie et ma mère ont remué ciel et terre pour me récupérer.

— Je savais qu'Annie était venue chez nous, avoua Bethany. Je l'ai vue depuis l'une des fenêtres de l'étage, et en tendant l'oreille, j'ai partiellement entendu ce qu'elle disait. C'est à ce moment-là que j'ai compris que papa nous avait caché beaucoup de choses.

Elle soupira lourdement.

— J'ai demandé à Margot de tout me raconter, mais, évidemment, elle ne connaissait de cette histoire que la version fournie par notre père. Autrement dit, pas grand-chose. Elle a découvert bien plus tard qu'il t'avait enlevée à ta mère.

— Pourquoi avoir continué à vous taire ?

— Oh, Fleur… Tu étais encore si jeune à l'époque. Ensuite, quand nous avons appris la mort de Selina, Margot et moi avons compris qu'il n'était plus rien que nous puissions faire pour changer ce qui s'était passé. Nous avons donc décidé de tout garder pour nous.

— Je vois…

La jeune femme se sentait soudain vidée de toute émotion.

— Je suis navrée, insista sa sœur. Mais si tu avais été mise au courant plus tôt, crois-tu que cela aurait changé quoi que ce soit ? Margot et moi avons tout fait pour te materner. Enfin… Disons que c'est surtout moi qui me suis occupée de toi. Les nounous engagées par papa faisaient bien leur travail, mais c'était des femmes rigides, plutôt coincées, qui ne croyaient pas aux vertus des câlins ni des berceuses… Alors… J'ai pris les choses en main, en tâchant de compenser le manque d'amour de notre père.

— Tu as été formidable. En revanche, plus jamais je n'adresserai la parole à papa.

— Margot m'a dit la même chose, murmura Bethany. Ils ont eu une terrible dispute. Dans une certaine mesure, j'ai presque de la peine pour lui.

Son ton s'égaya lorsqu'elle rapporta à sa jeune sœur les détails du coming out de leur aînée, puis de la fête de départ qu'elle allait organiser avant d'embarquer, avec sa compagne, pour une croisière autour du monde.

— La réception aura lieu la semaine prochaine. Tu viendras ?

— J'ai prévu de quitter Brisbane d'ici vingt-quatre heures au plus tard. Je veux me rendre à Savannah Winds, où je pourrai me recueillir sur la tombe de ma mère.

Bethany, une dernière fois, présenta ses excuses à sa cadette, puis raccrocha, et Fleur songea aux journaux intimes qu'elle avait apportés avec elle.

Elle les sortit de sa valise pour les poser sur sa table de chevet avant d'aller prendre une douche. Une demi-heure plus tard, elle se tenait allongée sur son lit, rehaussée par plusieurs oreillers. Elle tendit la main vers le cahier dont elle supposait qu'enfin, il lui apprendrait ce qu'il était advenu de Sam. Tout compte fait, elle ne l'ouvrit pas. Trop abattue… Et cet appartement, trop vide et trop silencieux… Elle tourna le dos à l'armoire délestée de son contenu, enfouit une fois encore sa tête dans l'un des oreillers, se pelotonna, se replia sur sa solitude et son chagrin.

Fleur ouvrit les yeux au terme d'une nuit agitée pour constater qu'il était encore très tôt. Elle avait fait des rêves à la fois confus et suffisamment précis pour lui rester en mémoire, pour la tarauder avec la même vigueur qu'un souvenir authentique. Elle avait vu Sam et Djati durant leur long périple qui, finalement, les avait menés à Savannah Winds. Elle avait vu sa mère se cacher, à chaque instant dévorée par la peur. Vu son père l'emporter loin d'elle. Elle avait vu Greg trinquer avec cette femme… D'autres images, cependant, l'avaient au contraire apaisée. Ainsi était-elle retournée en songe à Birdsong, auprès de Blue, dont elle jugeait la compagnie rassurante.

Pour un peu, la jeune femme aurait encore entendu la voix de l'homme à son oreille. Elle ferma les paupières – tout se passerait bien, lui affirmait-il. Il était temps pour elle, ajoutait-il, de découvrir Savannah Winds.

Sombrait-elle doucement dans la folie après les épreuves qu'elle avait traversées au cours de ces dernières vingt-quatre heures ?... Évidemment, Blue ne s'était pas adressé à elle. Seul son inconscient lui parlait...

Elle se leva, se prépara. Ses projets de voyage à Savannah Winds étaient provisoirement tombés à l'eau lorsqu'elle avait accueilli Mélanie à Birdsong, mais désormais, plus rien ne la retenait à Brisbane.

Après avoir parcouru le courrier arrivé en son absence, elle écouta les messages déposés sur le répondeur téléphonique. La plupart émanaient de Don, et elle les effaça les uns après les autres, dès qu'elle identifiait sa voix. Deux cabinets d'architecte lui proposaient chacun un entretien d'embauche. Elle détruisit également ces deux messages, avant d'enregistrer une annonce informant ses correspondants éventuels qu'elle s'apprêtait à quitter la ville. Elle prépara ensuite du café fort.

Elle se sentait un peu mieux. Elle composa le numéro de téléphone de Savannah Winds, que Jacintha lui avait confié. Les sonneries succédèrent aux sonneries mais, comme elle s'apprêtait à raccrocher...

— Bonjour, ici Savannah Winds.

Une voix d'homme. Profonde. Essoufflée. Amicale cependant.

— Bonjour, je m'appelle Fleur Franklin... J'ignore si on vous a déjà parlé de moi et si on vous a prévenu que j'allais sans doute prendre contact avec vous…

— Bonjour mademoiselle Franklin, répondit l'inconnu avec chaleur. Je finissais par me demander quand vous m'appelleriez. Ici Djati Wishbone. Pardon d'avoir mis tout ce temps à vous répondre, mais j'étais en train d'aider les gars à marquer les bouvillons et, à cette distance, on n'entend pas toujours la sonnerie.

Fleur sourit de toutes ses dents. Djati pouvait avoir aujourd'hui quatre-vingts ans, mais à l'évidence, il se portait bien.

— Enchantée, Djati. Je suis ravie de vous parler enfin. J'ai l'intention de me rendre au ranch d'ici deux jours au plus tard. Quel est, pour moi, le meilleur moyen d'arriver jusqu'à vous ?

— Ça fait une trotte. Si vous avez un 4x4, vous devriez vous en sortir. Nous sommes à la saison sèche, la plupart des routes sont praticables. Cela dit, je vous le déconseille. Une femme seule aurait tort de se risquer dans une telle aventure.

— Je vois… Que suggérez-vous ?

— Prenez donc un avion pour Cloncurry. Si vous m'indiquez la date et l'heure de votre arrivée, je demanderai à quelqu'un d'aller vous chercher. À condition de m'avertir au moins une journée à l'avance.

Fleur sentait un bel enthousiasme la gagner peu à peu, cela chassait son désarroi :

— Est-ce que tout va bien, là-bas ? Souhaitez-vous que j'apporte quelque chose ?

— Nous avons fait une bonne saison. Le troupeau s'agrandit, et le prix de la viande de bœuf ne cesse de grimper. Pour ce qui est des provisions… (Il gloussa.) Je ne dirais pas non à quelques paquets de café, de la confiture et de la pâte à tartiner. Cela dit, une fois par mois, le train routier nous ravitaille. Vous pourriez aussi offrir des sucettes aux gamins, si ça vous dit, et une poignée de fanfreluches pour ces dames – des petits plaisirs, ici, elles n'en ont pas souvent.

Fleur s'empara d'un carnet et d'un stylo à bille.

— Combien de femmes et d'enfants vivent à Savannah Winds ?

Djati demeura longuement silencieux, comme s'il s'accordait le temps de la réflexion.

— En ce moment… Douze gosses et huit femmes. Dans deux mois, deux bébés viendront au monde, et mon petit-fils ne va pas tarder à se marier – la famille devrait s'agrandir encore pendant l'année qui vient.

— Eh bien, dites donc, quelle grande famille vous avez là…

— En effet.

Il se donnait à entendre dans son ton une infinie tendresse :

— On peut dire que je suis un sacré veinard.

— Je vous rappellerai quand j'aurai réservé mon billet d'avion. J'ai vraiment hâte de faire votre connaissance à tous.

Elle hésita l'espace d'un instant :

— Blue ne se trouve pas auprès de vous, n'est-ce pas ?

— Blue ?

Le silence se fit de nouveau, et lorsque Djati reprit la parole, il s'était glissé dans sa voix une méfiance qui surprit son interlocutrice :

— Comment se fait-il que vous connaissiez Blue, mademoiselle Franklin ?

— Je l'ai rencontré à Birdsong, l'autre propriété d'Annie. Il m'a informé qu'il vous rendait visite environ deux fois par an. Je me demandais simplement s'il avait prévu de venir bientôt. C'est que… Je n'ai pas eu l'occasion de lui dire au revoir.

— J'en suis bien désolé, mademoiselle Franklin, mais je ne peux pas vous dire s'il a l'intention de pointer bientôt le bout de son nez.

Ravalant sa déception, la jeune femme conclut la communication en indiquant qu'elle lui fournirait le soir même tous les détails relatifs à son vol.

Il ne restait pas la moindre place pour Cloncurry, au départ de Brisbane, avant la fin de la semaine suivante. Fleur réserva donc un billet pour Townsville le lendemain matin à la première heure. Elle y passerait la nuit, avant de prendre un vol de nuit pour Cloncurry le lundi. L'employée de l'agence de voyages lui dénicha une chambre d'hôtel au Coolabah Inn, dont elle lui vanta la propreté et le sérieux de la propriétaire.

Ayant raccroché, la jeune femme exhala un profond soupir de soulagement. Bientôt, elle aurait déguerpi – le risque s'amoindrissait pour elle de tomber malencontreusement sur Greg. Après avoir passé un bref coup de fil à Jason, au cours duquel les deux amis prirent leurs dispositions pour déjeuner ensemble, Fleur s'empara de son sac à main et de son parapluie, prête à effectuer quelques emplettes pour la grande famille de Djati.

*

Samedi matin. La pluie frappait si violemment le pare-brise que les essuie-glaces peinaient à la chasser au fur ct à mesure. Un peu plus loin dans la rue, un camion avait perdu sa marchandise – un embouteillage s'était formé. Des employés municipaux s'affairaient pour déboucher les égouts… On poussait des cris, on gesticulait, les klaxons s'en donnaient à cœur joie…

Greg se rendait, pour la journée, à une conférence médicale. Ce retard l'exaspérait, les phrases de la communication qu'il prononcerait dans l'après-midi tournoyaient à l'intérieur de son crâne, le temps s'écoulait à toute allure… Il lui sembla soudain reconnaître Fleur en train de marcher sur le trottoir opposé.

Il manqua d'emboutir l'arrière de la voiture située devant la sienne, tandis qu'il se dévissait le cou pour tenter de voir le visage de la jeune femme sous son parapluie jaune vif. Longue chevelure sombre, petite silhouette menue louvoyant entre les passants. Mais… Fleur n'était censée regagner Brisbane que le lendemain. Greg avait dû se méprendre.

Mais alors qu'il demeurait là, prisonnier de son véhicule, tambourinant du bout des doigts sur le volant, il vit reparaître l'inconnue. Cette fois, le doute n'était plus permis. Il abaissa la vitre de sa portière, sortit la tête sous l'averse :

— Fleur ! s'écria-t-il. Par ici !

Elle poursuivit imperturbablement son chemin. Greg s'essuya le visage au moyen d'un mouchoir. La jeune femme n'avait rien entendu.

Il chercha une place libre, désespérant par avance, un jour comme celui-là, d'en dénicher une. Puis, peu à peu, la chaussée se désengorgea. Il reprit courage. À ce rythme, peut-être réussirait-il à rattraper Fleur. Hélas… Déjà, le feu passait de nouveau au rouge. Empruntant une rue adjacente, elle disparut à sa vue.

Greg allait arriver en retard… Il appela l'hôtel où se tenait la conférence, exposa son problème au réceptionniste, qui lui apprit que les autres participants ne se trouvaient pas mieux lotis que lui – la conférence débuterait une heure plus tard que prévu.

Moins nerveux à présent, il tenta de joindre Fleur sur son téléphone portable: elle l'avait éteint. Il appela à l'appartement et laissa un message. Pour quelle raison était-elle rentrée plus tôt? Se languissait-elle de Brisbane? Un drame s'était-il produit dans sa famille? À moins… à moins qu'elle ne brulât de le retrouver, lui, Greg… Mais, dans ce cas, pourquoi ne lui avait-elle pas téléphoné?

Parvenu devant l'hôtel, il demeura un moment dans sa voiture, la cervelle en ébullition, puis s'empara de son portable. Il avait réservé, pour lundi soir, une table dans le petit restaurant où il avait dîné pour la dernière fois avec Carla. Le lundi matin, des fleurs seraient livrées à l'appartement, accompagnées d'un billet indiquant à la jeune femme l'heure et le lieu de leur rendez-vous. Mais, puisqu'elle était déjà là, autant faire avancer la livraison: le fleuriste passerait dans la journée.

Il enfila ensuite son imperméable, récupéra sa mallette. Il pleuvait, certes, et de lourds nuages gris passaient dans le ciel, mais Greg était heureux, comblé à la perspective de retrouver bientôt sa compagne.

*

Fleur n'avait pas chômé. Durant plusieurs heures elle, avait écumé les grands magasins en quête de cadeaux susceptibles de plaire aux enfants et aux femmes dont elle s'apprêtait à faire la connaissance. Elle en profita pour s'attarder dans les rayons des articles pour bébé – elle contempla longuement, avec mélancolie, les chaussons, les vêtements minuscules, les ours en peluche et le linge de berceau. Ayant fini par admettre que cela lui faisait assurément plus de mal que de bien, elle se rendit chez un marchand de tissus où elle choisit diverses étoffes dont les dames de Savannah Winds pourraient faire des robes ou des jupes – Fleur acheta encore des cotonnades, des rubans et de la dentelle.

Sa tâche l'avait à ce point absorbée qu'elle arriva en retard à son déjeuner en compagnie de Jason. Après les potins d'usage, le jeune homme lui apprit que son nouvel emploi le satisfaisait, qu'Enrique se révélait, chaque jour davantage, un compagnon charmant, et qu'ils venaient de réserver leurs prochaines vacances à Bali. Jason ne se tenait plus de joie : le cabinet au sein duquel il travaillait venait de décrocher le contrat pour la construction du centre commercial de Mooloolaba, et c'est lui qu'on avait chargé de diriger l'équipe qui mènerait le projet à bien.

Fleur s'abstint de lui confier ses tourments. Elle se réjouissait de le voir heureux, au point qu'elle fut tentée d'accepter sa proposition de se joindre à Enrique et lui pour prendre quelques verres dans un bar tapageur avant l'heure du dîner. Maintenant, tandis qu'elle ferraillait dans l'ascenseur avec ses sacs, ses boîtes en carton, son parapluie trempé et son sac à main, elle se félicitait d'avoir décliné l'invitation. Elle n'avait plus qu'une envie : se débarrasser de ses souliers, se sécher, puis se laisser tomber sur le canapé devant une émission stupide à la télévision.

Comme elle s'extrayait de l'ascenseur, chargée comme une mule, elle tomba nez à nez avec un énorme bouquet que quelqu'un avait déposé à sa porte. Elle approcha, abandonna ses paquets sur le sol, récupéra la carte accompagnant les fleurs.

> Ma chérie,
>
> Tu m'as tellement manqué… J'ai hâte de te revoir. J'ai réservé une table pour lundi, à 19 h 30, à La Riviera, et j'espère de tout cœur que cette soirée ensemble marquera le début d'un avenir lumineux, main dans la main.
>
> Avec tout mon amour,
> Greg

La jeune femme fourra le billet dans la poche de son imperméable, introduisit la clé dans la serrure de la porte d'entrée, laissa le bouquet où il était, transporta ses emplettes dans l'appartement, dont elle claqua la porte derrière elle.

Elle ôta son imperméable détrempé, qu'elle suspendit à un cintre dans la salle de bains, avant de se sécher les cheveux avec une ardeur rageuse. Greg ne manquait décidément pas d'air : réserver une table à l'endroit même où il avait dîné avec Carla ! Quel jeu était-il en train de jouer ?…

Elle s'affairait en cuisine, refermait avec bruit les portes des placards, entrechoquait les tasses, renversait les sachets de thé… Jamais elle ne l'aurait cru capable d'une telle perversité. Et pourtant… Elle l'avait vu avec cette femme. Il était odieux. À l'évidence, elle ne le connaissait pas du tout.

Elle prépara du thé, mais le breuvage était trop chaud, et ses mains tremblaient si fort qu'elle se brûla. Elle courut passer ses doigts meurtris sous l'eau froide du robinet, lançant au passage un regard noir à la pluie qu'elle voyait tomber obstinément à travers la vitre. Comme elle se sentirait soulagée lorsqu'elle se trouverait loin d'ici. Loin de ces averses d'automne. Loin des affreux mensonges de Greg.

Une fois dans le salon, elle remarqua le voyant qui clignotait sur le répondeur. Elle en pressa le bouton. La voix du jeune homme s'éleva dans la pièce.

– Salut, Fleur. J'ai été surpris de te croiser en ville ce matin. J'espère que tu n'es pas rentrée plus tôt à cause de quelque chose de grave. Puisque tu es à Brisbane, j'aimerais vraiment que tu m'appelles. Je participe à une conférence toute la journée, mais tu peux toujours me laisser un message. J'espère que les fleurs te plaisent. Au revoir, ma chérie. Je t'aime.

Après quelques instants d'hésitation, la jeune femme effaça le message. Un bouquet, des coups de téléphone, des courriels… Tout cela ne l'excusait en rien. S'il avait l'intention de la quitter pour l'autre, pour quelle raison n'avait-il pas au moins le cran de le lui annoncer ?

Posant un œil sur le sac poubelle au fond duquel elle avait fourré ses vêtements la veille, elle décida de les ranger plutôt dans une valise, après quoi elle remisa ses guitares dans leurs étuis respectifs, composa enfin le numéro de la conciergerie.

— Je souhaite faire livrer un certain nombre d'objets par coursier. À Brisbane. Pouvez-vous m'envoyer quelqu'un pour les récupérer ?

— Personne ne viendra avant lundi, mademoiselle. Il est plus de 18 heures.

Fleur consulta sa montre, laissant échapper une plainte.

— Je pars très tôt demain matin. Si vous pouviez garder ces affaires dans votre bureau jusqu'à lundi, ce serait formidable.

En attendant l'arrivée de l'employé, elle rédigea un petit mot, qu'elle glissa à l'intérieur de la valise. Le jeune homme frappa, Fleur lui confia l'adresse de Greg, puis le regarda empiler la valise et les guitares sur son chariot, qu'il poussa ensuite dans l'ascenseur.

La jeune femme referma la porte derrière elle, se versa un verre de vin, puis commença ses bagages. Si elle s'activait, elle ne penserait plus à Greg. Ni à Carla. Non plus qu'aux rêves brisés, aux promesses en l'air qu'il avait eu le culot de lui faire au cours de ces dernières semaines.

Il était près de minuit lorsque le chirurgien regagna son appartement. Il écouta ses messages – des amis lui proposaient de dîner ensemble ou de participer à un match de football au profit d'une association caritative. On lui suggérait aussi une sortie en voilier dimanche matin. En revanche, aucune nouvelle de Fleur.

Le garçon poussa un soupir à fendre l'âme. Peut-être le fleuriste n'avait-il pas livré le bouquet. Peut-être la jeune femme n'avait-elle pas encore regagné son appartement. Ou bien elle dînait en compagnie de son ami Jason. Ou peut-être attendait-elle de le voir lundi soir pour lui confier ses impressions…

Il se coucha, fixant les ténèbres. Il brûlait de lui téléphoner, d'entendre sa voix… Mais il était beaucoup trop tard… Et puis, si elle souhaitait se donner un peu de temps d'ici lundi, il se devait de respecter son silence.

Fleur quitta son domicile à l'aube, au terme d'une autre nuit agitée durant laquelle le sommeil n'avait cessé de la fuir. Elle n'avait pas même éprouvé l'envie de se replonger dans les journaux intimes de sa tante. Elle les avait rangés dans sa valise – elle les lirait à tête reposée.

Un taxi la conduisit à l'aéroport, où elle attendit brièvement son vol. Moins de quatre heures plus tard, elle déambulait sous le soleil de Townsville.

La vaste avenue longeait la côte, offrant une vue superbe sur Magnetic Island. Des palmiers bordaient la voie, ainsi que des pelouses verdoyantes. On se dirigeait vers la marina. D'élégantes demeures anciennes se dressaient au bord de la plage, et la jeune femme fit halte pour admirer le monument érigé à la mémoire des aviateurs et des marins ayant perdu la vie durant la bataille de la mer de Corail.

Elle retrouvait les Tropiques avec bonheur, le parfum des fleurs exotiques flattait sa narine, tandis que les oiseaux de mer tournoyaient au-dessus de sa tête. Elle commençait de se détendre un peu… Elle finit par s'installer dans un petit restaurant, cernée de touristes enthousiastes, contemplant la vue devant un verre de vin blanc et une salade de langoustines.

Greg s'était levé tôt, trop pressé de s'entretenir avec Fleur pour patienter jusqu'à lundi. Il tenta de lui téléphoner à l'appartement une bonne douzaine de fois. En vain. Il finit par appeler le concierge de l'immeuble.

— Je suis navré, monsieur Mackenzie, mais mademoiselle Franklin a pris un taxi vers 5 heures ce matin.

Le pouls de Greg s'accéléra :

— Savez-vous où elle se rendait ?

— Je n'en ai pas la moindre idée, mais elle avait deux grosses valises avec elle. Par ailleurs, monsieur Mackenzie, elle m'a demandé de vous faire parvenir lundi, par coursier, un certain nombre de choses. Désirez-vous venir les chercher vous-même ?

Le jeune homme luttait de toutes ses forces contre sa profonde déception :

— Quel genre de choses ?

— Il y a une valise, trois guitares et un gros bouquet de fleurs.

Il discerna de la compassion dans la voix du concierge.

Greg se laissa tomber sur une chaise.

— Je vais venir les récupérer.

Après avoir raccroché, il resta longtemps immobile. Il lui semblait qu'un étau lui serrait le cœur, et tout espoir l'avait déserté. Elle avait refusé ses fleurs. Elle ne supportait même plus de voir autour d'elle les objets qui lui appartenaient… Pourtant, dans ses mails… Comment un pareil revirement était-il possible ?

Le jeune homme se mit à faire les cent pas dans son logement exigu. Deux grosses valises ? Cela signifiait qu'elle comptait s'absenter un bon moment. Était-elle retournée à Birdsong ? Si oui, pour quelle raison ? Elle venait à peine de rentrer à Brisbane. Il s'était forcément passé quelque chose.

Il songea un instant à appeler Don, y renonça presque aussitôt. Mais quelqu'un d'autre pouvait être au courant… Il composa un numéro.

— Bonjour, Bethany. Greg à l'appareil.

— Oh, bonjour, Greg, répondit-elle, surprise. Est-ce que Fleur va bien ? Quand je l'ai appelée hier soir, elle n'avait pas l'air dans son assiette. J'ai eu peur que sa prise de bec avec papa l'ait rendue malade.

— Il faut avouer que cette bataille autour du testament lui a laissé un goût amer. Mais c'est une battante. Je suis certain qu'elle a déjà encaissé le coup.

— Elle a dû vous expliquer aussi toutes ces horreurs à propos de sa mère, n'est-ce pas ?

— J'ignore de quoi vous parlez…

Il s'assit.

— Voyez-vous, Bethany… Fleur et moi…

Il dut avaler sa salive avant de pouvoir enchaîner.

— Nous ne vivons plus sous le même toit. Je n'ai pas discuté avec elle depuis mon déménagement, il y a presque trois mois.

— Oh, Greg…, soupira sa correspondante. Je n'en savais rien. Fleur ne m'en a pas dit un mot, et je me débattais si fort avec mes propres problèmes que je n'ai pas remarqué…

Elle hésita.

— Avec le recul… J'aurais dû m'en douter. Elle ne se comportait pas comme d'habitude. Oh, mon Dieu… Quelle piètre sœur je fais.

— Vous êtes une sœur merveilleuse, au contraire, je vous l'assure. Mais, s'il vous plaît, racontez-moi cette histoire concernant sa mère.

À mesure que Bethany lui exposait les faits, le jeune homme éprouvait pour Don Franklin une colère de plus en plus vive. Il le jugeait aussi cruel que son propre père et, même s'il avait usé de manipulations et de mensonges, au lieu d'assener coups de botte, coups de poing ou coups de ceinturon, les ravages qu'il avait causés se révélaient au moins aussi profonds. Aussi durables. Greg ne s'étonnait plus que Fleur eût préféré quitter Brisbane.

— Elle n'est pas à la maison, apprit-il à Bethany. Elle a pris un taxi ce matin à l'aube. Je suppose que vous ignorez où elle s'est rendue ?

— Elle m'a parlé de son intention d'aller à Savannah Winds pour, entre autres, se recueillir sur la tombe de sa mère. À mon avis, il se peut qu'elle essaie aussi de retrouver des membres de la famille de Selina. Quoique je doute que ses parents soient encore en vie.

— Je ne sais pas où se situe Savannah Winds, souffla Greg sur un ton déconfit.

— D'après ce qu'elle m'en a dit, le ranch se trouve quelque part dans le Gulf Country. Malheureusement, je n'ai pas d'autres détails à vous fournir. Vous devriez tenter de vous mettre en relation avec l'office notarial qui s'est occupé du testament. Cela dit, je serais étonnée qu'ils acceptent de vous fournir de plus amples informations. Secret professionnel et tout le toutim.

— Don doit savoir, lui.

— C'est bien la dernière personne à qui poser la question, se hâta de répondre Bethany. Même si la vie de Fleur en dépendait, il refuserait d'ouvrir la bouche, vous pouvez me croire sur parole.

— Mais il faut à tout prix que je la retrouve, insista Greg, au comble de l'angoisse.

— Je suis sûre que vous allez y arriver. De mon côté, je vais appeler Margot. Je parie qu'elle en sait davantage que ce qu'elle a bien voulu me raconter jusqu'ici.

— Je vous remercie.

— Je suis navrée de ne pas pouvoir faire davantage. Navrée aussi d'apprendre que Fleur et vous traversez une si mauvaise passe. Accrochez-vous, Greg. Le temps passe à toute vitesse, vous savez. Un beau jour, il est trop tard, et plus moyen de revenir en arrière. J'espère que vous allez la trouver et réussir à réparer ce qui s'est brisé entre vous.

Le jeune homme la remercia une dernière fois et lui promit de la tenir au courant de la suite des événements avant de raccrocher. Ainsi, songea-t-il, meurtrie jusqu'à l'âme par les agissements de son père, Fleur, au lieu de se confier à lui, avait rejoint Savannah Winds. En dépit de son désarroi, elle ne pouvait cependant pas avoir oublié qu'il faisait encore partie de son existence… Elle s'était toujours épanchée auprès de lui. Alors… Pourquoi pas cette fois-ci ? Au moment même où il lui avait mille fois fait comprendre qu'il ne désirait que de combler le fossé qui s'était creusé entre eux deux…

Il frissonna soudain. Avait-elle renoncé à envisager avec lui un avenir commun ? Son départ, ainsi que le fait qu'elle lui avait renvoyé son bouquet au visage… Cela signifiait-il qu'elle avait besoin de le fuir, lui, autant qu'elle s'efforçait d'échapper à son père ?

Il comprit tout à coup qu'à y regarder de plus près, il ne connaissait rien de Fleur.

La jeune femme avait suivi l'avenue jusqu'à ce que celle-ci s'éloignât du bord de mer. Dès lors, elle s'était dirigée vers le centre-ville. Elle en explora les rues, puis, après avoir bu une tasse de thé, elle regagna son hôtel où elle s'écroula sur son lit. Elle se sentait rompue, par la chaleur ambiante, certes, mais surtout par son passage éclair et catastrophique à Brisbane. Elle ferma les paupières. Bientôt, elle rêvait de Savannah Winds, ainsi que de celles et de ceux qu'elle avait appris à connaître au travers des cahiers de sa tante.

13

Greg se présenta à la conciergerie de l'immeuble en fin d'après-midi, récupéra la valise, ainsi que les guitares, et offrit les fleurs au concierge, dont l'épouse serait ravie. Une fois ses affaires soigneusement rangées dans sa voiture, la curiosité l'emporta, et il ouvrit la valise pour découvrir ce que la jeune femme y avait entassé. Il trouva son billet, bref et chargé d'amertume.

> Je te retourne ce qui t'appartient puisque, de toute évidence, tu n'as aucune intention de m'avouer les changements qui se sont produits de ton côté pendant mon absence. Je te croyais un homme d'honneur, mais je me suis trompée. Tu peux annuler notre dîner – ou emmener là-bas ta nouvelle compagne, car cet endroit, me semble-t-il, compte parmi vos restaurants favoris.
>
> Je prendrai contact avec toi quand je rentrerai à Brisbane… si j'y reviens jamais,
>
> Fleur

— Nom de Dieu !

Il claqua la portière de son véhicule, pressa de toutes ses forces le bouton de l'ascenseur, dont il jugeait la lenteur exaspérante. Tandis qu'enfin, l'engin le menait au dernier étage, il continua à jurer entre ses dents, terrassé par les caprices du sort.

Il pénétra dans l'appartement silencieux.

– Quel gâchis…, murmura-t-il en s'adossant à la porte d'entrée.

Il revit en une fraction de seconde le sourire de Carla, le sien, leur évidente complicité, le toast qu'ils avaient porté ensemble…

– Oh, Fleur… Si tu savais à quel point tu te trompes…

Comment faire à présent pour rattraper ce qui, de prime abord, paraissait irrattrapable ? Il se mit à explorer le bureau de sa compagne avec méthode, décryptant la moindre note, examinant le plus petit morceau de papier dans l'espoir d'y découvrir un indice qui lui permettrait de la joindre peut-être à Savannah Winds. Elle avait emporté son ordinateur portable, ce qui signifiait qu'il n'aurait pas l'occasion de lire ses messages. Mais il devait bien se trouver quelque part, fût-elle infime, une trace du voyage qu'elle s'apprêtait à entreprendre vers le Gulf Country.

Il fouilla l'appartement de fond en comble, examina chaque tiroir, chaque étagère. Il ouvrit les livres un à un, en les tenant par les deux pans de leur couverture pour les secouer – peut-être un feuillet précieux allait-il glisser d'entre les pages. Il inspecta les nombreuses boîtes à chaussures de la jeune femme, ainsi que ses sacs à main… Il alla jusqu'à brasser ses bijoux dans leur coffret.

Dans le salon, il fit aussi chou blanc. La cuisine ne valait pas mieux. Il feuilleta tous les magazines, consulta une à une les lettres, les feuillets publicitaires et les factures entassés à côté du téléphone.

Il reposa le tout dans un geste excédé, de sorte que la pile glissa pour s'effondrer sur le parquet. Avec un lourd soupir, il se baissa pour tout ramasser.

Sa main se figea comme il avisait une vieille enveloppe. On l'avait couverte de gribouillis, mais dans un coin se lisait le nom d'une ville, entouré plusieurs fois au stylo :

– Cloncurry, souffla-t-il. Elle est partie pour Cloncurry.

Il fonça dans son propre bureau, où il étala sur sa table de travail une immense carte de l'Australie. Il y repéra Cloncurry sans peine, mais... Mais à quelle distance de la ville se situait Savannah Winds ?

Il examina la carte de plus près, se concentra sur les environs de Cloncurry... repéra enfin un minuscule carré jaune indiquant la présence d'une habitation, avec le nom du ranch imprimé juste à côté.

Greg poussa un petit cri de triomphe.

– Il ne me reste plus qu'à trouver le moyen de m'y rendre.

Lorsqu'elle rouvrit les yeux après sa sieste, Fleur se rendit compte qu'elle avait faim et que la nuit était déjà tombée. Il n'était pourtant que 18 h 30. Autrement dit, elle avait tout le temps de descendre au restaurant de l'hôtel, puis d'en étudier la carte.

Plus tard, ayant englouti la quasi-totalité d'un steak exquis, accompagné de salade et de frites, elle remporta dans sa chambre la bouteille de vin qu'elle n'avait pas terminée, et s'empara du journal d'Annie.

Elle se sentait prête, enfin, à découvrir le sort que le destin avait réservé à Sam.

Savannah Winds, novembre 1942

J'ai enfin reçu des nouvelles de Sam. Je suis si soulagée, si reconnaissante à Dieu de lui avoir laissé la vie sauve, que mes mains tremblent en rédigeant ces lignes. Il y avait quatre lettres en tout, et je tiens à consigner ici l'essentiel de l'histoire à la fois triste et merveilleuse qu'il m'a contée.

Sam avait été blessé à El Alamein. Il avait reçu une balle dans l'épaule, et une autre dans le bras. Les chirurgiens avaient réussi à les extraire toutes les deux, mais du fait de la chaleur, de la saleté et de la poussière qui régnaient alors en Afrique du Nord, les plaies risquaient de s'infecter gravement. Déjà, il avait une forte fièvre. On l'a donc embarqué sur un navire hôpital en partance pour l'Angleterre.

À bord du bateau, il n'y avait plus de morphine, de sorte qu'il a terriblement souffert pendant la traversée. On l'a ensuite transféré dans une ambulance pour le conduire à l'hôpital. Là, une fois que les analgésiques ont commencé à produire leur effet, il s'est senti soulagé. L'établissement se situait au beau milieu de la campagne anglaise, et Sam se réjouissait de dormir dans des draps propres, de poser la tête sur un oreiller moelleux, d'entendre le doux murmure des infirmières. Rien à voir avec Savannah Winds, certes, mais au moins, il lui était accordé un répit après l'enfer qu'il avait vécu dans le désert.

Au cours des premières semaines, il avait beaucoup dormi, mais il avait appris, par la radio et les bavardages qu'il entendait de-ci de-là dans la salle commune, que Londres avait subi d'épouvantables bombardements, si bien qu'il craignait d'avoir perdu sa famille avant même que l'occasion lui ait été donnée d'en retrouver certains membres.

Au bout de six longues semaines, on l'a laissé sortir de l'hôpital, et on lui a accordé une permission de sept jours avant qu'il lui faille se présenter de nouveau aux autorités militaires, à Colchester. Il a sauté dans le premier train, entamant ainsi son périple semé d'embûches en direction de Londres. Il fallait s'arrêter souvent, car les voies ferrées avaient été bombardées la veille au soir, et, l'après-midi même, Londres subissait de nouvelles attaques aériennes.

Londres a été pour Sam une véritable révélation. Aux abords de la gare, les rues disparaissaient sous des montagnes de gravats – presque tous les bâtiments alentour s'étaient effondrés. De l'eau jaillissait de canalisations éventrées, et des câbles électriques se tordaient en sifflant parmi les décombres, pareils à de noirs serpents hérissés d'étincelles. Des maisons encore fumantes, des immeubles de bureaux ne demeuraient que les carcasses. Sur les seuils, on avait entassé des sacs de sable. Des hommes criaient et s'échinaient, tentant de déblayer la chaussée pour que la circulation puisse reprendre.

L'air était saturé de fumée et d'une affreuse odeur de brûlé, pourtant, les hommes d'affaires vaquaient à leurs occupations, le chapeau melon vissé sur le crâne, à la main un parapluie replié, ainsi qu'une mallette en cuir… Comme s'il s'était agi d'un lundi matin pareil à tous les autres. Des femmes se déplaçaient tant bien que mal au milieu des ruines, armées de leur sac à provisions, et riant des plaisanteries des unes et des autres. Sam s'est dit que ce devait être là le fameux flegme britannique dont il avait souvent entendu parler, et cette combativité qui faisait aussi la réputation de ses compatriotes. Il a soudain éprouvé un élan de fierté en découvrant le dôme de la cathédrale Saint-Paul, intouché par les raids ennemis. Comme une lueur d'espoir au cœur d'une ville martyrisée.

Les rues ne ressemblaient plus à celles que Sam avait connues dans son enfance, et il se demandait s'il parviendrait jamais à se rendre dans son quartier natal de Hackney. Mais il n'a pas tardé à apercevoir une bouche de métro : c'était là le meilleur moyen de se rapprocher, après quoi il emprunterait un autobus. Il a eu la surprise de constater que les quais du métro étaient bondés – des gens s'y étaient installés à demeure, même en dehors des attaques aériennes. Les places étaient chères, chacun défendant le carré minuscule qu'il s'était arrogé.

Le trajet lui a paru durer une éternité, de même que le périple en autobus – partout, on était serré comme des sardines dans leur boîte. Hackney avait terriblement souffert. Il semblait que l'East End tout entier avait été rayé de la carte par l'aviation allemande. Amoncellements de gravats, cratères, et cet air toujours chargé de fumée, et l'âcre odeur du caoutchouc brûlé et du métal chauffé à blanc.

Sam cherchait des repères. Peine perdue.

— Pardon, madame, a-t-il interrogé une femme debout sur le seuil de sa maison. Pouvez-vous m'indiquer la direction de Tanners Lane ?

L'inconnue a examiné l'uniforme de Sam, avant de lui adresser un clin d'œil.

— Z'êtes un Aussie[1], vous, nan ? Pourquoi que c'est-il que tu t'intéresses à Tanners Lane, mon p'tit chéri ?

— Je suis né là-bas, madame, et j'essaie de retrouver ma famille.

Elle lui a montré la direction du marché, en le mettant toutefois en garde :

— M'est avis qu'ils se sont tous pris des bombes sur la carafe. Si t'arrives pas à leur mettre la main dessus, mon garçon, va-t'en donc voir les bénévoles du WRVS, sur Hackney Road.

Sam l'a remerciée, puis il a suivi ses indications. Parvenu à destination, et bien que les lieux aient beaucoup changé, il a senti remonter à sa mémoire tous ses souvenirs d'enfance. Les maisons avaient souffert – leurs cheminées, lorsqu'elles ne s'étaient pas tout bonnement écroulées, penchaient dangereusement et, sur les toits meurtris, on avait tendu des bâches goudronnées pour se protéger de la pluie. On avait remplacé les innombrables vitres brisées par des panneaux de contreplaqué. Au bout de la rue se donnait à voir un énorme cratère qui pouvait avoir englouti au moins quatre maisons, le pub, ainsi que l'établissement de bains publics. Pourtant le numéro 46, lui, tenait toujours debout, et la pierre du seuil avait été récemment briquée avec soin. Sam s'est rappelé sa mère en train de la frotter tous les matins.

Le cœur battant, il a poursuivi son chemin, ses bottes tintant sur le trottoir lézardé. Des femmes, sur le pas de leur porte, le regardaient approcher

1. Surnom des Australiens.

avec curiosité, tandis que leurs bambins jouaient parmi les gravats. Sam, lui, n'avait d'yeux que pour le numéro 46.

Des panneaux de contreplaqué obturaient les deux fenêtres, les gouttières avaient cédé, et la porte, très abîmée, ne tenait plus que grâce à quelques minces planches de bois. Sam a pris une profonde inspiration, puis il a frappé à cette porte.

Une voix puissante de femme a retenti :

— J'vous ai déjà dit, bande de morveux, d'arrêter vos couillonnades ! Si j'vous reprends à tambouriner à ma porte, je vous arrache les tripes et je vous pends avec !

Elle a ouvert la porte à toute volée. Une cinquantaine d'années probablement, un fichu sur la tête, et un tablier à fleurs. Avisant ce jeune homme, elle a rougi, puis croisé les bras sur sa maigre poitrine :

— Pour les locations, c'est complet, a-t-elle déclaré sur un ton radouci. Désolée, gamin. Tu t'es déplacé pour des prunes.

Sam ne bougeait plus.

— On m'avait dit que tu étais morte, a-t-il murmuré.

— Qu'est-ce que c'est que ces foutaises ? Pour sûr que j'me sens prête à crever la moitié du temps, mais j'ai pas encore avalé mon extrait de naissance, ah non.

Elle a toisé Sam.

— Et pis d'abord, qu'est-ce qu'un Aussie peut bien foutre dans mon secteur ?

— Maman… C'est moi, Sam. Je sais bien que je ne suis plus un petit garçon, mais je n'ai quand même pas dû changer à ce point-là ?

Elle a alors examiné ses traits, un à un, puis le sang a reflué de son visage :

— Sam ?… Oh, bonté divine… Sam.

Il l'a rattrapée juste avant qu'elle ne s'effondre à ses pieds – elle s'était évanouie. Il l'a portée à l'intérieur de la maison, où il l'a allongée sur le canapé, dans la pièce de devant, dont il se rappelait tout à coup qu'on ne l'utilisait que le dimanche – elle était toujours propre comme un sou neuf. Depuis, on en avait fait une chambre. Oreillers et couvertures trônaient sur le dossier du canapé hors d'âge, tandis qu'une pile de vêtements occupait la vieille table. Il régnait là une pénombre oppressante.

Après avoir allumé la lampe à gaz, Sam a couru chercher de l'eau. Dans la cuisine, qui n'avait subi aucune transformation, il a reconnu le fourneau, l'évier en émail taché, le garde-manger. Linoléum craquelé, aux tons pâlis. Et, aux murs, le plâtre s'écaillait. Le logis lui semblait plus petit que dans son souvenir, plus étouffant aussi. C'est que, depuis, il s'était accoutumé aux espaces immenses de Savannah Winds.

Lorsqu'il a regagné le salon avec une tasse emplie d'eau, sa mère s'agitait, essayant de s'asseoir.

— C'est vraiment toi, Sam ? Mais comment que c'est-il possible ?

Il a pris dans la sienne sa main tremblante et l'a aidée à boire :

— Je t'assure que c'est bien moi. Je te le jure.

Elle écarquillait les yeux, comme sous l'effet d'un charme étrange.

— Pourtant, le jour où je suis revenue te chercher, une fois que ton pater a eu dégoté de l'ouvrage à nouveau, on m'a dit que t'étais mort d'une pneumonie.

Après avoir pris place à côté d'elle, il a passé un bras autour de ses épaules.

— À moi aussi, ils ont dit que tu étais décédée. Et pourtant, je t'ai retrouvée… Je n'arrive pas à y croire.

— Oh, Sam…

Au bord des larmes, elle a suivi du bout des doigts les traits de son visage, avant de les passer dans ses cheveux.

— C'est un miracle.

Elle a éclaté en sanglots, le serrant contre elle si fort qu'elle semblait ne plus jamais vouloir le lâcher.

Ainsi, la mère de Sam l'avait abondamment pleuré, il le savait à présent, et jamais elle n'avait cessé d'aimer ce petit bonhomme qu'elle était persuadée d'avoir perdu.

Il a passé chez elle ses sept jours de permission, au cours desquels ils ont timidement retissé les liens rompus bien des années plus tôt. Lorsque Sam lui a parlé de l'orphelinat, puis des violences qu'il avait subies, elle a beaucoup pleuré. Son sourire, en revanche, a refleuri sur ses lèvres en l'écoutant, bouche bée, lui raconter Savannah Winds et ses projets d'avenir.

Le père de Sam ayant quitté son épouse depuis longtemps, elle avait accueilli chez elle des pensionnaires afin de pouvoir régler son loyer. Puis l'homme était décédé. La mère de Sam s'était remariée, mais ils n'avaient pas eu d'enfants, et le malheureux avait perdu la vie pendant la bataille de Dunkerque. Les parents de la jeune femme n'étaient plus de ce monde non plus, ses deux petits frères avaient rejoint la marine britannique, et sa sœur avait quitté Londres pour s'installer en sécurité dans le Devon avec sa progéniture. Elle ne se plaignait cependant pas de la guerre : non seulement elle continuait à loger des pensionnaires, mais encore avait-elle déniché un emploi dans l'usine de munitions toute proche.

La mère et le fils discutaient jusque tard dans la soirée, ne s'interrompant que pour se rendre dans l'abri antiaérien lorsque les sirènes se mettaient à hurler. Sam a compris très vite combien la vie à Londres se révélait terrifiante – une fois dans l'abri, il fallait supporter, au-dessus de sa tête, l'affreux rugissement des bombardiers, ainsi que les explosions dévastatrices de leur funeste cargaison lorsqu'elle touchait le sol. Il aurait aimé que sa mère accepte de quitter la ville pour s'installer à la campagne, mais jamais il n'est parvenu à la convaincre : elle était née dans l'East End, elle y avait grandi, elle ne souhaitait aller nulle part ailleurs. Ce quartier était le sien, et elle y demeurerait jusqu'à la fin du conflit.

Au dernier jour de sa permission, le matin, il l'a serrée très fort entre ses bras, lui a répété qu'il l'aimait, et qu'une fois la paix revenue, il reparaîtrait pour l'emmener avec lui en Australie, afin qu'elle puisse découvrir Savannah Winds et faire ma connaissance par la même occasion.

Elle sanglotait. Sam a fini par s'éloigner, le menton résolu, les épaules raides, luttant pour ne pas fondre en larmes à son tour. Arrivé au coin de la rue, cependant, il n'a pas pu s'empêcher de se retourner…

Elle se tenait debout sur le trottoir, sa noire chevelure toujours prisonnière d'un foulard – d'une main elle pressait le bord de son tablier contre ses lèvres, agitant l'autre à l'adresse de son fils pour un dernier adieu.

Je suis follement heureuse qu'il ait réussi à la retrouver. Les mensonges dont ils ont été l'un et l'autre victimes sont inqualifiables, mais je remercie Dieu de les avoir, en dépit de tout, réunis pour de bon.

Profondément émue par ce récit, Fleur avait rêvé du périple dans une capitale meurtrie par l'aviation ennemie, des retrouvailles du fils avec cette mère qu'il avait eu pourtant la certitude de ne jamais revoir… C'est alors que la sonnerie du réveil la tira sans pitié de ses songes. Le jour n'était pas encore levé, mais, dans moins d'une demi-heure, un taxi passerait la chercher.

Elle se contenta d'une tasse de thé sur le pouce, accompagnée de quelques biscuits, puis le chauffeur arriva, rangea les bagages dans le coffre et, déjà, la jeune femme, installée sur la banquette arrière, roulait dans les rues désertes en direction de l'aéroport.

Le vol était à l'heure, il y avait moins de quarante passagers. L'avion s'élança sur la piste, s'éleva quelques secondes plus tard dans le ciel miroitant de l'aurore.

Fleur s'installa confortablement – le voyage durerait deux heures et demie. À l'exception de deux créatures un peu masculines, elle était la seule femme du groupe. Les hommes autour d'elle affichaient des visages tannés par la vie au grand air, ils possédaient des mains abîmées par le travail manuel, et cette puissance tendineuse des garçons accoutumés à s'échiner de longues heures durant dans des conditions difficiles. Ils parlaient peu, et lorsqu'ils le faisaient, s'exprimaient à mi-voix, ils s'abandonnaient au sommeil avant de renouer avec la chaleur humide et la poussière de Cloncurry.

— Sapristi, poulette, qu'est-ce que vous avez bien pu fourrer là-dedans ? l'interrogea le chauffeur de taxi, qui transpirait profusément en rangeant ses valises sur la banquette arrière, avant de claquer la portière de son véhicule.

La fournaise dans quoi il lui avait semblé pénétrer dès l'atterrissage sapait l'énergie de Fleur, dont le chemisier s'ornait de taches de sueur. Qu'à cela ne tienne, elle se sentait pleine d'entrain :

— Des paquets de café et de la pâte à tartiner, répondit-elle. Ainsi qu'au moins une tonne de jouets.

Elle sourit à l'homme :

— J'emporte tout ça à Savannah Winds.

Il s'épongea le front, renfonça sa casquette sur son crâne dégarni. Vêtu d'une chemise blanche qui, le matin même sans doute, était encore propre, il arborait une respectable bedaine passant par-dessus la ceinture de son bermuda. Plus bas : genoux cagneux, chaussettes blanches et bottines de randonnée.

— Pour sûr qu'ils vont être drôlement contents, commenta-t-il en ouvrant la portière à sa cliente, côté passager. Ils sont pas habitués à être gâtés comme ça.

Fleur soupira de plaisir en sentant dans l'habitacle le souffle rafraîchi de l'air conditionné. L'homme s'installa à côté d'elle, son siège gémit sous son poids.

— Au fait… Moi, c'est Len, et vous, vous devez être mademoiselle Franklin.

La jeune femme ouvrit de grands yeux en lui serrant la main :

— Comment diable le savez-vous ?

Il tapota l'aile de son nez en émettant un petit rire :

— Ici, il se passe à peu près rien sans que tout le monde soit au courant.

Il s'éloigna en direction de la ville.

— D'autant plus que c'est pas tous les jours qu'il nous arrive des belles poupées dans votre genre. J'ai aussi appris par le téléphone arabe que mademoiselle Franklin avait pris une chambre au Coolabah.

— Bonté divine…

— Vous faites pas de bile. Si vous comptez rester un petit moment dans le secteur, vous vous habituerez vite.

Il roulait presque au pas.

— Ça m'a flanqué un drôle de coup d'apprendre pour Annie. Mais Djati et les siens dirigent le ranch comme des chefs. Cela dit, Annie s'est barrée d'ici il y a déjà plusieurs années, j'étais encore tout gamin. Mais c'était une vraie crème. Elle prenait toujours le temps d'échanger deux ou trois mots avec tout le monde.

— À quelle distance nous trouvons-nous de Savannah Winds ?

Le taxi s'était engagé dans la rue principale, déserte à cette heure, et suffisamment large pour qu'on pût, ou peu s'en fallait, la changer en piste d'atterrissage.

Le chauffeur grimaça.

— Il vous faudra bien une journée et demie. C'est pas la porte à côté et, en plus, il a plu cette nuit, il se peut que certains cours d'eau aient débordé de leur lit.

Il pénétra dans la cour intérieure d'un hôtel charmant.

— J'espère que vous avez apporté des vêtements chauds, fit-il encore en descendant de son taxi pour récupérer les bagages de sa passagère. Parce que le soir, autant vous dire qu'on se les caille sacrément.

— J'ai apporté des jeans, un pull et une polaire.

L'homme alla chercher un chariot sur lequel il installa les valises avant de pénétrer dans le hall de l'établissement.

— Et voilà, lança-t-il en effleurant d'un doigt le bord de sa casquette.

Il abattit un poing énorme sur la sonnette de la réception.

— Sûrement que Doreen est par-derrière, en train de donner à manger aux poules. Elle est sourde comme un pot, mais pas moyen de le lui faire admettre.

Fleur lui confia un généreux pourboire avant qu'il quittât l'hôtel. Elle actionna de nouveau la sonnette. En vain. Elle se dirigea vers la porte du fond, découvrit derrière une sorte de maisonnette jouxtant un jardin potager florissant, ainsi qu'un poulailler ombragé par un grand arbre. Un cheval et trois chèvres broutaient dans un enclos, cependant qu'un vieux chien, à l'extérieur de son chenil, prenait le soleil, étendu de tout son long sur les pierres tiédies d'une allée.

— Bonjour ! Doreen ?

— Oui, oui, ma chère, je vous ai entendue.

Doreen, qui n'était plus de la première jeunesse, pouvait mesurer un mètre cinquante. Elle exhibait une tignasse orange, une poitrine prodigieuse, et possédait à l'évidence en matière de mode vestimentaire des goûts très éclectiques – un haut écarlate mettait en valeur ses seins ô combien généreux, une jupe courte et violette révélait des genoux dodus brûlés par le soleil, et elle avait glissé ses pieds menus dans des bottes en caoutchouc d'un jaune éclatant.

— Veuillez m'excuser, dit Fleur. J'ai sonné à la réception, mais Len m'a prévenue que…

— N'écoutez pas ce que raconte Len, ma chère, répondit son hôtesse en serrant contre son cœur une botte de carottes et d'oignons. Mon ouïe est excellente.

Doreen adressa à sa visiteuse un sourire, révélant des dents parfaites qui, au soleil, jetaient des éclats, cependant qu'elle la toisait de son regard scrutateur.

— Venez avec moi, mademoiselle Franklin, nous allons vous installer. Ensuite, nous bavarderons un peu autour d'une tasse de thé. Vous n'imaginez pas comme cela me manque de n'avoir aucune femme avec qui papoter. Je suis lasse de n'entendre parler que du prix des vaches, du poids de la laine et des contes à dormir debout que ces messieurs s'imaginent que je suis assez sotte pour croire.

Suivant la maîtresse de maison, Fleur découvrit une allée bordée de petits logis aux murs blanchis à la chaux. On avait placé des jardinières sous l'avancée du toit, qui ombrageait également des chaises disposées devant chaque chambre. Un volumineux poivrier sauvage au port retombant exhalait ses fragrances dans un coin du parking. Des oiseaux colorés jaillissaient d'autres arbres non loin, et la jeune femme entendait le croassement solitaire et lugubre d'un corbeau parmi les cliquetis et les stridences d'innombrables insectes.

– Je vous ai réservé le numéro 12, lui indiqua Doreen. Ainsi, vous ne serez pas dérangée par les petits rigolos des chambres 1 et 2. En revanche, la salle à manger se trouve juste à côté.

Elle grimaça :

– Un groupe de cow-boys est venu passer quelques jours en ville. Comme de bien entendu, ils ne songent qu'à boire. Mais ne craignez rien, je veillerai personnellement à ce qu'ils ne vous incommodent pas.

– Avez-vous beaucoup de clients ? La ville me paraît tellement loin de tout…

– Je ne me plains pas. Ce sont surtout des cow-boys et des voyageurs de commerce. Et puis, de temps à autre, des touristes un peu… originaux. Comme vous.

Elle sourit d'une oreille à l'autre, ouvrit la porte avec un geste volontairement théâtral.

Fleur découvrit une chambre très propre, exquisément meublée, avec une salle de bains attenante. Il y avait là, en outre, un réfrigérateur, un grille-pain et tout le matériel nécessaire à la préparation du thé ou du café. Le seul objet incongru, au goût de la voyageuse, était un énorme poste de télévision qui trônait dans un coin de la pièce.

– Je suis bien obligée, commenta Doreen, qui avait repéré le coup d'œil réprobateur de la jeune femme. Les hommes aiment regarder le sport et les dessins animés, mais la réception n'est pas toujours très bonne. On a l'impression de voir tomber de la neige. Je dis ça, ajouta-t-elle, mais en réalité, je n'ai jamais vu de neige de ma vie.

Fleur poussa son chariot à bagages dans la chambre, la maîtresse de maison se rappelant dans un sursaut les carottes et les oignons qu'elle serrait toujours contre son cœur.

– Je ferais mieux de filer à la cuisine. Quand vous serez installée, et que vous aurez fait un petit tour en ville, revenez me voir pour me tenir compagnie. La cuisine est là-bas.

Fleur ayant refermé la porte après le départ de la petite bonne femme, elle ne put réprimer un sourire. À Cloncurry, les ragots allaient bon train, mais les gens du cru lui paraissaient hautement sympathiques – bien que beaucoup trop bavards pour elle. Elle n'était pas certaine de se sentir prête à essuyer le feu nourri des questions que l'hôtelière ne manquerait pas de lui poser tout à l'heure. Pour le moment, elle allait se rendre à l'office de tourisme, qu'elle avait aperçu plus tôt par la vitre du taxi, puis peut-être visiterait-elle le musée de la mine.

Greg se sentait sur des charbons ardents. Après avoir exposé son problème au directeur de l'hôpital, ce dernier lui avait accordé trois semaines de congés, à condition qu'il effectuât d'abord l'ensemble des interventions chirurgicales déjà inscrites sur son planning. Un vrai cauchemar. Car si le jeune homme était parvenu à reporter quelques opérations mineures, la liste demeurait fort longue.

Il était parvenu à réserver une place sur un vol à destination de Townsville le mercredi soir, mais il atterrirait trop tard pour sauter ensuite dans l'avion menant à Cloncurry. Il lui faudrait passer la nuit sur place. Autrement dit, une journée perdue pour lui. Il décida de louer une voiture à Cloncurry, puis de demander son chemin aux habitants de la région, qui savaient forcément où se situait Savannah Winds.

Lundi. Il avait commencé sa journée à l'aube et, après d'interminables heures passées au bloc opératoire ou dans les chambres de ses patients, il était recru de fatigue. Il se laissa tomber dans le fauteuil de son bureau, contemplant par la fenêtre, d'un œil un peu éteint, les lumières de la ville.

Fleur, de son côté, devait avoir rejoint Cloncurry. Peut-être même était-elle déjà en route pour le ranch. Quel accueil lui réserverait-elle ? Il l'ignorait, mais il se sentait résolu à lui faire entendre raison, à lui prouver qu'il s'agissait là d'un malheureux quiproquo. Qu'elle était la seule femme qui eût jamais compté pour lui. Il s'en voulait à mort d'avoir une première fois risqué de la perdre. On ne l'y reprendrait plus.

— Bonjour, Greg. Je ne vous dérange pas ?

— Entrez, Carla. Prenez donc une tasse de café. Je viens d'en faire.

— Je ne reste pas longtemps. Il est déjà tard, et je veux être là pour aider la jeune fille au pair à coucher les enfants.

Elle pénétra dans la pièce, se jucha sur un coin de la table.

— Vous m'avez l'air complètement vanné, fit-elle après l'avoir longuement observé en silence. Souhaitez-vous me parler ?

— Fleur s'imagine que nous avons une liaison vous et moi, laissa-t-il tomber sur un ton égal.

— Oh, mon Dieu, non…

Elle avait plaqué une main sur sa bouche, les yeux exorbités.

— C'est épouvantable. Mais comment est-ce possible ?

— Je crois qu'elle nous a vus au restaurant italien.

Il se frotta le visage, dévoila à la thérapeute le contenu du message que la jeune femme avait déposé dans sa valise.

— Elle a filé et moi, je suis coincé ici jusqu'à ce que j'aie opéré tous les patients déjà inscrits dans mon emploi du temps.

— Je suis navrée, Greg.

— Moi aussi. Mais disons que cet incident me sert de leçon. Cette fois, j'y vois parfaitement clair en moi : j'aime Fleur, et je veux la reconquérir. Je serai également ravi de devenir père, si cela est nécessaire pour qu'elle reste auprès de moi.

Il baissa la tête :

— Et je souhaite qu'elle reste auprès de moi, Carla. Je le souhaite de toute mon âme.

— Il faut aussi que ces enfants, vous les désiriez pour de bon, lui rappela la jeune femme. Vous sentez-vous prêt à sauter le pas ?

Il plongea son regard dans le sien :

— Plus que prêt.

— Dans ce cas, mon travail est réellement terminé.

Elle lui sourit en se remettant debout.

— Bonne chance, Greg. J'espère que tout se passera bien pour vous.

Tandis qu'elle quittait le bureau de son confrère, des larmes traîtresses se mirent à briller dans ses cils. Ayant refermé la porte derrière elle, elle mit, du même coup, un terme à une histoire qui n'avait jamais eu la moindre chance de commencer.

À force de déambuler, Fleur rêvait maintenant d'une bière glacée, mais elle n'osait s'aventurer dans les cafés, où elle ne voyait que des hommes. Elle poursuivit donc sa promenade sur les trottoirs ombragés, fit un peu de lèche-vitrines, avant de s'offrir une glace dans une boutique minuscule, qu'elle dégusta à l'une des tables disposées à l'extérieur.

La chaleur lui semblait extrêmement intense, par comparaison avec le climat automnal de Brisbane, mais les locaux n'en avaient cure, ils vaquaient à leurs occupations quotidiennes. Fleur se plaisait à observer le spectacle de la rue. Un groupe de cowboys passa. Ils se dirigeaient vers le pub – les talons de leurs lourdes bottes frappaient le trottoir, leurs éperons cliquetaient… Deux autres garçons vachers arrivèrent à califourchon sur leurs chevaux hirsutes, qu'ils attachèrent à un poteau situé devant un magasin d'alimentation pour animaux.

Des camionnettes mangées de rouille, qui évoquèrent à la jeune femme celle de Blue, passaient dans la rue avec, sur leur plateau, des chiens de troupeau assis gaiement parmi les roues de secours, les sacs de grain, les outils et les rouleaux de fil de fer barbelé, le tout, bêtes et matériel, recouvert d'une épaisse couche de poussière rouge. C'était la première fois que Fleur s'aventurait aussi loin dans le nord du pays – ces scènes la fascinaient.

Finalement chassée par la canicule, elle regagna sa chambre d'hôtel, où elle se doucha avant de s'allonger sur son lit, sous le ventilateur dont les pales brassaient l'air. Sans doute s'était-elle assoupie car, lorsqu'elle rouvrit les yeux, il était plus de 18 heures et, dehors, la nuit était de poix. Doreen avait dû s'imaginer qu'elle l'évitait. Ayant enfilé à la hâte un pantalon léger et un chemisier propre, elle jeta un gilet sur ses épaules et sortit.

La salle à manger était déjà fermée, et la maîtresse de maison avait regagné sa cuisine.

— Je suis sincèrement navrée. Je me suis assoupie.

— Je sais, lui répondit Doreen avec entrain. J'ai jeté tout à l'heure un coup d'œil par votre fenêtre, vous dormiez comme un loir.

Elle déposa devant la jeune femme une assiette garnie de jambon et d'une salade composée, avant de verser du thé dans deux tasses.

— J'ai opté pour la salade, parce que j'ai pensé que la tourte au bœuf avec de la purée ne vous dirait rien. Ce sont en général les hommes qui dévorent ça. Voulez-vous quand même que je vous prépare des pommes de terre sautées ? Avez-vous envie de pain et de beurre ?

Fleur guigna l'épaisse tranche de jambon, qui occupait presque la moitié de l'assiette. Jamais elle ne l'avalerait tout entière.

— Je vous remercie, mais vu la chaleur, je n'ai pas très faim.

— Je ne peux pas en dire autant, commenta Doreen en croisant les bras sous ses seins opulents.

Elle s'assit en face de sa cliente :

— Cela dit, je suis née ici. La chaleur, ça me connaît.

La salade se révéla délicieuse – les feuilles de laitue croquaient sous la dent, les tomates étaient juteuses, radis, betteraves et oignons d'Espagne possédaient une fraîcheur incomparable.

— Alors, mademoiselle Franklin, qu'est-ce qui vous amène ici ?

Doreen considérait son interlocutrice d'un œil acéré.

Cette dernière devait prendre garde à ses paroles – puisqu'ici, on savait tout sur tout le monde, l'hôtelière n'apprécierait probablement pas d'avoir accueilli sous son toit la fille de Don Franklin.

— Je ne suis que de passage. J'avais besoin de m'éloigner de Brisbane, où j'ai vécu une relation sentimentale douloureuse. J'ai décidé de voyager un peu.

Doreen n'ayant pas sa pareille pour vous tirer les vers du nez, quelques minutes plus tard, et sans qu'elle eût rien vu venir, Fleur lui racontait par le menu sa rupture avec Greg, qu'elle avait surpris dans un restaurant en compagnie d'une autre femme. Ce fut seulement lorsqu'elle repéra la lueur qui brillait dans le regard de l'hôtelière qu'elle comprit qu'elle était allée trop loin – elle venait de dresser de Greg un portrait au vitriol. Bah… Quelle importance, après tout… Jamais il ne mettrait les pieds dans cette ville. Jamais il n'aurait l'occasion de s'entretenir avec Doreen.

— Où avez-vous prévu de vous rendre ensuite ?

Fleur se risqua à citer le nom de jeune fille de sa mère :

— Je vais essayer de retrouver la trace de la famille Daley.

L'œil de Doreen étincela :

— Je connais les Daley. Je suis allée à l'école avec Martha. Jack et elle venaient souvent passer quelques jours ici.

Elle s'interrompit, fronça les sourcils :

— Mais vous, d'où les connaissez-vous ?

La jeune femme, à présent, marchait sur des œufs, mais il n'était plus question pour elle de faire machine arrière :

— J'ai fréquenté Selina, il y a très longtemps.

— La sœur aînée de Jack, soupira la maîtresse de maison. Pauvre gamine. Quelle tragédie. Ses parents ne s'en sont pas remis. Susan a succombé à une crise cardiaque, et Ted n'a plus jamais été le même. Il est décédé il y a quelques mois.

— Le suicide est une chose terrible… Je comprends qu'ils n'aient pas réussi à surmonter leur chagrin.

— Ils ont demandé à être inhumés avec Selina à Emerald Downs Station, sur leurs terres. Les autorités religieuses avaient refusé d'accueillir leur fille dans un cimetière consacré, à cause de la façon dont elle est morte.

Fleur avala sa salive.

— Comment a-t-elle mis fin à ses jours ?

— Elle a avalé le contenu d'un flacon de pilules. Quand ses parents l'ont découverte, il était trop tard.

Doreen émit un lourd soupir.

— Ce que Selina a enduré se révèle d'une cruauté qui dépasse l'entendement.

Son œil bleu se fit soudain méfiant :

— Mais cela s'est produit voilà plus de trente ans…

Mal à l'aise, Fleur hésitait sur la conduite à tenir.

— À quelle occasion avez-vous fait la connaissance de Selina ?… À l'époque, vous deviez n'être encore qu'un bébé et…

Elle se redressa dans un sursaut :

— Oh, mon Dieu..., souffla-t-elle. Vous êtes Fleur Franklin, n'est-ce pas ?

La jeune femme opina à contrecœur – à présent que sa logeuse avait découvert son identité, comment allait-elle réagir ?

— Mais vous auriez dû me le dire tout de suite, voyons !

Doreen débordait d'enthousiasme à présent.

— Franklin est un nom répandu, je n'ai pas fait le rapprochement...

Elle plaqua une main sur sa bouche.

— Mais la ressemblance aurait dû me sauter aux yeux. Quelle idiote... Le même regard vert, la même chevelure sombre...

— Vous ne m'en voulez donc pas... ?

Fleur lut de la perplexité sur les traits de son interlocutrice :

— Pourquoi diable devrais-je vous en vouloir ?

La jeune femme se détendit.

— Je n'étais pas certaine d'être la bienvenue, vu ce que mon père a fait subir à ma mère.

Doreen posa sa main potelée sur les doigts de Fleur.

— Son comportement est impardonnable, en effet, mais vous, nous n'étiez alors qu'une fillette innocente. Vous êtes la bienvenue chez moi, je vous l'assure.

— À quoi ressemblait ma mère ?

L'hôtelière alluma une cigarette.

— Elle était un peu plus jeune que moi, et c'était une très jolie jeune femme.

Elle sourit.

— Comme vous.

Elle fuma un moment en silence, fit tomber la cendre de sa cigarette dans une soucoupe.

— Mais Selina aspirait à une existence plus belle, plus intense que celle qu'on vivait dans un ranch. Elle est allée à l'école sur la côte, comme nous l'avons tous fait, mais une fois qu'elle a eu découvert les attraits de la grande ville, elle n'a plus éprouvé la moindre envie de rester ici.

— Continuez, la pressa Fleur.

— Pendant deux années de suite, elle a été élue Miss Cloncurry. Elle était aussi la meilleure cavalière de la région, et elle pouvait en remontrer à la plupart de nos cow-boys. Elle a remporté une fois le titre de Reine du Rodéo. Tous les garçons lui couraient après. De son côté, elle aimait flirter, mais ces jeunes gens ne l'intéressaient pas : elle voulait à tout prix séduire un gars de la ville.

L'hôtelière soupira.

— Et c'est ce qui a causé sa perte, enchaîna-t-elle avec tristesse. Annie Somerville lui a confié l'adresse de son frère et de sa famille. À peine a-t-elle eu terminé l'école qu'elle a foncé à Brisbane pour y chercher du travail.

— Et rencontrer mon père, compléta Fleur avec amertume.

— Une catastrophe. Annie en était malade. Elle se sentait responsable. Mais comment aurait-elle pu prévoir que sa filleule allait s'enticher d'un homme qui aurait pu être son père ? Marié, par-dessus le marché, à une épouse malade. Dont il avait deux filles. Mais rien de tout ça n'importait à Selina.

— Ses parents ont dû tenter de la dissuader.

— Oh, que oui. Susan et Ted ont essayé de lui faire entendre raison. Annie aussi. Mais la petite ne voulait rien savoir. Don Franklin lui avait tourné la tête, elle s'était laissée éblouir par sa fortune et son train de vie. Contre tous les avis, elle l'a épousé moins d'un an après le décès de sa première femme. Tout cela semblait un peu précipité, et lorsque vous êtes née, six mois plus tard…

— Pensez-vous que sa famille me permettrait de me recueillir sur sa tombe ? Je m'en voudrais de créer des problèmes… Mais j'aimerais lui rendre visite.

— Bien sûr qu'ils seront d'accord, voyons.

Elle tamponna ses yeux pleins de larmes.

— Oh… Quelle gourde sentimentale je fais…

— Je ne vaux pas mieux, commenta Fleur, qui tremblait de tous ses membres.

Doreen consulta sa montre :

— Il est un peu tard pour téléphoner, mais j'appellerai Martha dès demain matin pour lui parler de vous. Elle vous contactera sans doute une fois que vous serez installée à Savannah Winds.

— Comment savez-vous que c'est là-bas que je vais ?

— Ici, rien ne reste secret bien longtemps. Nous savons tous qu'Annie a légué le ranch à la fille de Selina. Simplement, nous ne nous attendions pas à vous voir à Cloncurry, c'est tout.

— Merci pour votre gentillesse, Doreen.

— Je vous en prie. Si je peux vous être utile… Tous les enfants ont le droit de connaître la vérité. Je me réjouis que vous soyez là pour faire enfin la connaissance de la famille de votre mère.

Elle regarda la jeune femme à travers la fumée de sa cigarette, eut une moue dégoûtée :

— Votre père est-il au courant de votre escapade ?

— Je suppose que oui. Mais, très sincèrement, ça m'est égal. Que pouvez-vous me dire d'autre à propos de Selina ?

— C'était une authentique enfant du Flower Power. Elle adorait la vie, et elle voulait être libre de faire ce que bon lui semblait. C'est sans doute pour cette raison qu'elle vous a prénommée Fleur. Vous êtes née en pleine période hippie.

Elle réfléchit un moment.

— Je dois avoir une photo d'elle quelque part.

Le cœur de la jeune femme bondit dans sa poitrine :

— Accepteriez-vous de me la montrer ?

— À condition que je remette la main dessus. Voulez-vous que je la cherche tout de suite ?

— S'il vous plaît.

Il s'était glissé dans sa voix une telle urgence mêlée de désespoir que, pour se rattraper, elle s'obligea à sourire :

— Je peux vous aider à la chercher, si vous le souhaitez. Voyez-vous, mon père a brûlé tout ce qui lui appartenait, y compris les photos. Il nous a même interdit de prononcer son nom.

Doreen écrasa sa cigarette au fond de la soucoupe.

— Venez.

Elle quitta la cuisine pour se rendre au salon, où abondaient volants et froufrous.

— Nous allons récupérer tous les vieux albums sur l'étagère, puis les empiler sur la table. Ensuite, vous m'aiderez à tirer cette grosses valise de sous mon lit. Je suis à peu près persuadée qu'elle contient aussi quelques clichés.

De cette valise, bientôt ouverte au beau milieu de la pièce, l'hôtelière fit surgir une robe de mariée jaunie, des vêtements de bébé et des jouets, des chapeaux aplatis, des chaussures de cuir élimées, des sacs à main, des robes de coton démodées dans lesquelles, de toute façon, elle ne se glisserait plus jamais. Il y avait encore dans ce coffre au trésor des cartes d'anniversaire, des peintures d'enfant, des cahiers et des rosettes remportées lors de rodéos ou de courses d'obstacles.

Au fond se trouvait une poignée de photographies en noir et blanc, et auxquelles un coup d'œil rapide lui suffit à conclure que le portrait de Selina n'en faisait pas partie.

— Je me demande pourquoi je garde toutes ces sottises. Je ferais mieux de les brûler.

— Elles vous rappellent des souvenirs.

— Vous avez raison, grimaça Doreen en rabattant le couvercle de la valise. Mais c'en sont de mauvais pour la plupart. Mon mari est parti un beau jour avec une autre femme. Quant à mes enfants et mes petits-enfants, ils se sont dispersés à l'autre bout du pays. Je ne les vois même pas une fois par an, et il est rarissime qu'ils daignent me téléphoner.

— Je suis navrée. Je n'aurais pas dû vous demander de chercher cette photo. Cela vous fait du mal.

— Ne vous en faites pas.

Déjà, elle se tournait vers la pile d'albums, qu'elle classa par date.

— Ceux-ci sont trop récents, inutile de les feuilleter.

Elle les écarta.

Fleur s'assit sur le canapé, à côté de son hôtesse, qui se mit à tourner les pages une à une. Ainsi découvrit-elle une Doreen beaucoup plus jeune et beaucoup plus mince, en train de sourire à l'objectif. Elle la vit encore en mariée, puis en maman, serrant contre son cœur un enfant, tandis qu'un bébé se tenait auprès d'elle, agrippé à son genou.

– Vous êtes très belle sur celle-ci, murmura Fleur en la voyant cette fois sur le dos d'un cheval ; elle riait de bon cœur.

– C'est vrai, commenta l'hôtelière avec regret. La vieillesse est un naufrage, croyez-moi. Cela dit, je n'aurais pas souhaité non plus mourir jeune, alors je continue mon petit bonhomme de chemin en essayant de ne pas trop ressasser le passé.

Comme elle tournait la page, son visage s'illumina, et elle posa l'index sur l'un des clichés :

– La voilà ! s'exclama-t-elle. Je savais bien qu'elle était quelque part. La photo a été prise par son père le jour du seizième anniversaire de Selina, juste avant la fête.

Fleur s'empara de l'album, les mains tremblantes, posa le regard sur une superbe adolescente aux cheveux sombres, qui adressait un sourire paisible à l'objectif – Doreen posait à côté d'elle, sur une véranda. Nettement plus grande que son amie, sa noire chevelure dégringolait en vagues opulentes sur ses épaules. Elle était mince, vêtue d'une robe à col carré serrée à la taille par une large ceinture blanche, la jupe laissant voir un bouillonnement de jupons – elle arborait des mollets au galbe parfait.

Des larmes montèrent aux yeux de Fleur. Sa mère… Sa mère, qui l'aimait si fort qu'elle avait préféré se donner la mort plutôt que de continuer à vivre sans elle. Sa mère… Victime de la cruauté de Don.

Doreen s'éclaircit la voix :

— Vous pouvez la garder.

— Merci, murmura la jeune femme.

La maîtresse de maison lui assena un léger coup de coude :

— Allez, sortons d'ici. Il se fait tard.

Fleur l'étreignit brièvement, l'embrassa sur la joue, puis s'éclipsa sans plus cesser de serrer le précieux cliché contre son cœur. Elle avait envie de rester seule avec sa mère. De contempler longuement cette photographie pour s'imprégner de l'essence même de cette femme dont elle ne se souvenait pas.

Cette nuit-là, elle rêva de bras qui se refermaient tendrement sur elle, d'un doux parfum qu'elle n'identifiait pas, d'une berceuse que lui fredonnait à mi-voix une femme, jusqu'à ce qu'elle plongeât dans un sommeil placide.

14

Fleur s'était douchée, puis habillée. Maintenant, elle avait hâte de prendre son petit déjeuner. Elle sortit dans la fraîcheur toute relative du petit matin, au son des perruches, des cassicans flûteurs et des pies.

Elle n'avait rien entendu pendant la nuit, mais trois camionnettes maculées de boue se trouvaient garées sans soin devant les chambres 1 et 2, auprès d'elles se trouvaient des caisses de bière vides. À cette heure, les cow-boys devaient dormir à poings fermés, au terme d'une longue nuit de beuverie.

— Bonjour, lança Doreen, rayonnante, lorsque la jeune femme pénétra dans la cuisine. Je vous ai préparé un copieux petit déjeuner qui devrait vous permettre de tenir debout jusqu'à ce soir.

Elle posa sur la table une grande assiette garnie d'œufs, de bacon, de saucisses, de haricots au lard, de tomates et de champignons en conserve.

— Vous avez intérêt à tout avaler, décréta-t-elle avec énergie. Je vous trouve beaucoup trop maigre.

Fleur fut la première surprise de s'apercevoir bientôt qu'à l'exception des haricots, elle avait presque vidé son assiette.

— C'était délicieux, commenta-t-elle en se tapotant le ventre. Je trouvais déjà mon short un peu ajusté, maintenant il est ouvertement trop petit.

Doreen étala sur sa tartine une couche de beurre tellement épaisse que, lorsqu'elle mordit dedans, ses incisives laissèrent des marques dans la matière grasse. Elle mastiqua lentement, avala une copieuse gorgée de thé.

— Le matin, il importe de prendre un repas consistant. Les citadines dans votre genre se nourrissent en dépit du bon sens.

— Avez-vous réussi à joindre Martha Daley ?

L'hôtelière secoua la tête :

— J'ai seulement parlé au régisseur du ranch. Jack et son épouse se sont absentés pour deux jours. J'ai laissé un message pour Martha, lui demandant de me rappeler dès son retour.

Elle tamponna ses lèvres au moyen d'une serviette, saisit sa tasse entre ses deux mains.

— Ne vous tourmentez pas. Vous ne tarderez plus à entendre parler d'elle.

Les coups frappés à la porte les firent tressaillir toutes deux – elles se tournèrent en chœur vers le costaud qu'elles devinaient à travers le verre dépoli.

— Ne reste pas planté là, Djati Wishbone ! brailla joyeusement Doreen.

C'était un homme grand, à la peau très sombre, aux yeux noisette, aux cheveux gris fer coupés avec soin au-dessus d'un superbe visage buriné. Malgré sa minceur, on discernait en lui la vigueur d'une lanière de fouet, qu'accentuaient les avant-bras musculeux et les mains pareilles à des battoirs. Pour un homme qui venait de fêter son quatre-vingtième anniversaire, il paraissait en très grande forme, et bourré d'énergie.

Il dut retirer son chapeau, puis baisser la tête, pour passer la porte sans s'y cogner.

— Bonjour, Doreen, fit-il d'une voix profonde, en jetant un coup d'œil en direction de Fleur. Ravi de faire enfin votre connaissance, mademoiselle Franklin.

Il serra dans sa grande pogne la main menue de la jeune femme.

— Enchantée, Djati. Pas de chichis entre nous : appelez-moi Fleur.

— Je suppose que tu es venu pour l'emmener à Savannah Winds, intervint la maîtresse de maison. Prends donc une chaise. Tu ne partiras pas d'ici avant d'avoir englouti l'un de mes célèbres petits-déjeuners.

— Je ne manquerai ça pour rien au monde, fit-il en adressant un clin d'œil à Fleur. D'autant plus que je roule depuis hier matin.

— Je te prépare ça tout de suite.

Doreen noua son tablier autour de sa taille plantureuse et fila en cuisine.

Fleur s'inquiétait : de tels périples ne valaient probablement rien à un homme de son âge.

— Vous ne préférez pas vous reposer, dormir un peu avant de repartir ?

Il lui décocha un large sourire :

— J'ai dormi à la belle étoile la nuit dernière et, dans ces cas-là, je dors toujours comme un bébé. Dès que j'aurai pris mon petit déjeuner, je serai comme neuf.

Il la considéra d'un air songeur :

— La dernière fois que je vous ai vue, vous n'étiez encore qu'un bébé, murmura-t-il. Pour le peu que je me rappelle d'elle, vous ressemblez beaucoup à votre mère.

Fleur sourit :

— Je m'en suis rendu compte hier soir.

Elle lui parla du cliché que l'hôtelière avait cherché pour elle.

Ensemble, ils évoquèrent Annie, Selina et Savannah Winds. Djati dévorait à belles dents la copieuse assiettée que la maîtresse de maison avait placée devant lui – il buvait des litres de thé. Une fois repu, il finit par repousser l'assiette.

— C'était un régal, Doreen. Quand je lui en parlerai, Sal sera effondrée d'avoir manqué ça.

— Comment va-t-elle ? On m'a dit qu'elle avait des soucis avec son genou.

— Elle va bien. Le médecin lui a annoncé qu'il faudrait qu'elle se fasse opérer dans peu de temps, mais pour le moment, ça tient. Elle voulait m'accompagner, mais nos petits-enfants ont exigé de venir aussi, ils étaient surexcités. J'ai donc décidé de voyager en solo.

Fleur, qui les écoutait, rassemblait peu à peu les pièces du puzzle en se servant de ce qu'elle avait lu dans les journaux intimes de sa tante. Djati avait donc épousé la petite-fille de Benuk, et il vivait heureux. Comme elle se réjouissait de le rencontrer enfin, et de savoir à quoi il avait échappé – elle se souvenait des haillons, du périple éprouvant qui l'avait finalement conduit chez Annie, de nombreuses années plus tôt.

— Allons-y, proposa-t-il à la jeune femme. Combien je te dois, Doreen ?

— Vous êtes mon invité, se hâta d'intervenir Fleur qui, avant qu'il pût réagir, avait réglé à la fois son dîner, les petits-déjeuners et sa nuit d'hôtel.

— Bien, fit-elle en rassemblant les pains de glace préparés pour elle par Doreen. Je vous préviens : j'ai acheté tellement de choses pour votre famille qu'il y a dans ma chambre deux énormes valises, qui doivent peser chacune plusieurs tonnes. Une fois que j'aurai rangé certains articles dans les sacs isothermes, je serai fin prête.

Elle mit au frais les bonbons et le maquillage, après quoi Djati chargea les valises sur le plateau de sa camionnette, qui disparaissait presque sous la fange et la poussière rouge.

Fleur se tourna vers Doreen, qui l'étreignit à l'étouffer.

— Merci pour tout.

— Je vous en prie, ma chérie. Promettez-moi seulement de passer la nuit chez moi quand vous aurez décidé de retourner à Brisbane.

Elle saisit dans ses petites mains en coupe le visage de la jeune femme :

— Ça m'a fait plaisir de vous voir. J'ai eu un peu l'impression que Selina était de nouveau parmi nous.

Fleur grimpa dans la camionnette, se laissa tomber sur la banquette en cuir fendillé. L'habitacle sentait le chien, le cuir et le métal, et quant au plancher du véhicule, il disparaissait sous les vieux magazines, les papiers de bonbon… Il se trouvait même là un pantalon hors d'âge et crapoteux que Djati s'empressa de fourrer sous son siège.

– Prête ?

– Prête.

– Ô Savannah Winds, nous voilà !

Tandis que la camionnette quittait en brimbalant la cour de l'hôtel, Fleur adressa de grands gestes à la petite silhouette qui se tenait à présent sur le trottoir. La générosité de ces parfaits inconnus ne laissait pas de l'émerveiller, et Doreen, avec la photographie de sa mère, lui avait fait la veille un cadeau d'une valeur inestimable.

Ils avaient laissé Cloncurry derrière eux, dans un volumineux nuage de poussière, pour suivre la Matilda Highway jusqu'au Burke & Wills Roadhouse, un restaurant situé au croisement de deux routes où les deux voyageurs firent halte pour un déjeuner tardif.

Djati désigna de l'index la voie étroite qui filait en direction du nord-est.

– Elle va jusqu'à la côte, en passant par Normanton et Karumba. Vers l'ouest, cette route encore plus resserrée mène au Lawn Hill National Park.

– Et nous, quelle direction allons-nous prendre ?

Ils remontèrent dans la camionnette.

– Eh bien… C'est maintenant qu'on commence à s'amuser.

Djati s'engagea sans ménagement sur une piste qu'on discernait à peine – Fleur se cramponna à son siège. Cette piste sinuait dans un décor sauvage et luxuriant où abondaient les cours d'eau.

– C'est beaucoup plus vert que je l'imaginais, cria la jeune femme pour tenter de couvrir le rugissement du moteur.

— Il a plu récemment, mais ne vous tourmentez pas. La voie reste praticable.

La chaleur frappant de plein fouet le pare-brise, il régnait dans l'habitacle une température à peine supportable. Fleur et Djati avaient baissé leur vitre dans l'espoir qu'une brise, fût-elle infime, les rafraîchirait un peu.

La voyageuse regarda avec admiration des grues brolgas agiter leurs grandes ailes sur les berges des cours d'eau, puis prendre ensuite leur envol au-dessus de la savane qui, lentement, se présentait à elle. Mais elle demeurait inquiète : que se passerait-il s'ils tombaient en panne au cœur de ces immensités ? Sans doute devraient-ils patienter plusieurs jours avant qu'on les secourût, voire plusieurs semaines. Or, cette contrée appartenait entre autres aux crocodiles.

Ce fut comme si Djati venait de lire dans ses pensées :

— En plus des roues de secours, j'ai toutes sortes de pièces de rechange – de sa voix profonde, il apaisait les craintes de sa passagère. J'ai aussi une carabine, ainsi qu'une radio. En cas de problème, il suffirait de quelques heures pour qu'on vienne nous tirer d'embarras.

— Et moi, j'ai mon téléphone portable. Il pourrait nous être utile.

Il secoua la tête, un sourire chagrin aux lèvres :

— Pas ici. Il n'y a pas de réseau.

Fleur songea à son ordinateur portable dans l'une de ses valises :

— Je suppose que vous utilisez des ordinateurs pour rester en contact avec le monde extérieur ?

— Non plus ! s'esclaffa l'Aborigène. Nous avons le téléphone et la radio, c'est tout. Les technologies de pointe ne sont pas encore arrivées jusqu'à nous.

Il coula à la jeune femme un regard plein de compassion :

— Je sais que les gens de la ville s'imaginent qu'ils ne survivront pas sans leur mobile ni leur ordinateur. Mais je vous assure que vous allez vous accoutumer très vite à notre mode de vie.

Ils poursuivirent leur chemin dans un silence complice, rompu, de loin en loin, par une question de Fleur concernant leur environnement, ou par une remarque de son chauffeur, qui lui montrait quelque chose. Trois heures plus tard, la lumière commença à baisser.

— Qu'est-ce que c'est que ça ? s'enquit la voyageuse, qui avait repéré au ciel des scintillements.

L'homme lorgna à travers le pare-brise crasseux.

— Des sauterelles, répondit-il, la mine sombre.

— C'est superbe ! s'exclama la jeune femme, tandis que le nuage d'insectes, toujours papillotant, se rapprochait. On dirait qu'il pleut des paillettes…

— Elles causent pourtant de terribles dégâts. Une nuée telle que celle-là peut vous dévorer plusieurs hectares de blé en l'espace de quelques heures. Dépêchez-vous de remonter votre vitre.

Il ralentit, tandis que le ciel s'obscurcissait encore et que la masse vibrante continuait à se rapprocher.

Lorsque la première sauterelle heurta le pare-brise, Fleur tressaillit. Quelques secondes plus tard, les petits corps chitineux martelaient la carrosserie par dizaines dans un bruit de tonnerre, d'autres s'amoncelant au bas du pare-brise, et dont on voyait battre les ailes argentées, leurs pattes et leurs antennes s'agitant frénétiquement dans les affres de leur trépas.

Djati actionna les essuie-glaces, souillant le pare-brise de leurs sucs.

C'était plus que la jeune femme n'en pouvait supporter. Elle ferma les paupières jusqu'à ce que le vacarme eût cessé et que le ciel s'éclaircît de nouveau.

— Quelle horreur, souffla-t-elle en frissonnant.

— Mieux vaut les éviter, dans la mesure du possible. Parce qu'elles foncent droit sur vous, comme si elles ne voyaient devant elles que l'herbe verte ou le blé mûr. Elles s'écrasent sur tout ce qui se trouve sur leur route.

La camionnette accéléra – sous les roues, les cadavres de plusieurs milliers d'insectes craquaient.

Quelques kilomètres plus loin, Djati ralentit de nouveau, puis coupa le moteur :

— Nous allons passer la nuit ici. Conduire dans le noir est trop dangereux.

Fleur considéra les alentours immédiats d'un œil soupçonneux. Ils se trouvaient sur une légère élévation dominant un étroit cours d'eau. L'herbe était rare, mais des bouquets d'arbres se dressaient, certains au port retombant, d'autres à la ramure large.

— Que faites-vous des crocodiles et des serpents ? interrogea-t-elle, morte de peur.

— N'ayez crainte, je vais vous préparer un lit dans la camionnette, vous y serez en sécurité.

— Et vous ?

— Je dormirai sur le plateau.

Il se rendit à l'arrière du véhicule, où s'entassaient les bagages de Fleur, des roues de secours, des bidons d'essence et d'eau, des cordes, des pelles... Tout ce dont on pouvait avoir besoin ici en cas d'urgence. Djati ôta la bâche goudronnée qui recouvrait tout, puis la secoua pour la débarrasser des cadavres de sauterelles. Il dut encore pelleter le fond du plateau, afin d'en retirer plusieurs centaines d'insectes morts.

— Je n'ai aucune envie de partager mon lit avec eux, grimaça-t-il.

Il arrangea ensuite les objets à son goût, déroula son sac de couchage, ajouta un oreiller, puis une couverture, avant de fixer une moustiquaire. Pour sa passagère, il avait prévu un autre sac de couchage, un oreiller, ainsi que deux couvertures, qu'il disposa sur la banquette de son véhicule.

— Surtout, n'ouvrez pas les fenêtres, la mit-il en garde. Les moustiques vous dévoreraient aussitôt.

Il posa le regard sur son short, son t-shirt mince et court, ses sandales...

— J'espère que vous avez apporté quelque chose de chaud. Après le coucher du soleil, les températures s'effondrent.

Déjà, la jeune femme sentait fraîchir l'air ambiant. Elle sortit de sa valise un pull-over et un jean. Elle se changea, avant d'enfiler des chaussettes épaisses, puis ses chaussures de marche, qu'elle laça pendant que l'Aborigène rassemblait assez de petit bois pour démarrer un feu, qui allait lui permettre de cuire la nourriture qu'il avait apportée. Bientôt, les flammes s'élevaient, auprès desquelles ils prirent place sur des rondins, pendant que l'eau et le ragoût commençaient à frémir dans leurs boîtes en fer – le pain brunissait parmi les cendres.

Fleur, qui mourait de faim, dévora le ragoût de mouton, qu'elle jugea exquis, ainsi que du pain, dont elle se servit pour saucer son assiette, sous l'œil amusé de Djati.

— Manger en plein air m'ouvre toujours l'appétit, lui expliqua-t-elle.

— À moi aussi.

Il s'empara des assiettes sales, qu'il alla laver dans le cours d'eau, pendant que Fleur préparait le thé.

Ils s'installèrent pour le boire, regardèrent les flammes perdre peu à peu en intensité. Les étoiles parurent dans le ciel. Spectacle éblouissant : la Voie lactée paraissait enjamber le firmament, la constellation d'Orion brasillait et la Lune couvrait d'or les arbres et les buissons alentour.

— Benuk m'emmenait dans le bush la nuit, avec ses petits-fils. Il nous racontait les légendes associées aux différentes étoiles. Avant, je les regardais à peine, car j'ignorais qu'elles revêtaient de telles significations pour mon peuple. J'avais consacré trop de temps à me battre pour tenter de survivre.

— J'ai lu votre histoire dans les journaux intimes qu'Annie m'a légués. Elle y écrit que Benuk vous a pris sous son aile dès votre arrivée à Savannah Winds.

Ses yeux noisette brillèrent à la lueur des flammes qu'il contemplait, et ses cheveux semblaient de pur argent.

— Nous n'appartenions pas à la même tribu, mais il a été pour moi le père que je n'avais jamais eu. Sans lui, je n'aurais rien su des coutumes de notre peuple. Jamais je n'aurais compris que, ce qu'on prend à la terre, il faut ensuite le lui rendre.

Il se tut, fuma sa pipe en regardant passer une étoile filante.

— Ce que vous appelez Voie lactée représente pour nous la route empruntée par celles et ceux qui ont quitté cette terre. Et chaque étoile n'est autre que l'une des âmes emportées dans le Grand Canoë par le Grand Esprit paternel.

Il retomba un moment dans le silence, sans cesser de contempler la voûte céleste.

— Cela me fait du bien de savoir qu'un jour, je rencontrerai ma mère et mon père, et que je recommencerai à chasser en compagnie de Benuk, que je veillerai de là-haut sur Savannah Winds jusqu'à l'heure du Grand Réveil, où toutes les âmes redescendront ici-bas.

L'œil perdu parmi les astres, la voix profonde et mélodieuse de son compagnon de voyage dans l'oreille, Fleur sentit sa gorge se nouer. Cette théorie la séduisait beaucoup – car si Annie et sa mère prenaient soin d'elle depuis les cieux, alors elle n'avait pas grand-chose à craindre.

En dépit de l'espace exigu où elle s'était installée, en dépit des sons étranges qui peuplaient la nuit de la savane, la jeune femme avait bien dormi. Toujours allongée dans son sac de couchage, elle découvrit, par la vitre salie, un ciel de lilas clair zébré d'un gris rosé produit par la brume qui montait, en voiles vaporeux, des prairies. Le Soleil en train de poindre était un globe rose qui, sans hâte, s'élevait au-dessus de l'horizon.

Elle défit la fermeture éclair de son sac de couchage, gigota pour s'en extraire, avant de descendre de la camionnette. Au même instant, un battement d'ailes la fit se retourner d'un bond : un vol majestueux de grues brolgas prit son essor, passant quelques secondes plus tard devant le disque parfait du Soleil – la scène se révélait aussi splendide qu'une peinture japonaise.

— C'est superbe, n'est-ce pas ?

Djati préparait le petit déjeuner sur un réchaud à gaz.

— J'aurais dû sortir mon appareil photo de ma valise. Quelle idiote…

— Rassurez-vous. Vous n'avez pas fini d'en voir : à cette époque de l'année, les rivières regorgent de poisson.

Fleur s'éloigna pour se soulager derrière un buisson, après quoi elle se lava le visage et les mains avec l'eau du ruisseau tout proche. Elle engloutit les œufs au plat et le bacon que son chauffeur avait frits, avant d'essuyer son assiette à l'aide d'un morceau de pain.

— Nous devrions atteindre Savannah Winds dans environ trois heures, lui indiqua Djati en s'installant derrière le volant. La piste est en mauvais état, alors cramponnez-vous.

L'Aborigène n'avait pas menti. Soumise aux caprices du climat, la piste ondulait par moment, ailleurs, elle était criblée de nids-de-poule… Les voyageurs devaient en outre ralentir chaque fois qu'ils découvraient un reptile en train de prendre le soleil au milieu de la voie, car il occupait toute la largeur… Un troupeau d'émeus jaillit brusquement des broussailles pour se mettre à galoper devant le véhicule pendant près de deux kilomètres, avant de bifurquer à nouveau en direction du bush.

— Ils sont bêtes comme leurs pieds, lui exposa Djati. Mais leur chair est délicieuse.

Après le départ des volatiles, l'Aborigène accéléra, levant dans leur sillage un formidable nuage de poussière.

— Au fait…, fit-il au bout de quelques minutes. Qu'a-t-elle raconté d'autre dans son journal, Annie ?

Fleur lui sourit :

— Motus et bouche cousue…, le taquina-t-elle. En tout cas, elle était certaine que Sal et vous alliez accomplir des prouesses, et c'est ce que vous avez fait.

L'homme sourit de toutes ses dents :

— Je n'ai pas vraiment eu le choix, commenta-t-il, amusé. Sal m'a mis d'office le grappin dessus. Avant que j'aie eu le temps de dire ouf, j'étais coincé !

Il sourit encore en secouant la tête :

— Elle m'a décrété qu'elle nous avait vus tous les deux longtemps avant que j'arrive à Savannah Winds. Je n'ai jamais su comment elle avait fait.

Il détourna son œil d'ambre de la piste pour guigner sa passagère :

— Vous allez peut-être la trouver un peu bizarre, au début. Elle possède le don de connaître certaines choses de façon inexplicable. Mais surtout, ne vous en formalisez pas. Elle ne veut faire de mal à personne.

Il poussa un soupir satisfait :

— Cette femme est la plus belle chose qui me soit arrivée.

— Je ne peux que m'en réjouir pour vous car, en lisant les cahiers de ma tante, j'ai découvert que vous aviez eu des débuts difficiles dans la vie, c'est le moins qu'on puisse dire.

Il haussa les épaules.

— Je n'étais pas le seul. Et le gouvernement a fini par s'intéresser à ce qu'on appelle maintenant les « générations volées ». Mieux vaut tard que jamais.

Il se racla la gorge.

— J'ai eu énormément de chance. Sal et moi venons de fêter nos soixante ans de mariage, et nous sommes aussi heureux qu'au premier jour. C'est à Annie que nous devons tout ça, et jamais nous ne l'oublierons.

La piste s'élargit, se fit moins cahoteuse. Djati appuya sur le champignon.

— Nous roulons sur les terres de Savannah Winds depuis environ une heure et demie, informa-t-il Fleur.

Celle-ci sentit son pouls s'accélérer, à présent qu'ils suivaient une voie bitumée, entre des pâturages verdoyants et des champs de blé qui ondulaient sous la brise. Le bétail, pour sa part, reluisait, comme si l'on avait soigneusement brossé chacun des animaux avant son arrivée.

— Les sauterelles ne se sont pas aventurées dans ces parages, observa-t-elle.

— Croisons les doigts pour que le vent continue à les pousser vers le sud jusqu'à ce que les récoltes soient terminées.

Fleur ayant repéré des bâtiments, elle se pencha en avant.

— Lequel est la maison ?

— D'ici, vous ne pouvez pas encore la voir. Il faut attendre d'avoir grimpé la côte.

Djati lui désigna du doigt les granges, le réfectoire et la cuisine pour les employés.

— Et là-bas, enchaîna-t-il, c'est le logement où Sal et moi vivons.

Il s'agissait d'une jolie maisonnette en briques, assortie d'un superbe jardin potager. Des arbres jetaient leur ombre bienfaisante sur les lieux, et sur une corde, on avait mis beaucoup de linge à sécher.

— On dirait bien que Sal va pouvoir ouvrir une blanchisserie chinoise, plaisanta la voyageuse.

— Nous venons d'acheter une nouvelle machine à laver, se mit à rire Djati, et avec autant de marmots dans les parages, elle fonctionne à longueur de journée.

D'un mouvement du menton, il lui montra les édifices situés un peu plus loin.

— Deux des arrière-petits-enfants de Benuk vivent là-bas avec leur famille, et comme tous nos enfants sont mariés, nous les avons aidés à construire leur propre logement. Pareil pour les petits-enfants. C'est comme un village, maintenant, et même si nous ne nous marchons pas sur les pieds, nous sommes contents d'habiter tout près les uns des autres.

La jeune femme observa la clairière, les constructions récentes… Comme Annie avait dû se trouver isolée juste après le décès de son mari.

— Au moins, vous ne vous sentez jamais seuls.

— Il y a des inconvénients, des potins qui circulent, de petites jalousies… Mais la plupart du temps, nous nous entendons bien.

Ils traversèrent la clairière en direction d'une imposante maison de plain-pied, en briques, coiffée d'un toit de tôle ondulée, cernée d'une véranda protégée par une moustiquaire et couronnée d'une robuste cheminée.

— Voici la maison, annonça l'Aborigène.

Telle qu'Annie l'avait décrite.

— Et maintenant, gloussa Djati… Attention…

Il klaxonna, et une nuée de bambins parut, comme surgie de nulle part, et se mit à courir. Il y avait là des adolescents, des enfants, et de tout petits bouts de chou dont la couleur de peau allait du noir d'ébène au caramel pâle en passant par le brun doré. Quant à leurs chevelures, il en était de brunes, de blondes et de cuivrées pareilles à la poussière rouge qui régnait en maître partout. Des hommes sortirent des granges, des cabanes et des enclos, tandis que les femmes se plantaient sur le seuil de leurs habitations pour accueillir les nouveaux venus. Les chiens aboyaient, les poules caquetaient… Un coq, troublé par les événements, poussa un cocorico retentissant, perché sur le toit du poulailler…

Abaissant la vitre de sa portière, Fleur rendit d'un geste leur salut aux enfants qui, déjà, se juchaient sur le marchepied et se cramponnaient à la voiture. Lorsque Djati arrêta cette dernière devant le perron de la demeure d'Annie, les bambins se mirent à courir tout autour en poussant des clameurs de bienvenue, exigeant que la jeune femme fît attention à chacun d'eux – ils s'agrippaient à sa main tendue en se chamaillant – c'était à qui ouvrirait la portière en premier.

Elle parvint à descendre de la camionnette sans écraser d'orteils ni de doigts, et les plus jeunes enfants s'accrochaient à ses jambes, tirant sur son jean. Deux adolescentes, les aînées assurément, lui coulèrent des regards timides; elles restèrent en arrière. Quant aux garçons plus âgés, ils s'étaient plantés non loin, les mains dans les poches, résolus à jouer l'indifférence.

— Bonjour ! lança Fleur dans un rire clair. Si vous le voulez bien, vous allez me dire vos prénoms, mais je ne vous promets pas de tous les retenir du premier coup. Il faudra être indulgents avec moi, et faire preuve d'un peu de patience.

Et les marmots de babiller tous ensemble – elle ne comprenait rien. Elle leva les mains pour s'avouer vaincue. Djati vint à son aide en chassant la marmaille :

— Venez donc faire la connaissance de Sal et des autres. Autant profiter de cette brève accalmie... Je préfère vous annoncer qu'ils vont revenir à la charge en moins de temps qu'il n'en faut pour le dire.

— Emportons les valises dans la maison. Parce que s'ils flairent ce qui s'y trouve...

— Vous avez raison.

Chargé de son fardeau, Djati gravit les marches de la véranda, en haut les huit femmes patientaient, tout sourire.

— Je vous présente Sal.

Et l'Aborigène d'attirer à lui une petite bonne femme rondelette, aux cheveux blancs, à la peau couleur de noisette, qui décocha à sa visiteuse un très large sourire.

— Bonjour, fit-elle, saisissant entre les siennes, chaudes et calleuses, les mains de Fleur. Vous êtes telle que je vous ai vue, murmura-t-elle avec un hochement de tête approbateur. Bienvenue chez vous.

— Merci.

La femme de Djati désigna ses compagnes d'une main élégante :

— Mary a épousé Ben, notre fils aîné, et voici Amy, ma petite-fille, qui ne va plus tarder à mettre au monde son deuxième enfant. Je vous présente Jane, ma fille, enchaîna-t-elle. Son mari est notre meilleur tondeur, et voici sa fille Sarah, qui, elle aussi, attend un bébé. Annie, qui est notre benjamine, a épousé l'un des gardiens de troupeau, et ici, vous avez Jewel, sa fille. Et voici ma cousine Perle.

Elle adressa à Djati un sourire tendre.

— Nous avons également deux fils, mais ils sont en train de s'occuper des bêtes. Nous n'avons pas encore réussi à les marier, et je doute que nous y parvenions jamais.

Elle eut une moue.

— Maintenant que leurs habitudes de célibataires sont ancrées au plus profond d'eux-mêmes, aucune fille sensée ne voudra d'eux.

Fleur, qui se mélangeait déjà les crayons, continuait cependant à sourire à chacune de ces dames, auxquelles elle serrait la main à tour de rôle. La plus âgée pouvait avoir une soixantaine d'années, la plus jeune trente de moins.

— Jewel a hérité de mon don, lui confia Sal dans un murmure, même si elle ne m'arrive pas à la cheville. Elle vous aidera pour le ménage et le rangement si vous le souhaitez, mais c'est moi qui me chargerai de la cuisine.

Elle redressa les épaules, croisa les bras sur sa poitrine :

— C'est également moi qui fais la lessive, ajouta-t-elle avec fierté, grâce à ma nouvelle machine.

— C'est ce que j'ai cru comprendre, lui sourit la nouvelle propriétaire des lieux.

— Mets donc la bouilloire à chauffer, Sal ma chérie, fit Djati en ferraillant avec les lourdes valises, peinant à franchir la porte à moustiquaire. M'est avis que Mlle Franklin est aussi assoiffée que moi.

Les femmes se précipitèrent dans la demeure et, comme Fleur s'apprêtait à les suivre, elle sentit qu'on lui assenait une petite tape sur la main. Elle fit volte-face : Sal la fixait intensément :

— Je vois beaucoup de tristesse en vous, souffla-t-elle. Vous avez versé des larmes amères sur quelque chose que vous avez perdu.

Ces déclarations troublèrent la jeune femme.

— Ne vous tracassez pas, poursuivit l'épouse de Djati. Vous ne tarderez pas à connaître de grandes joies.

Sur ces paroles énigmatiques, elle quitta la voyageuse pour rejoindre les autres à la cuisine.

Fleur la suivit, la cervelle embrumée. Sal était un étrange personnage, et elle se demanda si la chaleur torride qui régnait dans la région ne lui avait pas endommagé le cerveau.

On avait disposé sur la véranda de vieilles tables et des fauteuils en rotin, parmi une profusion de plantes en pots. Un chat noir à la queue blanche s'était étendu de tout son long sur l'une des tables et, lorsque la jeune femme le caressa, il s'étira avec grâce en se mettant à ronronner.

À peine le seuil franchi, on se retrouvait dans la pièce principale, le cœur vivant de la maison, assortie d'une cuisine ouverte, tandis que trois portes se donnaient à voir de l'autre côté. Rien de commun, songea-t-elle, avec son appartement ultramoderne de Brisbane, mais l'endroit était accueillant, et elle s'y sentit immédiatement chez elle – un lieu où regarder grandir ses enfants, se dit-elle encore…

On avait raboté, puis ciré le parquet avec ardeur, les rideaux étaient charmants, et récemment lavés. Les tapis se composaient de bandes d'étoffe colorées, mêlées à de la toile de jute.

Vu le nombre de personnes assemblées là, il était difficile d'estimer la taille de la pièce, mais Fleur la supposa grande – on y recensait une vieille table de cuisine au plateau briqué, accompagnée de ses six chaises. Deux canapés affaissés se tenaient de part et d'autre d'un âtre à l'intérieur duquel on avait installé un poêle à bois dont le tuyau disparaissait dans le conduit de la cheminée.

Pendant que les femmes s'affairaient en cuisine, Djati se laissa tomber dans l'un des canapés pour y lire le journal. Fleur, du coin de l'œil, aperçut un énorme fourneau, une rangée de placards relativement récents. Elle crut repérer un réfrigérateur dans un coin, un garde-manger et une volumineuse télévision juchée sur le plan de travail.

— Avez-vous envie que je vous fasse faire le tour du propriétaire ? lui proposa Jewel, qui possédait des yeux bruns d'une incomparable douceur – le rose qui venait de paraître à ses joues accentuait son charme tendre.

Elle parlait à voix très basse. À l'évidence, elle était timide.

— Avec plaisir, répondit Fleur en l'encourageant d'un sourire.

L'Aborigène lui montra les trois chambres, puis la salle de bains, joliment meublée, et d'une propreté irréprochable.

— Mamie nous a expliqué plusieurs fois que la maison n'était pas du tout comme ça à l'époque d'Annie, commenta Jewel, qui considérait la visiteuse de sous ses épais cils noirs. Il n'y avait que deux pièces, avec des toilettes à l'arrière, et pas de baignoire. Mais maintenant, nous avons un générateur qui nous fournit de l'électricité, et le satellite, pour capter les programmes de télé. Cela dit, l'image n'est pas bonne. L'eau chaude vient d'un puits artésien, mais elle passe ensuite dans plusieurs réservoirs de refroidissement, sinon vous pourriez vous brûler. Cela dit, je préfère vous prévenir : elle a une drôle de couleur et elle ne sent pas très bon. Il y a aussi une radio, que vous trouverez dans un coin du salon. Maintenant que tout le monde sait que vous êtes arrivée, vous allez sûrement recevoir beaucoup d'appels.

Elle adressa à Fleur un sourire hésitant.

— Nous ne recevons pratiquement jamais de visites.

— Habitez-vous ici depuis toujours ?

— Presque. J'ai fréquenté l'école, puis l'université de Brisbane, puis je me suis rendue à Sydney, où j'ai obtenu mon diplôme d'enseignante. La ville m'a plu, mais j'aime mieux Savannah Winds. C'est l'endroit idéal pour élever des enfants.

— Y a-t-il une école dans les environs ?

La jeune femme secoua négativement la tête :

— En période scolaire, j'enseigne l'anglais par radio et, pendant les vacances, j'aide les enfants en difficulté. Mon but est qu'ils réussissent l'examen qui leur permettra d'entrer dans un lycée sur la côte. Je travaille avec mon mari, chaque fois que le besoin s'en fait sentir.

Elle s'empourpra.

— Il est originaire de Sydney. Nous nous sommes rencontrés lorsque j'étudiais à l'université.

— Le repas est prêt ! s'écria Sal. Dépêchez-vous de venir avant que les enfants aient repéré l'odeur.

Trop tard. La porte à moustiquaire s'ouvrit à toute volée, les bambins se ruant dans la demeure ; ils s'exprimaient tous en même temps.

— Ça suffit ! fit mine de se fâcher l'épouse de Djati. Asseyez-vous et tenez-vous tranquilles, sinon personne n'aura le droit de découvrir ce que Fleur a apporté de la grande ville.

Jewel et Amy récupérèrent prestement leurs tout petits, qu'elles installèrent sur leurs genoux, tandis que les autres enfants du même âge s'asseyaient sur le sol – les plus vieux se serrèrent entre les adultes, sur les canapés, ou se juchèrent sur des chaises. Le silence se fit, tandis qu'ils engouffraient leurs sandwichs avant d'enchaîner avec des tranches de cake aux fruits. Pour qu'ils se désaltèrent, on leur donna, dilués dans de l'eau, des sirops de fruits aux couleurs extravagantes qui leur teignirent la langue et les lèvres.

Fleur avala un casse-croûte avant de grignoter un petit morceau de cake, qu'elle jugea délicieux, puis but du thé, redoutant à présent que ses cadeaux ne fissent un flop – pour un peu, elle aurait refusé d'ouvrir ses valises.

Elle avait tort de se tourmenter : les femmes s'extasièrent devant les étoffes, et déjà elles se disputaient pour savoir qui prendrait quoi, et ce que chacune confectionnerait avec le coupon qu'on lui aurait attribué. Les petits garçons se réjouirent sans mélange de découvrir des toupies et des ours en peluche, les fillettes s'émerveillèrent en se voyant confier des poupées Barbie, avec leurs vêtements et leurs souliers fantaisie. Il y avait encore des bijoux de pacotille, du parfum, des flacons de bain moussant et du gel de coiffage. Les pré-adolescents reçurent des chemises, des jeans, des ballons de football, des frisbees et des équipements de paintball. Pour les bébés à naître, Fleur avait acheté de minuscules couvertures bordées de dentelle, des bonnets, des châles, ainsi que des petites robes comme personne, à Savannah Winds, n'en avait encore jamais vu.

Assis l'un à côté de l'autre sur un canapé, Sal et Djati admiraient, les uns après les autres, les présents que les enfants venaient leur montrer ; ils s'enthousiasmaient devant chacun de ces menus trésors. Mais l'œil de Sal étincela tout spécialement lorsque Fleur ouvrit le vaste sac isotherme pour en faire surgir des pots de confiture et de pâte à tartiner, des paquets de café et, pour les bambins, suffisamment de sucettes pour qu'ils se fissent plaisir pendant tout un mois.

En dépit des protestations, la doyenne de la famille récupéra les sacs de bonbons pour les mettre à l'abri des gourmands.

— Je ne vous en donnerai qu'un de temps en temps, déclara-t-elle en réprimant un fou rire. Sinon, vous finirez par y laisser toutes vos dents.

— Les miennes, elles tomberont pas, décréta un garçonnet auprès d'elle. Elles sont déjà tombées.

Il décocha fièrement un large sourire ne révélant à peu près que ses gencives – il avait perdu la plupart de ses dents de lait.

Sal le prit dans ses bras, lui fit un câlin, avant de lui offrir une sucette.

— Celle-là, c'est pour ton insolence, lui murmura-t-elle avant de l'étouffer de baisers.

— Il me reste une dernière chose à déballer, annonça Fleur une fois les fous rires un peu retombés.

Plongeant la main dans la seconde valise, elle sortit un sac isotherme plus petit.

— J'espère que rien n'a fondu, fit-elle.

Elle versa le contenu du sac sur la table. Les femmes et les adolescentes se jetèrent dessus comme une nuée de sauterelles. La visiteuse venait de mettre à leur disposition des flacons de vernis à ongles, des ombres à paupières de toutes les couleurs, des bâtons de rouge à lèvres, du parfum, des crèmes de jour, des shampoings et des après-shampoings.

Fleur exultait – ces dames s'enfiévraient, leurs joues rosissaient de plaisir, tandis qu'elles essayaient les produits cosmétiques, réfléchissant à la manière dont elles allaient les répartir afin qu'aucune d'elles ne fût lésée.

Sal lui effleura le bras :

— Merci, Fleur, fit-elle, l'œil brillant. On croirait Noël, mais en mille fois mieux.

— C'est à moi que ça fait le plus plaisir, croyez-moi.

— Taisez-vous, les enfants ! s'écria soudain l'épouse de Djati. À présent, il est temps de remercier Mlle Franklin, puis de déguerpir pour la laisser s'installer tranquillement.

On étreignit la jeune femme, on l'embrassa profusément, à l'exception des deux garçons plus âgés, qui se contentèrent de lui serrer la main avant de rougir, puis de quitter la maison à la hâte en serrant contre leur cœur leurs chemises neuves et leurs ballons de football. Elle sentit tout à coup qu'on tirait sur son pantalon. La fillette possédait une chevelure couleur de cannelle, et elle avait un petit nez tavelé de taches de rousseur. Elle souriait d'une oreille à l'autre. Elle leva les bras, afin que Fleur la prît entre les siens, avant de la caler contre sa hanche.

— Comment s'appelle-t-elle ?

— Rosie, répondit Jewel avec fierté.

— Eh bien, Rosie… Je suis très heureuse de faire ta connaissance.

La petite fille jeta ses bras potelés autour du cou de la jeune femme, puis appliqua sur sa joue un énorme baiser collant. Lorsque Fleur la rendit à sa mère, elle se sentit bouleversée.

— Je vous apporterai de quoi manger tout à l'heure, lui indiqua Sal, au moment où son époux et elle prenaient congé. Comme ça, vous pourrez dîner en paix. Vous m'avez l'air épuisée. La journée a été longue.

À ces mots, la voyageuse se rendit compte, pour la première fois, qu'elle tombait de fatigue. Elle regarda le vieux couple descendre les marches du perron, grimper dans sa camionnette, lui adresser, par la vitre, un dernier signe de la main, puis s'éloigner à travers la prairie en direction de son logis.

La jeune femme se tourna vers le chat, qui faisait maintenant sa toilette sur une chaise. Elle aimait les chats. Sa présence ne la dérangeait en rien. Bien au contraire.

Elle laissa la porte ouverte, dans le but de profiter du moindre souffle d'air, puis elle prit une profonde inspiration – elle se sentait comblée. Elle allait pouvoir explorer la demeure à sa guise, prendre son temps et, peut-être, percevoir la présence d'Annie dans chacune de ces pièces.

Alors qu'elle déambulait de l'une à l'autre, elle comprit que sa tante avait emporté à Birdsong ses objets les plus précieux, mais il restait, dans le tiroir d'une des tables de chevet une série de photographies anciennes. Elle s'assit, les regarda d'abord d'un œil un peu distrait, mais qui lui permit néanmoins de constater que l'âge et l'humidité les avaient tachées. Les images lui parurent floues, et personne n'avait rien écrit pour qu'on pût identifier les sujets immortalisés, ni au bas des clichés, ni au dos.

Le chat sauta sur le lit à côté d'elle, se frotta contre son bras, exigeant son attention en piétinant les photographies. Elle le prit dans ses bras pour l'emmener à la cuisine. Elle ouvrit la porte du réfrigérateur, y préleva du poulet froid et du lait, qu'elle disposa dans deux soucoupes avant de placer celles-ci sur le sol.

Le chat mangea sans cesser de ronronner, et Fleur ne put s'empêcher de sourire. Elle se réjouissait d'avoir de la compagnie. Une compagnie muette, surtout, car en dépit du merveilleux accueil qu'on lui avait réservé, elle se sentait rompue par le raffut et le désordre produits par tant de gens rassemblés dans un espace à ce point confiné, surchauffé de surcroît.

Greg avait passé toute la nuit à l'hôpital. Il venait de boucler sa dernière intervention chirurgicale, ce qui signifiait que, d'ici quelques heures, il pourrait enfin s'envoler pour Townsville. Il était parvenu à grappiller un peu de sommeil, avant de prendre son petit déjeuner à midi. Son bagage était prêt. Il lui tardait de partir.

Il consulta de nouveau sa montre, fit les cent pas dans son appartement – le temps s'écoulait au compte-gouttes. Chaque heure perdue était, pour Fleur, une heure d'avance sur lui. Il avait pensé chercher lc numéro de téléphone de Savannah Winds, mais il avait renoncé, désireux de ne pas abattre ses cartes trop tôt. Si Fleur était persuadée qu'il entretenait une liaison, elle quitterait le ranch à l'instant où on l'informerait qu'il avait l'intention de l'y rejoindre ; il ne la retrouverait jamais.

L'avion décollait à 6 heures, et il avait réservé un taxi pour 4 h 30. Il consulta pour la énième fois sa montre. 3 heures. Seulement.

Il tenta de s'apaiser, s'assit, s'efforça de se plonger dans la lecture du dernier numéro de *The Lancet*. Hélas, il ne parvenait pas à se concentrer. Au bout de quelques minutes, il s'aperçut qu'il n'avait pas compris un traître mot de ce qu'il venait de lire.

Le téléphone sonna, ce qui le fit sursauter.

— Greg Mackenzie à l'appareil, fit-il d'une voix lasse.

— Monsieur Mackenzie. Je suis navrée de vous faire ça, mais nous avons besoin de vous à l'hôpital de toute urgence.

Il serra plus fort le combiné :

— Je suis en vacances pour trois semaines.

— Je le sais, mais un accident de la circulation s'est produit tout à l'heure, impliquant deux autobus scolaires. Certains blessés se trouvent dans un état d'urgence absolue.

— Mes collaborateurs sont parfaitement capables de faire face à ce genre de situation sans mon aide. Avez-vous pris contact avec Redcliffe ?

— Ils ne prennent plus de nouveaux patients. La plupart des blessés étant des enfants, c'est nous ou rien. Dans combien de temps pouvez-vous être là ? Les premiers patients devraient arriver d'ici une demi-heure.

Posant le regard sur sa valise, Greg comprit que le vol pour Townsville partirait sans lui.

— J'en ai pour dix minutes.

Lorsqu'elle ouvrit les yeux, Fleur se demanda d'abord où elle était. Elle ne reconnaissait pas la chambre, pas plus que les odeurs ni les sons qui lui parvenaient à travers les volets. Il lui fallut un moment pour se rappeler qu'elle se trouvait à Savannah Winds. Elle n'avait eu l'intention que de s'allonger une demi-heure avant le dîner, mais elle s'était endormie pour de bon. À présent, il faisait nuit noire, et, sur la table de chevet, le réveil lui apprit qu'il était presque minuit.

Elle entendit ronronner le chat à côté d'elle. Elle alluma la lumière. À peine se fut-elle remise debout que le félin quitta également le lit pour la conduire jusqu'à la cuisine. Le chat s'assit devant le réfrigérateur et se mit à miauler.

— Si je comprends bien, tu es chez toi. Regarde un peu. Notre dîner est prêt.

Fidèle à sa promesse, Sal avait déposé sur le plan de travail un grand plateau contenant deux assiettes couvertes – une tourte aux légumes et de la purée. À côté se trouvait un bol de crumble aux pommes. L'épouse de Djati avait également laissé un petit mot :

> Chère Fleur,
>
> Demain, la plupart d'entre nous seront en train de s'occuper du troupeau, et les enfants ont des

devoirs à faire. Si vous avez besoin de compagnie, vous savez où me trouver. Sinon, comptez sur moi pour vous laisser vous installer paisiblement,

Sal

Après avoir apprivoisé le four, la jeune femme réchauffa son repas, redonna du poulet au chat, puis s'assit à la table.

Le sommeil l'avait ragaillardie, et maintenant qu'elle se sentait rassasiée, elle songea que l'heure était venue pour elle de défaire ses bagages. Elle jugeait un peu incongru de s'installer ici au beau milieu de la nuit, lorsque le reste du ranch dormait à poings fermés. Lorgnant par la porte à moustiquaire, elle constata que seule la Lune dispensait sa lueur. Le silence régnait partout, à l'exception, de loin en loin, du mugissement d'une vache, ou du petit cri déchirant d'un animal surpris par un prédateur.

Après avoir vidé ses valises, elle les rangea dans l'une des chambres d'amis, puis s'installa sur le canapé, munie des journaux intimes d'Annie qu'elle n'avait pas encore lus.

Savannah Winds, mai 1945

Nous avons appris ce matin à la radio que l'Allemagne avait capitulé. Enfin, la paix va revenir en Europe. Cette nouvelle, tout le monde l'attendait depuis déjà un certain temps, mais maintenant qu'elle se trouve confirmée, nous nous réjouissons à l'idée que, bientôt, nos êtres chers seront à nouveau près de nous. Cependant, les combats se poursuivent dans le Pacifique, et nous prions pour que les Japonais ne tardent pas à se rendre à leur tour.

J'ai reçu de nombreuses lettres de Sam, mais la censure les a si bien caviardées que je ne sais pas où il est en train de se battre actuellement. Mon cœur bat plus fort chaque fois que je songe à son retour prochain. J'ai peur, toutefois, qu'il ne me reconnaisse pas, car les années de labeur à Savannah Winds m'ont prématurément vieillie. J'ai la peau ridée comme celle d'une vieille pomme, j'ai un corps maigrichon et nerveux comme celui d'un garçon. Je suis peut-être sotte de m'imaginer qu'il m'aimera encore, car il se rappelle une jeune femme, or il va découvrir, à sa place, une vieille bique desséchée qui, par-dessus le marché, a encore le culot de se languir de lui.

Je peux certes donner l'impression de m'apitoyer sur mon sort, mais il ne sert à rien de se voiler la face. La guerre l'aura forcément changé, comme elle m'a changée, moi, et je crains que nous ne soyons l'un et l'autre devenus très différents des deux jeunots qui ont, un soir, échangé un baiser sur la véranda d'un pub. J'ai décidé de le laisser agir, et si je perçois du doute dans son regard, ou s'il essaie discrètement de se dérober à mes étreintes, alors, je lui dirai de reprendre sa liberté. Cette liberté, il l'a mille fois méritée, or une femme plus jeune lui donnera des enfants et lui offrira un avenir digne de ce nom. Pour ma part, je n'ai rien à lui offrir, sinon mon cœur et cet endroit où je vis. Si cela ne lui suffit pas, je resterai à jamais reconnaissante à Dieu de m'avoir gratifiée de ces moments de bonheur pur dont je me souviendrai jusqu'à la fin de mes jours.

Juin 1945

Les Japonais n'ont toujours pas capitulé. Susan Daley redoute le pire pour Ted. Elle sait seulement qu'il a été fait prisonnier en Birmanie, et que nombreux sont les observateurs à souligner la cruauté avec laquelle on les traite dans ces camps, et la difficulté d'y survivre.

Juillet 1945

Aujourd'hui, j'ai reçu une autre lettre de Sam. Il est arrivé en Angleterre et, d'ici un mois tout au plus, il embarquera pour l'Australie. Je crains cependant que sa visite à Hackney lui ait brisé le cœur, car sa mère est décédée dans l'usine de munitions où elle travaillait, un V1 ayant frappé l'édifice de plein fouet. La chance leur aura été au moins donnée de se revoir… mais comme le sort peut être parfois cruel… Je pense qu'il faudra à Sam beaucoup de temps pour se remettre de ce chagrin de l'avoir perdue une seconde fois.

6 août 1945

Les Japonais refusant toujours de mettre un terme à la guerre dans le Pacifique, les Américains ont lâché sur Hiroshima une horrible bombe, qui a fait plusieurs milliers de victimes et rayé la ville de la surface de la planète.

9 août 1945

Le Japon tenant bon, les États-Unis ont cette fois bombardé la ville de Nagasaki.

15 août 1945

Enfin, les Japonais se sont rendus.

Septembre 1945

J'ai décidé de suivre le conseil de Susan, autrement dit de quitter bientôt Savannah Winds pour me rendre à Sydney. Sam est censé débarquer là-bas à la fin du mois et j'ai prévu de l'accueillir à sa descente du bateau. Tant pis pour ma peur, je l'aime de tout mon cœur, aussi est-il primordial que je sois là pour lui souhaiter la bienvenue chez lui. Durant mon absence, Benuk et Djati s'occuperont du ranch. Une fois n'est pas coutume, j'ai résolu également de dépenser un peu d'argent pour moi. Je vais me faire couper les cheveux, puis j'achèterai une tenue suffisamment élégante pour paraître moins dépenaillée qu'en ce moment.

Novembre 1945

Je n'ai pas emporté mon journal à Sydney, mais, de toute façon, je n'aurais pas eu le temps d'écrire la moindre ligne. Quand j'ai retrouvé Sam au bas de la passerelle, et quand il m'a serrée dans ses bras, il m'a semblé que jamais nous ne nous étions séparés. Certes, nous avons beaucoup changé, mais physiquement seulement. Nos cœurs, eux, sont restés les mêmes, et notre amour est plus fort que jamais.

Nous nous sommes mariés à Sydney le 3 octobre, après quoi nous avons fêté notre lune de miel dans une petite bourgade du littoral portant le nom de Coogee Bay. Le peignoir en soie rouge qu'il m'a offert est un peu trop exotique à mon goût, mais je le porte quand nous passons l'après-midi à dormir – il fait si chaud – je trouve exquis le contact de la soie contre ma peau.

Je suis follement heureuse et, maintenant que nous avons regagné Savannah Winds, nous rêvons l'un et l'autre à un très long avenir commun.

Fleur tourna la dernière page, puis referma le journal avec un soupir d'aise. Lorsqu'elle leva les yeux, elle eut la surprise de constater que le jour allait bientôt poindre. Elle se prépara une tasse de thé, offrit un peu de lait au chat, et enfila un pull-over avant de se rendre sur la véranda. Tandis qu'elle demeurait dans les brumes ravies de sa récente lecture, elle vit le chat quitter la maison en trombe – il paraissait avoir le diable à ses trousses.

— Mais qu'est-ce qui te prend ?

Un petit rire dans son dos la fit se retourner dans un sursaut.

— Bonjour, Fleur, fit Blue, qui extirpa d'un fauteuil en rotin son interminable carcasse.

Il effleura du doigt le bord de son chapeau.

— Bienvenue à Savannah Winds.

15

— J'ai l'impression que je vous ai fait peur.

Blue se roula une cigarette qu'il alluma.

— D'où sortez-vous ? demanda Fleur, serrant entre ses mains glacées sa tasse de thé. Je n'ai pas entendu le moteur de votre camionnette.

— Il est très tôt. Je ne voulais pas risquer de vous réveiller. Je suis venu à pied depuis la grange.

— Les autres sont-ils au courant de votre arrivée ?

— Je ne crois pas. Peu importe.

Il se rassit, étira ses longues jambes qu'il croisa aux chevilles en fumant, son couvre-chef sur le nez… Le portrait parfait d'un homme content de lui.

— Je suis navrée de n'avoir pas eu l'occasion de vous dire au revoir à Birdsong. Un imprévu m'a obligée à regagner Brisbane.

— Tout ira bien, maintenant que je suis là.

Il lui sourit, l'envoûta de nouveau de son regard très bleu.

— Avez-vous déniché des choses intéressantes à Birdsong ? À part les journaux intimes d'Annie ?

— En effet.

La jeune femme lui parla des lettres et de ce qu'elles lui avaient révélé sur l'ignominie de son père.

Il la guigna de sous le large bord de son chapeau sans émettre de commentaire. Elle lui rapporta sa terrible dispute avec Don. Elle eut la très nette impression qu'il connaissait depuis longtemps le contenu de ces missives.

— Vous avez bien fait de venir ici, dit-il une fois qu'elle eut achevé son récit. Il s'agit d'un lieu propice à l'apaisement.

Il gigota un peu sur son siège.

— Était-ce l'un des cahiers d'Annie que vous étiez en train de lire ?

Elle sourit.

— Elle y raconte la dernière année de guerre, puis son mariage avec Sam. J'ai été ravie d'apprendre qu'enfin, les choses s'étaient bien terminées pour eux. Ma tante possédait un courage peu commun, et quand je pense à tous les dangers, toutes les difficultés qu'il lui a fallu affronter… Et dire qu'elle n'avait que trente-et-un ans le jour où elle a épousé Sam.

— C'était une femme exceptionnelle.

Il fit silence, contemplant, à travers les moustiquaires, le ciel qui peu à peu s'éclaircissait.

Fleur hésita un moment avant de lui poser la question qui lui brûlait les lèvres depuis qu'elle avait ouvert la malle dans le salon de Birdsong.

— Qu'est-il advenu de Sam et de leur petite Lily ?

— Annie a tout consigné par écrit. Lisez les cahiers suivants.

L'œil de Blue se mit à briller. La jeune femme n'insista pas. À l'évidence, la tragédie qui avait frappé sa tante le touchait beaucoup.

— Je vais vous laisser, fit-il en se levant, avant de rajuster son chapeau.

— Permettez-moi au moins de vous offrir le petit déjeuner. Ensuite, nous rendrons visite à Sal.

Il secoua la tête.

— Je vous remercie, mais j'ai des choses à faire. Je repasserai bientôt, c'est promis.

Il avait dû repérer sa déception, car il lui sourit, lui effleura l'épaule comme pour se faire pardonner :

— Vous devriez aller faire un tour pour découvrir les lieux, suggéra-t-il. Il y a là-bas une vieille grange, derrière les plus récentes. Sam y passait énormément de temps. Peut-être l'endroit vous paraîtra-t-il intéressant.

— Pour quelle raison ?

Il lui décocha un sourire énigmatique, ouvrit la porte :

— Vous verrez bien.

Fleur poussa un soupir excédé en le regardant disparaître au coin de la maison. En dépit du charme indéniable qu'il dégageait, c'était bien là l'homme le plus exaspérant qu'il lui eût jamais été donné de croiser sur sa route.

Greg était parvenu à voler une petite heure de sommeil durant la nuit, mais il se sentait étonnamment bien et débordait d'énergie. Il comprenait à présent pourquoi l'on avait fait appel à lui, car on recensait, parmi les enfants, plus d'une quarantaine de blessés, dont certains souffraient d'atteintes graves au niveau de la poitrine ou de la tête. Son équipe et lui s'en étaient tirés haut la main, et même si certains jeunes patients se trouvaient toujours dans l'unité de soins intensifs, on ne déplorait aucun décès.

Il se hâtait à présent dans le couloir, ne songeant plus qu'aux vols en direction de Cloncurry, et au temps qu'il lui faudrait ensuite pour atteindre Savannah Winds. Il traversait le service des urgences, empruntant le plus court chemin pour se rendre au parking, lorsqu'il entendit qu'on l'appelait. Il se retourna, manqua de ne pas reconnaître cette petite femme menue au teint de cendre qui accourait vers lui.

— Bethany ? Que se passe-t-il ?

— C'est Mélanie, répondit-elle d'une voix tremblante. Elle a eu un accident de scooter. J'attends qu'on l'emmène en salle d'opération.

— Comment s'appelle le chirurgien ?

— Dr Philips. Mais le Pr Watkins va participer à l'intervention.

— Mais c'est un obstétricien…

— Mélanie est enceinte, l'interrompit-elle. Le Pr Watkins se tourmente au sujet des conséquences possibles de l'accident sur le bébé.

Elle se laissa tomber sur une chaise.

— Je lui ai conseillé mille fois d'abandonner cet engin, se mit-elle à sangloter. Je lui ai dit qu'il avait besoin d'une révision complète, et que piloter un deux-roues dans son état n'était pas raisonnable.

Greg ferma un instant les paupières, prit une profonde inspiration et s'assit auprès d'elle. Il lui fallait de nouveau mettre de côté son escapade à Cloncurry.

— Que s'est-il passé exactement ? l'interrogea-t-il en lui prenant la main.

— Elle venait me voir au café dont je suis devenue la gérante. Frank, mon patron, lui avait proposé quelques heures de travail tous les week-ends, et elle avait rendez-vous avec lui pour finaliser les détails de son contrat. Son scooter a glissé sur un tas de gravier qui se trouvait au bord de la route. Elle a été projetée sous les roues d'une voiture qui arrivait en sens inverse.

Greg frissonna :

— A-t-elle été grièvement touchée ?

— Le conducteur a réussi à freiner, mais sa roue avant lui a fracturé la jambe droite en plusieurs endroits… Je ne peux que remercier Dieu qu'elle ait eu au moins son casque sur la tête. Sinon…

Elle cramponna l'avant-bras de Greg.

— J'aimerais que vous alliez parler au médecin, l'implora-t-elle. Avec moi, il n'est vraiment pas très bavard, et je suis terrifiée à l'idée que Mélanie puisse rester handicapée pour le reste de ses jours. Sans compter qu'elle va sans doute perdre son bébé…

Greg lui tapota le dessus de la main en lui adressant un sourire las :

— Je vais faire de mon mieux, mais si John en dit peu, c'est parce qu'il ne veut pas poser de diagnostic hâtif avant d'avoir une idée plus précise des lésions dont elle souffre.

— S'il vous plaît…

Plongeant son regard dans les yeux injectés de sang de Bethany, il comprit qu'elle s'en remettait totalement à lui.

— Je vais revenir dès que je lui aurai mis le grappin dessus, la rassura-t-il.

Il échangea quelques mots avec l'infirmière en chef, à laquelle il demanda de garder un œil sur Bethany, puis il prit la direction du bloc numéro 5.

John, justement, sortait du vestiaire.

— Salut, Greg, je te croyais déjà parti.

— C'était prévu comme ça, en effet, mais l'accident de la route nous a tenus éveillés toute la nuit.

Emboîtant le pas à son ami, qui se rendait dans son bureau, il lui révéla les liens qui l'unissaient à Mélanie.

John prit place dans son fauteuil avec un lourd soupir.

— Elle est jeune, elle est en bonne santé, et le pouls fœtal est bon. Peter Philips va s'occuper des fractures. Moi, je resterai à sa disposition, au cas où il découvrirait des lésions internes que nous n'aurions pas encore repérées. Ou si le fœtus présentait des signes de détresse.

— Quel est ton pronostic ?

— Voyons, Greg…

— Bethany exige des réponses. Mais tu peux compter sur moi pour ne pas lui en dire trop.

— Il se pourrait qu'à cause du choc, elle fasse une fausse couche. Comme elle n'en est qu'au premier trimestre de sa grossesse, cela ne devrait pas la bouleverser outre mesure. Si elle résiste à l'opération, et que le cœur du fœtus ne lâche pas en cours de route, elle a une chance de s'en sortir. Mais rien n'est jamais sûr, tu le sais aussi bien que moi.

Comme son bip sonnait, il se leva.

— Je suis désolé, Greg, je ne peux vraiment pas t'en dire davantage. Je te biperai dès qu'elle sortira du bloc.

Bethany se tenait à l'extrémité du couloir, blême et tremblant de tous ses membres.

— Que vous a-t-il dit ?

— Pas grand-chose de plus que ce qu'il vous a dit à vous. Le chirurgien orthopédique va commencer son travail. John et lui vont se mettre en quatre pour la remettre sur pied, vous avez ma parole.

— Et le bébé ?

— Pour le moment, il va bien. Mais… Bethany… Je dois quand même vous prévenir que son état peut changer d'une minute à l'autre du fait du choc qu'il a reçu au moment de l'accident et de l'intervention en cours.

— Je vois.

Elle se tamponna les yeux à l'aide d'un mouchoir, dans lequel elle se moucha ensuite.

— Mais Mélanie va guérir, n'est-ce pas ? Je ne supporterais pas de la voir handicapée à vie.

Elle était au bord de la crise de nerfs.

— Allons, Bethany, imaginer le pire ne sert à rien. Mélanie est une jeune fille robuste, et le Dr Philips connaît son affaire. Allons chercher un café, voulez-vous ?

Elle résista l'espace d'un instant, puis accepta, se dirigeant avec lui d'un pas lourd vers la cafétéria située au rez-de-chaussée.

Après l'avoir installée à une table, Greg alla chercher du café et des beignets pour tous les deux.

— Mangez ça, ordonna-t-il à Bethany. Vous avez besoin de sucre pour tenir le coup.

Elle grignota une ou deux bouchées avec réticence avant d'avaler une gorgée de café.

— Clive est-il au courant ?

— Il est absent, et il a coupé son portable.

Elle abandonna le beignet, croisa les bras.

— Il est censé participer à un tournoi de golf, mais quand j'ai appelé l'hôtel où il était soi-disant descendu, on m'a répondu qu'il n'y avait aucun client de ce nom-là dans l'établissement. Quant aux amis avec lesquels il devait jouer, ils sont tous chez eux et j'ai découvert que, depuis quinzc ans, il ne s'est réellement absenté pour raisons sportives qu'une ou deux fois. Le reste du temps, il m'a menti.

Son expression se durcit.

– J'en ai assez.

– Oh, Bethany… Je suis désolé.

– Il ne faut pas. Notre mariage est mort depuis belle lurette, et après ce qui s'est passé aujourd'hui…

Elle inspira profondément, redressa les épaules.

– Bah, nous verrons bien. Pour le moment, seule la santé de Mélanie m'importe.

Leurs bagages avaient déjà pris la direction du navire de croisière. La petite fête destinée à marquer le début de sa nouvelle vie aurait lieu dans le restaurant d'un ami. Pour l'occasion, Margot avait décidé de porter de la soie crème. Veste cintrée, au décolleté profond, dont les boutons en strass, sur le devant, s'assortissaient à ceux qui ornaient les poignets des manches trois-quarts. Jupe droite, fendue à l'arrière, tombant juste sous le genou. Les souliers à talons hauts et la pochette étaient en cuir brun clair.

Il lui avait fallu des nerfs d'acier pour avouer à son père qu'elle préférait les femmes, mais Helena lui avait posé un ultimatum: soit elle acceptait d'assumer enfin leur couple publiquement, soit elle la quittait. À présent, elle se demandait pourquoi elle avait attendu si longtemps avant de franchir le pas. Helena avait raison, il n'y avait nulle honte à se montrer au grand jour tel qu'on était vraiment. Au contraire.

Elle était fière, à présent, du couple qu'elle formait avec sa compagne.

— Tu es superbe, murmura celle-ci depuis le seuil.

Elle-même portait une robe bleu pastel sous une veste de même couleur, et elle avait relevé en un très élégant chignon ses cheveux blonds.

— Tu es prête ?

Margot hocha la tête mais, comme elle s'apprêtait à saisir son sac à main, le téléphone se mit à sonner.

— Laisse, chérie, lui conseilla Helena. Sinon, nous risquons d'arriver en retard à notre propre fête.

Margot hésitait. Elle détestait entendre sonner un téléphone. Avec un air d'excuse à l'adresse de sa compagne, elle décrocha. April, la gouvernante de son père, sanglotait à l'autre bout de la ligne.

— Je ne comprends pas un mot de ce que vous racontez, fit Margot avec raideur.

April s'accorda quelques secondes pour se ressaisir.

— C'est votre père, lâcha-t-elle enfin d'une voix mal assurée. Je suis rentrée pour lui apporter son thé du matin et je l'ai trouvé… trouvé… Oh, mon Dieu, Margot… Il est mort.

— Je vois, commenta celle-ci, qui n'éprouvait strictement rien.

— Le médecin vient de partir. Il a succombé à une crise cardiaque, mais il m'a précisé qu'il y aurait une enquête, car il s'agit d'un décès trop brutal à son goût. Là, j'attends l'arrivée de l'entrepreneur de pompes funèbres.

Sans réponse de la part de sa correspondante, sa voix se fit de plus en plus hésitante :

— Souhaitez-vous que j'organise les obsèques ?

— Voilà, faites donc ça. Merci pour votre appel.

Margot ayant reposé le combiné, elle récupéra sa pochette.

— Allons-y, lança-t-elle.

— De quoi s'agissait-il ?

— Rien de grave, ma chérie.

Elle embrassa sa compagne sur la joue, puis referma la porte derrière elles.

Greg, qui demeura auprès de Bethany toute la matinée, passa de nombreux appels au moyen de son téléphone portable. Il parvint, finalement, à réserver pour le soir même une place sur un vol direct. Cette fois, songea-t-il, quoi qu'il advienne, il partirait.

— Je suis contente que vous essayiez de recoller les morceaux avec Fleur, lui confia Bethany, tandis qu'ils prenaient place au jardin pour y jouir du soleil automnal. Vous êtes faits l'un pour l'autre, et tout le monde mérite une seconde chance.

— Mais… Clive et vous ? Vous êtes mariés depuis longtemps.

— Nous avons laissé passer toutes les chances de resserrer nos liens. Pour ce qui est de l'avenir, personne ne peut le prévoir.

Le bip de Greg retentit.

— C'est John. Mélanie a quitté le bloc.

— J'ai peur, souffla-t-elle.

— Je sais, mais je vais y aller le premier. Sauf si…

Elle acquiesça d'un signe de tête, le suivit sans mot dire dans un dédale de couloirs menant au bureau de l'obstétricien.

— Je vous attends dehors, fit-elle en s'installant sur l'une des chaises alignées le long du mur.

À peine entré, Greg scruta le visage de son confrère et éprouva aussitôt un intense soulagement :

— Tout s'est bien passé ?

— En effet. Peter n'a pas chômé, Mélanie est déjà en train de revenir à elle. Et elle est toujours enceinte.

Il avala une gorgée de café très fort, lorgna son confrère par-dessus le bord de sa tasse :

— Elle va devoir rester à l'hôpital un petit moment. Ensuite, il lui faudra de nombreuses séances de physiothérapie. Mais ce repos forcé va accroître les chances de survie du bébé, et je m'engage à la suivre de près jusqu'à l'accouchement.

— Je vais transmettre ces bonnes nouvelles à sa mère.

Il se leva, serra la main de l'obstétricien.

— Merci, John. À charge de revanche.

— Si tu tiens à me rendre la pareille, dégage donc tes fesses de cet hôpital pour aller te rabibocher avec Fleur. Je ne veux pas revoir ta vilaine trombine jusqu'à ce que vous soyez ensemble de nouveau.

L'aube avait commencé à éclairer le ciel peu après le départ de Blue. Au terme d'un petit déjeuner pris sur le pouce, Fleur lava la vaisselle, puis refit son lit. Elle allait suivre le conseil de Blue, autrement dit, elle allait explorer aujourd'hui Savannah Winds – la veille, elle n'en avait eu qu'un très bref aperçu.

Cette fois, le Soleil dardait ses rayons et la température grimpait à vue d'œil. La jeune femme passa un short, ainsi qu'une mince chemisette en coton.

Ensuite, elle enfila des bottes et, après avoir coiffé le chapeau de cow-boy acheté à Brisbane, elle quitta la maison.

Autour de la clairière poussiéreuse se répartissaient des granges, des poulaillers, des chenils et des corrals. Au-delà de ceux-ci s'étendaient de vastes enclos où des hérons garde-bœufs, au plumage blanc, se promenaient à dos de bovin, au rythme lent de ces derniers, qui broutaient en permanence. Des chèvres bêlaient lorsque leurs chevreaux gambadaient trop loin d'elles. Le ciel était d'un bleu pâle éblouissant, et l'on n'entendait guère, ici ou là, que ces bêlements, le meuglement des vaches ou, plus rarement encore, le croassement d'un corbeau. C'était comme si l'humain avait déserté Savannah Winds, mais Fleur se rappelait le petit mot de Sal, lui indiquant que les enfants faisaient leurs devoirs, cependant que les hommes s'occupaient, plus loin, d'autres têtes de bétail.

Elle fit lentement le tour des corrals et des granges – on parait ici à toute éventualité : il y avait une forge, une petite grange dévolue à l'entretien et la réparation des engins agricoles, un atelier de charpente et de menuiserie, un autre bâtiment où l'on entreposait les outils, la sellerie, le tout en excellent état. La visiteuse huma les senteurs exquises du bois fraîchement raboté, du cuir huilé… Elle poursuivit sa visite : là, on entreposait le foin et les sacs de grain pour les bêtes.

Elle découvrit ensuite un vaste bâtiment délabré qui se dressait à l'écart des autres – pouvait-il s'agir de celui dont Blue lui avait parlé ? Elle s'approcha. Personne n'avait ouvert la porte depuis fort longtemps. Des mauvaises herbes poussaient devant, des plantes grimpantes prenaient d'assaut les charnières, s'enroulant tout là-haut dans les trous du toit… Lorsqu'elle poussa cette porte, de la rouille s'effrita dans sa main qui venait de serrer la poignée.

Elle demeura d'abord dans le carré de lumière produit par la porte ouverte, redoutant les araignées, les serpents, les scorpions qui, peut-être, se tapissaient dans ces lieux désertés. Elle s'efforça de deviner ce qui avait pu attirer ici Sam Somerville durant de si longues heures.

À mesure que son œil s'accoutumait à la pénombre, elle aperçut un atelier, au centre duquel se trouvait quelque chose de volumineux et recouvert de plusieurs bâches goudronnées. La curiosité l'emportant sur sa terreur des vilaines petites bestioles, elle avança de quelques pas.

Les bâches, desséchées, craquèrent sinistrement quand elle entreprit de les ôter. Lorsque la première dégringola enfin sur le sol, Fleur, crasseuse à présent de la tête aux pieds, transpirait abondamment.

Aiguillonnée par ce premier succès, elle parvint à faire glisser les autres avec moins de difficulté.

L'avion monoplace possédait une énorme hélice et d'immenses ailes elliptiques. Il pouvait mesurer neuf bons mètres de longueur, et, sur ses flancs, on distinguait encore, quoique les couleurs eussent passé, le bleu, le rouge et le jaune de la Royal Air Force, assortis de la lettre R d'un côté, du nombre 62 de l'autre. La peinture se révélait finement craquelée, et sans doute l'hélice ne tournerait-elle jamais plus.

En dépit de sa vétusté, l'objet fascina Fleur, qui le jugea superbe, en fit le tour dans un silence révérencieux, effleurant à peine la carlingue avec ses doigts, s'attardant sur l'insigne – dire que cet engin s'était jadis élancé vers les cieux à la vitesse de l'éclair, dire qu'il avait effectué des loopings, des piqués… Dire qu'il avait défié l'ennemi pendant la guerre…

Elle identifia, pour en avoir vu dans de vieux films, un Spitfire, le chasseur le plus admiré au cours de la Seconde Guerre mondiale. Mais que diable faisait-il au beau milieu du Gulf Country ? Sam l'avait-il fait transporter jusqu'ici ? Était-ce cette merveilleuse relique qui, selon Blue, lui avait mangé tellement de temps ?

— Fleur ? Fleur ! On vous demande au téléphone !

La jeune femme se trouva brusquement tirée de ses songes.

— J'arrive !

Elle tapota affectueusement le nez de l'avion, avant de sortir de la grange au pas de course – Sal l'attendait sur sa véranda.

— Que faisiez-vous là-bas ? s'enquit cette dernière en fronçant les sourcils.

— J'étais en train d'admirer le Spitfire. Quelle splendeur. Jamais je n'aurais cru que j'en verrais un jour un vrai. Appartenait-il à Sam ? Comment a-t-il réussi à le faire venir jusqu'ici ?

L'œil de la vieille femme s'assombrit, et les rides à son front se creusèrent.

— C'était l'avion de Sam, en effet. Il l'a fait venir par bateau après la guerre.

Elle cligna des yeux en secouant la tête.

— Allons, venez, Martha Daley désire vous parler.

Fleur suivit Sal dans la demeure, assez semblable à la sienne. Mais plus petite. Plus sombre aussi, car on avait fermé les volets au nez du brûlant soleil. La maîtresse de maison lui tendit le combiné avant de quitter la pièce, dont elle referma la porte derrière elle.

— Allô ? Fleur Franklin à l'appareil.

— Bonjour, Fleur. Doreen m'a informée que vous vous trouviez à Savannah Winds. Vous n'imaginez pas combien nous nous réjouissons qu'enfin, vous soyez revenue, après toutes ces années.

La jeune femme sentit soudain ses jambes se dérober sous elle, au point qu'elle dut s'asseoir.

— Je suis ravie d'être là, moi aussi.

Elle fut incapable d'en dire davantage – les mots, tout à coup, lui manquaient.

— Doreen m'a dit également que vous ressembliez comme deux gouttes d'eau à votre mère. Nous sommes très impatients de vous rencontrer. Votre oncle Jack est en train de rassembler toutes les vieilles photos et les albums, pour vous les montrer. Pensez-vous pouvoir venir nous voir demain ?

Fleur sourit avec enthousiasme :

— À condition que quelqu'un m'emmène. Je ne sais même pas où vous habitez.

— Ne vous tracassez pas. Demain matin, Jack viendra vous chercher en avion. Profitez-en pour passer quelques jours en notre compagnie. Cela nous ferait plaisir.

— C'est d'accord. Et… Martha… ?

Elle hésitait.

— Cela vous dérangerait-il si j'allais me recueillir sur la tombe de ma mère ?

— Bien sûr que non. Voyons, Fleur, vous n'avez même pas besoin de me demander la permission.

Elle s'éclaircit la voix.

— Vous avez dû avoir un sacré choc. Doreen m'a dit qu'avant de venir ici, vous ignoriez tout de ce qui était arrivé à Selina.

Doreen était certes une mine d'informations, songea la jeune femme, mais, aussi, une commère de la plus belle eau.

— Les nouvelles vont vite par chez nous, ajouta Martha. Doreen, à elle seule, est plus efficace que toutes les gazettes !

Elle se tut un instant pour reprendre haleine.

— Bref... Jack devrait arriver chez vous vers 8 heures demain matin. J'ai terriblement hâte de faire votre connaissance.

Les deux femmes se saluèrent, après quoi Fleur reposa le combiné.

— Merci, Sal. Je repasserai tout à l'heure pour vous rendre vos assiettes.

— Nous dînons à 18 heures, brailla la maîtresse de maison depuis l'arrière de la demeure.

Fleur quitta les lieux, fourra les mains dans les poches de son short, puis suivit lentement la piste de terre battue qui menait à son logis, en se rappelant sa brève conversation avec Martha. Qu'allait-elle éprouver en rencontrant des membres de la famille de sa mère ? Quelle chose étrange... Sans doute cette visite se teinterait-elle de tristesse, à cause de toutes ces années perdues. Et eux, qu'attendaient-ils au juste de leur rencontre avec la fille de Selina ?

Elle se retourna soudain vers la vieille grange – aurait-elle dû replacer les bâches goudronnées sur l'appareil pour mieux le préserver ? Aurait-elle dû refermer la porte ? Comme elle hésitait à s'y rendre de nouveau, elle vit Sal s'en approcher.

La vieille dame ne pénétra pas dans la grange. Subjuguée, semblait-il, par le Spitfire, elle demeura longtemps sur le seuil avant de tourner les talons. Dès lors, elle reprit le chemin de sa maison, mais comme plongée dans ses pensées, et, tandis qu'elle gravissait les marches de sa véranda, elle fit une dernière fois volte-face pour observer le bâtiment. Quelques secondes plus tard, elle secoua la tête avant de disparaître à l'intérieur de sa maison.

La chaleur ayant eu finalement raison d'elle, Fleur passa le reste de l'après-midi sur la véranda. Le chat revint lui demander du lait puis, tandis qu'il ronronnait sur le fauteuil à côté d'elle, elle se replongea dans les cahiers de sa tante pour découvrir si, quelque part, il y était fait mention du Spitfire. Non. Du moins, pas encore.

Greg était demeuré auprès de Bethany jusqu'au réveil complet de sa fille. Rassurée d'apprendre qu'elle n'avait pas perdu son bébé, celle-ci éclata en bruyants sanglots soulagés. Le jeune homme les laissa en tête à tête, dans les bras l'une de l'autre. Elles n'avaient plus besoin de lui.

Manquant de temps pour se changer, il se contenta de foncer à son appartement pour y récupérer son bagage, puis fila vers l'aéroport, où il attrapa de justesse le dernier vol pour Cloncurry. Une fois assis sur le siège exigu, dans l'attente du décollage, il ferma les paupières… Quelques minutes plus tard, il dormait.

*

Il ne s'éveilla que lorsque l'hôtesse se présenta avec une tasse de thé, profitant de l'occasion pour l'informer que l'avion se poserait une demi-heure plus tard. L'engin réduisit peu à peu son altitude et, une fois passé sous la couverture nuageuse, Greg distingua les lumières de Cloncurry devant eux. La ville n'était pas bien grande, et la campagne environnante lui parut quasi déserte.

Comme il quittait l'aéroport, il fut surpris par la fraîcheur nocturne. Il avisa un chauffeur de taxi ventripotent, adossé à son véhicule, en train de manger un hot-dog.

— Bonsoir, lança-t-il gaiement. Pourriez-vous me recommander un établissement où passer la nuit ?

L'homme goba le reste de son sandwich, avant de se débarrasser des miettes qui constellaient son poitrail et son ventre.

— Salut, mon gars. Moi, c'est Len. Allez donc au Coolabah. Grâce à Doreen, vous y serez comme un coq en pâte.

Greg grimpa sur le siège passager, après avoir déposé son sac sur la banquette arrière, puis Len s'assit à ses côtés, tourna la clé de contact.

— Il fait plus froid que je ne m'y attendais, observa le visiteur.

Le chauffeur opina du chef.

— La plupart des gars de la ville me servent cette remarque, mais je peux vous dire que ça fait drôlement du bien après la chaleur de four qu'on se tape dans la journée.

Il jeta un coup d'œil en direction de son client, tandis qu'il quittait le périmètre de l'aéroport à très petite vitesse pour se diriger vers la ville.

— M'est avis que vous êtes pas là pour la foire aux bestiaux, pas vrai ?

— En effet. Je ne suis que de passage.

Len suivit la grand-rue, où les hôtels abondaient.

— Le prochain avion à quitter le bled, c'est demain matin. Vous voulez que je vous emmène ?

— Non, merci. En revanche, je souhaite louer une voiture.

— Handshake Henry, voilà le gonze qu'il vous faut. Sa boutique est un peu plus loin dans la rue.

Il désigna la pénombre, au-delà des éclairages du pub tout proche.

— Mais le laissez pas vous fourguer autre chose qu'un 4x4, et vérifiez bien qu'il vous file aussi des roues de secours. Et toutes les pièces détachées dont on peut avoir besoin au milieu de nulle part.

Il lorgna le costume de son passager, ses chaussures sur-mesure… Il eut une moue réprobatrice.

— Non seulement il va vous falloir des bidons de flotte et d'essence, mais je pencherais aussi pour un futal et des grolles. On n'est pas à Sydney, ici, figurez-vous.

Greg, qui ne l'ignorait pas, songea néanmoins que, si Fleur était capable de se débrouiller dans un pareil environnement, il le pourrait aussi. Lorsque le taxi s'arrêta devant un charmant petit hôtel, il descendit, puis récupéra son sac.

Len glissa dans sa poche l'argent de la course.

— Hésitez pas à sonner plusieurs fois. Cette pauvre Doreen fait tellement brailler sa télévision que, la plupart du temps, elle entend que dalle.

Déjà, le chauffeur faisait demi-tour à bord de son engin, et s'éloignait dans un rugissement de moteur.

Greg pénétra dans l'établissement… et découvrit, derrière le comptoir, un véritable arc-en-ciel sur pattes.

— Bonsoir, mon cher. J'ai entendu le taxi de Len. Une chambre pour la nuit, c'est bien ça ?

Greg s'obligeait à ne pas fixer avec trop d'insistance les cheveux d'un orange éclatant qui juraient affreusement avec le chandail violet.

— Oui, s'il vous plaît. Pourrez-vous me réveiller à 6 heures demain matin ?

— Bien sûr. Votre petit déjeuner vous attendra dans la salle à manger.

Doreen décrocha une clé à son tableau.

— La cuisine est fermée, mais, si vous mourez de faim, je peux vous réchauffer une tourte.

— Je vous remercie, mais je vais aller dîner au pub.

L'œil de l'hôtelière s'étrécit, et elle pinça les lèvres.

— Je m'en voudrais de vous causer du dérangement à cette heure, se hâta-t-il d'ajouter.

— À cette heure-ci, le pub ne sert plus à manger. Alors, ce sera ma tourte ou rien.

Il lui décocha son sourire le plus enjôleur :

— Dans ce cas, je me réjouis par avance de déguster votre tourte. J'ai couru toute la journée. Je meurs de faim.

Elle lui sourit en retour – un sourire aux dents de porcelaine fine.

— C'est parti. Je vais en profiter pour vous faire également des frites.

Elle poussa sur le comptoir une écritoire à pince.

— Je vous ai attribué la chambre 4, déclara-t-elle en lui tendant les clés. Je vous laisse remplir le formulaire pendant que je prépare le dîner.

Après s'être acquitté de sa tâche, Greg se mit en quête de la chambre 4, une chambre double d'une propreté impeccable, disposant de sa salle de bains – à Brisbane, elle coûterait au moins le double du prix annoncé par la maîtresse des lieux. Il se doucha, enfila un jean et un pull avant de regagner le bâtiment principal.

— Allez-y, lança Doreen en posant devant lui une assiette contenant une volumineuse tourte à la viande, une montagne de frites, le tout baignant dans une épaisse sauce à la viande, et accompagné de beurre et de quatre épaisses tartines de pain.

Une théière trônait au centre de la table.

— Merci, Doreen. Ça m'a l'air épatant.

Manifestement amadouée par le compliment, elle s'éclipsa. Greg se mit à manger de bon cœur, cependant, il ne parvint pas à finir. Il se renversa sur sa chaise, et termina son thé. À tout prendre, il aurait préféré une bière, mais l'hôtelière avait disparu, et il manquait de courage pour se rendre maintenant au pub local.

Il quitta à son tour la salle à manger puis se dirigea vers sa chambre. Quelques minutes après avoir posé la tête sur l'oreiller, il dormait. Il rêva de ses retrouvailles avec Fleur.

16

Fleur finit de lacer ses bottines, avant de s'emparer d'une polaire. Ce soir, il faisait plus froid que jamais, au point qu'elle fut tentée d'allumer le poêle à bois – mais cela n'était sans doute pas prudent, alors qu'elle s'apprêtait à laisser la maison pour dîner chez Sal et Djati.

Un rugissement de moteur la fit se précipiter à la porte de la véranda, avec l'espoir qu'il s'agît de Blue. Elle éprouva une vive déception à voir descendre Djati de sa camionnette.

Il lui sourit en montant les marches avec prudence, chargé d'un plateau.

— J'espère que vous ne verrez pas d'inconvénient à dîner chez vous ce soir, mademoiselle Franklin. Sal se sent un peu patraque.

— Rien de sérieux au moins ?

L'Aborigène posa le plateau sur la table de la cuisine.

— Ça lui arrive de temps en temps, mais c'est sans conséquence. En général, cela signifie qu'elle en a trop fait.

— Embrassez-la de ma part, voulez-vous ? Et dites-lui que je lui souhaite un prompt rétablissement.

— Ça va aller, répondit l'homme, presque avec dédain. J'ai cru comprendre que Jack Daley venait vous chercher ici demain matin en avion. Savez-vous déjà combien de temps vous resterez chez eux ?

Fleur haussa les épaules.

— Sans doute pas plus d'un jour ou deux. De toute façon, je vous tiendrai au courant.

Après le départ de Djati, la jeune femme s'attabla : côtelettes, légumes et purée de pommes de terre au menu. Repue, fatiguée de ne pas s'être accordé de sieste dans l'après-midi, elle se rendit dans sa chambre et s'allongea. Tandis que, toujours, le chat ronronnait auprès d'elle, elle contempla longuement la photo de sa mère, puis retourna aux journaux intimes d'Annie.

Savannah Winds, 1949

Sam et moi allons avoir un enfant. Il s'agit d'une merveilleuse nouvelle, car au bout de tout ce temps, nous ne nourrissions plus beaucoup d'espoir. Notre bonheur est immense, et Sam et Djati se sont démenés pour agrandir la maison afin qu'elle soit fin prête pour accueillir ce petit miracle. Nous avons décidé d'ajouter une chambre, ainsi qu'une salle de bains – quel luxe, dont nous ne jouirons que grâce aux efforts de Sam, qui a creusé des puits artésiens, puis installé des réservoirs de refroidissement. Maintenant, le reste du logis nous semble un peu miteux. J'ai l'intention de peindre les placards et, peut-être, de commander quelques meubles par correspondance.

Sam a été très occupé au cours des derniers mois, car le Spitfire qu'il a acheté en Angleterre à un ferrailleur est enfin arrivé. Il est plutôt en bon état, si l'on songe à tous les combats qu'il a livrés pendant la guerre, et Sam est résolu à le faire voler de nouveau avant la naissance du bébé. Résultat, non seulement il agrandit notre maison et répare le Spitfire, mais il prend aussi des leçons de pilotage à bord de l'avion d'épandage de notre voisin.

Je me réjouis de le voir tellement actif, mais chaque fois qu'il grimpe dans cet engin, j'en suis malade, et je redoute le moment où il estimera en avoir suffisamment appris pour piloter tout seul son Spitfire. Car Sam, il faut bien le dire, est un peu tête brûlée.

Cloncurry, 1949

Lily, notre belle petite fille, est née à 3 heures ce matin. Elle est magnifique. Elle possède les cheveux sombres de son père, ainsi qu'un teint de lait et, je crois, des yeux bleus. Je ne la quitte pas du regard. J'ai compté plusieurs fois ses tout petits doigts et ses orteils minuscules, j'ai embrassé sa peau si douce, qui exhale un délicieux parfum sucré… Je me sens submergée par un amour que les mots sont impuissants à exprimer.

Sam a passé au moins une heure, assis près de moi, à la contempler… Quelle chance nous avons… Je remercie Dieu pour ce présent qui nous emplit d'une telle joie…

Greg était douché, vêtu d'une chemise légère en coton et d'un jean, bien avant 6 heures. Le temps s'écoula, et il devint évident que Doreen avait oublié de le réveiller. Il se rendit dans la salle à manger pour y prendre son petit déjeuner. Déjà, les effluves du bacon en train de frire lui chatouillaient la narine…

Il se trouvait là un autre homme, qui avait commencé à engloutir une copieuse assiettée. Greg le salua à mi-voix, avant de s'emparer du journal du jour, puis de s'asseoir.

Surgissant de sa cuisine, Doreen posa une cafetière pleine devant l'inconnu avec un large sourire. Puis, se tournant vers Greg, elle le fusilla du regard avant de s'éclipser à nouveau. Il se demanda ce qu'il avait bien pu lui faire pour la contrarier ainsi.

Quelques minutes plus tard, elle reparut, lui jeta presque son assiette à la figure. Pas le moindre sourire. Au contraire, une fureur indescriptible se lisait sur ses traits.

Le jeune homme, qui demeurait interdit, se tourna vers l'inconnu. Celui-ci haussa les épaules :

— Me demandez rien, mec. Je suis représentant de commerce dans la région depuis vingt ans, et jamais je l'avais encore vue dans un état pareil. En tout cas, pour sûr qu'une drôle de mouche l'a piquée ce matin.

Doreen, cette fois, posa une théière sur la table de Greg, avec une telle violence qu'un peu de breuvage s'échappa par le bec.

— Me serait-il possible d'avoir du café ? hasarda le chirurgien. Je n'aime pas boire de thé le matin.

— Il n'y a pas de café.

Elle repartit à la cuisine.

Lorgnant la cafetière sur la table du représentant de commerce, il rendit les armes. Tant pis pour

Doreen, il n'était pas question qu'on lui gâchât son petit déjeuner.

— Bonne chance, mon gars, fit l'autre client, qui lui offrit le reste de son café avant de quitter la pièce.

Lorsque les tartines grillées arrivèrent, avec quelques vagues traces de beurre, Greg avait presque vidé son assiette. Il tenta le sourire ravageur auquel il avait recouru la veille au soir.

— Puis-je avoir un peu de confiture, s'il vous plaît, Doreen ?

— Je n'en ai pas, aboya-t-elle.

C'était plus qu'il n'en pouvait supporter. Il jeta sa serviette en papier sur la table :

— Mais enfin, qu'est-ce qui vous prend ? Vous n'avez pas daigné m'adresser un mot aimable, et vous vous comportez comme une mégère.

— Une mégère, hein ?

Elle croisa les bras sous sa lourde poitrine, le considéra avec un mépris mêlé de dégoût.

— Sachez, monsieur le Chirurgien tout-puissant, que je sais à présent qui vous êtes. Il suffit d'éplucher le registre pour se rendre parfois compte de certaines choses. Et je peux vous assurer que, dans la région, personne n'apprécie les sales types dans votre genre.

— Je ne comprends strictement rien à vos élucubrations. Je ne suis ici que depuis quelques heures. Comment pourrais-je avoir eu le temps de nuire à qui que ce soit ?

— Fleur est l'une des nôtres, siffla Doreen. Malheur à celui qui la rend malheureuse. Et c'est ce que vous avez fait.

— Attendez un peu… J'ignore ce qu'elle vous a raconté, mais…

— Elle m'en a raconté assez.

Ramassant les assiettes, elle les entrechoqua avec une visible satisfaction.

— Si vous vous imaginez que vous allez pouvoir harceler cette pauvre jeune femme dans toute l'Australie, vous vous fourrez le doigt dans l'œil. Chez nous, nous prenons soin les uns des autres.

— C'est très louable de votre part, mais Fleur n'est pas d'ici, elle vient de Brisbane, et comme vous ignorez à peu près tout de ce qui s'est passé entre nous, je vous prierai maintenant de vous occuper de vos affaires.

— Vous verrez bien…, maugréa-t-elle, l'œil étincelant, le sourire suffisant.

Elle fit volte-face et, pour la énième fois, se volatilisa en cuisine.

Greg passa une main nerveuse dans ses cheveux. Quelles confidences Fleur avait-elle pu livrer à cette femme sur sa vie privée ? Toute la ville était-elle réellement au courant ? Il abandonna sur la table suffisamment de billets de banque pour régler sa chambre et ses repas, quitta la salle à manger, et alla chercher son sac dans sa chambre.

Il n'était pas encore 8 heures, mais déjà, dans la grand-rue circulaient des voitures, des camions et des chevaux ; les trottoirs grouillaient de monde. Jetant son sac de voyage sur son épaule, Greg se mit en quête du loueur d'automobiles.

La boutique se situait à un carrefour. Ornées de fanions, les voitures occupaient un vaste parking, devant un bureau sis dans un préfabriqué à la porte duquel Greg frappa.

— Entrez.

Une voix jeune et pleine d'entrain.

Le chirurgien ouvrit la porte :

— Bonjour. Len m'a conseillé de venir chez vous. J'ai besoin de louer un véhicule pendant les trois prochaines semaines.

Le jeune homme, qui ne daigna pas quitter son fauteuil, le faisait osciller de droite et de gauche, toisant le visiteur.

— Désolé, mec, lâcha-t-il sans une once de sincérité. Tous mes véhicules sont pris.

Greg se demanda s'il se comportait de la même façon avec l'ensemble de ses clients.

— Il me semble pourtant avoir repéré un 4x4 sur votre parking, avec une affichette indiquant qu'il était à louer.

Le commerçant secoua la tête :

— Nan… Le type viendra le chercher un peu plus tard dans la journée.

Il haussa les épaules.

— Vous pouvez toujours tenter votre chance chez Jake, à l'autre bout de la ville. Il a un garage, et il lui arrive souvent d'avoir des bagnoles à vendre ou à louer.

— Merci.

Le jeune chirurgien finit par dénicher ce qui pouvait, si l'on n'était pas difficile, passer en effet pour un garage, dissimulé dans une petite rue. Devant l'édifice coiffé d'un toit de tôle ondulée qui avait connu des jours meilleurs se dressaient deux pompes à essence, non loin d'un tas de voitures rouillées qui, peu à peu, se confondaient avec les broussailles alentour. Une radio hurlait à l'intérieur de la bâtisse, où un véhicule se trouvait juché sur une rampe hydraulique. Dans la cour était garée une camionnette, dont le pare-brise s'ornait d'une carte grise datant probablement de Mathusalem. En revanche, pas la moindre trace de Jake.

Dégoulinant de sueur et fou de rage, Greg s'assit sur une caisse de bière retournée, dans l'espoir que, sous peu, quelqu'un se montrerait. Les mouches le harcelaient, la chaleur se révélait écrasante… Il sortit une carte de son sac, avec laquelle il s'éventa.

La camionnette semblait lui faire de l'œil – le soleil, sur son pare-brise, jetait des éclats – un examen plus attentif lui avait permis de constater qu'on en avait laissé la clé sur le contact. Mais Greg n'avait rien d'un fripon, et si la nouvelle de sa prise de bec avec Doreen venait à se répandre aussi, il n'était pas utile qu'il ajoutât le vol à la longue liste de ses prétendus forfaits.

Il patientait depuis une demi-heure lorsqu'un homme entre deux âges, vêtu d'une salopette sale, s'avança vers lui d'un pas lent. Il était en train de manger quelque chose et, dès que son regard se posa sur Greg, il se rembrunit.

— Je peux vous aider, mec ?

— Je l'espère. Je désire louer un 4x4. C'est extrêmement urgent. Je vous réglerai volontiers un surplus.

— Pas de bol, mon gars. Je fais pas dans la location de caisses.

— Et cette camionnette ? S'agit-il de la vôtre ? Puis-je vous la louer ?

— Impossible. J'en ai besoin pour remorquer les bagnoles en rideau. Allez plutôt voir Henry.

Le jeune homme prit une profonde inspiration pour tenter de s'apaiser un peu :

— C'est justement Henry qui m'a conseillé de vous rendre visite. Y a-t-il un autre endroit, dans cette ville, où il me serait possible de louer un véhicule ?

Le garagiste réfléchit longuement. Du moins parut-il le faire. Enfin, il secoua négativement la tête.

— Z'êtes coincé, mec.

Il passa devant le voyageur, l'esquisse d'un sourire narquois sur les lèvres, avant de disparaître dans la pénombre de sa boutique, où il monta encore le volume de la radio.

Greg jura entre ses dents avant de rebrousser chemin. Sa chemise était trempée de sueur, son sac lui semblait peser une tonne, et les mouches le rendaient fou. Il maudit Doreen, maudit la ville entière, alla jusqu'à maudire Fleur elle-même, dont, à l'évidence, les mots avaient dépassé la pensée. Que lui était-il arrivé pour qu'elle se confiât à une parfaite inconnue sur un sujet aussi intime ? Doreen était une commère, cela se voyait comme le nez au milieu du visage – la preuve : elle faisait actuellement tout ce qui était en son pouvoir pour l'empêcher de rejoindre la jeune femme à Savannah Winds.

Henry, toujours vautré dans son fauteuil pivotant, écarquilla de grands yeux en voyant Greg pénétrer de nouveau dans sa boutique :

— Ça a pas marché avec Jake ?

— Je souhaite vous acheter un 4x4.

— On n'en a que deux en magasin, et c'est du haut de gamme.

Il se résolut enfin à se remettre debout.

Greg aurait parié que le commerçant lui tiendrait ce genre de discours.

— Très bien. Dans ce cas, je prends le moins cher, et vous avez plutôt intérêt à le garnir de roues de secours, de bidons et d'un certain nombre d'outils.

Il fit surgir de sa poche son portefeuille, dont il extirpa une carte bancaire Platinum.

Henry fixa la carte, frotta son menton rasé de frais.

— Il me faut deux jours pour préparer la bagnole et vérifier vos coordonnées bancaires. Ensuite, évidemment, je devrai faire une déclaration aux flics.

L'ombre d'un sourire passa sur ses lèvres.

— Alors… On est vendredi. Le week-end, tout est bouclé. Disons que vous pourrez récupérer la caisse à la fin de la semaine prochaine.

— J'en ai besoin aujourd'hui même, insista Greg, d'une voix que l'exaspération faisait trembler.

Il renonça à dissimuler encore ses intentions :

— Il faut que je me rende à Savannah Winds. Ma compagne s'y est installée et…

— C'est ce qu'on m'a raconté, ouais.

Et Henry se laissa de nouveau tomber dans son fauteuil, avant de poser les pieds sur le bureau, puis d'allumer un cigare.

— Y'a pas d'pet. Martha Daley s'occupera bien d'elle. Et Fleur reviendra ici quand elle se sentira prête. Vous pourrez la voir à ce moment-là.

— Qui est Martha Daley ?

— Ma tante. Et son bonhomme, c'est l'oncle à Fleur. Mais vous devriez savoir ça, puisque vous êtes son mec et…

Greg sortit de la boutique en trombe, claqua la porte dans son dos – les parois du préfabriqué frémirent. Il était la malheureuse victime d'une conspiration. Tout ça parce qu'une sale bonne femme n'avait pas été fichue de tenir sa langue.

Il fit halte devant la grille d'entrée d'un jardin public, où il pénétra, suivant une allée soigneusement pavée jusqu'à dénicher un banc ombragé par une pergola qu'étouffaient du chèvrefeuille et des roses. Il s'assit, enfouit son visage entre ses mains. La réalité lui échappait, tout espoir le fuyait peu à peu. Il n'avait aucun moyen de rejoindre Fleur, alors qu'il avait un irrépressible besoin de la voir, afin de lui expliquer qu'elle s'était grossièrement trompée, que jamais il ne lui serait infidèle. Face à elle, il lui prouverait qu'il l'aimait de tout son cœur…

Fleur, levée avant l'aube, avait laissé sortir le chat. Après avoir pris un petit déjeuner léger, elle s'était habillée, puis elle avait préparé son bagage. Ensuite, elle s'était rendue au domicile de Djati et Sal. Cette dernière se tenait assise sur sa véranda avec un très jeune bambin endormi sur les genoux.

— Bonjour, Sal. Vous sentez-vous mieux aujourd'hui ?

— Oui, oui, tout va bien.

La vieille dame lui fit signe de prendre place à côté d'elle.

Fleur observa l'enfant, le cœur douloureux à l'idée que, peut-être, il ne lui serait jamais accordé la chance de tenir ainsi le sien.

— Blue est-il dans les parages ? s'enquit-elle.

— Je l'ai vu hier, mais je croyais qu'il logeait chez vous.

Le regard de Sal, qui fixait la jeune femme, ne cillait pas :

— Il va, il vient, mais je ne l'ai pas vu depuis très longtemps, enchaîna-t-elle.

Fleur fronça les sourcils :

— Vous venez de me dire que vous l'avez vu hier. Il a dû faire un saut jusqu'ici, ne serait-ce que pour vous saluer.

Tandis qu'elle se balançait d'avant en arrière, l'œil de Sal luisait dans la pénombre de la véranda.

— Je ne l'ai jamais vu. Comment était-il ?

— Aussi mystérieux et charmant qu'il l'était lorsque j'ai fait sa connaissance à Birdsong.

— Tant mieux.

La vieille dame se leva avec précaution, tendant à Fleur l'enfant endormi :

— Jack ne va plus tarder. Je vais préparer du thé.

À l'évidence, Sal ne désirait pas parler de Blue, ce qui décontenança la jeune femme, mais, après tout, l'épouse de Djati était l'étrangeté même. Elle posa les yeux sur le bébé dans ses bras, détaillant le tout petit visage, les longs cils et la bouche pareille à un bouton de rose. Elle le soupesa doucement, puis le serra un peu plus fort contre son cœur, humant l'odeur de sa peau. Profondément troublée par un impérieux désir de tenir entre ses bras son propre enfant, elle se mit à faire les cent pas. Bientôt, tendant l'oreille, elle discerna, plus fort à présent que le tintement des outils dans la forge, que le mugissement des bœufs, le moteur d'un avion.

— Si seulement Greg était là…, soupira-t-elle dans les boucles noires de l'enfant. Comme il me manque…

Sal reparut avec des tasses.

— Ne vous tourmentez pas, il arrivera bientôt.

Fleur la considéra d'un œil rond :

— Qu'est-ce qui vous permet de dire une chose pareille, Sal ?

Celle-ci haussa les épaules :

— Je vois des choses.

— Greg se trouve à Brisbane. Je serais très étonnée qu'il ait le temps, et surtout l'envie, de venir jusqu'ici.

— Il arrive qu'on se trompe. La voie à suivre n'est pas toujours évidente pour ceux qui distinguent ce qui s'est passé, mais non ce qui les attend.

La jeune femme remercia Jack en silence, son avion, se rapprochant de plus en plus, lui permettait d'échapper à cet échange pour le moins déroutant. Comme elle tendait le bébé à Sal, cette dernière se détourna :

— Djati va aller le chercher. Il aura forcément envie d'une tasse de thé avant de repartir.

— Dans ce cas, se hâta de commenter Fleur, je vais accompagner Djati.

Mais Sal, qui à présent considérait la jeune femme d'un air songeur, continuait à ignorer l'enfant :

— Je vais lui préparer un thermos de thé.

Elle disparut encore dans la maison.

Fleur, toujours encombrée du bébé, patienta sur la véranda, tandis que le bruit de l'avion s'intensifiait, et qu'une nuée d'enfants se ruait dans la clairière pour le voir.

— Je le lui ai préparé tel qu'il l'aime, annonça l'épouse de Djati, de retour à côté de la jeune femme. Avec beaucoup de lait et beaucoup de sucre.

Elle posa le thermos sur une table, reprit des bras de Fleur le bébé, qu'elle cala contre son épaule.

— Si vous voyez Blue, pouvez-vous lui demander de m'attendre jusqu'à mon retour ? Je ne devrais m'absenter que deux jours, et j'ai besoin de lui parler.

Le regard de Sal ne cillait pas :

— Si je le vois, opina-t-elle, pensive.

Djati arriva à bord de sa camionnette, dont le plateau grouillait d'enfants surexcités et de chiens. Fleur y grimpa avant même qu'il se fût immobilisé tout à fait.

— Vous êtes drôlement pressée, constata son chauffeur, qui fit demi-tour pour se diriger vers l'est. Sal ne vous a pas contrariée, au moins ?

— Absolument pas, répondit gaiment la jeune femme. Cela dit, j'aimerais autant qu'elle fasse un peu moins de mystères.

— C'est dans sa nature. Sa mère était pareille. J'avoue que la première fois que je l'ai rencontrée, mes cheveux se sont dressés sur ma tête. Mais je vous l'ai déjà dit, on finit par s'y habituer.

Fleur respectait les croyances d'autrui, de quelque ordre qu'elles fussent, mais elle doutait de parvenir jamais à écouter sans rire sous cape les prophéties farfelues de la vieille dame.

Le Cessna jaune vif s'apprêtait à se poser sur la bande de terre battue qui tenait lieu, ici, de piste d'atterrissage. Djati et sa passagère remontèrent leur vitre pour se prémunir contre l'énorme nuage de poussière qui, soudain, enveloppa les environs. Ils attendirent ensuite qu'il se dissipât. Les enfants et les chiens s'étaient tus, mais à peine la poussière fut-elle retombée qu'ils firent de nouveau entendre leurs voix.

Jack Daley, qui venait de descendre de son appareil, était un homme de taille moyenne, aux cheveux grisonnants, à la peau tannée, à la poigne de fer. Il salua les bambins d'un large sourire, leur offrant plusieurs paquets de bonbons, après quoi il ôta son chapeau pour se tourner vers Fleur :

— C'est vrai…, souffla-t-il. Vous êtes son portrait craché…

Il pouvait avoir une petite cinquantaine d'années. Trapu, tout en muscles, il possédait un visage aux traits réguliers.

— Doreen m'a fait cadeau d'une vieille photographie, fit-elle, un peu intimidée. Je constate que chez vous aussi, il y a un air de famille.

— Vous avez raison. Sur ce, en route pour Emerald Downs. C'est du thé qu'il y a dans ce thermos ? Je crève de soif.

Elle lui remit l'objet, avant qu'il ne l'aidât à grimper à l'intérieur du cockpit, cependant que Djati renvoyait les enfants sur le plateau de son véhicule. Jack boucla la ceinture de sa passagère, fourra son sac sous son siège, puis s'assit derrière le manche à balai, et se désaltéra.

— Nous n'en avons que pour une demi-heure de vol, exposa-t-il après avoir vidé le thermos – Djati, entre-temps, avait quitté les lieux. Je vais voler assez bas pour que vous puissiez admirer le paysage.

Comme Fleur le considérait avec une pointe de nervosité, il la gratifia d'un sourire charmant.

— Ne vous tracassez pas. Pour le moment, vous êtes un peu déboussolée mais, bientôt, vous vous sentirez comme chez vous.

La jeune femme constata avec plaisir que l'on entendait à peine le bruit du moteur. Il s'agissait d'un avion minuscule qui, au bout de la piste, prit son essor. Lorsqu'elle osa enfin baisser les yeux vers le sol, elle y découvrit la camionnette de Djati émergeant de la poussière soulevée à l'instant du décollage, sur le plateau de laquelle les enfants faisaient de grands gestes pour les saluer. Les chiens couraient à côté du véhicule. Elle vit encore les maisons, les granges, réussit même à distinguer Sal, qui leur faisait signe sur les marches de sa véranda.

Peu à peu, Fleur se détendit – Jack jouait les guides touristiques, lui désignait des abreuvoirs dont la surface miroitait au soleil, des clôtures, dont on n'entrapercevait pas même le bout, car il se perdait loin vers l'horizon. Il lui montra encore les pistes, presque indiscernables, qui sillonnaient les pâturages dépendant de Savannah Winds, ainsi que les cours d'eau sinuant à travers le paysage.

— Vous ne devez pas manquer d'eau, fit observer la passagère comme ils survolaient une éolienne rouillée flanquée d'un abreuvoir.

— C'est l'impression que ça donne, mais nous sommes toujours obligés de creuser des puits pour que nos bêtes puissent boire pendant la saison sèche. Dans la région, nous élevons surtout des bœufs, mais un ou deux propriétaires possèdent également des moutons. Il nous arrive de cultiver du tabac et du blé, mais c'est une entreprise risquée, à cause des caprices du climat et des sauterelles. Une nuée d'insectes a fondu l'autre jour sur nos champs : ils ont réduit à néant une année entière de travail.

— Djati et moi les avons croisés en venant.

— Savannah Winds a eu de la veine d'être épargné. Si le temps se maintient, ils devraient avoir le temps de récolter leur blé avant une nouvelle invasion.

Fleur baissa le regard sur les immensités qui glissaient sous l'avion. Jamais elle ne posséderait le courage d'Annie, songea-t-elle, car elle était une citadine, et il émanait de la savane une âpreté et un isolement qui la terrorisaient. Les habitants de l'outback étaient faits d'un bois robuste, ils appartenaient corps et âme à la terre qu'ils travaillaient, indifférents, semblait-il, aux épreuves que le sort dressait sur leur chemin : inondations, sécheresse, invasions de sauterelles... Tous étaient résolus à s'épanouir dans le mode d'existence qu'ils avaient choisi.

— Voici la maison, l'informa Jack un peu plus tard.

La jeune femme avisa une longue bâtisse aux murs de briques, coiffée d'un toit de tuiles et protégée du vent par une rangée d'arbres. Elle vit encore des corrals et des enclos, des granges, des abreuvoirs et plusieurs milliers de têtes de bétail en train de brouter dans des prairies en contrebas, et situées non loin d'une intersection où se croisaient plusieurs cours d'eau. Des moutons se tenaient sur un terrain plus élevé, de l'autre côté de la demeure, où l'on était en train de labourer les champs de blé dévastés.

— Vous voyez la grosse camionnette noire ? À côté, c'est Martha.

Fleur aperçut une silhouette vêtue d'un pantalon, d'une chemise et d'un chapeau à large bord, qui battait allègrement des bras debout sur le marchepied du véhicule.

Lorsque l'avion se présenta face à la piste pour atterrir, Fleur se cramponna. Mais Jack posa son engin avec douceur et, bientôt, il en coupait les gaz.

— Attendez un peu que la poussière retombe, la mit-il en garde, sinon vous risquez de tousser pendant une bonne semaine.

Enfin, il l'aida à descendre. La jeune femme manqua de tomber à la renverse au bas de la passerelle, car Martha venait de se pendre à son cou pour l'étreindre.

— Je suis tellement contente ! fit-elle en la libérant. Je n'en crois pas mes yeux.

Son regard noisette étincelait dans son visage hâlé. Elle repoussa vers l'arrière ses cheveux bruns qui grisonnaient, puis se tourna vers son époux :

— On jurerait sa mère, n'est-ce pas ?

— Je lui ai déjà fait cette remarque, répondit l'homme sèchement. Dépêchons-nous plutôt de nous abriter dans la maison avant de cuire sur pied.

Éberluée par l'accueil exubérant de Martha, Fleur suivit le couple jusqu'au 4x4. Il régnait une chaleur de four, et les mouches attaquaient en vastes nuées noires. La jeune femme grimpa à bord du véhicule climatisé en poussant un soupir d'aise.

Martha, qui avait pris le volant, parlait sans discontinuer. Elle roulait à toute vitesse. Comme Jack, elle tirait une immense fierté de ce qu'ils avaient accompli à Emerald Downs. Elle désigna à sa passagère l'éolienne, la rivière, la clôture flambant neuve et à peu près tout ce devant quoi passait la camionnette.

Fleur opinait, souriait en s'efforçant de saisir l'ensemble d'un seul regard, tentant d'imaginer à quoi ressemblait l'endroit du temps de sa mère.

Elle eut l'impression que Jack avait lu dans ses pensées :

— Ça a beaucoup changé depuis l'époque où Selina et moi n'étions encore que des enfants. La maison, qui était en bois, a été détruite par un cyclone dans les années 1970, c'est pour cette raison qu'on en a ensuite bâti une plus solide. Nous avons l'électricité, le téléphone, la télévision par satellite, des ordinateurs, et la plupart de ces trucs modernes dont on se dit maintenant qu'on ne pourrait plus vivre sans.

— À Savannah Winds, il n'y a pas de réseau satellite ni de connexion Internet.

— Parce que le ranch se trouve trop loin de la station de télécommunication. Mais ça ne va plus tarder. Le gouvernement le leur a promis.

Construite sur une légère élévation de terrain, la maison se trouvait ceinte d'une véranda équipée des incontournables moustiquaires. Un bouquet d'arbres se dressait à l'est, qui dispensait son ombre bienfaisante durant les grosses chaleurs, tandis qu'à l'ouest se déployait un corral, dont le centre était occupé par une rangée d'arbres destinée à protéger les chevaux du soleil.

— Ces bêtes m'appartiennent, commenta Martha, se rengorgeant un peu. Dans ma jeunesse, j'ai participé à de nombreux rodéos, après quoi je suis passée aux concours hippiques. Maintenant, je me contente d'en élever quelques-uns pour les courses d'obstacles.

— Elle est trop modeste, s'immisça son époux. Martha a un jour représenté l'Australie aux Jeux olympiques, et elle a remporté la médaille de bronze. Elle continue à entraîner de jeunes cavaliers, et ses chevaux sont prisés dans le monde entier.

— Vraiment ? s'extasia Fleur. J'ignorais que je comptais une célébrité dans ma famille.

Martha rougit jusqu'aux oreilles.

— Je n'ai rien d'une vedette, et Jack a souvent tendance à exagérer.

Elle fit mine, pour plaisanter, de lui enfoncer un doigt entre les côtes, ravie, au fond, que son époux l'admirât autant.

Il faisait frais dans la maison, où l'air circulait. Elle se composait de vastes pièces que le toit de la véranda ombrageait, des pièces au parquet soigneusement ciré, à la décoration de style éclectique. Martha montra la salle de bains à son invitée, avant de l'entraîner dans une grande et belle chambre donnant sur une pelouse verdoyante, ainsi que sur une piscine hors-sol au-dessus de laquelle on avait déployé un vélum, sur un jardin de fleurs et sur un potager, opulents tous les deux.

Le lit occupait la place d'honneur, dans cette pièce où dominaient le jaune pâle et le vert d'eau. On avait accroché aux murs de magnifiques photographies de l'outback – cascades, canyons, la brume de l'aube immortalisée parmi les verts paisibles d'une forêt, un troglodyte surpris à l'instant où il braquait vers l'objectif son œil ressemblant à une petite perle.

— Qui a pris ces superbes clichés ?

— Jack. Maintenant qu'il dispose de plus de temps libre, il passe de nombreuses heures à traquer ses sujets. Il se débrouille bien, n'est-ce pas ?

— Mieux que ça. Je connais plusieurs décorateurs d'intérieur qui paieraient une fortune pour de telles images. Il y a aussi une galerie de photos qui vient d'ouvrir ses portes à Brisbane. Sa propriétaire serait ravie de les exposer.

— Jack ne pratique la photo qu'en amateur, vous savez, et il déteste qu'on le couvre d'éloges. Quand cela arrive, il se ferme comme une huître, et je n'entends plus le son de sa voix pendant plusieurs jours.

— Quel dommage. Il est extrêmement doué.

Martha haussa les épaules.

— Je sais, mais en dépit de sa taille et de son gabarit, Jack reste un grand timide.

Elle fit à la jeune femme un large sourire :

— Il m'a fallu une éternité pour le pousser à me demander de sortir avec lui… Mais le jeu en valait la chandelle.

— Depuis combien de temps êtes-vous mariés ?

— Trente-neuf ans. Nos deux filles ont épousé l'une et l'autre un conducteur de bétail, et elles sont parties s'installer plus à l'ouest. Mais deux fois par an, elles nous rendent visite avec nos petits-enfants et nous, nous prenons l'avion pour aller les voir dès que nous en avons le temps. Notre fils, lui, vit toujours ici. Il prend peu à peu la succession de son père, qui ne se sent pas encore prêt à partir en retraite. Il sera navré de vous avoir manquée, j'en suis certaine, mais il est en train de conduire des troupeaux.

Après que Fleur se fut hâtée de défaire son menu bagage, Martha l'emmena à la cuisine.

— Nous passons la plupart de notre temps dans cette pièce.

Elle leur versa, à chacune, un verre de citronnade.

La jeune femme détailla la batterie de casseroles en cuivre suspendues au-dessus du très volumineux fourneau, le buffet et sa collection d'assiettes, de photos, de cartes postales et d'objets décoratifs. Sur un mur se donnaient à voir de grands portraits photographiques de chevaux et de chiens.

— Voici le cheval qui a remporté la médaille de bronze aux Jeux olympiques, lui expliqua Martha. Les chiens appartenaient aux enfants.

Elle vida son verre de citronnade.

— Mettez votre chapeau, Fleur. Nous ressortons.

La jeune femme s'exécuta, son hôtesse l'entraînant à l'arrière de la demeure, dans l'ombre profonde et fraîchie des arbres. Lorsqu'elles eurent retrouvé le soleil, la visiteuse découvrit la clôture blanche, les croix de bois et les pierres tombales usées.

— La tombe de Selina se situe là-bas, murmura Martha. Je vous laisse seule avec elle. Vous saurez retrouver le chemin de la maison ?

Fleur fit oui de la tête.

Dans la pelouse semée de fleurs des champs, on avait dégagé un étroit sentier menant aux trois croix blanches érigées dans un coin de la parcelle. La jeune femme emprunta ce sentier, l'œil rivé à l'inscription qu'elle n'avait jamais pensé voir un jour :

Selina Kate Daley
Fille bien-aimée, mère dévouée
Repose en paix, à présent, et
sache que tu as été aimée.
1942-1967

— Bonjour, maman, souffla-t-elle, s'agenouillant à côté de la croix. Je suis navrée qu'il m'ait fallu tout ce temps pour venir jusqu'ici, mais je n'ai pas pu te rendre visite plus tôt.

Elle posa une joue sur l'herbe chaude et odorante qui recouvrait la dernière demeure de Selina, ses larmes mouillant lentement la terre et y pénétrant, comme pour unir de nouveau les deux femmes.

— Oh, maman…, chuchota-t-elle. J'ai tant de choses à te raconter.

17

Assis au bar du Cloncurry Hotel, Greg buvait sa deuxième bière de la journée dans un silence morose. Trois postes de télévision s'efforçaient, en termes de décibels, de concurrencer le juke-box, le jeune homme considérant à tour de rôle, et d'un œil morne, les trois écrans, sur lesquels des chiens, des chevaux ou des voitures de course franchissaient des lignes d'arrivée sous les vivats de commentateurs sportifs intarissables. Il semblait à Greg qu'on l'avait expédié sur une autre planète et, pour couronner le tout, il était à court d'idées.

Il avait espéré qu'un camion de passage le prendrait en stop, voire l'un des ouvriers agricoles qui se rendaient en ville pour consommer de la bière, puis repartaient d'où ils étaient venus. Hélas, tous se dirigeaient à l'opposé de Savannah Winds, ou empruntaient un itinéraire imposant au jeune homme quatre jours de voyage avant d'enfin rejoindre Fleur. Même Len, le chauffeur de taxi bedonnant, avait refusé son argent. La conspiration prenait de l'ampleur, et le destin lui offrait une main secourable.

Le propriétaire des lieux était un énorme Samoan copieusement tatoué, à la tignasse embroussaillée, qui était arrivé dix ans plus tôt à Cloncurry en qualité de tondeur. Il n'était jamais reparti. Il posa une troisièmc bière devant le chirurgien, avant de se pencher vers lui depuis l'autre côté du comptoir :

— M'avez l'air d'avoir le moral dans les chaussettes, mec. Une histoire de gonzesse ?

— On peut dire ça comme ça. Ma compagne s'imagine que je suis un escroc et un tricheur, et j'ai croisé la route d'une sorcière aux cheveux orange, qui a décidé de faire de ma vie un enfer.

— T'as bien mérité ta bière, mec. Parce qu'une bonne femme, c'est déjà largement suffisant. Alors, deux…

Il secoua la tête en sifflant longuement entre ses dents.

— T'es vraiment dans l'pétrin, mon gars.

— Assurément.

— La gonzesse aux tifs orange, ce serait pas Doreen par hasard ?

— Tout juste.

— Oh, mec… T'as vraiment mal choisi.

Le Samoan se pencha plus encore

— C'est toi, le gonze qui veut aller à Savannah Winds ?

Une lueur d'espoir brilla dans l'œil de Greg :

— En effet. Il faut à tout prix que je parle à Fleur pour la convaincre que je ne l'ai jamais trompée.

Un sourire immense fendit en deux le large visage de son interlocuteur.

— T'as décidé de t'écraser un bon coup, pas vrai ? Ça m'arrive souvent. Je compatis, mon gars.

— Si vous en avez une, accepteriez-vous de me louer votre camionnette ? Je peux même l'acheter, si cela vous convient mieux.

— Nan, mec... J'ai rien qu'une vieille Holden toute déglinguée. Tu ferais même pas dix bornes avec, une fois sorti de la ville.

Presque à plat ventre sur le comptoir, il s'exprima cette fois à voix basse, sur le ton de la confidence :

— Tu vois, mon gars, je trouve pas ça réglo, ce que la vieille toupie t'a fait et, du coup, j'ai les boules de pas pouvoir te donner un coup de pogne. Mais là-haut, y'a un paquet de chambres vides si tu dois passer la nuit à Cloncurry. D'autant plus que ma bourgeoise est un sacré cordon bleu.

Greg lui serra la main.

— Merci mille fois. Je m'étais déjà résigné à dormir sur l'un des bancs du jardin public.

Il vida sa bière d'un trait. Jamais il n'avait bu autant, de sorte que la tête lui tournait un peu, et qu'il commençait à se sentir nauséeux. Tant pis, il choisit de ne pas y prendre garde :

— Remets-nous ça, veux-tu, c'est ma tournée.

Fleur ayant quitté le petit cimetière privé, elle regagna l'immense cuisine. Le soleil à présent était bas sur l'horizon, le froid s'insinuait partout, venu du nord. Consultant sa montre, la jeune femme constata sans surprise qu'elle venait de passer presque toute la journée là-bas, parlant et pleurant, confiant à sa mère, dans un souffle, ses plus intimes secrets et ses peurs les plus noires.

— Comme vous avez manqué le déjeuner, je vous ai préparé des sandwichs pour que vous puissiez tenir jusqu'au dîner, lui dit Martha. Êtes-vous satisfaite de votre conversation avec Selina ?

Comme elle allait lui répondre, Fleur fut prise d'un affreux vertige. Elle tituba, se cramponna à une chaise sur laquelle elle se laissa tomber, plus molle qu'une poupée de chiffon.

— Je me sens toute drôle…

— Vous êtes sans doute restée trop longtemps au soleil avec l'estomac vide.

Son hôtesse la contraignit avec douceur à poser la tête sur ses genoux :

— Respirez profondément, et gardez la tête baissée jusqu'à ce que le malaise se dissipe.

La jeune femme obéit. Quelques minutes plus tard, les étourdissements avaient cessé.

— Je suis navrée, cela ne m'arrive jamais.

Elle prit le verre d'eau que Martha lui tendait, en avala le contenu. Elle se sentait un peu mieux.

— Mieux vaut que je mange les sandwichs avant de me ridiculiser tout à fait.

— Ne bougez pas, je vais vous les apporter.

La maîtresse de maison ayant posé l'assiette devant son invitée, elle s'assit auprès d'elle, préoccupée.

— Tout cela ne doit pas être facile pour vous. Après tout, vous n'aviez que quelques mois le jour où Selina est revenue ici avec vous. Que d'émotions… Pas étonnant que vous vous sentiez faiblarde.

— J'en ai probablement trop fait. Ces derniers mois ont été très compliqués, mais la découverte de ce que mon père avait fait… Ces révélations ont sans doute été la goutte qui a fait déborder le vase.

Elle mordit dans un sandwich à la tomate et au fromage. Une fois avalée la dernière bouchée, elle avait regagné une bonne part de son énergie.

— J'ai quelque chose à vous dire, se hasarda alors Martha. Sal m'a appelée pendant que vous vous trouviez avec Selina.

Le cœur de la jeune femme se mit à battre plus vite et plus fort, un frisson lui parcourut l'échine lorsqu'elle avisa la mine sombre de son hôtesse :

— Votre demi-sœur, Bethany, a appelé Savannah Winds. Il s'agit de votre père…, fit-elle avec douceur.

Fleur éprouva de la honte à se sentir à ce point soulagée :

— A-t-il été victime d'une crise cardiaque ?

— En effet… C'était très grave… Je suis navrée, mais il est mort.

— Je vois. Ce n'est pas très étonnant. Il était en surpoids, il fumait trop et s'emportait pour un oui ou pour un non.

Martha lui adressa un regard perplexe :

— Vous n'avez pas l'air… Enfin, je veux dire…

Mal à l'aise, elle préféra se taire.

— Tout va bien, je vous assure, s'empressa de la rasséréner Fleur. Mon père et moi n'avons jamais été très proches. Nous ne l'étions déjà pas avant que je découvre les effroyables mensonges dont il s'est rendu coupable. Je suppose que je devrais ressentir quelque chose… Mais je n'éprouve rien. Rien du tout. J'en suis incapable. Pas maintenant que je sais de quelle manière il nous a traitées, ma mère et moi.

Elle eut un sourire las.

— Cela doit vous paraître horrible, n'est-ce pas ? Mais c'est ainsi, et je pense que Bethany est la seule de nous trois à avoir du chagrin.

— Les obsèques auront lieu au début de la semaine prochaine, l'informa son hôtesse sur un ton neutre.

Songeant à Selina, qui reposait sous l'herbe et les fleurs, songeant à leurs années perdues, elle comprit en un éclair qu'elle ne se rendrait pas à l'inhumation de son père.

— Pourrais-je passer un coup de fil, Martha ? Bethany doit se sentir très seule.

— Bien sûr.

Elle traversa, suivant la maîtresse de maison, le salon aux dimensions colossales, pour rejoindre un charmant petit bureau.

— Je vous laisse.

Fleur composa le numéro de sa sœur, et écouta les sonneries successives. Comme elle réfléchissait à la teneur du message qu'elle allait déposer sur le répondeur, Bethany finit par décrocher.

— Bonjour, Bethany. On m'a transmis la nouvelle pour papa. Comment te sens-tu ?

— Oh, Fleur, si tu savais comme cela me soulage d'entendre ta voix. Je viens de passer deux effroyables journées. La mort brutale de papa, Margot en croisière, Mélanie à l'hôpital… J'étais…

— Pour quelle raison a-t-on hospitalisé Mélanie ? l'interrompit sa cadette.

— Elle a été victime d'un accident de scooter, mais Greg a été formidable. Il est resté avec moi jusqu'à ce que le chirurgien nous annonce qu'elle allait s'en tirer et que le bébé ne souffrait d'aucun traumatisme.

Elle exhala un soupir frémissant, avant de fournir à sa sœur de plus amples détails sur l'état de sa fille et le temps qu'elle devrait passer à l'hôpital.

— Au début, elle s'en voulait terriblement. Elle était persuadée que le bébé allait mourir à cause d'elle, parce que, d'abord, sa grossesse l'avait épouvantée.

Bethany renifla, puis se moucha.

— Elle va mieux, maintenant, et se réjouit que le fœtus n'ait rien. Cette fois, nous ne nous quittons plus. Cet accident lui a en quelque sorte servi de révélateur.

— Tant mieux. Et lorsqu'elle sortira de l'hôpital, j'exige que vous vous installiez toutes les deux à Birdsong, aussi longtemps qu'il vous plaira. Je ne connais pas de meilleur endroit au monde pour se refaire une santé et soigner ses blessures, de quelque nature qu'elles soient.

— Merci, Fleur. Nous irons, c'est promis, mais il faut d'abord que j'organise les funérailles de papa.

Elle se tut l'espace d'un instant, puis:

— Après ce que tu as découvert le concernant, je présume que tu n'as aucune envie d'y assister. Surtout, ne te sens pas coupable. Ne te crois pas non plus obligée de venir sous prétexte de me soutenir.

— Pour tout dire, je n'éprouve à peu près rien. D'autant plus qu'en ce moment, je séjourne à Emerald Downs, où ma mère est enterrée.

Elles conversèrent encore un moment, puis la jeune femme reposa le combiné.

Le dîner comprenait de la soupe de légumes, du poulet rôti, une tourte au jambon – dont la pâte, légère à souhait, fit l'admiration de Fleur. Lorsque Jack se leva de table pour effectuer sa ronde habituelle dans les écuries, les étables et les enclos, les deux femmes débarrassèrent la table avant de disposer les assiettes, les plats et les couverts sales dans le lave-vaisselle.

– Vous disposez vraiment dc tout le confort, s'enthousiasma l'invitée. À Savannah Winds, ils accusent, par rapport à vous, un terrible retard.

– Nous avons modernisé les lieux petit à petit. Et puis, on ne peut pas comparer les deux ranchs. Annie a quitté le sien il y a de nombreuses années, or Sal et Djati préfèrent mener leur barque à leur façon.

Fleur sourit :

– Sal vient de se faire livrer une nouvelle machine à laver : je crois bien qu'aucun vêtement ne lui a échappé !

– Que Dieu la bénisse, soupira Martha. C'est une drôle de vieille bonne femme, avec ses prophéties et tout son saint-frusquin, mais elle demeure le pilier de cette grande famille. D'ailleurs, chaque jour Djati mesure la chance qu'il a eue de la rencontrer.

Son invitée la suivit ensuite dans le vaste salon carré où un feu de cheminée chassait la fraîcheur vespérale. De profonds canapés, un vieux piano droit, plusieurs étagères garnies de livres… Et partout, sur le sol ou les tables basses, des ouvrages abandonnés là, des magazines ou des catalogues de matériel agricole… Dans un coin trônait un cheval à bascule, auprès d'un volumineux coffre à jouets, et Fleur supposa qu'ils étaient là pour les petits-enfants du couple lorsqu'ils séjournaient au ranch.

– Vous me semblez en bien meilleure forme, se félicita la maîtresse de maison qui, ayant fait signe à la jeune femme de prendre place dans l'un des canapés, ferraillait à présent avec les coussins, afin qu'elle fût installée le plus confortablement possible. Tâchez peut-être, demain, de moins vous exposer au soleil.

— Je ne suis pas habituée à de pareilles chaleurs, concéda Fleur. Et la journée a été riche en émotions.

— Y a-t-il quelqu'un d'autre que vous souhaiteriez appeler ? Un petit ami, peut-être, ou…

Les gros sabots de Martha amusèrent sa pensionnaire.

— Il y avait Greg, mon compagnon, mais nous avons rompu. Et puis il y a Jason, mon meilleur ami. Un homosexuel charmant, qui, à l'heure qu'il est, doit être en train de se trémousser sur la piste de danse d'une discothèque à la mode.

Son hôtesse se cala, ayant ramené ses jambes sous elle, à l'autre extrémité du canapé.

— Et si vous me parliez un peu de Greg ? Pour quelle raison vous êtes-vous séparés ?

Fleur commença son récit avec hésitation, mais Martha savait écouter. Bientôt, la jeune femme lui livrait tous les détails de leur histoire.

— Pardon, s'excusa-t-elle au terme de sa confession. Je n'avais pas l'intention de vous assommer avec mes problèmes.

— J'ai toujours été d'avis qu'il valait mieux parler des choses que de les garder pour soi. En tout cas, vous n'avez pas eu la vie facile ces derniers temps. Je comprends d'autant mieux votre malaise de cet après-midi.

Elle se pencha, tapota le dessus de la main de Fleur :

— Le bon air d'Emerald Downs va chasser vos tourments et vous aider à y voir plus clair. Faites-moi confiance.

— Rien ne vaut l'air de chez nous, intervint Jack, qui venait de pénétrer dans le salon pour se laisser tomber dans le fauteuil placé devant l'âtre. Suivez-moi donc pendant deux jours sur nos terres, et vous oublierez tout ce qui vous taraude en ce moment.

La jeune femme gloussa.

— Alors, j'ai déjà hâte d'être à demain. En revanche, ne comptez pas sur moi pour monter sur un cheval. Les chevaux me terrifient.

Martha lui adressa un regard réprobateur :

— Nous allons devoir arranger cela, décréta-t-elle. Votre mère était une cavalière émérite qui a participé à de nombreux rodéos, et votre grand-mère chevauchait aux côtés d'Annie lors de la grande migration à travers l'Australie, de Wyndham à Brisbane, pendant la dernière guerre. Nous, les Daley, avons une réputation à tenir, figurez-vous.

— Mais ils me terrorisent, insista Fleur avec nervosité.

— Taratata. J'ai une vieille jument, vous pourrez constater immédiatement qu'elle est plus douce qu'un agneau. C'est avec elle que nos enfants ont appris à monter. Votre peur s'évanouira comme un songe.

— Laissez-vous guider, confirma Jack. Martha sait y faire.

La jeune femme était piégée. À présent, elle redoutait que le jour se levât… Elle changea de sujet :

— Martha m'a informée l'autre jour, par téléphone, que vous alliez chercher de vieilles photographies, lança-t-elle avec un entrain qu'elle n'éprouvait guère. Je serais ravie de les voir.

— Bien sûr. Dans l'excitation du moment, je les avais complètement oubliées.

Jack se leva, traversa la pièce pour récupérer une pile d'albums sur le piano. Ayant ensuite débarrassé ce qui traînait sur la table basse, il ouvrit le premier.

— Voici Selina quand elle était bébé. Papa était prisonnier de guerre en Birmanie, à l'époque, il travaillait à la construction de nouvelles voies ferrées. Maman ne savait même pas s'il était encore en vie. Mais elle a continué à prendre soin de nous comme si de rien n'était, elle est restée optimiste jusqu'au bout.

— Annie évoque vos parents à plusieurs reprises dans ses journaux intimes. À son retour, votre père était très malade, n'est-ce pas ?

Jack poussa un lourd soupir.

— Il n'avait plus que la peau sur les os. Il a fallu s'occuper de lui vingt-quatre heures sur vingt-quatre pendant de nombreux mois. Grâce à ma mère et à l'air vivifiant d'Emerald Downs, il s'est requinqué peu à peu, mais plus jamais il n'est redevenu le garçon robuste et joyeux que maman avait épousé. C'était un père adorable, dont je garde d'excellents souvenirs.

Fleur se laissait envoûter par les clichés qui, non seulement lui permettaient d'entrapercevoir l'existence menée jadis par la famille Daley, mais aussi celle d'Annie. Car, en dépit des distances, ils avaient été très proches.

Près d'une heure s'était écoulée lorsque son oncle s'empara du dernier album :

— J'ai sélectionné quelques-unes des meilleures photos de Selina pour vous en faire cadeau.

Il remit l'objet à la jeune femme.

— Elles couvrent sa vie entière, de ses premiers mois à l'époque où elle est revenue vivre chez nous. Avec vous.

De la tristesse se peignit sur ses traits.

— Après que Don vous a ravie à elle, elle est tombée gravement malade. De cette période, je n'ai aucun cliché.

Ainsi Fleur se mit-elle à tourner lentement les pages de la courte existence tragique de sa mère.

— Annie pose souvent avec elle, murmura-t-elle – la dernière photographie montrait les deux femmes souriant à l'objectif, et Annie tenait entre ses bras le tout petit être que Fleur était alors.

— Elle comptait énormément pour votre mère. Elle était certes sa marraine, mais ma sœur la considérait surtout comme une amie. Leur différence d'âge ne les dérangeait ni l'une ni l'autre. Il m'arrivait même, quelquefois, de me demander si maman était jalouse d'Annie, car Selina partageait beaucoup de choses avec elle.

L'homme soupira de nouveau.

— Après votre naissance, quand ma sœur vous a amenée ici, leurs liens se sont encore resserrés. Probablement parce qu'Annie, de son côté, avait perdu ce à quoi elle tenait le plus. Elle voulait à tout prix assurer votre sécurité et celle de Selina.

La jeune femme frissonna, malgré les flammes qui dansaient dans l'âtre.

— Annie a perdu son unique enfant, c'est bien cela ? Pendant mon séjour à Birdsong, j'ai vu une photo de Lily.

— Il s'agissait d'un terrible accident, tel qu'il peut s'en produire par chez nous. Lily avait dix-sept ans.

Très belle, et pleine de vie. C'était une excellente cavalière, doublée d'une étudiante pleine de talent. Annie avait placé en elle tout son amour et tous ses espoirs, car sa grossesse avait été la seule qu'elle avait menée à terme.

Il fixa la flambée.

— Je me rappelle cette affreuse journée comme si c'était hier. J'avais seize ans. Nous étions en vacances, et j'aidais papa à marquer les bêtes au fer rouge. Maman est venue nous chercher et, à voir son visage, nous avons aussitôt compris que quelque chose d'épouvantable venait d'arriver.

Fleur demeurait silencieuse, se souvenant des mots de sa tante dans son cahier, qui disaient l'immense bonheur d'avoir enfin mis au monde un enfant…

— Lily avait été mordue par un serpent de la mulga. Annie l'avait découverte par hasard dans la grange, mais il était trop tard. Le venin agit à la vitesse de l'éclair. La petite avait dû mourir en l'espace de quelques minutes.

— Oh, mon Dieu…, souffla la jeune femme. Pauvre, pauvre Annie…

— Nous avons bien cru qu'elle allait perdre la tête. On avait l'impression qu'elle se ratatinait à vue d'œil, qu'elle s'effaçait… Nous étions tous effondrés, parce que nous tenions Lily pour l'un des membres de notre famille. Son décès tragique a creusé dans nos vies un vide immense.

L'homme se tut longuement, l'œil rivé aux flammes, et l'affliction accusant ses traits.

— Le malheur s'est abattu sur Annie un nombre incalculable de fois, commenta Martha. Je me demande comment elle a réussi à tenir le coup. Et pourtant… Elle a bel et bien tenu le coup, et quelque chose a fini par se passer, qui l'a aidée à remonter la pente.

Son époux agita les bûches dans l'âtre au moyen d'un tisonnier.

— Lorsque Selina et vous êtes arrivées ici, Annie a semblé reprendre goût à la vie. À peine a-t-elle posé les yeux sur vous qu'elle a eu l'impression de retrouver Lily. Vous êtes devenue le centre de son univers – une nouvelle fleur à aimer, à chérir, à protéger.

— Mais pour quelle raison ? Je n'étais pas son enfant. Je n'étais pas Lily…

— Vous lui ressemblez beaucoup, et le fait que votre mère vous ait appelée Fleur, et que vous soyez née à quelques heures du décès de Lily… Annie y a vu de nombreux signes, elle s'est persuadée que Lily survivait en vous.

— Comme c'est triste…

— Je ne suis pas d'accord avec vous, s'immisça Jack. Vous avez donné un but à votre tante, d'autant plus qu'il y avait aussi les liens du sang, puisque vous étiez la fille de son frère. Aux yeux d'Annie, vous représentiez le maillon qui la rattachait à la famille qu'elle avait perdue à cause de Don, et à la nôtre – à la famille de Selina.

— On m'a rapporté qu'elle avait pris périodiquement de mes nouvelles jusqu'à son décès. Comment s'y prenait-elle ? Papa n'a jamais mentionné son prénom devant moi…

— Après la mort de Selina, Annie s'est installée à Birdsong. De là, elle effectuait des séjours réguliers à Brisbane. Elle a profité d'une journée portes ouvertes pour visiter votre école. Elle était là aussi le jour de votre remise de diplôme, au dernier rang. Elle se tenait devant les bureaux d'Oz Architecture lorsqu'ils vous ont embauchée.

Jack adressa un sourire à la jeune femme :

— Elle a même suivi de très près votre histoire avec Greg. Elle espérait que vous finiriez par vous marier, puis avoir des enfants. Elle était incroyablement fière de vous. Les derniers temps, elle a regagné Birdsong en sachant qu'elle pouvait mourir en paix, maintenant que vous aviez réussi votre vie personnelle et professionnelle.

— Dans ce cas, on pourrait presque se réjouir qu'elle n'ait pas vécu assez longtemps pour assister à ma dégringolade. Le cabinet pour lequel je travaillais a déposé le bilan, et ma relation avec Greg est au bord du gouffre.

— Vous m'en voyez navré.

— Bah… Ne vous en faites pas… Je suis convaincue que, quelque part, il se trouve quelqu'un pour moi.

Avec une allégresse feinte, elle revint à l'album.

De nouveau, elle en tourna les pages avec lenteur, contemplant ces images en noir et blanc de gens qui autrefois l'avaient chérie. Mais il manquait quelque chose, ou plutôt quelqu'un…

— Pour quelle raison n'y a-t-il aucun cliché de Sam ? Je sais pourtant qu'il est revenu de la guerre sain et sauf, et qu'il a épousé Annie.

— En effet. Et, selon ma mère, ils formaient un couple charmant.

Il jeta un coup d'œil en direction de Martha, qui opina imperceptiblement.

— Malgré les nombreuses fausses couches dont Annie a été victime, ils étaient heureux. Autant dire qu'à la naissance de Lily, ils se sont sentis comblés. Mais, pauvre Annie… Il faut croire qu'elle était vouée à ne jamais connaître de bonheur parfait ni durable.

— Il ne l'a quand même pas quittée pour une autre ?

Jack secoua la tête.

— Il adorait son épouse et leur fillette, ce qui rend plus affreux encore ce qui s'est passé.

— Sam est mort, n'est-ce pas ? s'enquit Fleur dans un frisson.

— Une mort stupide. Un moment d'égarement. Mais Sam aimait son avion à la folie. Et il attendait depuis de nombreuses années ce qui s'est passé ce matin-là.

La jeune femme, à présent, était suspendue à ses lèvres.

— Sam avait réussi à récupérer un vieux Spitfire, sur lequel il s'était échiné pendant plusieurs centaines d'heures pour le remettre en état. Il l'utilisait essentiellement pour faire de l'épandage, mais ce qu'il attendait vraiment, c'était l'occasion de surfer sur le Morning Glory.

— Il s'agit d'un phénomène très rare, enchaîna Martha, car il faut que soient réunies certaines conditions atmosphériques précises.

Elle exhala un soupir à fendre l'âme.

— Personnellement, je ne l'ai vu que deux fois. Jamais je n'ai été le témoin d'un spectacle aussi grandiose. Aussi impressionnant… Mais les casse-cou ne se contentent pas de regarder. Ils se précipitent à bord de leurs petits avions pour aller y voir de plus près.

— À l'aube, Sam a grimpé dans son Spitfire, reprit Jack. Annie redoutait ce moment depuis le jour où son époux lui avait fait part de ses intentions, mais elle est restée là, plantée au beau milieu de la clairière, devant leur maison, avec sa petite Lily de deux ans dans les bras. Et elle a regardé le coucou décoller. Sam a atteint la crête de cette espèce de rouleau gigantesque, il a surfé là-dessus pendant près d'une heure. Tout à coup, le Spitfire a disparu. Annie n'a jamais revu ni l'avion ni son mari.

— On n'a pas retrouvé son corps ? interrogea-t-elle dans un murmure chagrin.

Martha lui prit la main, qu'elle serra entre ses doigts :

— On a fini par découvrir le Spitfire en pleine savane. Sam avait été éjecté loin de l'avion. Il présentait de terribles brûlures. Il était méconnaissable. Les enquêteurs ont conclu qu'il avait, sans le savoir, foncé droit sur une nuée de sauterelles. Il n'avait pas eu la moindre chance de s'en sortir.

Fleur se frotta les yeux, songeant au chasseur qu'elle avait découvert la veille dans la grange abandonnée :

— Annie a fait réparer le Spitfire en souvenir de Sam…

Jack fronça les sourcils :

— Il n'en restait pratiquement rien. Et je ne pense pas qu'elle aurait aimé garder cet engin auprès d'elle, cela lui aurait constamment rappelé les circonstances du décès de son époux.

— Mais…, protesta la jeune femme. Il se trouve dans l'une des granges de Savannah Winds. Et même s'il est un peu rouillé, et qu'on n'y a manifestement plus touché depuis longtemps, il ne semble pas endommagé.

— Dans ce cas, il s'agit d'un autre Spitfire, lui assura son interlocuteur, qui se leva de son fauteuil. Attendez, Fleur, je tiens à vous montrer quelque chose… À condition que je remette la main dessus.

Il inspecta les étagères, fourgonna dans plusieurs tiroirs, jusqu'à extraire de l'un d'eux un vieux classeur débordant de prospectus, de cartes postales et de coupures de journaux.

— Papa et maman gardaient précieusement tous ces trucs-là. Je n'ai pas eu le courage de m'en débarrasser. Mais tenez, regardez. Voici l'article.

Un habitant de la région trouve la mort en chevauchant le Morning Glory, annonçait le titre. Le texte décrivait les conditions dans lesquelles l'accident avait eu lieu, pour se terminer par une courte biographie de Sam et d'Annie. Mais ce fut la photographie qui retint toute l'attention de Fleur : le Spitfire, en effet, n'était plus qu'une épave disloquée, que les flammes avaient en grande partie dévorée…

Pourtant, en examinant le cliché de plus près, il lui sembla reconnaître quelque chose.

— Avez-vous une loupe ?

Jack la considéra avec perplexité.

— Je voudrais simplement vérifier un détail.

L'homme se leva, fouilla dans un tiroir, revint avec l'objet, qu'il confia à la jeune femme.

Le papier se révélait de piètre qualité, mais il n'y avait plus de doute – les petits poils de sa nuque et de ses avant-bras se hérissèrent.

— Que se passe-t-il ? lui demanda Martha. Que voyez-vous ?

La jeune femme rendit à Jack sa loupe, sachant déjà que, si elle s'ouvrait à eux de sa découverte, jamais ses hôtes ne comprendraient.

— Je voulais juste observer l'avion de plus près. Me permettez-vous de rapporter cette coupure de journal à Savannah Winds ?

— Bien sûr.

Malgré elle, le regard de Fleur revint au fuselage noirci et en partie démembré du Spitfire, revint à l'insigne à peine visible de la RAF. Au R dessiné sur l'un des flancs. Au nombre 62 inscrit sur l'autre.

Greg laissa échapper un grognement. La chambre tournoyait, le lit sur lequel il se tenait couché se balançait, et la lumière qui s'insinuait entre les lames des volets lui transperçait la cervelle, non sans lui avoir d'abord brûlé les globes oculaires. Le sang lui battait aux tempes.

Tirant sur son visage la couverture et le drap, il se demanda où il allait trouver le courage de quitter sa couche. Il ne se souvenait pas du nombre de bières qu'il avait ingurgitées la veille au soir – il avait arrêté de compter après la cinquième –, mais c'était surtout les petits verres de vodka qu'il avait ensuite avalés cul sec, en pleine compétition avec son nouvel ami, qui l'avaient perdu.

Il se tourna, grimaça – sa hanche le faisait terriblement souffrir.

— Qu'est-ce qui m'est arrivé ? maugréa-t-il en rejetant le drap et la couverture.

Son flanc gauche se révéla couvert d'ecchymoses noirâtres, de l'épaule au genou. Il ferma les paupières dans l'espoir de faire cesser les coups de marteau à l'intérieur de son crâne – peut-être allait-il finir par se rappeler le déroulement de la soirée…

Un souvenir vague affleura à sa mémoire : le Samoan, lui semblait-il, l'avait jeté par-dessus son épaule pour l'emmener à l'étage comme il l'aurait fait d'un ballot. Mais Maru était ivre, cela, Greg se le rappelait aussi, et parvenu au sommet de l'escalier, il avait trébuché.

La mémoire lui revenait avec de plus en plus de précision. Le Samoan s'était mis à osciller d'arrière en avant, tandis que, toujours sur son épaule, Greg demeurait impuissant et tanguait avec lui. Par bonheur, Maru avait fini par s'effondrer vers l'avant – sans quoi les deux hommes auraient dévalé l'escalier –, entraînant le chirurgien dans sa chute. Ils s'étaient écrasés tous deux sur la moquette du palier avec un bruit sourd – les vitres avaient tremblé. La hanche et l'épaule de Greg avaient reçu de plein fouet le poids considérable du Samoan.

— Nom de Dieu…, souffla-t-il. Et pourtant, je ne me suis rien cassé… Quelle chance.

Honteux et confus, il se jura de ne plus jamais boire une goutte d'alcool, se dissimula de nouveau sous la couverture et le drap, puis s'évanouit.

L'œil et la voix chantante de Sal s'étaient invités dans les rêves de Fleur, qui avait aussi vu, en songe, des Spitfire virevolter parmi de gigantesques nuages avant de s'écraser sur le sol, et Annie en train de pleurer sur la tombe de son époux et de leur fille.

Elle s'éveilla à l'aube, revint en pensée sur tout ce qui s'était produit depuis qu'elle avait perdu son emploi chez Oz Architecture. Le mystère de l'avion de chasse continuait à la hanter – tant qu'elle ne l'aurait pas résolu, elle ne s'apaiserait pas. Les journaux de sa tante et les traumatismes qu'elle avait accumulés au cours de ces derniers mois avaient-ils pu la troubler au point qu'elle avait cru voir, dans la vieille grange, un Spitfire qui ne s'y trouvait nullement ? À moins qu'Annie ne fût parvenue à en acheter un autre, sur les flancs duquel elle avait peint ensuite, ou fait peindre, les inscriptions ornant l'appareil de son défunt mari ? Elle rejeta les couvertures et se leva. Sal et Djati devaient posséder les réponses à ses questions, mais il lui faudrait patienter jusqu'à son retour à Savannah Winds.

Après s'être rendue à la salle de bains, elle s'habilla en vue de sa première leçon d'équitation. Elle ne se sentait toujours pas rassurée, mais si sa mère avait réussi avant elle, il n'était pas dit que Fleur, à son tour, ne donnerait pas le meilleur d'elle-même pour marcher dans ses pas.

Martha, qui arborait des jodhpurs, des bottes cavalières et une chemise à carreaux, se tenait assise à la table de la cuisine, une tasse de café devant elle. Elle décocha un sourire à Fleur lorsque celle-ci pénétra dans la cuisine à son tour.

— Vous avez déjà la tenue adéquate, lança-t-elle avec entrain. C'est un bon début. Voulez-vous prendre votre petit déjeuner ?

— Je crois que je vais me contenter d'une tasse de café.

La maîtresse de maison se mit à rire :

— On jurerait que quelqu'un s'apprête à vous mener à l'abattoir. Ne vous tourmentez pas, voyons. Avec Piper et moi, vous ne risquerez absolument rien.

Fleur s'efforça de faire durer sa tasse de café le plus longtemps possible, hélas, le moment vint où le récipient fut bel et bien vide, et son hôtesse le déposa sur l'égouttoir. Plus moyen de revenir en arrière. Résignée, la jeune femme saisit son chapeau, avant de suivre Martha, d'un pas réticent, dans le soleil matinal.

Comme elles atteignaient le corral, les montures à la robe luisante s'approchèrent pour les accueillir. Martha les salua l'une après l'autre, avant de pousser jusqu'au corral voisin, où se tenait un énorme cheval noir et blanc, dont le menton reposait sur la dernière planche de la clôture.

— Je vous présente Piper, fit Martha en caressant affectueusement le long museau de la bête, avant de lui masser les oreilles.

Fleur, qui préférait garder ses distances, fixait la gigantesque créature qui, de ses grandes dents jaunies, paraissait lui adresser un sourire.

— Approchez-vous un peu, l'encouragea son hôtesse. Elle a beau montrer les dents, elle ne vous mordra pas.

Le cœur battant à rompre, la jeune femme fit un pas timide en direction de la bête.

Piper baissa la tête, renifla l'oreille et les cheveux de la nouvelle venue, puis, de ses vibrisses lui chatouilla le menton.

— Elle vous aime bien, commenta la maîtresse des lieux. Maintenant, levez doucement la main pour lui toucher l'encolure. Vous voyez? Elle adore ça. Tenez, offrez-lui un morceau de sucre. Posez-le dans la paume de votre main.

La jument se hâta de chiper la friandise. Cela fit sourire Fleur qui, tandis que Piper croquait le morceau de sucre, osa continuer à lui flatter l'encolure. La bête possédait un regard bienveillant, et faisait preuve, envers les novices, d'une patience d'ange.

— Maintenant que les présentations sont faites, nous allons ouvrir la barrière, afin que vous fassiez plus ample connaissance.

La jeune femme suivit Martha dans le corral.

— Bravo, Fleur.

Celle-ci commençait en effet à se détendre un peu. Elle suivit les instructions de son hôtesse, déambula dans l'enclos, ravie de constater que la jument la suivait de bon cœur. Lorsqu'elles s'immobilisèrent, la jeune femme passa ses bras autour de l'encolure de Piper, posant sa joue contre la sienne.

— Formidable, observa Martha. Cette fois, nous allons la seller, puis ajouter des rênes à son harnais.

Piper ne bougea pas d'un poil, et demeurait d'un calme olympien, ce qui ne manqua pas de surprendre Fleur – la dernière fois qu'elle avait suivi un cours d'équitation, elle avait six ans, elle mourait de peur, et le poney, excédé, l'avait jetée par terre en quelques secondes.

— Mettez-vous là, et donnez-moi votre pied, je vais vous aider à monter sur son dos.

Une fois juchée, elle se vit remettre les rênes par Martha. Celle-ci ajusta les étriers, s'assura que son élève se sentait en sécurité.

— Vous apprenez vite, fit-elle. Maintenant, voyons un peu ce que ça donne quand Piper se met à marcher au pas.

La jeune femme emprisonna entre ses genoux les flancs de sa monture, serra les rênes de toutes ses forces… Mais au bout de deux tours, elle se relâcha un peu, au point de prendre plaisir à l'expérience : lorsque son hôtesse lui proposa de quitter le paddock pour effectuer une courte balade alentour, elle en fut ravie.

L'initiation avait commencé deux heures plus tôt, et Fleur se sentait très fière d'elle. Elle était parvenue à ne pas vider les étriers ni glisser de sa selle, et, ensemble, les deux femmes avaient effectué le tour des enclos et des granges avant de traverser le vaste pâturage jusqu'à la rangée d'arbres non loin desquels les montures avaient étanché leur soif dans une étroite rivière aux eaux cristallines. Assurément, on pouvait s'en remettre à Piper les yeux fermés, et Martha s'était révélée un excellent professeur.

Elles avaient ensuite bouchonné les chevaux avant de les laisser se promener de nouveau dans leur paddock. À présent, la jeune femme et son hôtesse regagnaient la maison.

— Ça m'a beaucoup plu, assura la première, tandis qu'elles ôtaient leurs bottes sur le seuil de la porte de derrière, avant de pénétrer en chaussettes dans la cuisine. Et dire qu'au début, cette chère vieille Piper me tétanisait.

— Il est rare qu'on garde de bons souvenirs des quelques leçons d'équitation qu'on vous impose à l'école, commenta Martha en leur préparant une boisson froide, accompagnée de généreuses tranches de cake aux fruits. L'expérience que vous avez vécue à six ans aurait dégoûté n'importe qui.

Fleur sourit, mordit à belles dents dans sa tranche de cake – le soleil, l'exercice physique et l'air frais lui avaient ouvert l'appétit.

— Jack a demandé au vétérinaire de passer ce matin pour vacciner les bouvillons, nous ne le verrons donc pas avant le déjeuner. Et je parie que vous avez envie de rendre de nouveau visite à Selina ?

— Si cela ne vous dérange pas.

— Pas le moins du monde. Pendant ce temps-là, je vais me plonger dans mes livres de comptes. Si vous avez besoin de moi, je serai dans mon bureau.

Le cimetière, ombragé par les arbres, était la quiétude même. Comme la veille, Fleur s'assit dans l'herbe, heureuse de ces moments d'intimité avec cette mère dont elle commençait à peine à faire la connaissance.

Bientôt, la chaleur se fit plus forte, ce qui la contraignit à quitter les lieux malgré elle pour se réfugier dans la fraîcheur relative de la maison. La cuisine étant déserte, elle partit à la recherche de Martha, afin de lui demander si elle avait besoin d'aide pour la préparation du déjeuner.

Comme elle paraissait sur le seuil du salon, elle entendit son hôtesse, qui, dans son bureau, se prenait de bec avec quelqu'un. La jeune femme allait battre en retraite par souci de discrétion, lorsqu'elle entendit prononcer son prénom. Intriguée, elle tendit l'oreille – Martha était au téléphone.

— C'est à Fleur de décider, pas à toi, se fâcha-t-elle.

Un bref silence.

— Je sais que tu as cru bien faire, Doreen, mais tu t'es fourvoyée. Où se trouve-t-il à présent ?... Dans ce cas, je te conseille de faire le tour de la ville s'il le faut, mais de lui mettre la main dessus au plus vite. Et j'espère pour toi qu'il n'a pas déjà décampé... Oui, oui, je sais, et je suis d'accord avec toi : il ne s'agit pas de l'établissement le plus chic de Cloncurry. Mais puisque c'est toi qui as semé la pagaille, Doreen, c'est à toi qu'il revient de réparer tes erreurs.

Fleur s'approcha lentement de la porte du bureau. La maîtresse de maison s'y balançait nerveusement d'avant en arrière dans son fauteuil, les épaules raides, martelant en cadence de ses doigts sans repos sa table de travail. La jeune femme percevait la voix de Doreen dans l'écouteur, mais ses paroles demeuraient inintelligibles.

— Je m'en fiche, Doreen. Jack ne viendra pas. Il est beaucoup trop occupé aujourd'hui.

Nouvelle salve de protestations à l'autre bout du fil.

— Tais-toi ! aboya Martha. Tu perds du temps. Dépêche-toi, fais ce que tu as à faire, puis exige de mon imbécile de neveu qu'il lui fournisse un moyen de transport. Et dis-lui bien de ma part que s'il essaie de lui faire payer quoi que ce soit, je veillerai personnellement à ce qu'il ne vende plus jamais de voitures de sa vie.

Elle écrasa le combiné sur sa fourche, se retourna… découvrit Fleur à sa porte. Elle rougit jusqu'à la racine de ses cheveux grisonnants.

— Vous êtes là depuis longtemps ?

— Assez pour comprendre que Doreen a fait quelque chose en rapport avec moi et, sans doute, avec Greg aussi. Je me trompe ?

Martha prit une profonde inspiration, souffla lentement, et ses épaules s'affaissèrent :

— Greg est arrivé à Cloncurry il y a deux jours. Malheureusement, Len lui a conseillé de descendre chez Doreen, où il a passé sa première nuit.

Fleur s'assit, songeant à tout ce qu'elle avait confié à cette dernière de ses déboires avec son compagnon.

— Doreen n'a compris que le lendemain matin de qui il s'agissait, en lisant la fiche qu'il avait remplie. Elle a dès lors décrété que vous aviez besoin qu'on vous protège, si bien qu'elle a appelé son cousin Jake et mon neveu Henry.

— Pour quoi faire ?

— Parce que ce sont les deux seules personnes auxquelles Greg pouvait s'adresser pour louer ou acheter un véhicule. Doreen les a menacés de leur pourrir l'existence s'ils lui fournissaient un moyen de transport. Comme elle connaît à peu près tout le monde, il a suffi de quelques heures pour que la ville entière sache qui était votre compagnon, où il désirait se rendre, et pour quelle raison il était primordial de lui mettre à tout prix des bâtons dans les roues.

— Je n'avais pas l'intention de raconter ma vie à Doreen, mais une chose en entraînant une autre… Et jamais je n'aurais imaginé que cela pourrait aller plus loin.

— Ma chère Fleur, répliqua son hôtesse avec un lourd soupir, il est temps pour vous de faire preuve d'un peu de psychologie. Doreen est une commère. Depuis sa plus tendre enfance. Je vous accorde que, de prime abord, elle a tout de l'excentrique inoffensive, mais en réalité, personne ne lui arrive à la cheville pour jouer les langues de vipère et semer la zizanie.

Elle pencha la tête :

— Que lui avez-vous dit au juste ?

— Que Greg m'avait quittée, mais que j'espérais encore que nous réussirions à recoller les morceaux quand je l'avais surpris en compagnie d'une autre femme. Oh, mon Dieu… J'ai tout gâché…

— J'avoue, fit la maîtresse de maison en réprimant un sourire, que je plains sincèrement ce pauvre garçon. Il s'est fait balader d'un bout à l'autre de la ville par Henry et Jake, et on a même refusé de lui servir une bière dans deux pubs. Quand elle m'a annoncé combien il était mécontent, Doreen exultait. On ne voyait plus que lui errer sur les trottoirs, dans un sens puis dans l'autre, son sac à l'épaule, dégoulinant de sueur et l'œil furibond.

Fleur ne put s'empêcher de pouffer.

— Bien fait pour lui. Ça lui apprendra à inviter d'autres femmes au restaurant dès que j'ai le dos tourné.

— Soit, mais il essaie au moins de faire amende honorable, c'est le moins qu'on puisse dire. Il en a fait, du chemin, pour venir jusqu'ici.

— Où se trouve-t-il actuellement ?

La jeune femme avait recouvré son sérieux.

— Au Cloncurry Hotel. L'endroit le plus péquenaud de la ville, mais il paraît que le propriétaire, un énorme Samoan appelé Maru, a eu pitié de lui. Hier soir, ils se sont noircis copieusement.

Fleur n'en croyait pas ses oreilles.

— Greg ne boit pas.

— C'est pourtant ce à quoi il a occupé sa soirée d'hier.

— Merde alors… Il fallait vraiment qu'il soit au trente-sixième dessous.

— J'ai bien fait d'ordonner à Doreen de le faire dessaouler, puis de le conduire à Savannah Winds, n'est-ce pas ? Vous avez envie de le voir ?

Oh, que oui..., songea la jeune femme. Quelles que fussent les erreurs dont il avait pu se rendre coupable, elle l'aimait toujours, et ne souhaitait rien tant que de se réconcilier avec lui.

— J'ai besoin de lui parler. Et s'il s'est donné tout ce mal pour venir jusqu'à moi, cela signifie qu'il en éprouve le besoin aussi.

— Très bien.

Martha se remit debout, rajusta son chemisier.

— Je vais aller voir si Jack a terminé avec le vétérinaire. Ensuite, nous déjeunerons, puis vous vous en irez. Greg n'arrivera pas à Savannah Winds avant demain, sans doute en fin de journée, mais cela vous laissera le temps de réfléchir à tête reposée.

— Jack accepterait-il de m'emmener là où Annie et les siens sont enterrés ? À moins que ça l'oblige à faire un trop grand détour ?

— Il fera cela pour vous, j'en suis certaine. Il vous apprécie énormément, vous savez.

— Merci, Martha. Je vais conserver précieusement l'album qu'il a confectionné pour moi, et je vous promets de vous rendre visite à nouveau dès que j'en aurai la possibilité. Vous vous êtes montrés merveilleux l'un et l'autre.

Son hôtesse l'étreignit.

— Tout le plaisir était pour nous, Fleur. Surtout, n'oubliez pas de nous amener Greg la prochaine fois que vous viendrez nous voir. Vous êtes ici chez vous.

— Je le sais..., souffla la jeune femme.

Greg se recroquevilla en entendant les coups lourds à sa porte.

— Allez-vous-en, gémit-il.

– C'est moi, mon pote. T'as de la visite. À ta place, je m'arrangerais un peu.

Greg lorgna, par-dessus le bord de son drap, le grand Samoan qui venait de s'encadrer dans la porte de sa chambre. Teint clair, œil étincelant... Pas la moindre trace de leur beuverie de la veille.

– Comment faites-vous ? s'enquit-il d'une voix rauque. Vous n'avez donc pas la gueule de bois ?

Maru lui décocha un large sourire, rejeta vers l'arrière sa tignasse embroussaillée :

– C'est juste que j'ai plus l'habitude que toi, mec.

Il pénétra dans la pièce, referma la porte derrière lui, et il s'y adossa tandis que, de l'autre côté, quelqu'un secouait la poignée avec violence.

– Écoute un peu ça, mon gars, souffla-t-il avec une mine de conspirateur. C'est Doreen.

Greg se redressa d'un bond dans son lit, tressaillit tandis qu'un essaim d'abeilles venait d'en profiter pour se mettre à bourdonner sous son crâne, et s'efforça de se concentrer sur l'hôtelier :

– Que me veut-elle encore ? Elle n'a pas l'impression d'en avoir fait suffisamment comme ça ?

Le Samoan haussa les épaules.

– Elle a pas dit grand-chose. Juste que t'avais intérêt à dessaouler fissa avant de filer à Savannah Winds.

– Elle aurait donc changé d'avis ?...

Le jeune homme s'étant assis au bord du lit, il se prit la tête à deux mains.

– Et comment suis-je censé me rendre là-bas sans moyen de transport ? A-t-elle prévu de m'y conduire elle-même, à califourchon sur son balai de sorcière ?

— Je vous entends, Greg Mackenzie ! brailla Doreen. Dépêchez-vous plutôt de sortir vos fesses de là-dedans et descendez. Du café vous attend. Et j'exige que vous ayez de nouveau les yeux en face des trous d'ici un quart d'heure.

Greg et Maru échangèrent des regards amusés, cependant que l'hôtelière redescendait l'escalier à pas pesants.

— La vache, souffla le Samoan, comme en aparté. Pas étonnant que son bonhomme ait mis les bouts. T'imagines un peu te réveiller tous les matins que Dieu fait au son de cette voix-là ?

— Je viens précisément d'avoir cet honneur. Et maintenant, mon cher Maru : du vent. Il faut que je m'habille.

Lorsqu'un peu plus tard, il s'engagea dans l'escalier, il le fit avec prudence, car il ne se sentait pas bien solide sur ses jambes. Il se dirigea vers la salle à manger. Entre-temps, un orchestre de percussions au grand complet avait élu domicile dans sa cervelle, il avait la langue en papier de verre – il mourait de soif. Il s'étonnait cependant de parvenir encore à y voir clair. Réussir à penser le surprenait plus encore.

— C'est pas trop tôt !

Doreen l'attendait, les bras croisés sur sa poitrine, la mine revêche.

— Asseyez-vous, prenez ceci et buvez ça.

Elle désignait du doigt deux cachets d'aspirine, ainsi qu'une cruche emplie d'eau.

— Ensuite, seulement, vous passerez au café. Je vous ai commandé un petit déjeuner. Même si, dans une gargote pareille, je n'ose pas imaginer en quoi il consistera.

Greg ignora Maru, qui, sur le seuil, souriait d'une oreille à l'autre, plaça les comprimés dans sa bouche, et les fit glisser grâce à plusieurs copieuses gorgées d'eau. Ayant vidé la cruche, il s'attaqua au café, à l'instant où la toute petite épouse vietnamienne du Samoan paraissait avec le petit déjeuner, qu'elle plaça devant le chirurgien avec un sourire compatissant.

À peine eut-il le temps de guigner les œufs sur le plat qu'il dut se ruer vers les toilettes pour hommes, où il vomit avec violence.

Lorsque, quelques minutes plus tard, il contempla son reflet dans le miroir, il se découvrit un teint verdâtre, des yeux injectés de sang, tandis qu'une sueur glacée perlait à son front.

— Vous n'allez quand même pas vous cacher là-dedans pendant toute la journée.

Doreen s'était plantée à la porte, les poings sur les hanches.

— Sortez, Doreen.

Il grogna, vomit de nouveau.

Combien de temps avait-il passé dans les toilettes ? Il n'en avait pas la moindre idée, mais il avait enfin cessé de rendre tripes et boyaux. Il se lava le visage et les mains, se brossa les dents, puis se coiffa. Pour la première fois de sa vie d'adulte, il renonça à se raser. Rangea sa trousse de toilette.

Cette fois, il se sentait réellement mieux, mais il n'était d'humeur ni à engloutir un petit déjeuner ni à se disputer avec une mégère aux cheveux orangés. Il se dirigea vers le bar, où Maru faisait briller les verres.

— Merci, fit-il en réglant sa note. N'hésitez pas à me rappeler, la prochaine fois que nous nous croiserons, de ne plus jamais rivaliser avec vous face à une bouteille de vodka.

De sa main comme un battoir, le Samoan serra celle de Greg jusqu'à la broyer presque.

— Vous, les gars de la ville, vous êtes des mauviettes. La prochaine fois, je te sortirai mes bouteilles de sirop.

— Il n'y aura pas de prochaine fois, frissonna le chirurgien. Du moins, rien d'alcoolisé. Mais je vous promets, lorsque je repartirai pour Brisbane, de venir m'assurer que votre établissement et vous tenez encore debout.

— C'est cool, mec. Je te garderai quand même une ou deux bonnes bières au frais, juste au cas où t'aurais vraiment soif.

Greg rejoignit Doreen, qui lui parut aussi aimable qu'un panier d'oursins.

— Je suis prêt, déclara-t-il sur un ton qui, d'office, coupa l'herbe sous le pied aux éventuels commentaires acides préparés par la gorgone. Allons-y.

Le Cessna survolait des troupeaux isolés, des élevages de moutons, de vastes pâturages où paissaient des bovins, et des rangées d'arbres qui flétrissaient sous le soleil ardent. Au moment où Jack se prépara à atterrir, Fleur distingua l'église, au centre d'un hameau qui ne comptait pas même douze habitations.

— Le prêtre passe son temps à se déplacer d'un lieu à l'autre, lui expliqua son pilote. Le territoire qu'il couvre se révèle tellement étendu que ses paroissiens ne peuvent se rendre dans cette église qu'une ou deux fois par an. Autrefois, il voyageait à cheval, mais nous nous sommes cotisés pour lui offrir un petit avion. Il lui a fallu un peu de temps pour apprendre à piloter, mais maintenant, on le surprend rarement chez lui.

Jack se posa dans un champ tout proche :

— Les pionniers, déjà, avaient édifié une église ici. Celle que voyez là n'est pas l'originale, bien sûr. À l'époque, leurs bâtiments étaient balayés par les tempêtes comme des fétus de paille, dévorés par les termites, quand ils ne partaient pas en fumée pendant la saison des incendies.

Fleur observa l'édifice en bois, observa son toit de tôle ondulée. On avait accroché une croix au-dessus de la porte d'entrée. Des mauvaises herbes prenaient peu à peu possession de l'allée gravelée, on n'avait pas tondu l'herbe depuis longtemps, et les quelques buissons avaient grand besoin qu'on les arrosât.

— Annie a pourtant laissé une somme rondelette pour assurer l'entretien du cimetière, fit-elle entre ses dents.

— Et il a été entretenu, répondit son oncle, en la menant vers l'arrière de l'édifice.

La jeune femme opina en découvrant les allées dégagées, le gazon tondu de frais.

— Dommage qu'ils ne se soient pas occupés de la façade.

— Freddy White fait de son mieux, commenta le pilote en haussant les épaules. Mais il est complètement submergé. Je vais m'adresser aux membres du conseil paroissial, pour leur demander s'ils pourraient lui fournir un peu d'aide.

Il abaissa le bord de son chapeau pour se prémunir du soleil.

— Annie et les siens reposent là-bas. Il n'y a pas encore de pierre tombale, mais nous en avons fait fabriquer une, et je veillerai personnellement à ce qu'on l'installe en temps et en heure.

Il adressa à sa nièce un sourire chaleureux:

— Je vous laisse, Fleur. Prenez votre temps.

Elle cala contre elle la brassée de fleurs qu'elle avait cueillies plus tôt dans le jardin de Martha, s'engagea sans hâte dans l'allée. Il y avait là des monuments funéraires, côtoyant des croix de bois brut, de véritables monuments, cernés de chaînes destinées à décourager les pilleurs de caveaux. De-ci de-là se donnaient à voir de nombreux anges pleurant. La plupart des inscriptions, défraîchies par les conditions climatiques, étaient devenues illisibles, mais les dates, qui se distinguaient encore, indiquaient que le petit cimetière existait depuis l'arrivée des premiers Blancs en Australie.

Fleur découvrit la dernière demeure de John Harvey, auprès de laquelle était la dalle de marbre gravé sous laquelle reposait Sam Somerville. Lily dormait à jamais à côté de son père – sur sa tombe on voyait les ailes en pierre d'un ange. La sépulture d'Annie, enfin, se résumait à une simple croix de bois.

Fleur sépara en quatre son bouquet, afin de décorer les quatre tombes, puis elle s'accroupit, se recueillant. Annie avait finalement retrouvé sa terre et ceux qu'elle avait chéris. Il en allait de même pour sa nièce aujourd'hui. L'heure avait sonné, à présent, de réparer la relation qu'à eux deux, Greg et elle avaient mise à mal. L'heure avait sonné de se tourner résolument vers le futur.

— Merci, Annie. Jamais tu ne sauras tout ce que le cadeau que tu m'as fait a représenté pour moi. À moins que, là-haut, tu ne sois déjà au courant. Peut-être, d'ailleurs, est-ce pour cette raison que tu m'as offert ces inestimables présents. Tu savais que j'allais venir, que la vérité éclaterait au grand jour et qu'enfin, ma mère et moi serions réunies.

Elle prit une profonde inspiration.

— Les mots me manquent pour t'exprimer ma reconnaissance…

Elle demeura assise un moment, lut les épitaphes, écouta le pépiement des oiseaux. Puis, après avoir promis aux défunts de revenir un jour, elle quitta le cimetière pour se diriger vers l'avion. Savannah Winds la rappelait auprès de lui.

18

À présent qu'il avait abandonné ses façons de mufle, Henry se révélait d'excellente compagnie, au point que, comme ils se dirigeaient vers le Burke & Wills Roadhouse, le fameux restaurant situé au croisement de deux routes, Greg eut la surprise de découvrir qu'ils avaient beaucoup en commun. Ainsi le neveu de Martha jouait-il de la guitare dans un groupe régional de musique western et country. À l'université, il avait, à l'instar de son passager, fait partie d'une équipe de football renommée, et nombreux étaient les livres que les deux hommes appréciaient l'un et l'autre.

Ils causèrent musique, cependant que le chirurgien, totalement débarrassé de sa gueule de bois, s'extasiait sur le paysage alentour. Cependant, il ne comprenait pas qu'on pût éprouver l'envie de s'installer ici pour de bon – les lieux étaient déserts.

— Qu'est-ce qu'un type de votre âge peut bien trouver à faire de ses journées dans une contrée pareille ?

— Je bosse, tout comme vous. Sûr que le rythme est moins trépidant que par chez vous, et je vous accorde que, le soir, il ne reste pas grand-chose.

À part le sport, pour ceux que ça branche. Moi, je vais souvent faire une partie de squash, ou alors, je joue aux boules. Après, je me jette quelqucs bières derrière la cravate, puis je mange pour pas cher au RSL Club[1]. Presque tous les soirs, ils organisent des trucs, un loto, une tombola. Quelquefois, il y a même une sacrée ambiance, pour peu qu'ils se mettent à danser et que des cow-boys ou des conducteurs de bétail soient justement descendus en ville. Les week-ends aussi, il se passe des choses, des courses de chevaux, de chiens ou de dromadaires. Il y a les pique-niques et les foires agricoles.

— Pas de cinéma ? Pas de théâtre ?

— Le vieux cinéma a cramé, mais de temps en temps, ils passent un film dans la salle des fêtes, ou alors des compagnies de théâtre viennent donner chez nous une ou deux représentations.

Il jeta un coup d'œil oblique en direction de Greg :

— Pour vous, j'imagine que tout ça a l'air terriblement plouc, mais ce qu'on n'a jamais eu, forcément ça nous manque pas.

— Vous n'êtes pas marié ?

Henry haussa les épaules :

— Je l'ai été, mais ça a pas collé, parce qu'on était trop jeunes. Heureusement, on n'a pas eu le temps de faire des gosses, ce qui m'évite de devoir raquer une pension alimentaire.

— Comment vous débrouillez-vous pour rencontrer des femmes susceptibles de vous plaire ? D'après

1. Le RSL Club (pour Returned and Services League) est une organisation australienne de soutien aux hommes et femmes servant ou ayant servi dans les forces de défense.

ce que j'ai pu constater à Cloncurry, la plupart des habitantes ont au moins une cinquantaine d'années.

Son chauffeur gloussa.

– On en trouve, mec, pas de problème. Mais personnellement, j'ai aucune intention de me laisser passer la corde au cou avant un sacré bout de temps. La vie de célibataire me botte.

Il eut, à l'adresse de son passager, un regard interrogateur.

– Je déteste être seul, lui confia ce dernier. Les quelques mois qui viennent de s'écouler m'ont prouvé combien j'aimais partager ma vie avec Fleur. Je ne veux plus que nous nous séparions. Plus jamais. C'est d'ailleurs pour cette raison que je suis venu jusqu'ici.

– Les bonnes femmes nous rendent dingues, malgré tous les efforts qu'on peut faire pour leur échapper.

Ils roulèrent ensuite dans un silence complice, tandis que la lumière commençait à baisser.

– On va s'arrêter au resto pour la nuit, annonça Henry. C'est trop dangereux de rouler dans le noir. Des kangourous surgissent de nulle part, et bam ! Ils sont capables de vous esquinter une bagnole en une fraction de seconde.

Greg tenta de museler son impatience.

– À quelle distance nous trouvons-nous de Savannah Winds ?

– On n'y sera pas avant demain en fin de journée, parce que les pistes, dans ce coin-là, risquent de faire tomber notre moyenne : j'ai pas envie de foutre en l'air le châssis de mon 4x4 tout neuf.

Le chirurgien grinça des dents. Comment était-il possible que des gens eussent réellement le désir de s'installer dans des lieux isolés du reste du monde, sans lampadaires ni routes goudronnées ?…

Henry se gara sur le parking de l'hôtel-restaurant, coupa le contact.

— Faut que j'vous dise, mec. Pardon pour hier, hein, mais Doreen est sacrément persuasive, et je croyais bien faire.

— C'est oublié. Sur ce, allons dîner, je meurs de faim.

— On se serre la pogne ? proposa Henry en lui tendant la main droite.

Greg, soudain détendu, se mit à rire, échangeant une poignée de main avec son chauffeur.

— Topons là, Henry.

Fleur ayant embrassé Jack, elle grimpa à bord de la camionnette de Djati, par la vitre de laquelle elle regarda décoller l'avion.

— Les enfants ne vous accompagnent pas, ce soir ? s'étonna la jeune femme.

— Ils sont presque tous couchés. Demain, il y a école.

— Greg, mon compagnon, devrait arriver ici demain, plutôt en fin d'après-midi. Mais avant cela, j'aimerais discuter avec vous de l'avenir de Savannah Winds.

L'Aborigène la considéra avec angoisse :

— Vous n'avez quand même pas prévu de vendre, mademoiselle Franklin ?

— Bien sûr que non. Mais j'ai envie de vous entendre m'exposer vos projets pour le ranch, et je souhaite en apprendre davantage sur la manière dont les choses se passent ici. Pour le moment, je me suis contentée de me promener seule sur la propriété. Mais je n'ai toujours pas la moindre idée de ce qu'implique la gestion d'un pareil domaine.

— Dans ce cas, mieux vaut vous entretenir avec mes deux fils aînés. Je serai toujours ravi de vous faire faire le tour du propriétaire, mais pour le reste, je ne m'occupe plus de rien – c'est du moins ce que je leur fais croire.

Il laissa échapper un rire bref.

— Je continue à garder un œil sur les affaires, c'est plus fort que moi, même si je sais qu'il est grand temps pour moi de passer la main.

— Me serait-il possible de les rencontrer demain matin ? J'apprécierais énormément que vous puissiez venir aussi. Après tout, ce ranch est le vôtre, et les longues années que vous y avez passées vous ont permis de vous forger une expérience incomparable, qui, j'en suis sûre, me permettra de mieux comprendre les choses.

— Ce sera avec plaisir, mademoiselle Franklin.

— Appelez-moi Fleur, s'il vous plaît. J'insiste.

Il secoua la tête.

— Ce ne serait pas convenable : vous êtes la patronne.

La jeune femme exhala un soupir résigné – à son âge, elle ne le changerait pas. Comme elle allait descendre de la camionnette, dont l'Aborigène avait éteint le moteur, elle se rappela ce qu'elle voulait lui demander :

— Après la mort de Sam, Annie a-t-elle acheté un autre Spitfire ?

Djati prit un air éberlué :

— Pas que je sache. Mais le fait est qu'il m'arrivait souvent, à l'époque, de m'absenter pendant plusieurs semaines avec le bétail. Alors...

Il ne lâchait plus des yeux son interlocutrice :

— Il y a un jour ou deux, Sal s'est mise à parler d'un vieil avion à de nombreuses reprises. Mais je l'écoutais d'une oreille distraite, si bien que je n'ai pas compris ce qu'elle voulait dire au juste.

Fleur se sentit immensément soulagée :

— Si elle l'a vu aussi, cela signifie que je ne souffre pas d'hallucinations. Dieu merci. Et moi qui croyais que j'étais en train de devenir folle...

Elle récupéra son sac, descendit du véhicule, dont elle claqua la portière.

— Bonne nuit, Djati. À demain matin. Première heure.

— C'est d'accord – il continuait à froncer les sourcils. À demain.

La jeune femme trouva le chat en train de somnoler dans l'un des fauteuils de la véranda.

— Tu as donc décidé de revenir ?

Elle caressa son pelage poussiéreux.

— Et je suppose que tu as un petit creux.

Elle pénétra dans la maison, le chat courant devant elle, la queue droite, les oreilles dressées, jusqu'à la cuisine, où il s'assit devant le réfrigérateur. Fleur y trouva du jambon et du poulet, se prépara un sandwich avant d'offrir à l'animal un peu de lait et quelques menus morceaux de volaille.

Au terme du dîner, elle défit son bagage, posa avec précaution l'album de photographies et l'album de souvenirs sur la table basse du salon, à côté de la pile de clichés anciens. Tout cela, elle le montrerait à

Greg, dans le but d'essayer de lui faire comprendre en partie ce qui lui était récemment arrivé.

Le chat s'était, entre-temps, confortablement installé devant le poêle à bois, dont la douce chaleur repoussait la froidure du soir. Trop fébrile pour songer seulement à dormir, Fleur résolut de préparer la maison pour la visite de Greg.

Elle balaya le sol, épousseta les meubles, redonna du volume aux coussins, sortit brièvement pour battre les tapis. Elle changea les draps du lit, avant d'inspecter le contenu du réfrigérateur, afin de déterminer le plat qu'elle allait lui concocter pour son premier repas à Savannah Winds. Elle nettoya ensuite la cuisine, qui, bientôt, brillait comme un sou neuf, puis se mit en quête de verres et d'assiettes qui ne fussent pas dépareillés – elle débusqua même une jolie nappe ancienne, ornée de dentelle.

Debout au milieu du salon, elle sentit brusquement l'angoisse la saisir. Sans doute allaient-ils, l'un et l'autre, éprouver un malaise à l'heure des retrouvailles, surtout si l'on songeait qu'ils s'étaient séparés en très mauvais termes. Et même s'ils avaient correspondu par mail, même si, à l'évidence, il lui tardait de la revoir, il demeurait entre eux, comme en suspens, son dîner en compagnie de la jolie psychiatre.

Fleur prit une profonde inspiration. Elle allait devoir mettre de côté sa jalousie et son chagrin pour lui permettre d'abord de s'expliquer.

— Puis, si le sort en a décidé ainsi, tout se passera bien…

— On dit souvent que parler tout seul constitue l'un des premiers signes de la folie.

Elle se retourna d'un bond, tout sourire.

Blue lui sourit en retour. Il se tenait sur le seuil, appuyé au chambranle de la porte, le chapeau sur les yeux, les jambes croisées, les mains dans les poches de son jean démodé.

— On m'a dit que Greg n'allait plus tarder.

— En effet, souffla-t-elle. D'où ma nervosité croissante.

— Pourquoi donc ?

— Nous nous sommes quittés en pleine crise, et il est entre nous tellement de questions auxquelles il va falloir répondre que je crains finalement que nous recommencions à nous disputer.

— Je peux vous affirmer en tout cas que vous êtes amoureuse. Vous rayonnez. Greg est un sacré veinard. Sauf s'il est complètement idiot, je suis certain qu'il mettra tout en œuvre pour ne pas vous perdre.

— J'espère que vous voyez juste.

La jeune femme eut un sourire hésitant.

— Venez donc vous asseoir avec moi cinq minutes sur la véranda. J'ai apporté une couverture, si jamais vous avez froid. Contempler le firmament va vous aider à vous détendre.

Fleur le suivit, s'emmitoufla dans l'épaisse couverture de laine. Le ciel étincelait de plusieurs millions d'étoiles, si brillantes que la jeune femme avait l'impression qu'il lui suffisait de tendre la main pour les toucher.

— Vous aviez raison, fit-elle après un long silence. Je me sens déjà mieux.

— Épatant, murmura-t-il en se renversant sur son siège.

— Je sais très peu de choses sur vous, se lança-t-elle. Avez-vous une épouse ? Une famille ?

Il parut réfléchir un moment.

— J'ai une femme. Elle est mon grand et mon unique amour. Elle sait ce que j'éprouve pour elle, et j'ai la chance de savoir qu'elle ressent la même chose pour moi.

— C'est merveilleux. Mais ce doit être terrible de l'abandonner si souvent pour vous rendre soit à Birdsong, soit ici, à Savannah Winds ?

— Elle est toujours à mes côtés. Toujours dans mon cœur. Et à chaque battement de ce cœur, c'est comme si elle me rappelait qu'elle se trouve bien là.

Fleur avait les larmes aux yeux.

— Vous auriez dû devenir poète. Vous avez l'art de manier les mots.

Elle se dépêcha de se ressaisir.

— Quelle est votre profession, Blue ?

— Je suis un esprit libre. Je fais ce qu'il y a à faire. Je me rends là où on a besoin de moi.

Ayant saisi qu'il n'en dirait pas davantage, elle renonça.

— Avez-vous prévu de rester ici un moment ? Je serais vraiment ravie de vous présenter Greg.

Il effleura le bord de son chapeau, fixa, par-delà la moustiquaire, le clair de lune, qui couvrait d'or les arbres non loin.

— Je suis venu vous dire au revoir, Fleur.

La jeune femme ouvrit tout grand la bouche, ahurie et déçue.

— Mais vous reviendrez, n'est-ce pas ?

Il secoua lentement la tête.

— Mon travail ici est terminé. De même qu'à Birdsong.

Il plongea son regard très bleu dans celui de son interlocutrice ; il avait la mine grave.

— Vous n'avez plus besoin de moi.

— Mais bien sûr que si ! Qui veillera sur ces deux propriétés quand je ne m'y trouverai pas ? Qui me rendra visite et… ? Voyons, Blue… Changez d'avis, je vous en conjure.

Un sourire illumina le visage de l'homme :

— Il y a tout un tas d'autres gens qui peuvent prendre soin de Savannah Winds et de Birdsong en votre absence. Vous êtes entourée de gens qui vous aiment. Mon épouse m'attend depuis trop longtemps. L'heure a sonné pour moi d'aller la retrouver.

— Mais… J'avais encore tellement de questions à vous poser. Restez encore un peu… Juste quelques minutes…

Il se leva, effleura de l'index le bord de son chapeau, franchit la moustiquaire. Sur le seuil, il se retourna pour adresser à la jeune femme un dernier sourire, avant de s'éloigner dans les ténèbres.

Fleur demeura longtemps perdue dans ses pensées, songeant qu'en dépit de la rareté de ses visites, Blue allait terriblement lui manquer. Son amitié lui manquerait. Et jamais… jamais elle n'aurait l'occasion de mettre au jour la nature des liens qui l'attachaient à Annie.

Avec un soupir chargé de regret, elle rentra dans la maison. La femme de Blue avait beaucoup de chance – Fleur pria pour que Greg l'aimât avec autant de droiture et d'intensité.

Henry prenait tout son temps pour engloutir le monstrueux petit déjeuner proposé par le Burke & Wills Roadhouse. Greg piaffait :

— Allons-y, maintenant. Vous avez assez mangé, et il nous reste un long chemin à parcourir.

Henry repoussa son assiette avec un large sourire :

— Vous êtes sur les dents, pas vrai ? Cette Fleur, ça doit être quelque chose.

— En effet.

Le chirurgien s'empara de son chapeau, puis se leva de table.

— Et j'aimerais la rejoindre avant la fin de la journée.

— Calmos, mon gars… Z'êtes encore plus cassebonbons que Doreen, s'insurgea le neveu de Martha, qui se mit debout à son tour, à contrecœur.

Greg paya pour eux deux, puis se dirigea à grandes enjambées vers la camionnette, à laquelle il jeta un coup d'œil qui acheva d'attiser sa fureur : les deux pneus avant se révélaient aussi plats que des limandes.

À sa grande surprise, Fleur avait fort bien dormi : à son réveil, elle s'aperçut que le soleil se trouvait déjà au-dessus de l'horizon. Elle bondit hors de son lit, prit une douche rapide, puis se vêtit en prévision de sa visite guidée du domaine – plus tard, elle troquerait son accoutrement contre une tenue plus séduisante, et elle se laverait les cheveux, afin de paraître à son avantage lorsque Greg se présenterait enfin devant elle.

D'excellente humeur, elle avala un bol de céréales, ainsi qu'une tartine de pain grillé, tandis que le chat lapait du lait dans une soucoupe. Elle ne devrait pas lui permettre de dormir sur son lit, se dit-elle distraitement en se grattant la cheville. Il devait bien se trouver ici une poudre antipuce ; elle poserait tout à l'heure la question à Djati.

— Contente de vous revoir.

La jeune femme se retourna :

— Bonjour, Sal. Entrez. Le café est encore chaud.

La vieille dame s'assit lourdement sur une chaise, ajouta dans sa tasse de café quatre morceaux de sucre et du lait.

— J'aime bien les choses sucrées, se crut-elle obligée de préciser.

Fleur lui sourit :

— Vous saviez que Greg allait venir ici, n'est-ce pas ?

Un formidable sourire illumina le visage de Sal. Laissant là sa tasse de café, elle tendit la main à la jeune femme de l'autre côté de la table.

— Il arrive avec le cœur empli d'amour.

Fleur serra les doigts de l'Aborigène entre les siens.

— Je m'incline. Vous avez gagné. Je crois maintenant dur comme fer que vous êtes capable de voir des choses que les autres ne voient pas.

La vieille dame écarquilla ses yeux d'ambre, puis elle détourna le regard.

— À tout le monde, les esprits font des cadeaux, murmura-t-elle. Mais il arrive que nous ne parvenions pas à les reconnaître pour ce qu'ils sont.

Le sourire de son hôtesse mourut sur ses lèvres :

— Mais l'avion… L'avion était réel, n'est-ce pas ? Vous l'avez vu aussi ?

Sal la considéra par-dessus le bord de sa tasse.

— Il est réel, oui, on peut dire ça.

Fleur s'éclipsa pour reparaître quelques secondes plus tard avec la coupure de journal relatant l'accident mortel dont Sam avait été victime à bord de son appareil.

— Mais, quelqu'un l'a-t-il réparé ? Regardez, Sal. Regardez cette photo. Il n'en restait pratiquement plus rien…

La vieille dame saisit sa tasse à deux mains, le regard perdu au loin.

— Il existe certaines voies, déclara-t-elle tout bas.

Elle termina son café, se leva, comme si de rien n'était.

— Djati ne va plus tarder, et je vois que vous avez du linge sale. Je vais l'emporter pour le laver dans ma nouvelle machine.

Fleur ne put s'empêcher de rire :

— Si vous n'y prenez garde, votre lave-linge ne durera pas longtemps. Vous allez avoir sa peau !

Sal récupéra les draps, haussa les épaules.

— Ce jour-là, je demanderai à Djati d'aller m'en acheter un autre.

Elle saisit la jeune femme par le bras :

— Votre compagnon est sur le point d'arriver. Accueillez-le avec tout ce que vous avez de plus sincère au fond de votre cœur.

— Mais nous avons beaucoup de choses à régler avant de pouvoir…

La vieille dame posa un doigt sur les lèvres de son hôtesse pour la faire taire :

— Le silence constitue parfois le meilleur remède aux souffrances qu'éprouvent un homme et une femme. Comment croyez-vous que Djati et moi sommes parvenus à rester unis depuis tant d'années ?

Elle gratifia la jeune femme d'un sourire plein de douceur, lui tapota la joue et s'en alla.

Il était plus de midi lorsque Fleur revint de son escapade avec Djati et ses fils, et encore ne lui avaient-ils montré que le cœur de Savannah Winds. Pour parcourir l'ensemble du domaine, il aurait fallu plusieurs jours, voire plusieurs semaines. Néanmoins, elle avait fait la connaissance d'une bonne partie des employés du ranch, elle avait inspecté la cantine, les dortoirs, les hangars de tonte, ainsi que la salle de classe. Les enfants s'étaient réjouis qu'on interrompît le cours durant quelques minutes – Fleur était allée jusqu'à s'entretenir par radio avec l'institutrice qui leur prodiguait son enseignement à distance.

Elle jugea par ailleurs les fils aînés de Djati, qui pouvaient avoir une cinquantaine d'années, sérieux, sensés, parfaitement capables de gérer tous deux le domaine – les projets qu'ils lui présentèrent concernant l'avenir du ranch l'impressionnèrent beaucoup.

De retour chez elle, elle se sentit aussi bécasse qu'une collégienne à quelques heures de son premier rendez-vous galant. Elle se coiffa avec un soin maniaque, passa un temps considérable à se maquiller, choisit une robe en coton, si légère qu'au moindre souffle, sa jupe, au niveau des genoux, voletait exquisément. Elle se sentait surexcitée, redoutant toutefois d'attendre trop de ces retrouvailles… Elle ne tenait plus en place.

Pour tromper l'attente, elle balaya de nouveau le sol de la maison, épousseta encore les meubles. Il lui semblait qu'en permanence, une fine pellicule de poussière rouge s'obstinait à tout recouvrir. Au bout d'une demi-heure d'efforts, tout était à refaire. Elle baissa les bras. Et si elle traversait plutôt la clairière, songea-t-elle soudain, pour aller voir le Spitfire ?…

Il régnait au-dehors une chaleur intense. Quelle ne fut pas sa surprise, en atteignant la porte de la vieille grange, de constater qu'une chaîne et un cadenas flambant neufs en interdisaient à présent l'accès.

— Pourquoi quelqu'un ferait-il une chose pareille ?

Sal et ses compagnes, auxquelles elle souhaitait demander des éclaircissements sur ce nouveau mystère, demeurant introuvables, elle regagna la maison. Peut-être la valeur de l'avion imposait-elle qu'on ne laissât pas ouvert aux quatre vents le bâtiment où on l'avait remisé ? Mais… qui diable aurait pu être au courant de son existence ? Mieux : qui aurait accompli l'interminable périple jusqu'à Savannah Winds pour tenter d'y dérober un engin probablement intransportable ?

Elle chercha d'autres hypothèses. Djati, excédé qu'à plusieurs reprises elle lui eût parlé de l'appareil, d'autant plus contrarié lorsque Sal, à son tour, avait mentionné son existence, avait pu boucler les lieux pour empêcher les deux femmes de fourrer de nouveau leur nez là-bas… Ces théories, néanmoins, demeuraient bancales.

L'après-midi touchait à sa fin, le soleil déclinait derrière les arbres, et leur ombre, maintenant, s'étirait à travers la clairière. Fleur commençait à s'inquiéter.

Elle sortit sur la véranda. Le chat avait filé, elle n'apercevait Sal ou Djati nulle part, et Blue s'en était allé retrouver son épouse. La jeune femme arrosa les plantes en pots, déplaça les fauteuils pour s'occuper un peu, les replaça, retapa de nouveau les coussins. Elle partit en quête d'un magazine ou d'un livre susceptible de la distraire.

Lorsqu'elle entendit des pas dans la clairière, elle se précipita… Il se tenait là, sur le seuil, débraillé, les cheveux en bataille, irrésolu semblait-il…

— Greg…, soupira-t-elle. Oh, Greg… Enfin.

Il laissa tomber son sac, ouvrit la porte à moustiquaire et prit sa compagne entre ses bras.

— Ma chérie, ma chérie… Je suis tellement navré que tu aies tant souffert. Mais je te promets de ne plus jamais te quitter. Plus jamais. Pardonne-moi, s'il te plaît. S'il te plaît, Fleur. Jamais je n'ai entretenu de liaison avec qui que ce soit. Jamais je ne t'ai trahie, jamais je ne t'ai menti. Je t'aime, je t'aime, je t'aime.

Il lui offrit un baiser fougueux. La jeune femme fondait, non sans se cramponner passionnément à son compagnon, avide de humer son odeur, de sentir ses formes sous ses doigts…

Au bout d'un long, très long moment, elle se dégagea cependant de son étreinte, puis, plongeant son regard dans le sien :

— Je t'aime aussi, Greg, mais il faut que nous parlions.

— Je sais. Et je serais arrivé beaucoup plus tôt si ce maudit 4x4 ne s'était pas retrouvé avec deux pneus crevés.

Elle l'entraîna à l'intérieur de la maison, lui montra la salle de bains, où il allait pouvoir se doucher, puis leur servit à tous deux un grand verre de jus de fruits glacé. Lorsqu'il reparut, il avait les cheveux mouillés, et Fleur ne put s'empêcher d'y passer les doigts :

— Tu as besoin d'aller chez le coiffeur.

— J'ai besoin de beaucoup de choses, fit-il avec un sourire las. Mais pour le moment, je suis ici, avec toi, et rien d'autre ne compte.

Assis l'un contre l'autre sur le canapé, ils se prirent par la main. Greg commença par lui parler de son enfance, puis de ses séances de psychothérapie avec Clara, grâce auxquelles il avait appris à mieux comprendre les souffrances que, depuis cette époque, il promenait avec lui. Surtout, il avait appris à vivre avec elles.

Ils parlèrent ainsi tous deux jusqu'à ce que la Lune se trouvât haut dans le ciel, puis, lorsqu'il n'y eut plus de mots à prononcer, lorsqu'ils ne jugèrent plus nécessaire de devoir encore pardonner ou présenter des excuses, ils firent l'amour, avec une tendresse renouvelée, qui leur fit verser des larmes de joie.

Fleur reposait dans les bras de son compagnon. Ils ne formaient plus qu'un seul corps, qu'un seul cœur – elle pria en silence pour qu'il en fût ainsi jusqu'à la fin de leurs jours.

— Je suis vraiment navrée d'avoir douté de toi, murmura-t-elle.

— Et moi, je te présente mes excuses pour le mal que je t'ai infligé. Cela ne se reproduira plus, je t'en fais la promesse.

Il l'attira plus près encore, la caressa avec une infinie douceur.

— Fleur…, souffla-t-il. Veux-tu m'épouser ? Veux-tu devenir ma femme et la mère de mes enfants ?

— Oh, oui…, soupira la jeune femme contre les lèvres de Greg.

Ils firent l'amour, encore, puis somnolèrent, avant d'évoquer, durant toute la nuit, leurs projets d'avenir. Ils s'enveloppèrent dans des couvertures, pique-niquèrent sur le tapis, devant les flammes qui dansaient dans la cheminée. Fleur montra à son compagnon les journaux d'Annie, l'album de photographies confectionné par Jack. Elle lui énuméra les tragédies qui avaient ponctué l'existence d'Annie, lui parla de sa mère, évoqua son oncle et sa tante, dont elle venait de faire la connaissance à Emerald Downs.

Ils avaient fini par se doucher, puis se rhabiller, afin de s'installer sur la véranda où, tout en buvant un chocolat chaud, ils se mirent à examiner à la lueur de la lampe de vieilles photographies. Des papillons de nuit heurtaient continûment les moustiquaires, on entendait plus loin les mille sons émis par les créatures nocturnes. Bientôt, l'aube poindrait, déjà le ciel enténébré pâlissait un peu, et les oiseaux commençaient à s'agiter entre les branches.

— Quel dommage que la plupart d'entre eux soient fichus, fit observer Greg à propos des clichés.

Il en préleva un, demeuré presque intact :

— Je jurerais qu'il s'agit d'un Spitfire, murmura-t-il. Mais qui est-ce, là, avec Annie ? Sam, tu crois ?

Fleur s'apprêtait à lui répondre, lorsqu'un terrifiant bruit métallique se fit entendre, et les fit bondir sur leurs pieds.

— Qu'est-ce que c'est que ça ?

Craignant que le domaine ne fût la proie des flammes, ils dévalèrent les quelques marches de la véranda.

La clairière était noire de monde, mais la cloche résonnait si puissamment qu'ils ne comprenaient pas ce que Sal était en train de hurler. Ils s'aperçurent alors qu'elle pointait quelque chose du doigt. Ils levèrent les yeux.

Le ciel, opalescent, se teintait de rose et de bleu, de gris – et le gigantesque nuage, d'un blanc étincelant, avançait majestueusement, s'étirant d'un bord à l'autre de l'horizon.

— C'est le Morning Glory, souffla Fleur. Regarde, Greg, regarde.

Ils le virent s'enrouler sur lui-même, se rompre, puis se reformer déjà, en une vague parfaite. Il demeura longtemps au-dessus d'eux, masse scintillante, monstre atmosphérique à l'incomparable magie, roi des cieux, maître incontesté de tout ce qu'il dominait.

— Oh, mon Dieu, regarde là-bas ! s'écria Greg.

Sa compagne, suivant son regard, crut que son cœur allait cesser de battre. Un antique Spitfire de la Royal Air Force était en train de surfer sur le Morning Glory.

Le petit appareil chevauchait la vague, reprenait de l'altitude pour mieux fondre sur elle, pareil à un oiseau, libéré de toutes les contingences d'ici-bas. Lorsqu'il s'évanouit dans l'épais rouleau blanc, la jeune femme retint son souffle, puis éclata d'un grand rire joyeux en le voyant reparaître.

— Je jurerais qu'il s'agit d'un vieux Spitfire, fit Greg.

– C'en est un, répondit Fleur d'une voix altérée par l'émotion. J'ignore comment la chose est possible, mais c'en est un.

Alors, l'avion s'éloigna, pour mieux se rapprocher, dans un formidable rugissement, de Savannah Winds, au-dessus duquel il décrivit un cercle par deux fois – sur la véranda, les photographies s'éparpillèrent.

Enfin, il se dirigea une dernière fois vers le nuage, au cœur duquel il parut s'évaporer, comme happé par son étreinte argentée.

On attendit son retour, mais Fleur savait qu'on ne le reverrait plus. Elle saisit son compagnon par la taille et, tandis que le Morning Glory se dissolvait peu à peu, le couple regagna la maison dans un silence stupéfié.

Quelque chose palpitait sur l'une des marches de la véranda, et la jeune femme s'en empara. Il s'agissait du cliché figurant Annie et Sam, main dans la main, en train de rire à côté du Spitfire. Mais le visage de Sam avait entre-temps retrouvé toute sa netteté. Il regardait Fleur, droit dans les yeux, et celle-ci comprit que Sam « Blue » Somerville venait d'achever sa mission terrestre – à présent que Greg et elle s'étaient retrouvés, il s'en était allé, quant à lui, rejoindre son épouse Annie. Son grand amour. Son unique amour.

Épilogue

Trois mois plus tard, Fleur et Greg se marièrent dans la minuscule église en bois qui, depuis l'arrivée des premiers Blancs en Australie, se dressait vaillamment au cœur du bush. Entourés de leurs amis – dont Sal et Djati, bien sûr, faisaient partie –, ainsi que de la famille de Fleur, enfin reconstituée, ils déposèrent le bouquet de la mariée sur la tombe d'Annie Somerville.

Ils passèrent leur lune de miel à Birdsong où, tous les matins, ils descendaient sur le ponton pour contempler le lever du soleil, avant de nager nus, libres comme deux enfants au paradis, puis de faire l'amour sur le sable rose pâle.

Samuel Daley Mackenzie vit le jour dans la nouvelle aile de l'hôpital de Brisbane, à laquelle on avait donné le nom d'une très généreuse donatrice nommée Annie Somerville.

La famille ne tarda pas à s'agrandir encore et, chaque année, elle se rendait à Birdsong, à Emerald Downs et à Savannah Winds, où leurs parents racontaient aux bambins l'histoire de celles et ceux qui avaient jadis vécu là.

Alors qu'il n'était encore qu'un petit garçon, Samuel eut la chance de voir le légendaire Morning

Glory et, ce matin-là, il crut discerner, parmi les nues, l'ombre d'un tout petit avion. Parvenu à l'âge adulte, il ne manifesta pourtant pas l'envie de percer ce mystère, estimant qu'il était ici-bas des choses que personne ne serait jamais en mesure d'expliquer.

Cet ouvrage a été composé
par Atlant'Communication au Bernard (Vendée)

Impression réalisée par
CPI France
en mars 2020
pour le compte des Éditions Archipoche

IMPRIM'VERT
Votre imprimeur agit pour l'environnement

Imprimé en France
N° d'édition : 619
N° d'impression : 3038660
Dépôt légal : avril 2020